# 文学欣赏基础

## （第二版）

主　编　陈传万
副主编　李　灵　李　超
参　编　刘艳华　陆山花　郭晨春

南京大学出版社

## 图书在版编目(CIP)数据

文学欣赏基础 / 陈传万主编. — 2版. — 南京：南京大学出版社，2020.9(2025.1重印)
ISBN 978-7-305-23719-5

Ⅰ. ①文… Ⅱ. ①陈… Ⅲ. ①文学欣赏－高等学校－教材 Ⅳ. ①I06

中国版本图书馆 CIP 数据核字(2020)第 157408 号

| | |
|---|---|
| 出版发行 | 南京大学出版社 |
| 社　　址 | 南京市汉口路 22 号　　邮　编　210093 |
| 书　　名 | **文学欣赏基础**<br>WENXUE XINSHANG JICHU |
| 主　　编 | 陈传万 |
| 责任编辑 | 刁晓静　　　　　编辑热线　025-83592123 |
| 助理编辑 | 高　军 |
| 照　　排 | 南京南琳图文制作有限公司 |
| 印　　刷 | 南京京新印刷有限公司 |
| 开　　本 | 787 mm×960 mm　1/16 开　印张 14.25　字数 280 千 |
| 版　　次 | 2020 年 9 月第 2 版　2025 年 1 月第 3 次印刷 |
| ISBN | 978-7-305-23719-5 |
| 定　　价 | 39.80 元 |

网址：http://www.njupco.com
官方微博：http://weibo.com/njupco
微信服务号：njuyuexue
销售咨询热线：(025) 83594756

* 版权所有，侵权必究
* 凡购买南大版图书，如有印装质量问题，请与所购图书销售部门联系调换

## 编写说明

2014年3月26日,教育部印发了《完善中华优秀传统文化教育指导纲要》(以下简称《纲要》)。《纲要》指出:"加强中华优秀传统文化教育,是构建中华优秀传统文化传承体系,推动文化传承创新的重要途径。当今世界,文化在综合国力竞争中的地位和作用更加凸显,越来越成为民族凝聚力和创造力的重要源泉,博大精深的中华优秀传统文化是我们在世界文化激荡中站稳脚跟的根基。"据此,我们于2014年9月编写了本教材。教材试图献给读者一把钥匙,让读者打开文学欣赏的大门,走进五彩缤纷的文学世界。

2017年1月,中共中央办公厅、国务院办公厅又印发了《关于实施中华优秀传统文化传承发展工程的意见》(以下简称《意见》)。《意见》指出:"中华优秀传统文化积淀着多样、珍贵的精神财富,如求同存异、和而不同的处世方法,文以载道、以文化人的教化思想,形神兼备、情景交融的美学追求,俭约自守、中和泰和的生活理念等,是中国人民思想观念、风俗习惯、生活方式、情感样式的集中表达,滋养了独特丰富的文学艺术、科学技术、人文学术,至今仍然具有深刻影响。传承发展中华优秀传统文化,就要大力弘扬有利于促进社会和谐、鼓励人们向上向善的思想文化内容。"这对文学与文学欣赏又提出了新的更高的要求。因此,在南京大学出版社大力支持下,我们决定对本教材进行修订改版,并作为安徽省中国语言文学教学团队(2017jxtd031)的阶段性研究成果。

本教材编写及修订分工如下:第一章,安徽科技学院陈传万编写;第二章,安徽科技学院陈传万编写、肥东县龙塘学校李灵修订;第三章,安徽科技学院刘艳华编写、肥东县龙塘学校李灵修订;第四章,信阳师范学院李超编写;第五章,安徽科技学院郭晨春编写、肥东县龙塘学校李灵修订;第六章,安徽科技学院陆山花编写、陈传万修订。全书由主编通览、校对、统稿并最终定稿。

本教材参阅了大量的相关书籍、报纸、杂志及网络上的最新研究成果,而且使用、摘录、改编了其中的一些例文或素材,恕未予一一注明。在此,谨向相关作者致歉并表示衷心的感谢!

由于编者水平有限,本教材难免存在不足之处,敬请各位读者批评指正。

编 者

2020 年 7 月

# 目 录

**第一章 夕阳芳草寻常物,解用都为绝妙词**
　　——关于文学和文学欣赏 ………………………………… 1
　一、文学及其构成要素 ……………………………………… 1
　二、文学欣赏的意义和功能 ………………………………… 3
　三、文学欣赏及其特征 ……………………………………… 5
　四、文学欣赏的过程 ………………………………………… 10

**第二章 天意君须会,人间要好诗**
　　——诗歌欣赏 ……………………………………………… 13
　一、什么是诗 ………………………………………………… 13
　二、诗歌欣赏的创造性 ……………………………………… 24
　三、诗味与诗歌欣赏的共鸣 ………………………………… 25
　四、诗歌欣赏的四条原则 …………………………………… 26
　五、诗歌欣赏举隅 …………………………………………… 30

**第三章 情动于中而形于言**
　　——散文欣赏 ……………………………………………… 52
　一、散文的审美特性 ………………………………………… 52
　二、散文的欣赏方法 ………………………………………… 54
　三、散文欣赏举隅 …………………………………………… 56

**第四章 从"现实世界"走向"艺术世界"**
　　——小说欣赏 ……………………………………………… 85
　一、小说欣赏技巧 …………………………………………… 85
　二、小说欣赏举隅 …………………………………………… 88

## 第五章 "人生本来就是一出戏"
　　——戏剧欣赏 ······ 125
一、戏剧概述 ······ 125
二、戏剧的欣赏方法 ······ 126
三、戏剧欣赏举隅 ······ 132

## 第六章 "我的地盘我做主"
　　——网络文学欣赏 ······ 176
一、网络文学概说 ······ 176
二、网络文学的欣赏方法 ······ 180
三、网络文学欣赏举隅 ······ 184

## 主要参考文献 ······ 221

# 第一章 夕阳芳草寻常物,解用都为绝妙词
## ——关于文学和文学欣赏

心理学告诉我们,需要是人类活动的内在动力。人的需要多种多样,但基本上可以分为两大类,即物质需要和精神需要。文学就是为了满足人的精神需要而创造的精神产品,文学作品作为一种精神食粮,在人们的日常生活中,一如柴米油盐酱醋茶一样不可或缺,这是文学作品能以商品形态在市场上流通的根本原因。不仅如此,我们甚至可以说,文学是人类生存的一部分,是人类的一种生存方式。人之所以不同于其他动物,就在于人类不仅有物质需要,还有更高层次的精神需要。人类需要精神,需要灵魂。而文学正是为了满足人类这种更内在、更本质的需要而存在的。正是在这个意义上,德国伟大的哲学家海德格尔提出"歌声即生存"。这一命题启示我们:人类之所以需要文学需要诗,是源于生命与生存的需要,本真的生命就是诗化的生命,文学是人类"诗意地栖居在大地上"的生存状态。①

那么,什么是文学呢?文学的构成要素有哪些?

## 一、文学及其构成要素

文学是运用语言创造艺术形象、表达思想情感的一种社会意识形态。文学作为一种社会意识形态,是适应社会和人类的需要,由社会的人,以社会关系、社会心理、社会事件等为材料创作的精神产品。

文学活动的产生需要具备两个方面的条件:文学主体和文学介质。文学主体是从事文学创作和文学欣赏的人,包括作者和读者。作者通过创作将自身的情感认识转化为文学形式,实现自身情感的价值。读者则通过阅读活动与作品进行情感交流,获得审美愉悦。文学介质指文学语言,它是文学艺术存在的基本形式和审美创造的基础。

关于文学的构成要素,古今中外的说法各不相同。西方结构主义美学将作品分为符号层、形象层、深层结构层;现象学美学将作品分为语音层、意义单位

---

① 傅道彬:《文学是什么》,北京大学出版社,2006年版,第4—10页。

层、再现客体层和图式化观相层。而中国文学一般把作品分为言、象、意三层。

因此,文学的构成要素首先是言,即语言,相当于绘画艺术中的线条、色彩,音乐艺术中的声音、旋律,是构成文学作品的媒介、材料。文学由语言组成,没有语言就没有文学。语言是文学作品的存在方式,是作品的外在形式,因而也是读者接受作品的中介、桥梁和通道。

语言以文字为载体,文字具有音和义两部分,这两部分都参与了文学的艺术建构,成为文学的艺术性的构成因素。因而要把握文学的艺术性,在语言层面上就应该从音和义两方面入手。

汉字的单音节性(即一字一音)和固定的声调,便于通过有意识的组织调度产生特有的音乐美。音乐美包括音韵和节奏两方面。文学的语言,当它作为抽象符号诉诸读者的视觉的时候,当然谈不上美感和意味;但是当它作为朗读、吟诵或歌唱的材料而诉诸读者的听觉时,语言的音乐因素就具有了美感和意味。音韵、节奏与情感、意味的关系,大体上是有一定规律的。欣赏作品时也要注意语言的韵律美,从对声调节奏的感受中获得充分的艺术享受。

除了音乐美外,字词的含义也是语言层面必须关注的内容。弄懂字词的含义,疏通文字障碍,是读懂作品的前提。要注意的是,文学中字词的含义与一般文章有所不同。文学中字词除了字面直接意义外,往往还有暗含义(双关义、比喻义、象征义、引申义、联想义等)。也就是说,文学中的字词除了指称一种事物、事实之外,往往还含有丰富的情感信息,乃至更复杂、更微妙的生命意味。例如,"寒山一带伤心碧"中的"寒"与"碧","春蚕到死丝方尽,蜡炬成灰泪始干"中的"丝"与"灰","红杏枝头春意闹"中的"闹","采菊东篱下"中的"菊",等等。文学语言具有多义性的特点,因此对文学语言的理解,视野不能过窄,应当善于联想、善于想象、善于感悟。

在语言层面,还应该注意把握语气(在叙事作品中表现为叙事语调)和文体。语气能传达发言者或叙述人的情感态度,文体能体现作者的创作个性,创造独特的意味。

其次是象,即形象。文学作为艺术与其他社会科学的根本不同在于,文学是以感性的形象传情达意,表现人生。因此,运用语言的直接任务在于描绘、创造生动具体的艺术形象。正如王弼所说,"言者,明象者也""象以言著"。[①] 因为语言的运用最为自由,所以语言具有惊人的创造形象的功能。运用它,可以将世界上一切已有的、未有的、有形的、无形的东西化为形象呈现于读者面前。语言作为单纯的符号是抽象的,但它所代表、所象征、所描绘的东西是生动的、形象的。

---

① 贾文昭:《中国古代文论类编》(上),海峡文艺出版社,1990年版,第6页。

欣赏文学作品最基本、最重要的一点就是,展开丰富的想象,透过语言,在自己的心理屏幕上复活出一个活生生的形象世界、生命世界、情感世界。

这个活生生的形象世界,在抒情性作品里表现为意象、意境、氛围;在叙事性作品中表现为人物、情节、环境(背景)等。

再次是意,即意蕴。王弼说:"夫象者,出意者也,故可寻象以观意。""意"是文学家对人生、对世界的感悟、理解和思考。"意"在作品中是隐形的、不可"见"的,它渗透于、蕴涵于、消融于具体可感的形象中,因此必须靠感悟、分析、抽象才能把握。

"意"也可以分层次,如言内意、言外意、意外意(前两层作者已经意识到,第三层连作者也未必意识到);表层意、深层意(形而上者,中国古人称之为"道")。"意"还可以分类型,如政治性意蕴、伦理性意蕴、社会性意蕴、人生意蕴等。

"意"从形态上又可分为意义和意味。意义可以归纳、可以概括、可以提炼,可以用判断的形式加以表述,如"本文通过什么表现了什么"之类;而意味则是活的、感性的心灵信息、生命信息、情感信息,可意会不可言传,可神通不可语达。

因此,一部作品的构成,包括了许多方面。首先是有"实体"可以把握的具体因素——言(声音、节奏、字义等)、象(意象、意境、人物、情节、环境、氛围等)、意(意蕴);也有寄于整体之上通过整体展现出来的综合因素,如风格、神韵、气势、情调……这些是能动地创造文学作品的必要手段,它同样"凝练于作品的艺术构成之中"。正是这些因素的有机融合,才"合"成一篇(部)解说不清、神秘莫测的文学作品。正是这方方面面,为欣赏和分析文学作品规定和指引了各个不同的角度和切入点。

## 二、文学欣赏的意义和功能

理解文学欣赏的意义和功能,就是要弄清楚人为什么要欣赏文学作品的问题。不同的读者有着各自的欣赏动机和目的,因此,文学欣赏的意义和功能也是多方面的。

第一,满足读者的心理需求,扩展其人生经验,这是文学欣赏最基本的功能。之所以如此,是因为文学欣赏的对象是文学作品,而一般认为文学作品具有"心理代偿"的功能。"代偿"是个心理学名词,人的欲望、梦想得不到满足的时候,会转而以其他方式、途径寻求补偿,以实现心理平衡。说文学作品具有"心理代偿"功能,可以从两方面来看。

首先,从作者一方来说,促使作者拿起笔来从事文学写作的一个很重要的动机,就是他在现实生活中的某种愿望、理想无法达成,需要诉诸文字,在虚构的世界里获得自我满足。比如卡夫卡,一生都生活在父亲的阴影中,他总是感觉自己是一条虫,"尾部被一只脚踩着,前半部挣脱出来,向一边蠕动"。他说:"在巴尔扎克的手杖柄上写着:我在粉碎一切障碍。在我的手杖柄上写着:一切障碍在粉碎我。共同的是'一切'。""我生活在我的家庭里,在最好的、最温柔体贴的人们中间,我比一个陌生人还要陌生。"①从这个角度看,弗洛伊德将艺术家的创作称为"白日梦"是很有道理的。

其次,从读者的角度看,文学作品同样可以使他获得许多在现实生活中无法获得的情感、思想、经验等。美国著名小说家、评论家,被誉为"心理分析大师"的亨利·詹姆斯,在谈到人们为什么需要并且喜欢读小说时说,小说的题材非常广阔,几乎没有什么事物不能成为它描写、表现的对象。小说所描绘的,大都是人们在现实生活中所经历、所感受、所体验的,既然如此,为什么还需要小说去加以表现呢?他的回答是:"人总是同时怀有一种获得更多经验的强烈愿望和一种以尽可能低的代价去让自己得到经验的无比狡黠的心理。每当他们有此可能,他们就会去偷别人的经验。他们喜欢体验别人的生活,而且尤其敏感于别人生活中的那些跟自己的经验相似得叫人按捺不住的那些方面。于是那写得活灵活现的故事就比任何其他一种文学形式能更容易地在这方面给他们以满足,能给他们以丰富的、然而得自别人的经验的知识。"②

第二,是实现文学的意义和价值的重要环节。也可以说,文学欣赏是文学得以生存和发展的重要前提。人有情感要表达,要与他人交流,希望得到他人的倾听,由此便产生了文学的雏形。就像鲁迅先生说的:"我们的祖先的原始人,原是连话也不会说的,为了共同劳作,必需发表意见,才渐渐的练出复杂的声音来,假如那时大家抬木头,都觉得吃力了,却想不到发表,其中有一个叫道'杭育杭育',那么,这就是创作。大家也要佩服,应用的,这就等于出版;倘若用什么记号留存了下来,这就是文学;他当然就是作家,也是文学家,是'杭育杭育派'。"③这是从创作角度说的;换个角度看,假如没有"佩服,应用的"欣赏者的存在,文学的产生和发展会受到很大阻碍。文学不是一种孤芳自赏,它既出于创作者抒发自己的情感或想法,也要得到欣赏者的应和。

接受美学认为,一部作品在进入阅读之前,还只是一个"半成品";文学作品是在作家创作与读者欣赏的过程中共同完成的。接受者才是"作品的真正完成者",因为作品只具有势能,而势能要通过接受才能转化为动能做功。

---

① [奥]卡夫卡:《卡夫卡书信日记选》,叶廷芳、黎奇译,百花文艺出版社,1991年版,第242页,第105页,第228页。
② [美]亨利·詹姆斯:《小说的未来》,见《小说的艺术——亨利·詹姆斯文论选》,朱雯等译,上海译文出版社,2001年版,第35-36页。
③ 鲁迅:《门外文谈》,见《鲁迅全集》第6卷,人民文学出版社,1998年版,第94页。

美国20世纪60年代就出现了"文学死了"的论调,国内也不时有人叫嚷"文学死了"。事实上,文学并没有从这个世界消失。可以说只要有读者存在,文学就不会消亡。

第三,有效提升欣赏者的语言能力。文学欣赏不同于其他艺术欣赏的地方,在于它是对语言艺术的欣赏。文学是一门语言艺术,既传承、积淀语言,又发展、创新语言。欣赏者可以在作品中领略、感悟语言的魅力,提高语言表达能力,并运用到日常生活的其他方面。具体来说:

首先,文学作品可以唤起欣赏者对语言的陌生感、新奇感,增强对语言的敏感度。俄国形式主义文论认为,所谓"文学性"的一个重要体现就是语言的"陌生化",以此来增强欣赏者的认知难度,延长他们对语言的感受时间。"陌生化"有两种方式:一种是创造新的语言。比如但丁写《神曲》的时候,由于深感很多情思无法用现有的语言传递,"生造"了许多语言,其中糅合了一些很冷僻的土语、俚语及其他语种。更常见的一种方式,是在特定的语境当中,通过对语言的有意识地、灵活地组合、连接等方式,而使平淡的语言变得令人耳目一新,古典诗词中的例子很多。

其次,欣赏者经由文学作品的熏陶所获得的语言能力,可以用来更准确、更生动地表达自己的思想观点,包括对世界、对人生、对他人、对自我的认识和理解。人是符号的动物,也是语言的动物。一个人的语言能力,在某种程度上决定着他对世界的认识和理解能力。

第四,欣赏者将从作品中获取源源不断的精神力量,直面生存。文学是人学,是用语言艺术表现的人学。古今中外优秀的文学作品,都以这样或那样的方式与人的生存紧密相连。中外文学史上,都有类似于"为人生的文学"这样的主张。这不仅是各种现实主义文学的追求,具有现代主义倾向的各类文学,实际上也致力于探寻人存在的本质,表达人在各种关系中的困顿与迷惘。因此,法国存在主义哲学家、作家萨特明确指出,文学是对社会与人生的揭示。

同时,文学是人的精神性创造活动的结晶,也一直游弋在人类无限宽广、丰富的精神领域,展示着人类心灵与情感世界最隐秘之处的悸动、嬗变。而经典的文学作品在精神指向上,常常具有感奋人心、抚慰心灵、滋养生命的价值效应。它们在揭示自我与他人精神困境的同时,从不放弃对信念与真理的追求。多读经典作品,除了可以培养纯正、浓厚的审美趣味外,还可以强化精神力量,使读者从容面对人生旅途上的种种困厄与险境。

### 三、文学欣赏及其特征

所谓文学欣赏,就是读者阅读文学作品时的一种审美认识活动。读者通过语言的媒介,获得对文学作品塑造的艺术形象的具体感受和体验,引起思想感情上的强烈反应,得到审美的享受,从而领会文学作品所包含的思想内容,这就是在进行文学欣赏。文学欣赏是文学发挥和实现其社会作用的重要环节。

文学欣赏是一种感觉与理解、感情与认识相统一的精神活动。人们欣赏文学作品,是从形象感受开始的,形象作用于读者的感觉和感情,使读者受到艺术感染,逐步体会到其中包含的思想。读者对文学作品所揭示的生活本质的认识,或是对作家创作的评价的接受,始终是和读者对作品所反映的具体生活现象的直接感受和情感反应分不开的。脱离了具体感受的抽象思维和逻辑判断,不能称为文学欣赏。但是单有感觉没有理解,单有情感没有认识,也不可能深切领会文学作品的意义,同样不是真正的文学欣赏。

文学欣赏中的客观性与主观性是对立统一的。任何文学作品一经产生,就成为一种客观存在,有其客观的规定性。这种客观的规定性是由文学作品所提供的艺术形象本身所决定的。读者在欣赏中的想象与联想,终究是以作品提供的艺术形象与生活画面为基础的。但是读者欣赏文学作品又不是纯客观的、消极的、被动的,它还带有一定的主观性。每一个读者有各自的生活经验和立场观点,有各自的思想感情和文化修养,因此他们在欣赏过程中的感受、体验和认识,往往与作家自己在创造形象时的感受、体验和认识并不完全相同。同一部作品在不同的读者中,往往会产生不尽相同甚至很不相同的感受、体验和认识,从而产生不完全相同的影响。鲁迅曾经指出,不同读者对《红楼梦》命意的解读是不同的:"经学家看见《易》,道学家看见淫,才子看见缠绵,革命家看见排满,流言家看见宫闱秘事……"

文学欣赏既是一种特殊的精神活动,又是一种审美认识活动,一般具有以下四个基本特征:

第一,文学欣赏是一种借助形象与感情的审美享受活动,它始终离不开艺术形象的诱导和强烈情感的激发。我们在欣赏文学作品时,被作品中鲜明生动的艺术形象所吸引、所感染,以认识它所反映的社会生活的现实面貌,并进而理解它的本质意义,引起情感上的反应。所以说形象所唤起的欣赏者的情感反映,是审美享受的重要标志,是文学欣赏的一个重要特点。例如,我们在欣赏《保卫延安》《青春之歌》《创业史》《红岩》等作品时,就会特别喜欢作品所表现的可歌可泣的斗争生活,喜爱那些鲜明生动的革命者的光辉形象,从作品中了解过去的革命斗争历史,学习先辈的革命传统与斗争精神,陶冶自己的情操并坚定自己的革命意志。在阅读高尔基的《母亲》、奥斯特洛夫斯基的《钢铁是怎样炼成的》、法捷耶夫的《青年近卫军》、伏契克的《绞刑架下的报告》等作品时,作品所展现的艰苦卓绝的斗争生活,以及从斗争中锻炼出来的坚强的革命战士的形象,不管在任何时期,对广大读者都具有巨大的教育、鼓舞力量。这种感情上的反应是很强烈的。总之,欣赏者的情感反映,以文学作品的形象系统为基础,以作家在作品中所灌注的情感为动力。

第二,文学欣赏是感觉与理解相统一的审美认识活动,在欣赏过程中,形象思维与抽象思维结伴而行。文学欣赏不是简单地复现现象,而是对形象意蕴的深刻理解。这种理解又不是抽象的认识,而是形象的意会,是在感觉中理解,在审美过程中认识。文学欣赏以读者对作品中的艺术形象的具体感受为基础,读者对作品的感性认识,在文学欣赏中有重要的意义。这是因为"我们的实践证明:感觉到了的东西,我们不能立刻理解它,只有理解了的东西才更深刻地感觉它"。读者对文学作品的形象,只有在正确理解的基础上,才能获得深刻的感受。例如,宋代诗人苏轼,在读了陶渊明的《饮酒》诗以后写道:"'采菊东篱下,悠然见南山',因采菊而见山,境与意会,此句最有妙处,近岁俗本皆作'望南山',则此一篇神气都索然矣。""望"和"见"一字之差,意境全非。这是因为,陶渊明要表达的是自己辞官以后的喜悦,因而用"见"字,传达出悠然自得的情怀,确有"境与意会"的效果;若改为"望"字,变成主动寻求,不仅破坏了全诗的意境,也不符合陶潜的节操。苏轼的体会表明他对陶诗的意境以及陶潜的为人都有比较深刻的认识。当读者对作品中的艺术形象还停留在片段的、分散的、表面的感性认识阶段时,他们是不可能对作品的内容有全面的、深刻的感受的。只有当读者经过深思,把那些片段的、分散的、表面的印象集中起来,加上自己想象的补充和丰富,在自己的头脑里获得形象的再现时,他才能对作品所描绘的形象有比较全面、深刻的感受,达到感受和理解的有机统一,才能透彻地领会其中的意味,得到思想感情上的陶冶和艺术鉴赏上的愉悦。

第三,文学欣赏是一种依靠想象与联想所进行的艺术再创造活动。艺术的想象在文学欣赏中有着非常重要的作用。文学欣赏离不开形象,但也不是简单的复现现象,再现形象,而是在作品形象系统的基础上,通过欣赏者的想象、联想,通过欣赏者的感受、理解,重新创造形象。文学欣赏的再创造,表现为欣赏者以作品的客观内容为基础,结合自己的直接或间接的生活经验,去感受、认识、补充、丰富欣赏对象。构成文学欣赏活动要有主观、客观两个方面的条件。主观条件是欣赏者的艺术思维能力,客观条件是文学作品,即欣赏对象。文学欣赏的再创造必然受这两个条件的制约。

文学欣赏的再创造受欣赏对象的制约。主要表现在以下三个方面:

首先,文学作品中的空白点要求欣赏者进行再创造。作者的语言,无论是叙事、写人,还是状物、绘景,都经常会出现表面残缺不全的语言空白点,在人们感叹"书不尽言,言不尽意"的同时,又会惊喜地发现,这些空白点并没有影响信息的传递,相反,它往往具有更浓的文学味,并且传递出了一定的美学信息。这是因为优秀的文学作品具有唤起读者愉悦的内部固有的审美机制。这一特点意味着当读者的审美活动介入之后,便会产生审美实践的效应。如下之琳的《断章》,这是一首写于20世纪30年代而至今为读者所喜爱的佳作:

> 你站在桥上看风景,看风景人在楼上看你。
> 明月装饰了你的窗子,你装饰了别人的梦。

诗中的"你"与"楼上人"都在看风景,但所见风景却大异其趣。明月装饰窗户,也许是"你"眼里的风景,也许是"你"对清新美妙境界的期冀。而"你"却成为别人的梦的中心,足见"你"的无瑕与可恋。你的出现使这一片"风景"富有灵气,这一方自然蕴含了天机神韵。意境之美,美不胜收。然而,这首诗的审美价值,更在于它自身的不少空白点。比如,"你"到底是怎样一个形象,"楼上人"又是怎样的形象呢?这给再创造提供了自由的空间。不同时代、不同层次的读者完全可以借助诗作本身固有的内涵进行联想、想象、再创造。完全可以把"你"想象成一个知书达理、极有涵养的旷世美人,并以此为关切点,一睹诗作通透的全貌。"你"按捺不住闺中的寂寞,独自下楼来到桥头,观赏夜景,消闲身心。"你"看到明月掩映"你"的绿窗小阁,"你"在醉心地捕捉这销魂的夜景,而"你"的恋人——"楼上人"已在高楼上把你嵌入了一个美妙的梦想。如果对诗中的空白点进行再次咀嚼、理解,也许会由于感遇和心境的不同而创造出一个全新的形象:"楼上人"是一个志向高远、奋发有为的追求者形象,古往今来,多少有志之士在人生道路上摸索攀缘,唱响了一曲曲撼人心魄的奋斗者的浩歌。从这一角度来观照"楼上人","你"便成为理想人格的化身。"你"是一个至善至美的偶像,是作为人生追求的理想境界而存在的一个极高的象征。

其次,文学形象的间接性、意象性的特点要求欣赏者进行再创造。文学形象同各类艺术形象一样有具体可感性。不过,其他艺术形象具有直观性。而以语言为媒介塑造的文学形象,毕竟是间接造型,它不可能给人以直接的可视可闻可触的外形,所以它具有间接性与意象性的特点。人们在欣赏文学作品时,首先接触到的是语言文字符号,只有读懂了、理解了这些语言文字的内涵,并结合自己的生活经验与切身感受,进行想象与联想,才能在脑海中再现文学形象。比如欣赏元朝散曲作家马致远《天净沙·秋思》:"枯藤老树昏鸦,小桥流水人家,古道西风瘦马,夕阳西下,断肠人在天涯。"首先映入眼帘的自然是那三个"鼎足对"中的九个名词。这九个名词毫无装饰、毫无雕琢,也不用动词和关联词语加以连接。如果消极地、被动地去感知,这不过是一堆名词而已,但如果积极地、主动地去进行再创造的话,脑海中便会浮现出一幅幅画面,这些画面进而构成一幅秋郊日暮羁旅图,图中流淌着游子思乡之情。通过欣赏者的再创造,一个视觉鲜明的形象再现了:主人公目含企盼,心怀凄凉,面容憔悴,周身疲惫,在这岁之暮、日之暮,独自信马流落天涯。作者早年热衷功名,一生并未得志,长期漂泊在外的孤独凄凉之感,通过这一再现的形象传递给了欣赏者,足以引起欣赏者强烈的共鸣。

"断肠人在天涯",这断肠人何止一个两个,正是封建社会中具有相同的寂寞愁苦情怀的知识分子的群像。这样一幅图画,图画中的人物、景物以及其中的意蕴,全靠欣赏者对这二十八个字所传递出的信息的理解、感悟,再加上联想、想象,进而把一个个独立的画面整合为一个完整的艺术形象,才最终感受到一幅渗透着天涯孤客羁旅愁思之情的美妙的秋景图。这体现的便是文学形象的间接性。文学形象的意象性与文学形象的间接性密切相关,它是作家的意念、感情、思绪与客观物象的相互契合,是意与象的和谐统一,是主观与客观的和谐统一。

再次,文学形象的高度概括性要求欣赏者进行再创造。一切艺术都是社会生活的反映,然而由于各种艺术形式自身特点的不同,艺术形象反映社会的广度是不尽相同的。在这方面,文学形象较之其他艺术形象有自己的独到之处:无论是反映社会生活还是表现内心世界,其容量都较大,它更少受时间、空间和人物的限制,可以能动地、灵活地展开想象的翅膀。"笼天地于形内,挫万物于笔端",描绘无垠的想象空间。毛泽东的《七律·长征》"红军不怕远征难,万水千山只等闲",不仅概括了历时一年、跨越十一个省、行程二万五千多华里的、惊动了全世界的、历史上前所未有的"二万五千里长征",而且表现了中国工农红军大无畏的革命英雄主义气概,既有空间的广阔,又有气势的豪迈。

文学形象的这种高度概括性,是其他任何艺术形象所无法比拟的。在人物描绘方面,作为语言艺术的文学,具有更大的优越性,它可以用以形传神的方法表现人物的内心世界,用人物语言表现人物的喜怒哀乐和动机欲望,也可以闯入人物的心灵深处,直接剖析人物内心的活动。尤其是意识流小说,可以突破现实空间的序列,直接按照意识流动的逻辑来解构生活画面。

如王蒙的《春之声》就是一个范例:小说没有按故事情节的发展来构思,而是以主人公坐在车中意识流动的轨迹来写,从中国到外国,从城市到乡村,从现在到过去和未来,主人公意识流动上下几千年,纵横数万里,突破了时空限制,拓宽了作品容量,表现了丰富多彩的生活现象和深刻的社会主题。文学在时空两方面的自由度很大,语言艺术可以全方位地、立体地、动态地展示广阔而纷繁复杂的以人为中心的社会生活和人类心灵的历程。这一特点带给读者的,是自由度同样很大的联想、想象、再创造的空间。总之,欣赏对象自身所具有的审美特点,要求欣赏者进行再创造，同时，欣赏对象又是客观存在的，它不可能以欣赏者的意志为转移，所以要求欣赏者的再创造只能是合理的补充、想象和联想。例如，阿Q这一形象是由他独特的生活环境、遭遇、命运、性格特征、思想感情等条件构成的，所以，无论你怎样进行联想、想象，"这一个"阿Q都是不能用别的形象来代替的。读者只有在尊重和不违背阿Q形象的客观真实的基础上，发挥主观再创造的作用，才可能达到正确的欣赏目的。欣赏者对欣赏对象的补充和丰富，正是对作品提供的艺术形象的深刻理解和认识，而这种理解和认识注定要受到客观存在着的欣赏对象的制约。

第四，文学欣赏是以"通感"和"共鸣"为重要特征的一种综合的心理感应活动。在文学欣赏中，由于欣赏者的生活、欣赏经验，以及各种感觉器官的暂时联系，视觉、听觉和触觉、嗅觉、味觉之间往往可以相互作用而彼此沟通，从而唤起艺术形象原来不一定具有的另一种或另几种感觉形象。这种"通感"现象是在艺术欣赏中的独特现象。文学欣赏中的另一种心理活动——共鸣，是一种复杂而常见的现象。当阅读文学作品的时候，作家通过作品的形象表达出来的思想情操，强烈地打动了读者，引起读者思想感情的回旋激荡。他们爱作者之所爱，恨作者之所恨；为作品中正面人物的胜利而欢乐，为反面人物的覆灭而称快；或者为正面人物的失败而悲痛，为反面人物的得势而愤慨，象喜亦喜，象忧亦忧。

因此，文学欣赏是伴随感情活动的形象思维活动，文学欣赏中的认识活动主要是一种感受体验，而不是评论，但是，对文学作品的形象及其所包含的意蕴，只有在正确理解作品的基础上，才能获得全面的、深刻的感受。因此，文学欣赏是感性和理性或感受、体验和理解、鉴别的有机统一。

## 四、文学欣赏的过程

读者欣赏文学作品的过程，实质上是由感觉、知觉、感情、观念等一系列心理因素共同参与的复杂的心理活动过程。一般来说，读者欣赏的心理过程，是从最基本的直觉阶段（感知文学的形式），经过体验与理解的再创造（产生意象和感情共鸣），向最高级的认识阶段（领悟意蕴）纵向发展的。

第一，直觉阶段。欣赏的直觉阶段是读者通过对作品形式美的感知而达到的最初层次，产生悦耳悦目的感官愉快。所谓直觉，是指主体对文艺表象的突然领悟与再现，它往往可能是感官对文艺表象的不全面的反映，属于主客体同化的初级形式，却是我们能够真正进入文学欣赏境界的必要预备。心理学上把这个阶段称为感知觉。

在直觉阶段，最典型的心理特征是日常意识完全被那些顿悟到的表象所占据，不但忘记欣赏对象以外的实用世界，甚至忘记我们自己的存在，把整个心灵寄托在那些孤立绝缘的表象上了。要获得欣赏的直觉,兴趣与注意是重要的两个心理因素。

欣赏者首先必须对文学欣赏活动本身感到是一种需要,从而引起欣赏的兴趣与爱好,没有兴趣的推动,欣赏活动的进行是不可能的。

有了文学欣赏的兴趣,我们就会主动、自觉地去欣赏文学作品。这时,就要特别发挥注意的心理功能。只有集中注意力,仔细地体会文学作品的表象,彻底打破文学作品在形式上的疑难,才能踏入文学欣赏的大门。

对文学作品表象的注意,往往与兴趣同时自然发生,不知不觉地走入那种境界,好比是"米老鼠与唐老鸭"把小朋友弄得手舞足蹈一样容易。但有时是有目的而又需要一定的努力,比如受到外界干扰的时候,或是为某个目的迫使自己注意时。据此,注意便又有无意注意和有意注意两种。这两种注意,在文学欣赏中都需要,而且可以互相转化。

如果兴趣起始于需要,那么注意则是起始于兴趣。注意好比一个强有力的离合器,把欣赏者从实用的世界拉入另外一个天地;又好比一根火柴,是它点燃了欣赏者平素几乎处于熄灭状态的感情之火,唤起一种对美的希冀。

欣赏的直觉阶段是处在读者的感官与作品的传媒信息的直接联系中,所以这里发生的主要还是悦耳悦目的(内在)感官愉快。随着鉴赏活动的深入进行,读者的审美感受必然会上升到高一级的阶段。

第二,体验与理解阶段。所谓体验与理解,即通过再造想象等一系列心理机制,对文学作品表象进行完形感知,使文学作品中所反映的生活情景全部再现出来,因为这种再现不是像翻拍照片一样刻板地再现,它是依据欣赏者本人的期待视野来进行的,由此再现出来的生活情景也并不一定与作品中的情景完全相同,即使是同一作品,也是不一样的。所以,这个阶段又称为再创造阶段。

在这个阶段,有两个突出的心理特征:一是表象的分解与完形;二是与作者情感的共鸣,即异质同化或同构。表象的自觉运动在这一阶段最为活跃,它甚至贯穿于整个文学欣赏过程中。

直觉表象是不完整和不可靠的,因此要完成作品情景的全部再现,就需要我们对那些直觉到的表象加以分解与完形,好比是把拆开的机器零部件加以分类,然后再按设计者的构思意图,遵循科学逻辑,进行重新组装,使原来的各种直觉表象构成具有审美意味的知觉完形,从而达到对文学作品深层次的理解。

伴随着表象的分解与完形的逐层展开,心理机制大致依次表现为回忆与再认、想象与联想、移情与共鸣等几个方面。

作品中的表象之所以能再现出来,首先是回忆与再认的作用。一旦作品中的表象得以确证，就要求我们运用想象与联想把直觉到的表象进一步完形，它是我们进行再创造的有力手段。

在表象的分解与完形的想象活动中，主体的情感渗透最不能忽视。心理学上说，情感是人对客观事物的一种态度，那么我们欣赏文学作品与作者进行表象交流也就不可能抛弃情感，而需要将主体的情趣灌注到作品表象之中去，进而出现共鸣的心理效应。

第三，认识阶段。由再创造所产生的必然的直接心理效应——共鸣，这是我们在理解并完形作品表象之后的一种特有的心心相印的心境，当然这还不是整个过程的结束。这时，我们都会很快意识到：作者的情感态度是否合乎美的普遍规律？于是，我们不得不从共鸣的心境中跳出来，对作者在作品中已经评价过的生活进行重新审视与扫描，从更高的美学标准做出我们的判断。那么，这时文学欣赏便进入了最后的再评价阶段。心理学上把这个阶段称为认识。

要了解本阶段主体心理结构，有三个特点应把握：① 它是积淀着欣赏主体情感经验的一种特殊的认识结构；② 它是很难诉之于言语或意识的，而仅仅依据着欣赏主体的情感经验的结果；③ 它的活动过程是在情感活动中不断进行着的"组织"与"强化"、"同化"与"调节"、"改变"与"判断"的心理过程。总之，它是主体通过欣赏情感经验去发现和判断对象的艺术价值的一种特殊的心理结构。

在这个特定的认识阶段，主要的心理机制仍然是理解，不过它已不像在前面两个阶段那样带着强烈的情感跃动了，而为主观的理智所管束。这时，欣赏者会调动自己对生活的一切有关的记忆表象，并按自己的欣赏心理结构来发现和判断作品的美与丑、分析作品的情感态度等，并做出自己的明确评价。其结果当然是前面两个阶段的深化，或完全接受作者的情感态度，作品表象与欣赏者的记忆表象再次拥抱，达到十分融洽的境界，如嚼橄榄，回味无穷；或部分接受作者在作品里的情感态度，有时也可能改变前面直观欣赏的印象，越来越感觉到作品表象的浅陋或不真实，这就是积极的欣赏，这也才能算得上我们真正理解了这部作品。

## 思考与练习

1. 什么是文学？文学有哪些构成要素？
2. 请以具体事例，阐释文学欣赏的意义。
3. 文学欣赏有什么特点？
4. 简述文学欣赏的过程。

# 第二章 天意君须会，人间要好诗
## ——诗歌欣赏

春夏秋冬，走过四季都是诗；天地之间，人生百味皆成文。

人，天生是诗人。人类在开拓着物质世界的同时，也在开拓着自己的内心世界。人们在发现真，发现善，发现美，也在发现诗。诗，永远是和美好的憧憬、奔放的情思、海阔天空的幻想融合在一起的。

中国是一个诗的国度。孔子曾经说过："小子何莫学夫诗？诗可以兴，可以观，可以群，可以怨。"大美学家朱光潜也说道："诗是培养趣味的最好媒介，能欣赏诗的人们，不但对于其他种类文学可有正确的了解，而且决不觉得人生是一件干枯的东西。"

那么，到底什么是诗呢？

## 一、什么是诗

英国诗人华兹华斯说："诗是一切知识的生命和更精粹的灵魂。"英国散文家、文学评论家赫兹里特说："诗是构成生活的一种东西。""诗是我们生活中的精细部分，它扩展、净化、提炼我们的心灵，它提高整个人生。"

### （一）有关诗的两个定义

古往今来，论诗者究竟给诗下了多少定义，实在难以说清。20世纪30年代我国学者杨鸿烈在《中国诗学大纲》中随手列出40多条诗歌定义。美国当代诗人桑德堡在《诗的定义（初型）试拟》中，也一口气列出38条诗歌定义。但到目前为止，到底什么是诗，仍没有公论。

1. 郭沫若《致宗白华》

$$诗 = (直觉 + 情调 + 想象) + (适当的文字)$$
$$\phantom{诗 = (}\text{inhalt}\phantom{+ 情调 + 想象) + (}\text{form}$$

郭沫若的这个定义，曾经产生很大影响。"inhalt"来自德语，是"内容"的意思；"form"也来自德语，是"形式"的意思。"直觉＋情调＋想象"概括了诗歌内容的主要特点，也表述了诗的创作过程，但对诗的内容特征概括不够全面。"适当的文字"显得苍白，一切语言艺术，其"文字"都是"适当"的，没能点出诗的语言特征。

2. 何其芳《关于写诗和读诗》

诗是一种最集中地反映社会生活的文学样式,它饱含着丰富的想象和感情,常常以直接的方式来表现,而且在精练与和谐的程度上,特别是在节奏的鲜明上,它的语言有别于散文的语言。

何其芳的这个定义,影响也很大,大部分教科书都使用了这个定义。但是,它没有充分概括诗反映生活的特征,即诗的最本质的特征,也就是诗的抒情性特征,诗是吟唱生活的。"有别于散文的语言"对诗的语言特点概括得也不够准确,怎样"有别于"呢?

(二) 关于什么是诗的体会

诗必须是诗,是诗的内容和诗的形式的高度统一的一种文学体裁。它重在传达诗人对生活的一种独特的感受、思考和理解;它要求语言高度精练,而且形象性强,必须有联想和想象,有节奏感,同时要分行排列。

这里我们无意给诗歌下定义,因为那绝对是吃力不讨好的事情。但为了更好地理解什么是诗,只好以定义形式来阐述了。

1. 诗必须是诗,必须具备诗的本质,要有诗意。没有诗意,再分行排列,也不是诗

要看一首诗,首先应看它是否具备"诗的本质",即"情感"。诗的本质特点是抒情。抒情诗自不必说,即使是叙事诗,也要在叙事中抒发情感。

郭沫若说:"诗的本职专在抒情。"其他文体也要抒发情感,但正如艾青所说:"作为诗,感情的要求必须更集中、更强烈;换句话说,诉诸情绪的成分要更重。"

阿红说:"诗情是什么呢?是在一个特定境遇里,一个人的心灵受某种或某些特定事物的冲激,不禁情绪漾动,神飞意驰,有所思,有所悟。"因此,这里的"情感"不能狭义理解:或激情,或哲理的思辨,或微妙的情绪,或一种特定的心境,或新颖而深刻的思想,或某种情趣等。例如:

《沙尘暴》(叶剑) 早春的一场沙尘暴/从曾经水草肥美/牛羊成群的牧歌田园飘来/惊破我们绿色的梦//于是我们知道/那长满了冬虫夏草和肉苁蓉的/大草原和绿水青山/如今荒芜了//冬虫夏草和肉苁蓉/滋养得我们雄风万丈/可山荒了,水枯了,草萎了/大地痿了(《诗刊》2001年1期)

这首诗,缺少诗的本质特征,即情感,仅仅是生活表象的呈现。所以说,它不是诗,或不算好诗。

2. 诗的感情着重表现的是诗人对生活的一种感受、理解和思考

感受来自生活,一定要从生活中提炼,即从生活出发;同时又要超越生活,要虚实结合。戴望舒说:"诗是由真实经过想象而出来的,不单是真实,亦不单是想

象。"(《诗论零札》)

如诗人洪泓《海峡》(《诗刊》1983年5期)这首诗:"母亲身上的/一条鞭痕。/这样深,这样深……//我问波涛:/是谁,这样凶狠、残忍?/波涛没有回答。/一行雁/正剪接着海空的云……"它既是实写台湾海峡隔断了大陆与台湾之间的联系,又是虚写人为的"海峡"。

初学写诗的人易犯两种错误:

(1) 把对生活的认识赤裸裸地写出,表现的是一种概念或说教,如《地质战士之歌》:地质战士英雄汉,/一身都是胆。/科学高峰,/敢去占!/世界尖端,/敢去攀!/困难面前有我们,/我们面前无困难。/要问力量哪里来?/为了四个现代化,/咱豁出命去干!(《诗的技巧》)

(2) 对生活的认识拘泥于现实,描写生活表象,不注意超越。如《猫》:"昨晚回家的时候,/妻告诉我说/她在卧室的沙发底下发现了/一只大白猫。她怕极了,/只好用一根竹棍乱捣,/试图将它赶跑。(妻最怕猫了。这我早知道的。)/折腾了近半个钟头,/终于将那只猫赶出了家门……"(作者郭杰,原载2003年2月7日《北京评论》论坛)

艾青的《树》,也是虚实结合得很好的。诗如下:一棵树,一棵树/彼此孤离地兀立着/风与空气/告诉着它们的距离//但是在泥土的覆盖下/它们的根伸长着/在看不见的深处/它们把根须纠缠在一起。(1940年春)

3. 诗人对生活的这种感受、理解和思考,必须是真实而独特的

(1) 首先感情必须真实,而且是普遍意义上的真实。有的人写诗,很真实,甚至于自己都写哭了,但为什么就不能感动别人呢?原因可能很多,但这种真实缺少"普遍性",是"一己之实",这是主要原因。诗必须有个性,但个性又必须有共性,光有个性不行,光有共性也不行,应是个性与共性的统一。

如戴望舒的《雨巷》,既是戴望舒的迷惘和徘徊,以及在迷惘和徘徊中执着追求的歌;同时又是那个时代,即1927年第一次大革命失败以后,所有找不到正确道路的知识分子的迷惘和徘徊,在迷惘和徘徊中执着追求的歌;以及所有感到孤独,有所希冀但希冀什么说不清楚、有所追求但追求什么也不明白的人都能从中找到共鸣。

(2) 其次感受必须独特,而且是普遍意义上的独特,即"人人心中都有"而"人人笔下皆无"。

古往今来,写爱情的诗数不胜数,如普希金"但愿别人爱你也像我一样";里尔克"从两根弦里发出一个声响";艾吕雅"我爱你为了所有我不爱的女人";茨维塔耶娃"是亲生儿子的小名,时时刻刻挂在嘴上";李商隐"春蚕到死丝方尽,蜡炬成灰泪始干";舒婷"我必须是你近旁的一株木棉,作为树的形象和你站在一起";

等等。

叶芝的《当你老了》的感受非常独特,主要表现在第二段:"多少人爱你年轻欢畅的时辰,/爱慕你的美丽,假意或真心,/只有一个人爱你那朝圣者的灵魂,/爱你衰老了的脸上的痛苦的皱纹。"这种感受不仅独特,而且具有普遍意义。

4. 诗的语言必须高度精练

诗是一种语言艺术。卜迦丘说:"'诗'这个语词导源于一个很古的希腊语词poetes,它的意义是拉丁语中所谓的精致的讲话。"(《异教诸神谱系》)古米廖夫也说:"对人来说,诗歌是表达自己个性的一种方法,它通过语言这种能满足它的需要的唯一工具加以表现。"(《读者》)

"诗实际是一种语言。""作为诗的观念的传达手段,文字这个因素也和用在散文里的表现有所不同,它在诗里本身就是目的,应该显得是精练的。""诗也不能停留在内心的诗的观念上,而是要用语言把意造的形象表达出来。在这方面,诗又有两种事要做:第一,诗必须使内在的(心里的)形象适应语言的表达能力,使二者完全契合;第二,诗用语言,不能像日常意识那样运用语言,必须对语言进行诗的处理,无论在词的选择和安排上,还是在语言的音调上,都要有区别于散文的表达方式。"(黑格尔《美学》)

(1) 弹性,是指诗的语言的几种词义的并涵。

科学语言总是力求单解,避免"一名数义"。诗的语言恰好相反,以极少的语言表现最复杂的情感,力求多解。闻一多说:"诗这东西的长处就在它有无限度的弹性,变得出无穷的花样,装得进无限的内容。"(《文学的历史动向》)科学家杨振宁也说:"诗不需要精确,太精确的诗不是好诗。"

如臧克家的《老马》,既是实写老马,"实际上也就是写了自己"。

(2) 跳跃性,指在感情推进中,省去那些读者凭经验、记忆、直觉和想象就可以得到的内容。

如:公刘《运杨柳的骆驼》"千枝万枝要把春天插遍沙漠";艾青《跳水》"让青春去激起/一片雪白的赞叹"。

(3) 修辞手法大量运用。诗人只有对实用语言加以"破坏""改造",如艾略特所说那样"扭断语法的脖子",才能使之成为诗的语言。因此,诗中大量运用修辞手法。

① 比喻:在诗中极其重要,主要加强语言的形象性和生动性。不擅长比喻,不算有才华的诗人。

诗中运用比喻,一要切,即本、喻体之间相同点找得准确,如《沙扬娜拉》"最是那一低头的温柔,/像一朵水莲花不胜凉风的娇羞";一要奇,善于在似乎冰炭不投的事物中找出相似点,如《雨巷》"她静默地走近/走近,又投出/太息一般的眼光";一要新,王尔德说:"第一个用花比美人的是天才,第二个再用的是庸才,第三个就是蠢材了。"艾略特把黄昏比作"手术台上服了麻药的病人"。

② 象征:可以使诗更加凝聚、精练,意义更丰富、含蓄。黑格尔说:"象征要使人意识到的不是它本身那样一个具体的个别事物,而是它所暗示出来的普遍性的意义。"

运用象征关键在于象征体的选择与塑造,象征体总是具体事物的变形。象征体不能太实太黏,也不能太虚太浮,总要与生活原型的形象特征有不同程度的关系。

象征义是诗人赋予象征体的,即"托义于物,借物言志",同样的事物在不同诗人笔下完全可以蕴涵不同的,甚至截然相反的含义。如雪莱:"西风啊,冬天已经来到,/春天还会远吗?"吕剑:"赶着春天去,/去丰收一个秋天。"

特定的象征体与特定的象征义没有固定联系,但具体到一首诗里,一个象征体只能包含一种象征义,不能时而象征彼,又时而象征此。

闻一多:"喻训晓,是借另一事物把本来说不明白的说得明白点;隐训藏,是借另一事物把本来可以说得明白的说得不明白点。"(《神话与诗》)

③ 拟人(拟物):拟人即物境人格化,拟物即人格物境化。

拟人使诗具有形象性和可感性,它既是诗人诗意想象的结果,又是读者飞驰"再想象"的始发点。如陈敬容《山岩》:"你看浪花、浪花……/滂沱的眼泪。"

拟物也使诗具有形象性和可感性,避免语言概念化,使情绪表达更准确、更生动。如郭沫若《瓶·三十一》:"我已成疯狂的海洋,/她却是冷静的月光!/她明明是在我心中,/却高高挂在天上。/我不息地伸手抓拿,/却只是生出些悲哀的空响。"

④ 通感:其美学价值在于,一是增强诗表达诗人主观的感情世界的艺术能力,因为通感长于表达诗人的直觉、错觉、幻觉和其他种种微妙的难以言传的感觉;二是丰富读者从诗中获得的美感,因为它让五种感觉(视觉、听觉、触觉、味觉、嗅觉)变化交错,带给读者更丰富的、梦幻般的美感;三是开辟新诗语言创新的又一途径,老舍说"语言的创造,是用普通的文字巧妙地安排起来的",通感正是语言的"巧妙地安排"。如艾青《小泽征尔》:"你的耳朵在侦察,/你的眼睛在倾听,/你的指挥棒上/跳动着你的神经。"

⑤ 反衬:通过吟咏与主要吟咏对象相反的其他事物,从反面衬托主要吟咏对象。要求诗人用辩证的眼光去形象地观察生活,要善于在各种相互关系的事物中看出对立,在各种相互对立的事物中找出联系,即以哀写乐,以乐写哀;以动写静,以静写动;以丑写美,以美写丑等。

运用反衬要始终围绕于、服务于突出主要吟咏对象。王夫之说:"'昔我往矣,杨柳依依;今我来思,雨雪霏霏。'以乐景写哀,以哀境写乐,一倍增其哀乐。"

如闻一多的《死水》,即以美写丑。

⑥ 反复:某些字、词、行、节重复出现。通常情况下,反复或用来表达缠绵温婉或雄豪奔放的情感,这是由诗的抒情性决定的;或强化诗的抑扬起伏的节奏感和回环往复的旋律美,这是由诗的音乐性决定的。

反复有两种类型,即连续反复和间隔反复。如徐志摩的《雪花的快乐》。

反复与啰唆仅一步之差,真实、饱满的诗情是运用反复的前提。

⑦ 蝉联:上一个诗句末尾的词语作为下一个诗句的开头。

新诗的诗行只是节奏单位、音韵单位,因此蝉联的词语并不一定出现在上个诗行末和下个诗行首,或位于下句之首的蝉联词语带有修饰语,如"炉火照亮了你的羞涩。/(你幸福的羞涩照亮了/我梦中的幽暗)"(何其芳《梦后》);或不一定充当下个诗句的主语,如"理想是石,敲出星星之火;/理想是火,点燃熄灭的灯;/理想是灯,照亮夜行的路;/理想是路,引你走到黎明"(流沙河《理想》)。

⑧ 排比:有助于诗充分、淋漓尽致地抒情,有助于诗在抒情中细腻、清晰、多角度地叙事;可以加强语言气势,造成强烈的节奏感,造成诗节结构上大体整齐,赋予诗的排列以匀称美。如:"在你搭好了灶火之后,/在你拍去了围裙上的炭灰之后,/在你尝到饭已煮熟了之后,/在你把乌黑的酱碗放到乌黑的桌子上之后,/你补好了儿子们的为山腰的荆棘扯破的衣服之后,/在你把小儿被柴刀砍伤了的手包好之后,/在你把夫儿们的衬衣上的虱子一颗颗的掐死之后,/在你拿起了今天的第一颗鸡蛋之后。"(艾青《大堰河——我的保姆》)

排比有并列型和承接型两种。排比的内容总是相关的、相似的,需要诗人善于运用多样的语言表达。

⑨ 借代:即以一定的语言环境作为条件的"换一个说法"。它不直接写出要吟咏的对象,而是借与它有关系的人或物去代替。借体是本体的一种特征、标志等。它使诗婉转曲折,藏其所藏,露其所露,避免直言浅露。如"哎,大森林!我爱你,绿色的海"(公刘《哎,大森林!》)。

⑩ 夸张:抓住对象某一特征,从性质、状态、数量或程度等方面加以夸大铺张,从而鲜明地突出事物的某一方面特征。它不仅使诗的语言形象化,创造惊人的意境和阔大的气势,而且是诗源于生活而又高于、美于生活的重要手段,是诗歌作为想象艺术的重要表现方法。

夸张要合情合理,要有分寸;而且要能反映现实生活,尽力抓住其本质。

如郭沫若《天狗》:"我是一条天狗呀!/我把月来吞了,/我把日来吞了,/我把一切的星球来吞了,/我把全宇宙来吞了。"

此外,还有双关、对仗等修辞手法,此不一一赘述。

5. 诗的形象性最强

大凡优秀的诗人,总是善于用富于特征的具体形象来表现其思想、抒发其感情。

(1) 抒情主人公形象,即抒情主人公自我形象,往往也是诗人的直接形象。如徐志摩的《再别康桥》。

(2) 意象(人、事、物、景),即经过作者主观感情加工过的客观形象。诗中意象,不再是客观事物的本来形象,已经打上作者主观感情的烙印。如"悬崖边的树",本来就是悬崖边的树,但诗人曾卓把它写进诗中,就不再是那悬崖边的树了,而是体现曾卓个人审美的树了,是一种生命的象征。所以,人们常说,诗的意象,是"变形"的。

(3) "变形",指诗人在创作过程中,出于一定的审美理想和表达的需要,对所要反映的客观事物和社会生活,有意识地改变它的性质、形状、色彩等,使它们的表现力增强,以诱导读者产生独特的审美感受。

雪莱说:"诗使它触及的一切变形。"吴乔也说:"文出正面,诗出侧面。意思犹五谷也,文,则炊而为饭;诗,则酿而为酒。饭不变米形,酒形质尽变。"

变形通常有以下几种方法:

① 感觉变形,诗人有意歪曲和改变人对客观事物的正常感觉。如柳沄《阴谋》:"早晨起来/这世界便有点异常/太阳是方的。"

② 虚拟变形,指客观事物本来不具有某种形态、性质和特征,诗人通过想象性的虚拟,可以使之变得具有。如韩作荣《花季》:"我的手指发芽了/喧闹声里/头颅开成一枝牡丹。"

③ 通感变形,指通过运用通感手法,使客观事物变形。如吴晓《我是敲钟人》:"每天,我把钟声拧成长长的纤绳/牵引出太阳,这镀金的船。"

④ 夸张变形,指通过运用夸张手法,使客观事物变形。如洛夫《烟之外》:"左边的鞋印才下午/右边的鞋印已黄昏了。"

⑤ 幻觉变形,指在幻觉状态下对自身或客观事物的反常观照。如余光中《等你,在雨中》:"步雨后的红莲,翩翩,你走来/像一首小令/从一则爱情的典故里你走来//从姜白石的词里,有韵地,你走来。"

6. 诗必须要联想和想象。联想和想象是诗的表现,是诗的深度

(1) 联想,指不破坏原有表象(指记忆中所保持的客观事物的形象),只是把表象连接起来,由此及彼或由彼及此,形成表象链。

艾青说:"联想是由事物唤起的类似的记忆;联想是经验与经验的呼应。""联想是情绪的推移,由这一事物到那一事物的飞翔。"(《诗论》)运用联想,可以加大形象密度,使原始形象更加鲜明,使诗的思想得以充分表现、升华,意境得以开

拓,认识得以飞跃,诗意得以创造。如林徽因《你是人间的四月天——一句爱的赞颂》:"你是一树一树的花开,是燕/在梁间呢喃,——你是爱,是暖,/是希望,你是人间的四月天!"

联想可以分为接近联想、类似联想和对比联想。接近联想如"或是月夜的行军,/听到得得的马蹄声"(艾青《小泽征尔》);类似联想如"我打江南走过/那等在季节里的容颜如莲花的开落"(郑愁予《错误》);对比联想如"也许铜的要绿成翡翠,/铁罐上绣出几瓣桃花;/在让油腻织一层罗绮,/霉菌给他蒸出些云霞"(闻一多《死水》)。又:杜牧《题乌江亭》:"胜败兵家事不期,包羞忍耻是男儿。江东子弟多才俊,卷土重来未可知。"王安石《乌江亭》:"百战疲劳壮士哀,中原一败势难回。江东子弟今虽在,肯与君王卷土来。"

(2)想象指把表象分解、改造、重组,以生成新的形象。想象是生活形象的拆卸、省略、组装、着色,是诗的表现和诗的深度。没有想象,就没有诗。柯尔律治说:"想象是写诗的才能和鉴赏诗的才能这二者的根源。"

想象分为有意想象和无意想象。无意想象指在无意识状态下表象的奇妙的组合和改组。如柯尔律治的《忽必烈汗》。又:宋·许顗《彦周诗话》:"梦中赋诗,往往有之。宣和己亥,仆在洪州,宿城北郑和叔家。夜梦行大路中,寒沙没足,其旁皆田苗丘陇。一妇人皂衣素裳行田间,曰:'此中无沙易行。'仆从之不能登,妇人援仆手登焉。月明如昼,弥望皆野田麦苗。妇人求诗,引仆藉草坐。有矮砖台一,上有纸笔,仆题诗四句云:'闲花乱草春春有,秋鸿社燕年年归。青天露下麦苗湿,古道月寒人迹稀。'拍笔砖上有声,惊觉宛然记忆,是岁大病,后亦无他故。"

有意想象包括再造想象、创造想象和幻想。

再造想象是指作者在经验、记忆的基础上,在头脑中再现出客观事物的表象,如徐志摩的《再别康桥》。创造想象是指作者将记忆中贮存的表象进行综合性的组合,在头脑中创造出新的形象,如戴望舒的《雨巷》。幻想是指以社会或个人的理想、愿望以及个人的主观感受为依据,对还没有实现或根本无法实现的事物的想象,如郭沫若《天上的街市》:"远远的街灯明了,/好像闪着无数的明星。/天上的明星现了,/好像点着无数的街灯。//我想那缥缈的空中/定然有美丽的街市。/街市上陈列的一些物品,/定然是世上没有的珍奇。//你看,那浅浅的天河,/定然是不甚宽广。/我想那隔河的牛女,/定能够骑着牛儿来往。//我想他们此刻/定然在天街闲游。/不信,请看那朵流星,/那怕是他们提着灯笼在走。"

运用联想、想象要注意:一是要自觉地在实践中积累大量感性的经验材料,丰富自己的表象库;二是要不断丰富自己的认识,记忆一些有价值的形象材料;三是要以现实为基础,以理性为指导,以激情为动力,不能胡思乱想。

7. 诗要有节奏感

爱伦·坡说:"诗歌的生命在音乐。"郭小川也说:"诗是最有音乐性的艺术。"诗的音乐性是诗的第二大特征。

(1) 节奏是宇宙中的自然节奏的诗化,是人的生活节奏的诗化。诗的节奏通常分为内在节奏和外部节奏。

(2) 内在节奏是指诗人贯注在诗中的情绪的统一和变化,是诗人心灵里自然而然地流露出来的,带有很强的个性色彩。它主要由情感的强弱和意象的疏密相间获得,如舒婷的《致橡树》。

(3) 外部节奏包括音顿、押韵和平仄等。

音顿即读者读一行诗时可以略微停顿一下的基本语言单位。大致说来,新诗的音顿有以下几种方式:一是诗行的顿数大体整齐,如《再别康桥》;二是诗行的顿数不整齐,但变化有规律,如《雨巷》;三是诗行的顿数无规律,如席慕蓉《一棵开花的树》。

两个以上诗行末尾的实字如果韵母相同或相近,这些字叫韵脚。韵是感情的"心音",它不仅让诗发出动听的声响,又是诗的黏合剂,它将一首诗的诗行黏合成和谐、紧凑、脉络相通的整体,使人易诵易记,如流沙河的《理想》。新诗不必一定押韵,押韵以诗情为本。

新诗极少讲究平仄。

8. 诗要分行排列

一首诗,光有诗意不行,如果不分行排列,也不算诗。

试比较:

［例2-1］ 在这里,我要唱一个人。他不是将军,却立了无数功勋;他不是文豪,却写下不朽诗文。他如此平凡,如此年青,像一滴小小的春雨;却渗透一亿万人的心!为什么啊为什么,六亿人民的心里,都念着这个二十二岁士兵的姓名?他啊,是一滴水;却能够反映整个太阳的光辉!他啊,是刚展翅的鸟;却能够一心向着党飞!他啊,是才点亮的灯;只不过每一分光都没浪费!他啊,是刚敲响的鼓;却能把每一声都化成雷!啊,雷锋!你不为自己编歌曲,你不为自己织罗衣;你不为自己梳羽毛,你不为个人流一滴泪。啊,雷锋!你,国际歌里的一个音符,你,红旗上的一根纤维;你,花丛中的红花一瓣,你,浪花里最清的一滴!青春!永生!壮丽!看列兵雷锋啊,一步一个回声,一步一支歌曲;直响透未来的无穷世纪!

在这里,
我要唱一个人。

他不是将军,
却立了无数功勋;
他不是文豪,
却写下不朽诗文。
他如此平凡,如此年青,
像一滴小小的春雨;
却渗透——
亿万人的心!

为什么啊为什么,
六亿人民的心里,
都念着这个
二十二岁士兵的姓名?

他啊,
是一滴水;
却能够
反映整个太阳的光辉!

他啊,
是刚展翅的鸟;
却能够
一心向着党飞!

他啊,
是才点亮的灯;
只不过
每一分光都没浪费!

他啊,
是刚敲响的鼓;
却能把
每一声都化成雷!

呵,雷锋!
你不为自己编歌曲,
你不为自己织罗衣;
你不为自己梳羽毛,
你不为个人流一滴泪。

呵,雷锋!
你,国际歌里的一个音符,
你,红旗上的一根纤维;
你,花丛中的红花一瓣,
你,浪花里最清的一滴!

青春!
永生!
壮丽!
看列兵雷锋呵,
一步一个回声,
一步一支歌曲;
直响透
未来的无穷世纪!

(魏钢焰《你,浪花的一滴水》)

[例2-2] 日落微波金丝闪动过小河。左行右撑莲舟上扬起歌声。

　　　　日落
　　　　　微波
　　金丝闪动过小河。

　　　　左行
　　　　　右撑
　　莲舟上扬起歌声。

(朱湘《采莲曲》节选)

　　诗的分行排列是由诗的抒情性、音乐性决定的。分行排列有助于强调诗人感情跳跃中的重要词句的分量,诗中重要词句通过各种排列而得以突出,同时有助于显示优美的韵脚,有助于加强诗的节奏感。

诗分行排列要遵循以下原则：一是要显示出诗人思想感情的变化和流动，给人以运动感；二是要注意每一行的内部结构以及行与行之间的有机组合，给人以整体感；三是要有独创性，根据自己所写的不同内容而有所变化，给人以新鲜感。

## 二、诗歌欣赏的创造性

诗是语言艺术，诗歌欣赏首先从语言开始。诗的语言排除了通常语言的习惯性，使日常语言生疏化，以延长并强化读者对语言的感知过程。

"瞻言而见貌"，语言带给欣赏者以想象的形象。优秀的诗能"状难写之景如在目前"。诗欣赏的任务，是要准确地把握形象。

诗欣赏由把握形象而进入意境。诗的意境是诗歌形象与它所触发的全部艺术想象的总和，是诗的"实"的形象和鉴赏者"虚"的想象的统一。惠特曼说："纸上的诗，严格说来，还不能算诗。只有在读者心中引起的感受才能算诗。"在欣赏中，欣赏者通过自己创造性的形象思维活动而体味意境。

诗的全部抒情美与音乐美，即全部诗味，都集中于、表现于、活跃于诗的意境。从意境中，鉴赏者仔细地领会、咀嚼，享受那醇美的诗味。

诗是由两个人一起创造的，一个是诗人，一个是读者。巴尔扎克说："真正懂诗的人，会把作者诗句中透露一星半点的东西拿到自己心中去发展。"（《幻灭》）艾略特也说过："一首诗对于不同的读者可能显示出多种不同的意义。这些意义可能都并不是作者的原意。……而一个读者的解释，虽不同于作者的原意，有时却同样的得当，甚至比作者原意更好。因为一首诗原可能存在有不为作者所自知的更多的意义。"（《诗歌的音乐》）

具体说来，诗歌鉴赏的创造性表现在以下方面：

（1）诗人写诗通常是把情感藏起来（诗贵含蓄），读者赏诗就是要把情感找出来。

（2）诗的语言的跳跃性、弹性，要求读者补充、创造。

（3）诗的形象的简约性、具体性，给读者欣赏带来了多义性、不确定性，即诗无达诂。具体来说，就是：

① 不同读者可以在同一首诗中发现不同世界，见仁见智，见浅见深，各美其美。② 同一读者随着年龄、阅历或处境、心绪的变化，可以在同一首诗中发现不同世界。

（4）诗歌鉴赏创造性的方式即想象。柯尔律治说："想象是写诗才能和鉴赏诗才能这二者的根源。"

（5）诗歌鉴赏的创造性不等于诗歌鉴赏的"臆想性"。《姜斋诗话》："作者用一致之思,读者各以其情而自得。"想象的广阔性正来源于诗歌形象的确定性。鉴赏者先要理解诗人的"一致之思",再旁及其他;先把握言中之意,再领会言外之意;先入乎其中,再出乎其外。

### 三、诗味与诗歌欣赏的共鸣

诗味是诗人深刻炽烈的思想感情与诗歌生动鲜明的艺术形象水乳交融的结晶,是诗人的向往、追求以及美学理想在诗中融会而成的沁人心脾的艺术魅力,是诗歌内容与形式所体现出的一种美感。

1. 情味

(1) 内容上,主要以情动人。何其芳:"即使整篇找不出毛病和漏洞,如果一点也不感动人,仍然不能算作好诗。"(《诗歌欣赏》)

《汉乐府·上邪》:"上邪,我欲与君相知,长命无绝衰。山无陵,江水为竭,冬雷震震,夏雨雪,天地合,乃敢与君绝。"

《敦煌曲子词·菩萨蛮》:"枕前发尽千般愿,要休且待青山烂。水面上秤锤浮,直待黄河彻底枯。　　白日参辰现,北斗回南面。休即未能休,且待三更见日头。"

普希金《致克恩》:"我记得那美妙的瞬间:/你就在我的眼前降临,/如同昙花一现的梦幻,/如同纯真之美的化身。//我为绝望的悲痛所折磨,/我因纷乱的忙碌而不安,/一个温柔的声音总响在耳边,/妩媚的身影总在我梦中盘旋。//岁月流逝。一阵阵迷离的冲动/像风暴把往日的幻想吹散,/我忘却了你那温柔的声音,/也忘却了你天仙般的容颜。//在荒凉的乡间,在囚禁的黑暗中,/我的时光在静静地延伸,/没有崇敬的神明,没有灵感,/没有泪水,没有生命,没有爱情。//我的心终于重又觉醒,/你又在我眼前降临,/如同昙花一现的梦幻,/如同纯真之美的化身。//心儿在狂喜中萌动,/一切又为它萌生:/有崇敬的神明,有灵感,/有泪水,有生命、也有爱情。"

(2) 表现上,诗中抒发的喜怒哀乐等感情,如果直接述说,往往使人觉得浅露无味;而含蓄表现,则让人读来别有风味。

唐·朱庆余《闺意献张水部》:"洞房昨夜停红烛,待晓堂前拜舅姑。妆罢低声问夫婿,画眉深浅入时无。"张籍酬之曰:"越女新妆出镜心,自知明艳更沉吟。齐纨未足时人贵,一曲菱歌敌万金。"

2. 意味

(1) 内容上,诗在浓郁的感情中往往有理想信仰、人世经验、生活智慧在闪光,使诗中有隽永的意味。

苏轼《题西林壁》:"横看成岭侧成峰,远近高低各不同。不识庐山真面目,只缘身在此山中。"

顾城《远和近》:"你/一会看我/一会看云//我觉得/你看我时很远/你看云时很近。"

（2）表现上,诗中抽象的意和理性的志,如通过一定的艺术形象来表现,则隽永有味；如只讲意而无感情无形象,则索然无味。

卞之琳《断章》:"你站在桥上看风景,看风景人在楼上看你。明月装饰了你的窗子,你装饰了别人的梦。"

3. 韵味

指诗的音乐美。诗的节奏、诗的音韵,构成诗的韵味。例如戴望舒《雨巷》。

4. 兴味

指诗的创新。如新的表现手法、新的语言运用、新的构思角度等,往往能激起读者的强烈兴致。

美国诗人保罗·安格尔《文化大革命》:"我的手拾起一块石头片。/我听见一个声音在里面喊：/'不要惹我,/我是来这里躲一躲。'"（荒芜译）

诗的感情与读者的感情取得某种一致性,即诗歌欣赏的共鸣。读者通过共鸣而获得诗,诗通过共鸣去实现它的价值。

郭沫若《〈女神〉序诗》：

女神哟！

你去,去寻那与我的振动数相同的人；

你去,去寻那与我的燃烧点相等的人。

你去,去在我可爱的青年的兄弟姊妹胸中,

把他们的心弦拨动,

把他们的智慧点燃吧！

共鸣现象比较复杂,好诗可以引起共鸣,但引起共鸣的不一定都是好诗。

在读者来说,引起共鸣的除了生活经验、思想水平、个性、气质、文化背景等条件外,基本的诗歌修养是不可或缺的。马克思说："只有音乐才能激起人的音乐感；对于没有音乐感的耳朵来说,最美的音乐也毫无意义。"（《1844年经济学哲学手稿》）

## 四、诗歌欣赏的四条原则

1. 不能拘实与发挥想象

唐代诗人杜牧曾写过一首题为《江南春》的诗："千里莺啼绿映红,水村山郭酒旗风。南朝四百八十寺,多少楼台烟雨中。"对这首诗,明代的文学家杨慎在《升庵诗话》中批评说："千里莺啼,谁人听得？千里绿映红,谁人见得？若作十里,则莺啼绿红之景,村郭,楼台,僧寺,酒旗,皆在其中矣。"针对杨慎的意见,清代的文学家何文焕在《历代诗话考索》中曾进行了驳斥说:"即作十里,亦未必尽听得着,看得见。题云《江南春》,江南方广千里,千里之中,莺啼而绿映焉。水村山郭,无处无酒旗,四百八十寺,楼台多在烟雨中也。此诗之意既广,不得专指一处,故总而名曰《江南春》。"

沈括《梦溪笔谈》:"杜甫《武侯庙柏》诗云:'霜皮溜雨四十围,黛色参天二千尺。'四十围乃是径七尺,无乃太细长乎?"

宋·欧阳修《六一诗话》:

圣俞尝云:"诗句义理虽通,语涉浅俗而可笑者,亦其病也。如有《赠渔父》一联云'眼前不见市朝事,耳畔惟闻风水声。'说者云:'患肝肾风。'又有《咏诗者》云:'尽日觅不得,有时还自来。'本谓诗之好句难得耳,而说者云:'此是人家失却猫儿诗。'人皆以为笑也。"

诗人贪求好句,而理有不通,亦语病也。如"袖中谏草朝天去,头上宫花侍宴归",诚为佳句矣,但进谏必以章疏,无直用稿草之理。唐人有云:"姑苏台下寒山寺,半夜钟声到客船。"说者亦云,句则佳矣,其如三更不是打钟时!如贾岛《哭僧》云:"写留行道影,焚却坐禅身。"时谓烧杀活和尚,此尤可笑也。若"步随青山影,坐学白塔骨",又"独行潭底影,数息树边身",皆岛诗,何精粗顿异也?

唐·高骈《对雪》:"六出飞花入户时,坐看青竹变琼枝。如今好上高楼望,盖尽人间恶路岐。"这是一首借景抒怀之作。诗人坐在窗前,欣赏着雪花飘入庭户,窗外的青竹渐渐变成玉叶琼枝。于是诗人想到此时如果登上高楼观赏野景,那野外一切崎岖难走的道路都将被大雪盖尽,展现在眼前的将是坦荡无边的粉妆世界。诗人希望白雪能消除人世间的一切罪恶,使艰难险阻都变成光明洁净的坦途。

2. 可解、不可解、不必解与牵强附会

明·谢榛《四溟诗话》:"诗有可解、不可解、不必解,若水月镜花,勿泥其迹可也。"

在苏轼留传下来的诗歌中,有几首咏桧诗,其中《王复秀才所居双桧》云:"凛然相对敢相欺,直干凌云未要奇。根到九泉无曲处,世间惟有蛰龙知。"这首诗是写给钱塘秀才王复的,其时王复在乡间行医,悬壶济世,口碑甚好。王复在候潮门外的家,庭院中有两棵高大的百年古桧。诗的意思是说,两棵桧树相对挺立,表现出一种不可侵犯的气势,令人敬畏。它们不仅树干笔直地耸入云天,更为奇特的是,它们的根也笔直地扎入地下,在九泉之处也毫无弯曲。当然,只有潜伏地下的蛰龙才能了解,双桧的根也是如此之直。诗中以桧喻人,赞美威武不屈、刚正不阿的优良品德,颂扬表里如一、光明磊落的高风亮节。

然而这样一首好诗,在震惊北宋朝野的乌台诗案中,差一点让苏轼死于非命。关于这场文字狱,《宋史》和许多诗话、笔记中都有记述,而语焉甚详的则是宋人朋九万编撰的《东坡乌台诗案》和《眉山诗案广证》。元丰二年(1079),44岁的苏轼从徐州移知湖州。到任不久,御史中丞李定和何正臣、舒亶等人就上章弹劾他,说他的《湖州谢上表》中有诽谤朝廷的词句。他们还从苏轼的诗集中找出一百多首诗,肆意歪曲,罗织成罪。如"赢得儿童语音好,一年强半在城中",是诬蔑青苗法;"东海若知明主意,应教斥卤变桑田",是反对水利法;"岂是闻韶解忘味,尔来三月食无盐",是攻击盐业法,等等。由于御史台众口一词,宋神宗命令御史派人把苏轼拘捕入京问罪,"顷刻之间,拉一太守如驱鸡犬"。

宋神宗同意拘捕苏轼,本来是想把问题查清楚,但他没有想到主要问题则是李定这帮奸佞容不得正直的人。他们本是王安石一手提拔起来的,却在新法遭到非议之时联手将王安石排挤出京。这时王安石已经罢相三年,新法也已经变了味,完全成了李定等人用来打击异己的武器。而苏轼在地方任上,因法便民,政绩卓著。特别是在知徐州时,黄河决口,他亲率军民筑堤抗洪,保全了徐州。宋神宗通令嘉奖苏轼,说:"汝亲率官吏,驱督兵夫,救护城壁,一城生齿并仓库庐舍,得免漂没之害。"(《东坡续集》卷十二《奖誉敕记》)这帮群小特别害怕宋神宗重用苏轼,对于已被收监的苏轼岂肯轻易放过。他们看出宋神宗没有严办苏轼的意思,终于使出了撒手锏。苏轼的咏桧诗中提到"蛰龙",他们就在这两个字上大做文章。于是,和李定等人沆瀣一气而且更加阴险的副宰相王珪,极尽诬陷之能事,对宋神宗说:"陛下飞龙在天,而轼求之地下之蛰龙;其不臣如此!"他以为宋神宗一定会龙颜大怒,苏轼一定人头落地。但他的歪曲太离奇牵强,宋神宗没有相信,并且指出:"自古称龙者多矣,如荀氏八龙(东汉荀淑八子皆贤,时谓荀氏八龙),孔明卧龙,岂人君也?"

御史台还不肯善罢甘休,又将苏轼转三司度支审问,想从经济上抓到苏轼什么把柄,但苏轼向来为官清廉,结果也毫无收获。于是,宋神宗下诏以黄州团练副使将苏轼贬往黄州。

苏轼在御史台的死囚牢里被关押了四个月零十二天,司马光、苏辙等三十人也受到株连,苏轼的文章诗词被大量毁掉,"比事定,重复寻理,十亡其七八矣"!

乌台诗案已经过了九百多年,今天看来,这首诗依然是一首好诗。它希望人们:在明处要正直,在暗处也要正直。这是人的有价值的精神和品格。

3. 有我欣赏与知人论世

王国维论词有"有我之境"和"无我之境"之说(《人间词话》)。"有我之境"为"以我观物,故物皆著我之色彩";"无我之境"为"以物观物,故不知何者为我,何者为物"。欣赏,是一个走近和走进诗歌世界的美妙过程,一个以"人本"解读"诗本"的微妙过程。这中间也有"有我"和"无我"之别。

"有我欣赏",其特点是把握作品背景,全方位、深层次地探究作品内涵。唐诗"洞房昨夜停红烛,待晓堂前拜舅姑。妆罢低声问夫婿,画眉深浅入时无?"何以吸引人?妙处当在十分巧妙、极其含蓄、非常逼真地凸显了一个新嫁娘的聪慧。这是"无我欣赏"。如果考虑一下有关背景,进入"有我欣赏",则诗的情趣将别是一番风味。诗写"闺意",而题为"闺意献张水部",是诗人朱庆余写给水部郎中张籍的。朱为一介书生,张为当朝大臣、当代名人。一介书生要高中科举、出人头地,行卷名人、干谒权贵不失为终南捷径。本诗以新妇自比,以新郎比张,以公婆比主考,巧妙而得体地献媚、探路,用心良苦,用意可谓"尽在不言中"。

现代新诗鉴赏中,特别要留意时代背景,写作年代有时就是鉴赏的依据、解题的钥匙。如艾青的《我爱这土地》写于1938年,"1938年"让人联想到什么?"大地遭受的苦难、人民的悲愤和激怒、对光明的向往和希冀"等。

对作品有效解读,透彻理解,"有我欣赏"无疑是不可缺的。除了背景材料外,"有我欣赏"还要求读者介入——以自身的知识积累和生活积淀来佐证、参悟作品,从而做到"心有灵犀一点通"。"有我欣赏"为动态欣赏、超文本赏析,有利于文章内涵挖掘和读后感悟生发,在占有资料、辅之以经验的前提下,使欣赏成为上下求索的"壮美"体验。

宋·赵师秀《约客》:"黄梅时节家家雨,青草池塘处处蛙。有约不来过夜半,闲敲棋子落灯花。"对于"闲敲棋子"这一细节,如果"设身处地",以我们的生活体验来推想,那么不难意会出这"闲"字之下的无奈、焦躁:夜半已过,棋友未至,听着户外阵阵蛙鸣,此时此境,有谁还会"闲适恬淡"?"闲敲棋子"原为"闲得无聊""闲得发慌"啊!诗源于生活,以生活经验、人生经历来参悟诗情诗理诗意诗趣,这是"读写"的合理"交互",是"读写一体"的自然演绎。用"人本"精神来解读"诗本",从而充分挖掘文学作品的"人文"因素。

4. 无我欣赏与就诗论诗

"无我欣赏",是指欣赏过程中,淡化背景,乃至舍弃背景;不预载体验,少介入外因;一切从"诗本"出发,披诗入境,从而最大限度地鉴赏、把玩"诗本"。"无我欣赏"为静态欣赏、纯文本鉴赏,有利于艺术直觉的培养,在不加负载、少添"外设"的背景下,使欣赏成为怡然自得的"优美"享受;"无我欣赏"对培养纯文学鉴赏品位十分有益。

"一千个读者眼中就有一千个哈姆雷特。"从创作角度看,许多经典作品,正是靠"文本"自身的张力、语言本身的魅力,给读者提供广阔的自由解读空间,从而使作品摆脱"初衷",超越时空。从接受角度看,读者关注和青睐的首先是"文本",激发联想和产生感悟的也往往是"文辞"。李商隐的诗句"春蚕到死丝方尽,蜡炬成灰泪始干"之所以经久流传、广为引用,其奥妙或许就在于读者舍弃了"无题"的背景,淡化了"爱情"的原旨,鉴赏回归到"就文本而文本,就诗句而诗句"的"无我"境界。

宋·许𫖮《彦周诗话》:"杨华既奔梁,元魏胡武灵后作《杨白华歌》,令宫人连臂踏足歌之,声甚凄断。柳子厚《乐府》云:'杨白华,风吹渡江水,坐令宫树无颜色,摇荡春心几千里。回看落日下长秋,哀歌未断城乌起。'言婉而情深,古今绝唱也。魏旧歌云:'阳春二三月,杨柳齐作花。春风一夜入闺闼,杨花飘落入南家。含情出户脚无力,拾得杨花泪沾臆。秋去春来双燕子,愿衔杨花入巢里。'此词亦自奇丽,录之以存古乐府题云。"

## 五、诗歌欣赏举隅

### (一)《黍离》

1. 原诗

彼黍离离,彼稷之苗。行迈靡靡,中心摇摇。知我者谓我心忧,不知我者谓我何求。悠悠苍天,此何人哉!

彼黍离离,彼稷之穗。行迈靡靡,中心如醉。知我者谓我心忧,不知我者谓我何求。悠悠苍天,此何人哉!

彼黍离离,彼稷之实。行迈靡靡,中心如噎。知我者谓我心忧,不知我者谓我何求。悠悠苍天,此何人哉!

2. 欣赏

《毛诗序》说:"《黍离》,闵(悯)宗周也。周大夫行役至于宗周,过故宗庙宫室,尽为禾黍,闵周室之颠覆,彷徨不忍去,而作是诗也。"后来就用"黍离之悲"表示国家残破之忧。但今人或以为是流浪者的思乡之作。本诗选自《诗经·王风》。"王"指东周王都,周平王迁都洛邑后,王室衰微,天子位同列国诸侯,其地产生的诗歌便被称为"王风"。"王风"多乱离之作。此诗中的具体物象只有黍和稷,它们在北方是随处可见的农作物,这就使诗中的环境变得具有普遍性与抽象性了,因而由此环境引起的感慨,也具有了不确定性。

基于此,对此诗的写作背景与主旨,有多种解释。《毛诗序》解释为东周初年王朝大夫返回镐京时,见西周宗庙宫室都已坍塌毁弃,上面长满了庄稼,十分感伤,于是作了此诗。这是传统的说法,因此《黍离》一诗历来被视为悲悼故国的代表作。但仅从诗中难以看出此说的依据,若宫室毁弃、家园荒芜,一般以杂草丛生、野兽出没来形容,不应以"彼黍离离"来描述。更为合理的解释是,虽然庄稼茂盛,但主人公由于某种原因而不能安居乐业,从诗中我们可以看到一个常年四处漂泊的流浪者形象,听到他因流离失所而发出的愤怒呼喊。

全诗共分三章,每章八句。每章前二句都是借景起兴,引出第三、四句主人公彷徨不忍离去的描述。后四句以旁人对"我"的态度来烘托浪迹天涯的悲情,并以呼天抢地的形式,愤怒谴责给自己带来灾难的罪魁祸首。

本诗采用了重章叠句的形式,各章间仅个别词语有变化。第二句末尾的不同字"苗""穗""实",不仅起了分章换韵的作用,而且造成景致的转换,反映了时序的迁移,说明自己长期流浪而不能安居。第四句末尾分别是"摇摇""如醉""如噎",生动地显示出长期"行迈"离乡而内心逐渐加重的悲痛,其余各句反复咏叹,有回环往复之妙,使强烈的悲愤之情倾吐得淋漓尽致。

(二)《月夜》

1. 原诗

今夜鄜州月,闺中只独看。
遥怜小儿女,未解忆长安。
香雾云鬟湿,清辉玉臂寒。
何时倚虚幌,双照泪痕干!

2. 欣赏

"千古诗人推杜甫。其诗随所遇之人之境之事之物,无处不发其思君王、忧祸乱、悲时日、念友朋、吊古人、怀远道,凡欢愉、幽愁、离合、今昔之感,一一触类而起,因遇得题,因题达情,因情敷句,皆因甫有其胸襟以为基。"叶燮在《原诗》中对杜诗的立论,是十分精辟的。在中国文学史上,杜甫是最伟大的现实主义诗人。他和李白被誉为中国诗歌史上的"双子星座"。综观中国诗歌史,还没有哪一位诗人能像杜甫这样深刻、广泛而真实地反映当时社会的种种现实。杜甫的诗自唐以来就被公认为"诗史"。杜甫也因为其诗深刻、广泛而真实地反映了唐帝国由盛而衰的种种转变,具有鲜明的时代色彩,充满着始终如一的热爱祖国、同情人民的激情以及在艺术上集前代之大成、开后世之先路,而被称颂为"诗圣"。

天宝十五载(756)春,安禄山由洛阳攻入潼关。六月,长安陷落,玄宗逃蜀,叛军入白水,作者携家逃往鄜州羌村。七月,肃宗在灵武(今宁夏灵武市)即位,杜甫获悉即从鄜州只身奔向灵武,不料途中为安史叛军所俘,押回长安。八月,作者被禁长安望月思家而作此诗。

望月怀思,自古皆然。诗人不写自己望月怀妻,却设想妻子望月怀己,又以儿女(因为年幼)未解母亲忆长安之意,衬出妻之孤独凄然,进而盼望聚首相倚,双照团圆。此诗反映了乱离时期人民的痛苦之情。词旨婉切,章法紧密,写离情别绪,感人肺腑。

题为"月夜",字字都从月色中照出,而以"独看""双照"为一诗之眼。"独看"

是现实,却从对面着想,只写妻子"独看"鄜州之月而"忆长安",而自己的"独看"长安之月而忆鄜州,已包含其中。"双照"兼有回忆与希望:感伤"今夜"的"独看",回忆往日的同看,而把并倚"虚幌"(薄帷)、对月抒愁的希望寄托于不知"何时"的未来。采用这种从对方设想的方式,妙在从对方那里生发出自己的感情,这种方法被后人当作诗法。

### (三)《摸鱼儿·雁丘词》

**1. 原诗**

乙丑岁,赴试并州,道逢捕雁者云:"今日获一雁,杀之矣。其脱网者悲鸣不能去,竟自投于地而死。"予因买得之,葬之汾水之上,累石为识,号曰雁丘。时同行者多为赋诗,予亦有《雁丘词》。旧所作无官商,今改定之。

问世间、情为何物,直教生死相许?天南地北双飞客,老翅几回寒暑。欢乐趣,离别苦,就中更有痴儿女。君应有语,渺万里层云,千山暮雪,只影向谁去?

横汾路,寂寞当年箫鼓,荒烟依旧平楚。招魂楚些何嗟及,山鬼暗啼风雨。天也妒,未信与,莺儿燕子俱黄土。千秋万古,为留待骚人,狂歌痛饮,来访雁丘处。

**2. 欣赏**

元好问(1190—1257)字裕之,号遗山,太原秀容(今山西忻州)人,金代著名诗人、史学家。金章宗泰和五年(1205),元好问到并州(今山西太原一带)赴试,路遇捕雁人,射杀一雁,另一雁悲鸣不去,投地殉情而死。作者向捕雁人买下双雁,葬于汾水之畔,累石为标记,名为雁丘。当时同行的人多数为之赋诗,他也写了一首《雁丘词》。多年以后,作者又将这首诗改为词,调寄《迈陂塘》,即《摸鱼儿》。

这是一首咏物词,词人为雁殉情而死的事所感动,才挥笔写下了这首词,寄托自己对殉情者的哀思。"问世间、情为何物,直教生死相许",一个"问"字破空而来,为殉情者发问,实际也是对殉情者的赞美。"直教生死相许"则是对"情为何物"的震撼人心的回答。古人认为,情至极处,"生者不以死,死者不以生"。"生死相许"是对至情至爱的盛赞,这"直教"二字,则声如巨雷,惊天地、泣鬼神。"天南地北"二句写雁的生活。"双飞客"即为雁。大雁秋南下而春北归,双飞双宿,形影不离,经寒冬,历酷暑,多像人间的那一对痴男怨女。无论是团聚,还是离别,都刻骨铭心。"君应"四句揣想雁的心情。"君"指殉情的雁。侥幸脱网后,想未来之路万里千山,层云暮雪,形孤影单,再无爱侣同趣共苦,生有何乐呢?不如共赴黄泉吧,这里对殉情雁的心理世界做了形象的描写,使读者的热血不由不沸腾起来。

下阕借助对自然景物的描绘,衬托大雁殉情后的凄苦,"横汾"三句写葬雁的地方,"雁丘"所在之处。汉代帝王曾来巡游,但现在这里箫鼓绝响,只余烟树,一派凄冷。"横汾",横渡汾水。汉武帝《秋风辞》有"泛楼船兮济汾河,横中流兮扬素波"。"箫鼓",《秋风辞》有"箫鼓鸣兮发棹歌","平楚",如言平林。"招魂"二句意为雁死不能复生,山鬼枉自哀啼。"招魂楚些"意为用"楚些"招魂。语出《楚辞招魂》,它的句尾用"些"字,故言"楚些"。"何嗟及"即嗟何及。《诗经·王风》中有"何嗟及矣",元词本此。"山鬼""啼风雨"本自《楚辞·九歌·山鬼》"杳冥冥兮羌昼晦,东风飘兮神灵雨"。这里作者把写景同抒情融为一体,用凄凉的景物衬托雁的悲苦生活,表达词人对殉情大雁的哀悼与惋惜。"天也妒"三句,写雁的殉情将使它不像莺、燕那样死葬黄土,不为人知;它的声名会惹起上天的忌妒。这是词人对殉情大雁的礼赞。"千秋"四句,写雁丘将永远受到词人的凭吊。

总之,这首词紧紧围绕"情"字,以雁拟人,谱写了一曲凄恻动人的恋情悲歌,表达了词人对殉情者的哀思,对至情至爱的讴歌。艺术上,一是托物寄兴。词人沿袭了《诗经》传统,采用了托物比兴的手法,从表面上看,这只是对雁儿的赞颂,但从深处挖掘,这更是对人间的爱情的赞美。二是写景、抒情、议论三者融为一体。整首词既有写景议论,也有咏物抒情,运用多种手法,突出了"生死相许"的至情至性。尤其是用凄凉的景物衬托雁的悲苦生活,表达词人对殉情大雁的哀悼与惋惜。

**(四)《金缕曲·其一》**

1. 原诗

寄吴汉槎宁古塔,以词代书,丙辰冬寓京师千佛寺,冰雪中作。

季子平安否?便归来,平生万事,那堪回首!行路悠悠谁慰藉,母老家贫子幼。记不起,从前杯酒。魑魅搏人应见惯,总输他,覆雨翻云手,冰与雪,周旋久。

泪痕莫滴牛衣透,数天涯,依然骨肉,几家能够?比似红颜多命薄,更不如今还有。只绝塞,苦寒难受。廿载包胥承一诺,盼乌头马角终相救。置此札,君怀袖。

2. 欣赏

清代顺治帝年间,诗人吴兆骞(字汉槎)因在科场案中受人诬陷,被流放至冰雪绝寒之地宁古塔(今黑龙江宁安),时年二十九岁。十七年后,他的童稚之交、本词作者顾贞观,入大学士纳兰明珠府中当教师,乘间为之求助于明珠之子、词人纳兰性德。但性德与吴兆骞并无交情,一时未允。1676年(康熙十五年)冬,作者寓居北京千佛寺,于冰雪中感念良友的惨苦无告,为作《金缕曲》二首寄之以代书信。这是第一首。

以书信格式入词,十分别致。"季子平安否?"写信先问对方安好,这首句

正是问安口气。不过用"季子"二字却有深意。这里用"季子"二字既切合吴兆骞的姓氏,又使人联想其才德,而且还表明其为吴地人。拿吴季子比吴兆骞,其人才德令人钦佩,却受了这种冤枉,就更令人同情。所以五个字看似寻常,实则有力地领起全篇。次句"便归来"三字,看似平易而实为突兀,破空飞来。本来,此词的上片,全是在说兆骞的"平生万事,那堪回首"。这"万事"实在难以诉尽,作者姑且举其大者:远行在外、无人慰藉,不堪回首者一;母老、家贫、子幼,从前杯酒论欢的朋友亦消散难忆,不堪回首者二;被那些魑魅魍魉般的小人诬陷了,却无从申冤、无从复仇,只能叹一声"应见惯",哀一声"总输他",不堪回首者三;日日与宁古塔的冰雪周旋,不堪回首者四。读者就算仅仅读到这些不堪回首,亦已足可感知作者对友人心思的体察之深,足可悟出作者与友人交情非比寻常。不料,作者还能在这千万重苦恨之上,更添上"便归来"三字,令读者的感知和领悟更深一层。有此三字,便足见兆骞这十七年所受之苦,也将是终身之苦——不能归来自是终身之苦,便能归来,也是终身之苦,因为终身留下挥之不去的阴影。同时,有此三字,亦给了绝塞良朋以"归来"的希望,哪怕只是极模糊的假定也罢。所以,凭着这笼盖上片的"便归来"三字,作者与吴兆骞的相知和相交到了何等的程度,已是尽在不言中。将此三字置于篇首,足见作者巧于构思。

词的上片痛快淋漓地为吴兆骞的痛苦倾诉,下片一转变成多方安慰开脱,希望他不要为痛苦所摧垮。下片首句"透"字乃是精于措辞的典例。在上片中,作者直说到友人的极痛处,令他不能不放声一恸,泪滴牛衣。但是,倒尽满怀苦水,乃是为了重振精神,故牛衣不可无泪,亦不可浸透泪水——消沉绝望。哭过了,也该退一步、回头思量一番。吴兆骞有毅然出塞相伴的爱妻、有生于北地的儿女,如此能够骨肉完聚之家,已算万幸。当年科场案发,有多少红颜少年为之丧生,下场更不如如今还生存着的兆骞,此又足可庆幸者。当然,绝塞之地是苦寒难当的,但有了这些自慰和庆幸,又如何不该顽强地生存下去呢?更何况,前头还有希望,还有立下"终相救"誓言的当今申包胥在奔走。所以,作者劝说友人,虽然泪透牛衣,但仍可把这"以词代书"的书札藏入牛衣的袖中,耐心静候好音。

陈廷焯《白雨斋词话》曰:"二词纯以性情结撰而成,悲之深、慰之至,丁宁告戒,无一字不从肺腑流出,可以泣鬼神矣!"纳兰性德读过这字字血泪的两首词,泪下数行,道:"河梁生别之诗,山阳死友之传,得此而三!"当即担保援救兆骞。后经纳兰父子的营救,吴兆骞终于在五年之后获赎还乡。

## (五)《炉中煤——眷念祖国的情绪》

1. 原诗

一

啊,我年青的女郎!
我不辜负你的殷勤,
你也不要辜负了我的思量。
我为我心爱的人儿
燃到了这般模样!

二

啊,我年青的女郎!
你该知道了我的前身?
你该不嫌我黑奴卤莽?
要我这黑奴的胸中,
才有火一样的心肠。

三

啊,我年青的女郎!
我想我的前身
原本是有用的栋梁,
我活埋在地底多年,
到今朝才得重见天光。

四

啊,我年青的女郎!
我自从重见天光,
我常常思念我的故乡,
我为我心爱的人儿
燃到了这般模样!

2. 欣赏

郭沫若(1892—1978),原名郭开贞,中国现代著名作家、诗人、历史学家、剧作家、考古学家、古文字学家、社会活动家。出版的诗集有《女神》(1921)、《瓶》(1927)、《前茅》(1928)、《战声》(1938)、《凤凰》(1944)等。其他作品有《棠棣之花》《屈原》《虎符》《高渐离》《孔雀胆》《南冠草》《蔡文姬》《武则天》等历史剧。

郭沫若20世纪20年代初寓居日本,正值国内"五四运动"蓬勃发展之时,诗人看到新生的祖国,正像一位年青的女郎,就写下了这首诗——《炉中煤》。

第一节：

诗人用拟物法把自己比作熊熊燃烧的"炉中煤"，又用拟人法把祖国比作"我心爱的""年青的女郎"。全诗就建筑在这一组核心意象之上。

"炉中煤"的意象具有丰富的审美意蕴：第一，"炉中煤"的熊熊燃烧象征诗人愿为祖国献身的激情；第二，"炉中煤"黑色外表下"火一样的心肠"，象征劳苦大众"卑贱"的地位和伟大的人格，"炉中煤"既指"小我"，也指"大我"——诗人所代言的劳动人民；第三，"炉中煤"的前身"原本是有用的栋梁"，"活埋在地底多年"以后终于"重见天光"，象征诗人不愿庸碌一生而渴望有所作为，也象征劳苦大众中潜藏的改造世界的巨大能量将要释放出来。

"女郎"这一意象暗示诗人对祖国的爱有如情爱一般热烈，"年青"一词则暗示了祖国在"五四"时代里充满蓬勃向上的生机。郭沫若在《创造十年》里说过："五四以后的中国，在我的心目中就像一位很葱俊的有进取气象的姑娘，她简直就和我的爱人一样……《炉中煤》便是我对于她的恋歌。"这段话清楚地说明了本诗中比拟的意义和作用。

"炉中煤"这一意象，熔物的特性、"我"的气质和时代精神于一炉；写"煤"之燃烧，即抒"我"之激情，亦抒人民之情、时代之情。

如何理解"我不辜负你的殷勤，你也不要辜负我的思量"？前一句是写祖国对于诗人的养育之恩，这是诗人思念祖国的基础。因为是在对作为喻体的"年青的女郎"倾诉，所以这里也比喻性地用了"殷勤"。"不辜负"三字表达了报效之意。后一句的"思量"，不仅是指对于作为地理概念的祖国的思念，对山川土地的思念，而且是具有更深含义的一种期望，是希望祖国不断发展，日益强盛、进步，所以用了"也不要辜负"。

第二节：

这一节中，"炉中煤"自称"黑奴卤莽"。这是对于"煤"的外观形象的描述：浑身黝黑，形象粗陋，不惹人喜爱。"炉中煤"问"年青的女郎"，"你该知道我的前身？你该不嫌我黑奴卤莽？"这两句诗，亦问亦答。我的外表虽然粗黑，但心是火红、炽热的。"黑奴"的"奴"，可以理解为"我"对于"年青的女郎"即祖国心甘情愿、全心全意的奉献精神。为什么"要我这黑奴的胸中，才有火一样的心肠"呢？那是因了我的"前身"，我的来历，我所具有的内在价值。有了这些，我虽然"黑奴卤莽"，你也该不会嫌弃的吧。而且，只有像我这样有所"前身"的黑奴胸中，才有对你炽烈深切的感情。"黑奴卤莽"的外表与"火热的心肠"有着强烈的反差，又高度地统一。

第三节：

后三行诗分别写了"我的前身"、过去和今朝。煤的前身"原本是有用的栋梁",过去"活埋在地底多年",今朝"才得重见天光"。从字面上看,讲的是煤的形成过程,其深层含义是说自己原本是国家的有用之才,但在过去黑暗现实的压迫下,爱国之情深埋心中,不得抒发,空怀报国之志,却无报国之门。今朝,在"五四运动"的推动下,祖国焕发出新的青春,诗人的爱国情感不可抑制地喷发而出,报效祖国的时机终于来了。

第四节:

诗人尽情地倾诉了对于祖国的思念之情,"五四"之后,诗人作为"处在国外的人","苦于知识的桎梏而想自由解脱,跑回国去投向爱人的怀里"。这是诗人内心情感的真实表露。而这几行诗,正是这种情感的艺术写照,表达了想为祖国轰轰烈烈干一番事业的宏愿。

在这首诗中,"燃"字是最富于动感的一个词,给人的形象感受是炉火跳动、光热四溢,"炉中煤"的生命在"燃"中得以显现和升华,表达出诗人对祖国眷念之深,思念之切。

这首诗的艺术特色,可以从三方面把握:

(1) 构思新巧。

这可以从奇特的艺术形象,由生活中互不相干的事物为喻体,构成艺术形象及所抒发情感炽烈程度反映出来。在诗人眼中,似乎并不计较两个喻体在生活中的真实关系,而是更注重喻体内在个性特质,"炉中煤"是炽烈燃烧的象征,"年青的女郎"一向是令人倾慕、思念的对象。如前所述,艺术形式与所抒情思十分和谐。

(2) 章法严谨。

从章法看,首节总述爱国之情和报国之志,第二节侧重抒爱国之情,第三节侧重述报国之志,末节与首节取复叠形式,前后呼应,将全诗推向高潮。

(3) 韵律优美。

从格式、韵律看,每节五行,每行音节大体均齐;一、三、五行押韵,一韵到底;而各节均以"啊,我年青的女郎"一声亲切温柔而又深情的呼唤起唱,造成回环往复的旋律美。诗情随诗律跌宕起伏,韵味深长。

**(六)《再别康桥》**

1. 原诗

> 轻轻的我走了,
> 　正如我轻轻的来;
> 我轻轻的招手,
> 　作别西天的云彩。

那河畔的金柳,

　　是夕阳中的新娘;
波光里的艳影,

　　在我的心头荡漾。

软泥上的青荇,

　　油油的在水底招摇;
在康桥的柔波里,

　　我甘心做一条水草!

那榆荫下的一潭,

　　不是清泉,是天上虹
揉碎在浮藻间,

　　沉淀着彩虹似的梦。

寻梦?撑一支长篙,

　　向青草更青处漫溯,
满载一船星辉,

　　在星辉斑斓里放歌。

但我不能放歌,

　　悄悄是别离的笙箫;
夏虫也为我沉默,

　　沉默是今晚的康桥!

悄悄的我走了,

　　正如我悄悄的来;
我挥一挥衣袖,

　　不带走一片云彩。

2. 欣赏

徐志摩(1897—1931),现代诗人、散文家,原名章垿,笔名南湖、云中鹤等。浙江海宁人。著有诗集《志摩的诗》《翡冷翠的一夜》《猛虎集》《云游》,散文集《落叶》《巴黎的鳞爪》《自剖》《秋》,小说集《轮盘》,戏剧《卞昆冈》(与陆小曼合写),日记《爱眉小札》《志摩日记》,译著《曼殊斐尔小说集》等。

康桥,即英国著名的剑桥大学所在地。1920年10月至1922年8月,诗人曾游学于此。康桥时期是徐志摩一生的转折点。诗人在《猛虎集·序文》中曾经自陈道:在24岁以前,他对于诗的兴味远不如对于相对论或民约论的兴味。正是康河的水,开启了诗人的性灵,唤醒了久蛰在他心中的诗人的天命。因此他后来曾满怀深情地说:"我的眼是康桥教我睁的,我的求知欲是康桥给我拨动的,我的自我意识是康桥给我胚胎的。"(《吸烟与文化》)1928年,诗人故地重游。11月6日,在归途的南中国海上,他吟成了这首传世之作。这首诗最初刊登在1928年12月10日《新月》月刊第1卷第10号上,后收入《猛虎集》。可以说,"康桥情结"贯穿在徐志摩一生的诗文中,而《再别康桥》无疑是其中最有名的一篇。

《再别康桥》共七节,可分为三个层次。

第一层次即第一节,紧扣住一个"再别",以"轻轻的"三字重复三次,显示出"作别"时的怅惘、愁绪、徘徊、犹疑、留恋的复杂情感。

第二层次即第二至第六节,为全诗的核心、重心部分。诗人写金柳、画波光、描青荇、看水潭、漫溯在康河之上……诗人在康桥寻踪、踏访,时时处处发出一声声赞叹与讴歌,表达出诗人对康桥深沉的爱。

第三层次即第七节,犹如全诗一个小小的尾声。同第一节相比较,"轻轻的"改成"悄悄的",第三行以"挥一挥衣袖"取代了第一节中的"轻轻的招手";末了一句以"不带走一片云彩"为结束,更有一种意味深长的回声,令人回味。

本诗从情感上可以从两个角度理解。

(1) 故地重游时的眷恋、赞叹又依依惜别的复杂情感的流露。

康桥,是徐志摩当年留学之地。按照他父亲的意图与安排,徐志摩先是留学美国学经济。由于挡不住文学的诱惑与日益增长的爱好,徐志摩于1921年到康桥(即剑桥)大学当了一个可以随意选课和听讲的特别生。徐志摩的精力主要投注于文学,并开始了诗歌创作。现在,又回到了当年自己心目中的文学圣地,联想到自己由此而开始的文学道路,徐志摩眼望着一切熟悉而又陌生的康桥,不由得思绪万千、感慨良多。他感激这块圣地,又无法永远在这儿停留。匆匆而去,诗人留下了这首真诚倾诉衷肠的诗作。

由于"父母之命,媒妁之言",徐志摩同一个自己并不喜欢的女子结了婚。在康桥留学时,诗人爱上了一个才女。结果是自己离了婚——那可是经过多么激烈的斗争,而那才女却嫁给了别人,人去楼空。徐志摩重游康桥,种种往事与思绪,纷纷涌上心头,却又难以表达。这短短的七节诗,记录了诗人复杂的情感。

(2) 时代风云中的徐志摩,也处于一种难以表白、难以倾诉的复杂境地。

《再别康桥》写在重游故地以后,此时的徐志摩,在时代风云中显现出脆弱、迷茫、努力、失措等不一而足的姿态。《猛虎集》中有一首诗,题为《我不知道风是在哪一个方向吹》,可以理解为诗人面对变幻莫测的时代风云,也不知如何是好。于是,一种吞吞吐吐、欲言又止、难以表白、旁顾左右的心态在《再别康桥》中有了淋漓尽致的表达。

本诗的艺术特色表现在以下两方面:

(1)"三美"主张的完整体现

① "建筑美"。《再别康桥》共有七节,每节四行;其中第一、三行都比第二、四行出头一字;而第二、四行基本上比第一、三行拖出二字。这样的排列形式整齐、匀称,从总体上构成了"建筑美"。

② 音乐美。《再别康桥》每行诗两顿或三顿,不拘一格而又法度严谨;另外,每节都押韵,使全诗抑扬顿挫、朗朗上口,极富有韵律。

③ 绘画美。诗中写到的树、草、河,都用上了美丽的词汇来修饰,形象性强。如将金柳比喻为"夕阳中的新娘"、将青荇拟人为"油油的在水底招摇"、夸张地把天上的虹"揉碎在浮藻间"……于是,全诗呈现出一幅幅动人的画面,使人读了难忘。

(2)托物寄情,意象展示,达到了清丽、洗练而又内涵丰厚的艺术效果。

诗人复杂的内心情感,正是通过一个个小场景来表露的。新娘似的金柳,正依偎着河水波光,又在诗人"心头荡漾"。金柳、波光成为意象,可到底激起诗人怎样的思绪? 诗人只用"荡漾"来了一个含蓄的表示。于是,读者会将自己的情感去投入、去填补,从而创造出更多的遐想。

诗人要撑起长篙,"满载一船星辉"前行放歌,可是又戛然而止,"但我不能放歌,悄悄是别离的笙箫"。长篙、小船引起诗人奔涌向前的思绪,可想到即将离去,忧伤之情陡生,还有什么兴致呢?

诗人托物寄情、咏物寄兴,使人浮想联翩,这正是意象的艺术效果。诗人内心潜藏的忧伤、忧郁与怅惘,又不时跳出,使人怅然若失,思绪万千。一首好诗的意境就是这样营造起来的。

**(七)《我爱这土地》**

1. 原诗

假如我是一只鸟,
我也应该用嘶哑的喉咙歌唱:
这被暴风雨所打击着的土地,
这永远汹涌着我们的悲愤的河流,
这无止息地吹刮着的激怒的风,
和那来自林间的无比温柔的黎明……
——然后我死了,

连羽毛也腐烂在土地里面。

为什么我的眼里常含泪水？
因为我对这土地爱得深沉……

2. 欣赏

艾青（1910—1996），原名蒋海澄，浙江金华人。1932年参加中国左翼美术家联盟，不久被捕，在狱中开始写诗，以《大堰河——我的保姆》一诗成名。诗人把个人的悲欢融合到民族和人民的苦难与命运之中，表现出对光明的热烈向往与追求，富有强烈的时代感和现实性，感情深挚，风格独特。艾青是继郭沫若、闻一多等人之后推动一代诗风的重要诗人。

《我爱这土地》写于1938年。抗日战争初期，国土沦丧，人民蒙受深重苦难。抗战开始，艾青满怀热情地寻求着光明，"从中国东部到中部，从中部到北部，从北部到南部，又从南部到西北部"（《艾青选集·自序》），终于找到了光明的所在——延安。这几年中，他一面不倦在寻求，一面辛勤地写下了大量诗歌。他的诗作，倾诉着民族的苦难，歌颂了祖国的战斗，深切地反映出抗战的时代精神；他的诗作，又表现了个人的风格特色和艺术才华。

诗歌开篇即言"假如我是一只鸟"，这不是一种简单的形象比附，而是一种情感上的虚拟。以鸟的种种愿望来表达诗人内心对祖国诚挚的爱，委婉的抒情手法中融汇着诗人深切的感受和真挚的情感。接着诗人排列了一组意象来表示自己歌唱的内容，诗人内心强烈激情的渗入使意象充满了生动丰富的内涵："土地"是被暴风雨打击着的，"河流"是悲愤的，"风"是激怒的，"黎明"是温柔的。联系诗人写作的年代，我们可以意会到诗人笔下所展示的是一个山河破碎、国土沉沦的悲壮年代。可贵的是诗人并没有因此而绝望，他在黑暗中仍满怀希望，所以黎明是"温柔的"。"——然后我死了，/连羽毛也腐烂在土地里面"，诗句巧妙地借用鸟儿自然、被动的结局来表现诗人主动的追求，更加真切地表现了诗人的献身精神。最后直截了当地抒发自己的忧国之情和爱国之心，既点明了题旨，又与前半部分在逻辑上顺理成章地形成因果呼应。如果说前八句是感情的蓄积，最后两句便是感情闸门的打开，感情洪流的急冲而下。

意象是诗词形象构成的基本元素，是诗人的内在情思和生活的外在物象的统一，是诗人通过想象将"意"与"象"相融合所创造的可感可触的景象。《我爱这土地》是艾青的代表作之一，它作于国难当头、山河沦亡的抗战初期，不可避免地带上了那个时代悲壮的氛围。因此，在他诗中的意象也就必然带有这种悲壮的色彩。读完全诗，从"土地""河流""风""黎明"这些意象中，我们不难品味出作者所经历的坎坷、辛酸以及对祖国、对人民、对土地的那种深深的爱。

"土地"是艾青常用的一个意象,可以说那是他的又一生命。《复活的土地》《雪落在中国的土地上》《北方》《冬天的池沼》等,汇集着他的土地之爱。他为贫困的土地悲哀:"雪落在中国的土地上,/寒冷在封锁着中国呀……"(《雪落在中国的土地上》)在诗的结尾他写道:"中国,/我的在没有灯光的晚上/所写的无力的诗句/能给你些许的温暖么?"他热爱土地,在《我爱这土地》这首诗中,更是表现得淋漓尽致。作者假设自己是一只鸟,要唱破喉咙,连羽毛也要埋在土地里。"为什么我的眼里常含泪水?/因为我对这土地爱得深沉……"正是对土地这种意象的一种最好的诠释。

这里的"土地",不再单纯是客观景物,而是贯注了作者主观情感的"象",指日寇侵略的国土,表示祖国。作者对苍老、衰弱、正备受苦难的祖国感到万分悲哀,诗人挟着这份感情,用忧郁的目光扫视周围时,寂寞、贫困的旷野的载体——土地便进入诗人的脑海。作者通过吟唱土地这一个"象",诅咒摧残土地的人,幻想着土地能焕发出生命的活力。在诗中,作者的歌喉虽然沙哑但宽厚,虽然悲哀但博大,显示出一种雄浑的生命感;虽古朴但苍劲有力,因为土地是孕育万物的基础。

正是由于有了对土地的这种热爱和眷恋,诗人笔下的另外三个意象顺势而出。"河流"的前面加上"永远汹涌着"和"悲愤"两个形容词,"风"前面加上"无止息地吹刮着的"和"激怒"两个修饰语,就把"河流""风"这两种外在的纯景物变成了含有作者主观情思的"象",就把悲愤和激怒的人民为了挽救土地的那种不屈不挠、前仆后继、奋力抗争的革命斗争形象地表现了出来。河流——人民的泪流成了河。风——人民反抗的旋风。黎明——敌后抗日根据地人民的希望,这个意象表明作者坚信在人民风起云涌的斗争中必将迎来曙光,迎来胜利。但是作者意犹未尽,"——然后我死了,连羽毛也腐烂在土地里面"表达了作者对土地执着的爱。最后两句"为什么我的眼里常含泪水?因为我对这土地爱得深沉……"再回归到土地这个意象上来,深化了文章的主题。

可见,在诗歌中运用意象,能够使抽象的情感具体可感,能够引发我们对意外之象产生丰富的联想和想象,从而体察出作者在诗中所反映出来的意。

(八)《双桅船》

1. 原诗

雾打湿了我的双翼
可风却不容我再迟疑
岸呵,心爱的岸
昨天刚刚和你告别
今天你又在这里

明天我们将在
另一个纬度相遇

是一场风暴,一盏灯
把我们联系在一起
是一场风暴,另一盏灯
使我们再分东西
不怕天涯海角
岂在朝朝夕夕
你在我的航程上
我在你的视线里

2. 欣赏

舒婷(1952— ),原名龚佩瑜,原籍福建厦门,出生于泉州。"朦胧诗"的主要代表诗人,有诗集《双桅船》(1982)、《舒婷顾城抒情诗选》(1982)、《会唱歌的鸢尾花》(1986)、《始祖鸟》(1992)、《舒婷的诗》(1994),散文集《心烟》等。舒婷的诗具有细腻柔婉、抒情浪漫的女性风格,忧伤而不绝望、沉郁而不悲观,表达了她对理想的追寻、对传统的反思背叛和对人的价值的呼唤。

《双桅船》是诗人运用朦胧诗的写法,采用象征、意象来表达人的主观情绪,从而伸张人性的佳作。全诗表现了诗人双重的心态与复杂的情感,一方面,是理想追求的"灯";另一方面,是爱情向往的"岸"。在执着追求理想的进程中,时而与岸相遇,又时而与岸别离,相和谐又相矛盾。同时,在理想追求进程中,诗人时而感到前行的艰难与沉重,又时而感到一种时代的紧迫感而不让自己停息,"雾打湿了我的双翼/可风却不容我再迟疑"。诗中所表现的情绪与心态,既是诗人自我的、个性的东西,同时,又是那个特定时代的青年所普遍感受到而难以言表的东西。诗人以她细腻的心,运用象征的技巧,把它完美地表达出来,使之成为一首脍炙人口的佳作。

本诗的一个重要艺术特点是象征。在朦胧诗中,象征多是用某种具体的事物和人们能直观感受到的形象来替代人的某种主观情绪和某种社会态度。简言之,就是用具象来表达抽象。诗题"双桅船",就是一种象征。全诗的目的不在于描写一只客观的双桅船,而是借用双桅船这一具体形象来表现诗人自己,表现诗人双重的心态与复杂的情感。或者说,诗人觉得,我就像一只双桅船。双桅船中的"双桅"又暗示着某种深层的含义。双桅并在,意味着诗人心目中爱情与事业并立又相区别的心理。另外,诗中的"岸""风""风暴""灯"等都具有明显的象征性。"岸"象征着女性的爱情归宿,"风"意味着时代紧迫感给诗人的动力,"风暴"

暗指诗人与同代人所经历的不平常的年代风云,"灯"则与光明信念连在一起。

意象的运用,是本诗的另一个重要艺术特点。所谓意象,就是借用外在的景致来表现诗人的主观心态。它与传统诗歌中的"意境"不同。意境一般是触景生情并借景抒情,从而达到景中含情的艺术目的。而在朦胧诗中,诗人多以主观情绪和人的各种心态为表现对象,从主观情绪出发,想象并构造成某种具体的画面与景致,从而使抽象的情感形象化,以达到艺术表达的效果。诗人在《双桅船》中所要表达的是一种心态,一种情绪,一种感情历程。而落在语言上,却是"船""岸""风暴""灯"等具体形象,并把这些具体形象加以组合,形成一幅完整的、有动态过程的画面。而在画面之下,隐含并跳动着作者的心及其真情实感。全诗意象清新,组合自然,使诗人内在强烈的情绪得以自如地表达。

另外,本诗的语言自然流畅,诗中所蕴含的情感凝重而又细腻,既有浓浓的个人感叹,又有开阔的时代情怀。诗的最后四句:"不怕天涯海角/岂在朝朝夕夕/你在我的航程上/我在你的视线里",被人们当作警句加以广泛引用。

**(九)《面朝大海,春暖花开》**

1. 原诗

　　　　从明天起,做一个幸福的人
　　　　喂马,劈柴,周游世界
　　　　从明天起,关心粮食和蔬菜
　　　　我有一所房子,面朝大海,春暖花开

　　　　从明天起,和每一个亲人通信
　　　　告诉他们我的幸福
　　　　那幸福的闪电告诉我的
　　　　我将告诉每一个人

　　　　给每一条河每一座山取一个温暖的名字
　　　　陌生人,我也为你祝福
　　　　愿你有一个灿烂的前程
　　　　愿你有情人终成眷属
　　　　愿你在尘世获得幸福
　　　　我只愿面朝大海,春暖花开

2. 欣赏

海子,原名查海生,1964年出生于安徽省怀宁县,在农村长大。1979年15岁时考入北京大学法律系,大学期间开始诗歌创作。1983年自北大毕业后分配至北京中国政法大学哲学教研室工作。1989年3月26日在山海关卧轨自杀。在诗人短暂的生命里，他保持了一颗圣洁的心。他曾长期不被世人理解，但他是中国20世纪70年代新文学史中一位全力冲击文学与生命极限的诗人。他凭着辉煌的才华、奇迹般的创造力、敏锐的直觉和广博的知识，在极端贫困、单调的生活环境里创作了将近200万字的诗歌、小说、戏剧、论文。他认为，诗就是那把自由和沉默还给人类的东西。

　　海子一生短暂却成就卓著，是当代学院派新诗人的代表。他自认为主要擅长写长诗，但他的众多抒情短诗也斐然成章。《面朝大海，春暖花开》就是他的抒情短诗中的佳作。这首诗共三章。第一章虚构一幅自由独立、远离尘世喧嚣的生活图景，一股清新潮润的气息扑面而来。

　　"从明天起，做一个幸福的人/喂马，劈柴，周游世界/从明天起，关心粮食和蔬菜/我有一所房子，面朝大海，春暖花开。"

　　这幅生活图景里有一些清晰的意象（"喂马""劈柴""面朝大海，春暖花开"等，我们姑且视动作为意象），其中"大海"是核心意象。大海对海子既陌生（他出生、成长、读书、工作，都远离大海），又极有诱惑力（他有许多诗都写到大海）。在这首诗里创造"大海"的意象，透露了诗人内心的一些动向。诗人理解的"幸福"生活是平凡人的生活（"关心粮食和蔬菜"），是自由、闲散人的生活（"喂马，劈柴"，"周游世界"），是隐逸诗人的生活（"面朝大海，春暖花开"）。他在上大学前一直生活在农村，在封闭的环境中长大；大学毕业后蛰居京郊昌平，又生活在封闭的环境中。他很想走出封闭，走向广袤的大地，走向海边。他向往平凡生活，又不"和其光，同其尘"，而保持清静独立——独立于社会人群的边缘。然而这种生活是虚无缥缈的：现实世界何处可以"喂马，劈柴"？他怎能独居一处，"面朝大海，春暖花开"？"从明天起"才开始这种生活，或许今天过得有些暗淡？在海子的诗心中，"幸福"是田园牧歌的主题，属于未来，属于幻想。在把逃逸当成美和希望之所在，美则美矣，但只能神往而不能身往，有"海客谈瀛洲"的天真，又有"处涸辙以犹欢"的潇洒，还有"小舟从此逝，江海寄余生"的遁世隐情。

　　第二、三章表达对亲情友情的珍惜，一股温暖甜美的气息扑面而来。

　　"从明天起，和每一个亲人通信/告诉他们我的幸福/那幸福的闪电告诉我的/我将告诉每一个人。

　　给每一条河每一座山取一个温暖的名字/陌生人，我也为你祝福/愿你有一个灿烂的前程/愿你有情人终成眷属/愿你在尘世获得幸福/我只愿面朝大海，春暖花开。"

　　海子写诗一向是很"自我"的，沉迷在个人王国里孤芳自赏，如《黎明和黄昏》中说"那是诗人孤独的王座"，《秋》中说"秋天深了，王在写诗"。不过这首诗显示出诗人走出狭小的"自我",走向广大的社会的意向。这两章由描绘意象转为抒发情感,而且由写个人化情感转为社会人情感,进一步肯定世俗生活,但是以新的眼光和立场来看待和肯定世俗生活。第二章抒发的是亲情,第三章抒发的是友情。从第二章到第三章,情感涉及面次第展开,胸襟逐渐开阔。对"陌生人"的三"愿"中,最后的"愿你在尘世获得幸福"是总括性的,"尘世"二字透露诗人此时此地对于"幸福"的理解。两章四次提到"幸福",这"幸福"不仅属于海子,更属于全社会的人,表明海子内心此时洋溢着博爱、泛爱之情。然而细察之下,会发觉海子对尘世幸福的"热爱"是有限的。

这首诗两次说"面朝大海,春暖花开",都表达美好的情感,而情味有所不同。第一次说出,是第一章情调的顺向发展,即"喂马,劈柴"等与"面朝大海,春暖花开"在情调上是一致的;第二次说出,是第二、三章情调的逆向发展,即本来顺着"愿你""愿你"的祝祷,最后应是更昂扬的博爱情怀的展露,可是经由"愿你在尘世获得幸福"出人意料的一转,"我只愿面朝大海,春暖花开",犹言尘世幸福是你们的、他人的,我海子仍旧偏安一隅,独守清高。这后一个"面朝大海,春暖花开",显示出诗人陷入矛盾境地:刚对世人表露赤诚心怀,很快转过身去,面朝大海,背对大陆,背对众人;在人生观、价值观上既肯定世俗生活,又不甘于堕入尘世成为俗人。诗人心怀始而热情开放,终而收合封闭,这就是这首诗的情感发展的线路。

有人分析海子说:"柔弱的第一自我和强悍的第二自我的长时间的冲突,使他的诗一再出现雅各森布所说的'对称'。"所谓"对称",无非指二重人格。也就是说,体现出外弱而内强的特点:诗之表有柔弱的外象,"喂马,劈柴,周游世界","面朝大海,春暖花开",词情轻柔而清淡,此诗之婉约风派者也;然而诗之心也有强悍的本质,言词的背后隐藏着一颗崇高、骄傲的心,"只愿面朝大海",让人们看到海边站立着一位遗世独立的诗人形象,那是自封王者的形象。这种二重人格还可细分出:对众人和世俗生活的亲近与排拒,对现实生活体验的喜悦与悲忧,在文情表现上的直致与含蓄……做进一步提炼,大约有三重意识:世俗意识,崇高意识,逃逸意识。这三重意识排在一起不太"和谐",正好表明海子这首诗在情感的清纯、明净、世俗化的背后蕴蓄着某些复杂性、矛盾性的东西。

另外,这首诗的审美意象也很值得品味一番。这首诗的意象并不多,这就是海子诗的特有风格:意象单纯而明净。有人总结海子诗的特点说,一是意象空旷,让人联想到更多的内容;二是以实显虚,以近显远;三是语言纯粹、本真。其中第一、二条用于分析这首诗的意象也同样适合。唯其单纯明净,才有"空旷""虚实""远近"的韵味。请看,大海、房子、喂马、劈柴,三两笔便勾勒出一幅生动的画面;"面朝大海"本来是面对空旷、虚无,但海子独具慧眼,竟然看出了"春暖花开"。"面朝大海"是实景,"春暖花开"是虚景。仅有"面朝大海"就流于枯燥、凋疏,"春暖花开"更灵动、更温暖明丽。"面朝大海"稀松平常,"春暖花开"却是神来之笔。"春暖花开"是诗人的"心画",是梦想的温柔之乡,寄托着诗人无限渺远的情思遐想。海子善于将诗中的意象美化。这种美,既不是那种"博喻酿采,炜烨枝派"的夸饰之美,也不是那种"大圭不琢"的朴拙之美,而是极其洗炼的纯净的美。单纯明净几近于洗炼。唐代司空图论及"洗炼"一品时说:"如矿出金,如铅出银。超心炼冶,绝爱缁磷。空潭泻春,古镜照神。体素储洁,乘月反真。载瞻星辰,载歌幽人。流水今日,明月前身。"杨廷芝解说道:"金银出于矿铅,未洗炼者不足重也。"孙联奎解说道:"不洗不净,不炼不纯。"洗炼之美多出于老练、老到之手,多见于老作家、老诗人之作。少年才子多有夸饰词情。海子才活二十多岁,诗作意象洗炼、纯净,可谓出手不凡,令人称奇。

当然,这首诗的风格,以轻柔、明丽见长,却也不无稚嫩之处,缺少一点凝重感、厚重感。本该随着年岁的增长、阅历的丰富、创作的增多,海子可以逐渐走向成熟、完善。遗憾的是,他写完这首向往大海的诗之后不久,在离海不远的地方不幸逝世,永远地"面朝大海"了。

(十)《十四行诗·一八》

1. 原诗

我怎么能够把你来比作夏天?
你不独比它可爱也比它温婉:
狂风把五月宠爱的嫩蕊作践,
夏天出赁的期限又未免太短:
天上的眼睛有时照得太酷烈,
它那炳耀的金颜又常遭掩蔽:
被机缘或无常的天道所摧折,
没有芳艳不终于凋残或销毁。
但是你的长夏永远不会凋落,
也不会损失你这皎洁的红芳,
或死神夸口你在他影里漂泊,
当你在不朽的诗里与时同长。
只要一天有人类,或人有眼睛,
这诗将长存,并且赐给你生命。

2. 欣赏

莎士比亚(1564—1616),英国著名戏剧家和诗人,欧洲文艺复兴时期人文主义文学的集大成者,共写有37部戏剧,154首十四行诗,2首长诗和其他诗歌等。

这是莎士比亚的代表性诗作之一,几乎各家选本必加选注。莎学专家爱德华·胡勃勒认为,此诗主要讴歌三个方面:① 诗歌的威力;② 爱友的美色;③ 爱友的天性。国内学者认为,此诗是表达"惟有文学可以同时间抗衡;文学既是人所创造的业绩,因此这又是宣告人的伟大与不朽。……大胆地表现了英国文艺复兴时期人文主义新思想"。

此诗艺术技巧精湛,以夏季进行比喻,以莎氏惯用的设问形式起首,语势颇委婉,是欲擒故纵之法。第一行提出问题,第二行并不直接回答该问题,只是说对方比夏季更可爱、温婉。设句已奇,答语更妙:"也"藏无限温柔;"可爱"指爱友的美色;"温婉"指爱友的天性。以下六行均围绕这两点着墨,指责夏季之不足处,以暗衬爱友之可爱、温婉。英国由于其地理位置偏北,其夏季是最明媚的季节,相当于我国春季。此诗不言夏季之佳,却力陈夏季之不足,是推陈出新。诗人一唱三叹,哀天道之不测,叹无常之必然,红褪芳凋,香消玉殒,诗境愈演愈悲,此为抑、为顿。第九行如红日喷薄而出,诗境顿然一开。原来极写夏季之不佳,全为这一行做铺垫:自然界的夏天是短暂的,人生的夏天却是永恒的,自然界的花草都会消残,而你的芳容秀色却永远不会凋败;夏季都会变老,而你永远年轻;自然有各种缺陷,而你却完美无缺。诗到此已曲尽抑扬张弛之道,算是第二转折,似乎又写到尽头了。然而第十二行,如霹雳一声,叫人为之一震:自然界的夏季纵然美妙,却不如爱友的青春美貌的夏季美妙,然而爱友的青春美貌再美妙,却妙不过诗人自己的不朽创作。诗到此进入第三层亦即最后一层:真正伟大且永恒的是诗人的不朽诗作,即文学可与时间抗衡。诗以人比夏季的开始,而以人胜自然作结,是典型的人文主义思想。诗意曲折三转,开合承继妙合自然。

(十一) 普希金诗二首

1. 原诗

假如生活欺骗了你

假如生活欺骗了你,
不要忧郁,也不要愤慨!
不顺心时暂且克制自己,
相信吧,快乐之日就会到来。

我们的心儿憧憬着未来,
现今总是令人悲哀:
一切都是暂时的,转瞬即逝,
而那逝去的将变为可爱。

### 致凯恩

我记得那美妙的一瞬:
在我的面前出现了你,
有如昙花一现的幻影,
有如纯洁之美的精灵。

在绝望的忧愁的折磨中,
在喧闹的虚幻的困扰中,
我的耳边长久地响着你温柔的声音,
我还在睡梦中见到你可爱的面影。

许多年代过去了。狂暴的激情
驱散了往日的梦想,
于是我忘记了你温柔的声音,
还有你那天仙似的面影。

在穷乡僻壤,在囚禁的阴暗生活中,
我的岁月就那样静静地消逝,
失去了神往,失去了灵感,
失去了眼泪,失去了生命,也失去了爱情。

如今灵魂已开始觉醒:
于是在我面前又出现了你,
有如昙花一现的幻影,
有如纯洁之美的精灵。

我的心在狂喜地跳跃,
为了它一切又重新苏醒,
有了神往,有了灵感,
有了生命,有了眼泪,也有了爱情。

2. 欣赏

普希金(1799—1837),俄罗斯文学之父,俄罗斯现实主义文学的奠基人。他出生于一个贵族家庭,1811年进入贵族子弟学校——皇村学校学习,因写诗反对暴君政治,于1820年被流放到南俄,其间他同当时的反对沙皇的十二月党人

联系密切。1824年,诗人因与南俄的总督发生冲突,被放逐到其父亲的领地,不准参加社会活动。同年诗人写下著名的历史剧《鲍利斯·戈都诺夫》,但这出深受人民欢迎的戏剧遭到禁演。1826年,刚上台的沙皇为收买人心,召普希金入外交部任职。但诗人早已看清了沙皇的真面目,尽管接受了职务,但是他并没有为沙皇收买。1831年,诗人和19岁的娜·尼·冈察洛娃结婚,随后迁居彼得堡,但家庭生活并不愉快。1837年,因法国公使馆的丹特士男爵亵渎诗人的妻子,诗人决定和他决斗。在2月8日的决斗中,普希金被子弹击中心脏,两天后去世。据说,这次调戏是沙皇指使的。诗人一生创作颇丰,除上面提到的历史剧和早期的浪漫主义诗作《致恰达耶夫》《囚徒》等外,诗人还创作了《叶甫盖尼·奥涅金》《驿站长》《上尉的女儿》等著名作品。

《假如生活欺骗了你》这首诗是普希金1825年题在他的一个女朋友——叶·沃尔夫的纪念册上的。诗人曾提前告诉她与丹特士决斗的事,由此可见二人友谊之深。诗人的这首题赠诗后来成为广为流传的作品。

这是一首哲理抒情诗。诗人以普普通通的句子,通过自己真真切切的生活感受,向女友提出了劝慰。诗的开头是一个假设,这假设会深深伤害人们,足以使脆弱的人们丧失生活的信心,足以使那些不够坚强的人面临"灾难"。那的确是个很糟糕的事情,但诗人并不因为这而消沉、逃避和心情忧郁,不会因为被生活欺骗而愤慨,做出出格的事情。诗人的方法是克制和坚强。诗人主张:"相信吧,快乐之日就会到来。"

诗人在诗中提出了一种生活观,面向未来的生活观。我们的心要憧憬着未来,尽管现实的世界可能是令人悲哀的,我们可能感受到被欺骗,但这是暂时的。我们不会停留在这儿,不会就在这儿止步,我们有美丽的未来。当我们在春风和煦的日子里,在和朋友共享欢乐的时候,我们再细细品味这曾经令人悲哀的现实生活,我们就会有一种自豪、充实、丰富的人生感受,"那逝去的将变为可爱"。

诗人就用这种面向未来的积极生活观,给女友以鼓励。同样,诗人也用这种生活观以自勉。诗人生活在法国大革命的精神在欧洲大陆产生广泛影响的时代。那时的俄国,一方面处于沙皇暴政的统治下;另一方面,人民的自由意识大大觉醒,起义和反抗此起彼伏。诗人出身贵族,有着强烈的自由民主意识。这些注定了诗人的生活会充满暗礁、漩涡、险滩和坎坷不平。诗人在面对困苦时坚定自己对生活的信心,去战胜一个又一个暴力的压迫。

诗人对生活的假设,引起了很多人的共鸣,说出了很多人的生活感受。正是这种生活观,这种对人生的信心,这种面对坎坷的坚强和勇敢使得这首诗流传久远。

《致凯恩》是普希金爱情诗里最优秀的一首,被誉为"爱情诗卓绝的典范"。

1824年8月,作者被押送发往原籍,不久,他的父母、全家人都离去,只留下一个年老的奶娘与他相处了两年,过着寂寞、幽居的生活,他感到"苦闷极了",简直像得了"忧郁症"。没想到在圣彼得堡认识的女友凯恩1825年也来到诗人家乡附近的山村,住在她姑母家,同作者经常见面。这给他带来了意外的欢乐和欣慰,也带来了创作的激情和灵感,于是写下了这首作品。

在这首诗里,诗人并没有描绘凯恩外形的美丽,而是突出她的美给自己带来的精神力量。诗人把这一个女子的形象高度理想化了:"有如昙花一现的幻影,有如纯洁之美的精灵。"她成了超绝尘世的美的化身,成了生命和灵感的源泉,使诗人枯涩、抑郁的心灵重新得到滋润并苏醒。这体现了爱情的强大力量,又反衬出阴暗的流放生活对诗人精神的压抑。

爱情诗吸引了作者的全部精神力量,引起了创作情绪的罕见高潮。后来这首诗被谱成歌曲,成为一首广为传唱的情歌。

## 思考与练习

1. 谈谈你对诗的理解。
2. 诗歌欣赏的创造性表现在哪些方面?请举例说明。
3. 诗歌欣赏应遵循哪些原则?
4. 谈谈你对"黍离之悲"的理解。
5. 简析杜甫《月夜》的艺术手法。
6. 元好问《摸鱼儿·雁丘词》是如何托物寄兴的?
7. 顾贞观《金缕曲·季子平安否》的艺术创新点是什么?
8. 谈谈郭沫若《炉中煤》意象的运用。
9. 徐志摩《再别康桥》是如何体现"三美"主张的?
10. 艾青《我爱这土地》中的爱国之情是如何表现的?
11. 以舒婷《双桅船》为例,谈谈朦胧诗的艺术特点。
12. 如何理解海子《面朝大海,春暖花开》中"从明天起,做一个幸福的人"?
13. 莎士比亚《十四行诗·一八》有哪些艺术特色?
14. 普希金《致凯恩》为什么会被誉为"爱情诗卓绝的典范"?

# 第三章　情动于中而形于言
## ——散文欣赏

### 一、散文的审美特性

中国是散文的国度,中华散文源远流长,灿若群星。从最早的广义的散文——殷商时期的甲骨卜辞和青铜器铭文的使用,到先秦两汉历史散文和诸子散文的百家争鸣;从唐宋时期中国散文题材和手法的再创高峰,到明清小品文的独抒性灵、不拘一格,再到现当代散文的佳作迭出、异彩纷呈,散文已深深地扎根于中华文化的土壤中,融入了中国人的生活里。相较于其他文学体裁,散文也许不如诗歌激情,不如戏剧曲折,不如小说浪漫,但是它更朴素、更真实,是最适于抒发作者主观情感、书写个人心灵的文学形式。诗人余光中曾说:"散文乃走路,诗乃跳舞;散文乃喝水,诗乃喝酒;散文乃说话,诗乃唱歌;散文乃门,诗乃窗。"

生活中不是人人都有才能去写诗,也不是人人都有机会去创作戏剧或小说,但只要愿意,人人都可以拿起笔,记录下自己对生命的感悟、在生活中的点滴,文笔或许稚拙,或许拉杂,但散文自有其独特的审美魅力。

1. 形散神不散

散文的"散"本来是指"不押韵""非骈偶",是相对于骈文而言的。散文贵在一个"散"字,不"散"算不上散文,所以散文的审美特征之一就是"形散"。所谓的"形散"具体指两个方面:

一是指散文取材广阔,无所不包。可以记人物,可以抒感情,可以发议论,也可以谈哲理。自然万物、各色人等、古今中外、政事私情,大到国家经济建设、社会矛盾、文艺论争、伦理道德,小到文艺随笔、读书笔记、日记书简,可以无所不包、无所不有;既可以是风土人物志、游记和随感录,也可以是知识小品、文坛轶事;既能够谈天说地,也可以抒情写趣。凡是能给人以思想启迪、美的感受、情操的陶冶,使人开阔视野、丰富知识、心旷神怡的,都可选作散文的题材。正如作家周立波所说:"举凡国际国内的大事,社会家庭的细胞,掀天之浪,一物之微,自己的一段经历,一丝感触,一撮悲欢,一星冥想,往日的凄惶,今朝的欢快,都可移于纸上,贡献读者。"所以散文的"散"第一是指题材的多样。

二是指散文的表达方式、表现手法灵活多样。散文率性自然,没有形式格套,因而行文自如,可以运用记叙、抒情、议论、说明等多种表达方式,也可以运用比喻、拟人、象征等多种修辞方式;可以时间为顺序组织材料,也可以人物为中心刻画人物;可以细节为中心托物抒情,也可以事件为中心发表议论。材料的组织,情绪的演变,时空的转换都是十分灵活自由的。好的散文就像苏轼所说,"如万斛泉源,不择地而出""与山石曲折,随物赋形""如行云流水,初无定质,但常行于所当行,常止于所不可不止,文理自然,姿态横生"。散文又忌"散",没有主题、杂乱无章的不是散文。散文虽看似散,但主题清晰、立意明确,自始至终有一根贯穿思想的红线,散而不乱,也就是所谓"神不散"。"神"是指散文的立意、主旨,也就是作者想要表达的核心思想。这个思想既可以是某种观点,也可以是某种情感,总之散文始终都要有一个"神"在,否则就会杂乱拖沓,不知所云。

2. 语言优美,灵活多样

散文素有"美文"之称,优美多姿的语言向来是散文非常重要的审美特征。好的散文语言本身就是多种多样、姿态横生的,韩愈的奇绝险怪,欧阳修的纡徐有致,苏轼的明快畅达,钱锺书的理性幽默,无不让人拍案叫绝、击节赞赏。正是这各种不同的优美的语言构成了散文美的基础,浓墨重彩是一种美,清新明丽也是一种美;质朴自然、不事雕琢是一种美,曲折有致、摇曳多姿也是一种美。散文本身就是灵活多样的,散文的语言更是随物赋形、随人喜乐。不同作家会因各自气质禀赋、兴趣爱好、学识修养、生活经历等的不同形成不同的语言风格,即便同一位作家也会因个人境遇的改变、阅历的增长等因素语言风格出现不同。刘熙载在《艺概》中说:"文之神妙,莫过于能飞。"正是优美多姿、各种风格的散文语言给散文插上了能飞的翅膀,使之读起来文气畅达如行云流水,有种痛快淋漓之感。

3. 感情真挚,思想深邃

散文是最直接抒发作者情感和思想的文体,真挚的情感是散文的血肉,深邃的思想及内在的人格力量是散文的灵魂。不少散文作品会存在一个误区,往往流于艺术感觉的浅层次上,写山水,沉湎于对景物的欣赏;写人物,局限于人物的外在表现,未能揭示生活的真谛、开掘出人的真情实感,这样的作品美则美矣,但缺乏打动人内心的力量。南朝·梁刘勰在《文心雕龙·神思》篇中说:"登山,则情满于山;观海,则意溢于海。"充分说明了情和意才是散文的生命。范仲淹的《岳阳楼记》之所以成为千古名篇,语言的美固然重要,但更重要的是作者登临岳阳楼时触景生情,抒发出来的情感,那种"先天下之忧而忧,后天下之乐而乐"的情怀和理想。所以说,散文作为一种文学形式,是一个人内心生活,也可以说精

神世界最为真实的表达,它不仅是一种艺术形式,也是生命的一种载体。散文的最高品质是屹立于真情背后的深邃的思想,以及文字所表现出的人格力量,还有作家所达到的精神高度。所以一个散文家,首先必须是思想家。没有思想的支撑,是难以写出一篇好散文的。一篇没有思想魅力的散文,如同一具没有灵魂的肉体。其次,一个散文家同样也要具备高尚的人格,没有高尚的人格是不可能有所成就的。所谓作家的人格,是一种坚韧,一种清淡,一种独特的个性,一种不屈服的精神。归根结底,一首诗,一篇文,真正能够打动人的永远不会是词语,而是透过词语表面所呈现出的情感、思想及作家的人格力量。

## 二、散文的欣赏方法

1. 把握主旨

散文因其取材的丰富多样、表达方式的灵活自由,从欣赏美学的角度来说,是不易为读者把握的一种文体。散文的审美特征之一就是"形散而神不散",形散只是表象,神不散才是内核。好的散文家可以在他的作品里纵横驰骋、洒脱不羁,但无论怎样始终都是有一个精神内核在的,这个精神内核就是散文的"神",也是我们欣赏散文首先要把握的作品的主旨。具体可从以下两个方面来做:

(1) 抓住文脉,即文章的线索。散文的线索是探寻散文美的源头的一把钥匙,是阅读散文、欣赏散文的一盏指路明灯。线索在散文中是必不可少的,因为越是自由的文体就越需要维系其艺术生命的线索,就像一粒粒的珍珠,唯有用线串起来,才可能成为一件珍贵的艺术品。散文的线索往往跟作者的思路密切相连,线索的类型也多种多样,时间的推移、地点的转换、人物的行踪、感情的变化、事物的性质特点等都可以作为贯穿全文的线索。有的可能还不止一条线索,既有明线也有暗线,这样一实一虚、一明一暗,互相依存,并行发展。因此,欣赏散文时首先要理清文章结构层次,找到文章各部分的内在联系,从整体入手,把握文章线索、脉络。

(2) 找准文眼,即能反映作品主旨的词句。文眼是散文的点睛之笔,是理解散文作品的关键,抓住了文眼就找到了进入散文美的世界的途径。文眼一般都是作者观点、情感、思想的高度浓缩,所以通常都是作者反复锤炼过的,常常只是一句话甚至是一个词,多出现在篇首、篇中或篇末,有的还反复出现,首尾呼应以揭全文之旨。就像刘熙载在《艺概·文概》中所说:"揭全文之旨,或在篇首,或在篇中,或在篇末。在篇首则后必顾之,在篇末则前必注之,在篇中则前注之、后顾之。"

总之,从整体入手,理清文章线索,抓住文眼,能迅速、有效地帮我们打开散文艺术欣赏的大门。

2. 赏读语言

文学是语言的艺术,被称为"美文"的散文尤其如此。作为读者,想要真正领略散文的魅力,就必须要学会品读散文的语言。古今中外,凡优秀的散文作品,其语言都是经过作家千锤百炼、反复推敲的。唐宋散文八大家之一的韩愈举起古文运动的大旗,提倡写具有真情实感的散文作品,口号就是"惟陈言之务去"。赏析、品读散文的语言对开拓我们的思维空间,增强语言表达能力,提高写作水平,充实文学素养都是大有裨益的。所以说,当我们在欣赏散文作品时要充分发挥自己丰富的想象和联想,不单是单纯地运用理性思维,还要积极地调动自己的感性思维能力,让自己全情投入,只有这样才能更好地体悟作品的思想、情感和内涵。散文中优美智慧的语言恰恰是激发人们感性能力的最有效、最直接的因素,细细咀嚼和品味,必能领会到作品的妙境和真谛。欣赏散文的语言可从以下两个方面入手:

一是品读文章中的词语与句子。不仅品味词语或句子的表层意义,有时还需要注意它们的深层意义,也即言外之意,弦外之音。如朱自清的《荷塘月色》写荷叶"叶子出水很高,像亭亭的舞女的裙";写荷花"层层的叶子中间,零星地点缀着些白花,有袅娜地开着的,有羞涩地打着朵儿的,正如一粒粒明珠,又如碧天里的星星,又如刚出浴的美人"。作者写荷塘中的荷叶、荷花之美,却并不直接抒情,而是通过写景的词语来表达,透过这些词语不难体会作者当时喜悦的心情,叶子像裙,裙又是"亭亭"的舞女的;花是"袅娜"地开着,"羞涩"地打着朵儿;像"一粒粒"的明珠,又像"碧天里"的星星,又像"刚出浴"的美人,这里的哪个词语不包含喜悦色彩?但如果我们仅仅就词语表层含义来理解的话,显然还未能体会到作者词语之外的内心的情感。月色下,荷塘中,荷花如此美丽,作者的心情当然是喜悦的,但这种喜悦毕竟是"淡淡的",微笑背后实际上更多的是无奈和哀愁,体会到这一点才能说稍稍读懂了朱自清先生的这篇《荷塘月色》。

二是体味不同作家的语言风格之美。语言风格就是作家通过作品所表现出来的语言上特有的个性特色,它与作家个人的个性特征、气质禀赋、个人经历及时代色彩、地方烙印、民族影响等因素密切相关。也正因如此,形成各具特色的语言风格,或豪放飘逸,或沉郁悲壮,或自然质朴,或清新流丽。欣赏散文除了要懂得品味文中具体字句的美以外,还应用更开阔的视野、更广博的胸襟去欣赏和体味不同风格的语言之美。散文家是多种多样的,散文的语言也理应千姿百态,散文的欣赏更可以海纳百川。

### 3. 品味意趣

意趣这里指意境和趣味，"意"即散文的主题，"境"即散文中的画面或形象，意境其实就是作者的主观情感和客观景象高度融合产生的一种境界，表现在作品中就是情景交融、形神合一。趣味即指作品的意思、味道，有没有趣味，常常是人们评价一篇散文作品好坏的重要因素。趣味以淡雅为美，以合宜为佳，若是能做到"乍看岂不是淡淡的？缓缓咀嚼一番，便会有浓密的滋味从口角流出"（朱自清《山野掇拾》），则为大趣味。所以，意境和趣味是构成散文的重要因素，也是欣赏散文的关键。

散文的意趣，往往是情与景、意与象、形式美与内容美的高度融合。如晚明作家张岱的《湖心亭看雪》一文，写到湖心亭看到的雪景"雾凇沆砀，天与云与山与水，上下一白。湖上影子，惟长堤一痕、湖心亭一点、与余舟一芥，舟中人两三粒而已"。作者写雪景，却只列举眼前看到的几样景物，湖上的长堤、湖心亭、湖中的小舟及舟中人，加上"一痕、一点、一芥、两三粒"等几个量词，寥寥几语，就画面全出，宛如中国的写意山水画。这一段既是写景，却又不止于写景；通过作者视角的转移，让人感受到的不仅是白茫茫一片，天地万物都融为一体的雪景，更重要的是作者融情于景，以景寓情，情与景高度融合，产生出的"寄蜉蝣于天地，渺沧海之一粟"的人生感慨。文笔洗练，意境深邃，尤其是文中对量词的使用令人激赏，读之趣味横生。再如梁实秋在散文《下棋》中写处于下风的一方在下棋时的窘态"对方的头上青筋暴露，黄豆般的汗珠一颗颗地在额上陈列出来，或哭丧着脸作惨笑，或咕嘟着嘴作吃屎状，或抓耳挠腮，或大叫一声，或长吁短叹，或自怨自艾口中念念有词，或一串串的噎嗝打个不休，或红头涨脸如关公，种种现象，不一而足"，一口气连用了八个"或"字，将对方的窘态描绘得惟妙惟肖、绘声绘色，使人如临其境，如闻其声。下棋虽是小事，但是作者抓住细节，通过幽默诙谐的语言，为我们勾勒出了一幅人生百态图，看似平平淡淡，却自有一种境界和韵味。

总之，一篇散文，若无意境和趣味，其艺术性和可读性必然大大降低，欣赏散文也应更好地品味作品的意境之美、韵味之美。

## 三、散文欣赏举隅

### （一）《让县自明本志令》

1. 原文

孤始举孝廉，年少，自以本非岩穴知名之士，恐为海内人之所见凡愚，欲为一郡守，好作政教，以建立名誉，使世士明知之；故在济南，始除残去秽，平心选举，违迕诸常侍。以为强豪所忿，恐致家祸，故以病还。

去官之后，年纪尚少，顾视同岁中，年有五十，未名为老。内自图之，从此却去二十年，待天下清，乃与同岁中始举者等耳。故以四时归乡里，于谯东五十里筑精舍，欲秋夏读书，冬春射猎，求底下之地，欲以泥水自蔽，绝宾客往来之望。然不能得如意。后征为都尉，迁典军校尉，意遂更欲为国家讨贼立功，欲望封侯作征西将军，然后题墓道言"汉故征西将军曹侯之墓"，此其志也。而遭值董卓之难，兴举义兵。是时合兵能多得耳，然常自损，不欲多之；所以然者，多兵意盛，与强敌争，倘更为祸始。故汴水之战数千，后还到扬州更募，亦复不过三千人，此其本志有限也。

后领兖州，破降黄巾三十万众。又袁术僭号于九江，下皆称臣，名门曰建号门，衣被皆为天子之制，两妇预争为皇后。志计已定，人有劝术使遂即帝位，露布天下，答言"曹公尚在，未可也"。后孤讨禽其四将，获其人众，遂使术穷亡解沮，发病而死。及至袁绍据河北，兵势强盛，孤自度势，实不敌之；但计投死为国，以义灭身，足垂于后。幸而破绍，枭其二子。又刘表自以为宗室，包藏奸心，乍前乍却，以观世事，据有当州。孤复定之，遂平天下。身为宰相，人臣之贵已极，意望已过矣。今孤言此，若为自大，欲人言尽，故无讳耳。设使国家无有孤，不知当几人称帝，几人称王！或者人见孤强盛，又性不信天命之事，恐私心相评，言有不逊之志，妄相忖度，每用耿耿。齐桓、晋文所以垂称至今日者，以其兵势广大，犹能奉事周室也。《论语》云："三分天下有其二，以服事殷，周之德可谓至德矣。"夫能以大事小也。昔乐毅走赵，赵王欲与之图燕。乐毅伏而垂泣，对曰："臣事昭王，犹事大王；臣若获戾，放在他国，没世然后已，不忍谋赵之徒隶，况燕后嗣乎！"胡亥之杀蒙恬也，恬曰："自吾先人及至子孙，积信于秦三世矣；今臣将兵三十余万，其势足以背叛，然自知必死而守义者，不敢辱先人之教以忘先王也。"孤每读此二人书，未尝不怆然流涕也。孤祖、父以至孤身，皆当亲重之任，可谓见信者矣，以及子桓兄弟，过于三世矣。

孤非徒对诸君说此也，常以语妻妾，皆令深知此意。孤谓之言："顾我万年之后，汝曹皆当出嫁，欲令传道我心，使他人皆知之。"孤此言皆肝鬲之要也。所以勤勤恳恳叙心腹者，见周公有《金滕》之书以自明，恐人不信之故。然欲孤便尔委捐所典兵众，以还执事，归就武平侯国，实不可也。何者？诚恐己离兵为人所祸也。既为子孙计，又已败则国家倾危，是以不得慕虚名而处实祸，此所不得为也。前朝恩封三子为侯，固辞不受，今更欲受之，非欲复以为荣，欲以为外援，为万安计。

孤闻介推之避晋封，申胥之逃楚赏，未尝不舍书而叹，有以自省也。奉国威灵，仗钺征伐，推弱以克强，处小而禽大。意之所图，动无违事，心之所虑，何向不济，遂荡平天下，不辱主命。可谓天助汉室，非人力也。然封兼四县，食户三万，何德堪之！江湖未静，不可让位；至于邑土，可得而辞。今上还阳夏、柘、苦三县户二万，但食武平万户，且以分损谤议，少减孤之责也。

2. 欣赏

曹操(155—220)，字孟德，沛国谯县(今安徽亳州)人。曹丕称帝后，追谥为魏武帝。杰出的政治家、军事家和文学家。

曹操诗歌受乐府民歌影响很深，但富有创造性，往往以旧调旧题来表现新的内容，有的反映当时社会动乱，有的抒写个人的政治抱负和理想不能实现的苦闷，气魄雄伟，感情深沉，情调苍凉悲壮。他的散文简约严明，思想开朗，不受传统思想和形式体制的约束，具有清峻、通脱的风格。有《曹操集》。

本篇选自《三国志·魏志·武帝纪》，裴松之注。(《资治通鉴·献帝纪》亦载，唯文字稍有改易)清·严可均据裴注收入《全三国文》中。这是反映曹操思想和经历的一篇重要文章，作于建安十五年(公元210年)。文章叙述他在不同的形势下产生的不同的愿望，说得坦率而典重，表现出他的气度和见识，同时也流露出一些踌躇满志的神态。

《让县自明本志令》全文可概括为两大部分：开头至"意望已过矣"是第一部分，主要回顾作者三十多年的奋斗史，着重在纪功劳；第二部分，主要说明作者在当前既无野心又不让权的苦心，即明本志。

文章善于引古证今，以众所周知的历史事实证明自己的现实思想之合情合理，而且十分可信。用齐桓、晋文说明自己同样"尊王攘夷"；用乐毅、蒙恬说明自己也忠心耿耿；用介推、申胥说明自己也不贪封赏；用周公《金縢》之书说明自己写本文时的良苦用心。由于这些模拟得当，就增强了文章的说服力，并且使文章典雅庄重而又多彩多姿。

文章的语言质朴明白，浅显自然，丝毫没有刻意雕饰的痕迹，句句平易近人，字字熨帖自如，利落而痛快地表现了曹操在根本问题上绝不妥协，不能让权让位；而在一些枝节问题上却可以做出让步，甚至可让出四分之三的封地的政治家的器量和风度。

文章的结构看来似乎没有精心设计，好像漫无边际，想到哪里就写到哪里，其实不然。全文信笔挥洒却又文气贯通，结构安排也井然有序。大体上说，前半部分侧重叙事，后半部分侧重"明志"。这种结构突出了中心和重点，而且前后文之间有其内在的必然联系，不枝不蔓，首尾呼应。全文无论引古还是证今，都做到有事实，有分析，有理有据，有材料，有观点，并使二者有机统一，其结构是严谨的。

(二)《与韩荆州书》

1. 原文

白闻天下谈士相聚而言曰："生不用封万户侯，但愿一识韩荆州。"何令人之景慕,一至于此!岂不以有周公之风,躬吐握之事,使海内豪俊,奔走而归之,一登龙门,则声价十倍,所以龙盘凤逸之士,皆欲收名定价于君侯。君侯不以富贵而骄之,寒贱而忽之,则三千之中有毛遂,使白得颖脱而出,即其人焉。

白,陇西布衣,流落楚汉。十五好剑术,遍干诸侯;三十成文章,历抵卿相。虽长不满七尺,而心雄万夫。皆王公大人,许与气义。此畴曩心迹,安敢不尽于君侯哉?

君侯制作侔神明,德行动天地,笔参造化,学究天人。幸愿开张心颜,不以长揖见拒。必若接之以高宴,纵之以清谈,请日试万言,倚马可待。今天下以君侯为文章之司命,人物之权衡,一经品题,便作佳士。而君侯何惜阶前盈尺之地,不使白扬眉吐气,激昂青云耶?

昔王子师为豫州,未下车,即辟荀慈明;既下车,又辟孔文举。山涛作冀州,甄拔三十余人,或为侍中、尚书,先代所美。而君侯亦一荐严协律,入为秘书郎;中间崔宗之、房习祖、黎昕、许莹之徒,或以才名见知,或以清白见赏。白每观其衔恩抚躬,忠义奋发。白以此感激,知君侯推赤心于诸贤腹中,所以不归他人,而愿委身国士。倘急难有用,敢效微躯。

且人非尧舜,谁能尽善?白谟猷筹画,安能自矜?至于制作,积成卷轴,则欲尘秽视听。恐雕虫小技,不合大人。若赐观刍荛,请给纸笔,兼之书人,然后退扫闲轩,缮写呈上。庶青萍、结绿,长价于薛、卞之门。幸推下流,大开奖饰,惟君侯图之。

## 2. 欣赏

本文是李白在襄阳谒见韩朝宗时写的谒文。信中作者以毛遂自比,表达了远大的志向,极称韩朝宗善于识拔人才,希望韩朝宗赏识、提拔自己,从而得以扬眉吐气、激昂青云。行文豪迈奔放,气势逼人,是李白以布衣结交王侯、啸傲公卿的代表作。

作者首先善于抓住对方心理,做到有的放矢。文章一开始,作者就借谈士之口赞誉韩朝宗,说明自己是慕名而来,希望能脱颖而出。再介绍自己平日所学及交游意气之盛,并借王公大人的评价显扬自己,说明自己的确是人才。褒扬韩朝宗道德文章,礼贤下士,表现自己对其的信任与希望。然后作者历数古代美事,将古代贤士与今人作比,借古说今,巧言善譬,使对方从心理上容易接纳自己。

其次,本文感情真挚,干谒而无寒乞相。本文虽是一篇实用性文章,却自始至终充满激情。文章直白率真地抒写自己的理想,语言明白晓畅,称誉对方而不谄媚,显扬自己而不狂妄,行文酣畅淋漓,充溢着浓烈的激情、雄放的气势。

再次,文章骈散兼用,句式参差错落。这种行文方式,与李白的奔放情感是一致的,也表现出李白直率不羁的性格和刚强自信的心态,同时也极大地加强了本文的艺术感染力。

### (三)《超然台记》

**1. 原文**

凡物皆有可观。苟有可观,皆有可乐,非必怪奇伟丽者也。餔糟啜醨,皆可以醉;果蔬草木,皆可以饱。推此类也,吾安往而不乐?

夫所为求福而辞祸者,以福可喜而祸可悲也。人之所欲无穷,而物之可以足吾欲者有尽。美恶之辨战乎中,而去取之择交乎前,则可乐者常少,而可悲者常多,是谓求祸而辞福。夫求祸而辞福,岂人之情也哉?物有以盖之矣。彼游于物之内,而不游于物之外。物非有大小也,自其内而观之,未有不高且大者也。彼挟其高大以临我,则我常眩乱反覆,如隙中之观斗,又乌知胜负之所在?是以美恶横生,而忧乐出焉。可不大哀乎!

余自钱塘移守胶西,释舟楫之安,而服车马之劳;去雕墙之美,而庇采椽之居;背湖山之观,而行桑麻之野。始至之日,岁比不登,盗贼满野,狱讼充斥;而斋厨索然,日食杞菊。人固疑余之不乐也。处之期年,而貌加丰,发之白者,日以反黑。余既乐其风俗之淳,而其吏民亦安予之拙也。

于是治其园圃,洁其庭宇,伐安丘、高密之木,以修补破败,为苟全之计。而园之北,因城以为台者旧矣;稍葺而新之。时相与登览,放意肆志焉。

南望马耳、常山,出没隐见,若近若远,庶几有隐君子乎?而其东则庐山,秦人卢敖之所从遁也。西望穆陵,隐然如城郭,师尚父、齐桓公之遗烈,犹有存者。北俯潍水,慨然太息,思淮阴之功,而吊其不终。

台高而安,深而明,夏凉而冬温。雨雪之朝,风月之夕,予未尝不在,客未尝不从。撷园蔬,取池鱼,酿秫酒,瀹脱粟而食之。曰:"乐哉游乎!"

方是时,余弟子由适在济南,闻而赋之,且名其台曰"超然"。以见余之无所往而不乐者,盖游于物之外也。

**2. 欣赏**

苏轼自二十二岁中进士之后,在官场上并不是一帆风顺的:王安石变法,苏轼上书论其弊端,因而受到王安石的排斥,苏轼遂自请外放任杭州通判,后来又任密州知州(治所在今山东诸城)。本文作于密州任上。

超然台在密州城北,苏轼以此为题,记述了他在密州的生活状态,从而抒发了他"游于物外""燕处超然"、无往而不乐的人生态度和淡薄自适的处世哲学。这实际上是政治失意后精神苦闷的自我排遣。他因仕途坎坷不平,思想上产生了归向老庄的倾向。所谓超然之乐,实际含有政治失意的辛酸,既不能摆脱官场,又要寻求超然之乐,正是内心世界矛盾的体现。然而正是这种矛盾,才使得文章委婉多姿、意味深长。本文虽没有《赤壁赋》等文中所表现出的清丽描绘和抒情笔调,但从议论入手,层次严谨,结构缜密,语言清新自然,议论雄辩,析理透辟,行文如汩汩流泉,较好地反映出苏轼前期作品中那种浑灏流转、以神运笔、洒脱自如、纵横不羁的艺术风格。

(四)《徐文长传》

1. 原文

余少时过里肆中,见北杂剧有《四声猿》,意气豪达,与近近时生所演传奇绝异,题曰"天池生",疑为元人作。后适越,见人家单幅上有署"田水月"者,强心铁骨,与夫一种磊块不平之气,字画之中,宛宛可见,意甚骇之,而不知田水月为何人。

一夕,坐陶编修楼,随意抽架上书,得《阙编》诗一帙。恶楮毛书,烟煤败黑,微有字形,稍就灯间读之,读未数首,不觉惊跃,急呼石篑:"《阙编》何人作者?今耶,古耶?"石篑曰:"此余乡先辈徐天池先生书也。先生名渭,字文长,嘉、隆间人,前五六年方卒。今卷轴题额上有田水月者,即其人也。"余始悟前后所疑,皆即文长一人。又当诗道荒秽之时,获此奇秘,如魇得醒。两人跃起,灯影下,读复叫,叫复读,僮仆睡者皆惊起。

余自是或向人,或作书,皆首称文长先生。有来看余者,即出诗与之读,一时名公巨匠,浸浸知向慕云。

文长为山阴秀才,大试辄不利,豪荡不羁。总督胡梅林公知之,聘为幕客,文长与胡公约:"若欲客某者,当具宾礼,非时辄得出入。"胡公皆许之。文长乃葛衣乌巾,长揖就坐,纵谈天下事,旁若无人,胡公大喜。是时,公督数边兵,威振东南,介胄之士,膝语蛇行,不敢举头;而文长以部下一诸生傲之,信心而行,恣臆谈谑,了无忌惮。会得白鹿,属文长代作表。表上,永陵喜甚。公以是益重之,一切疏记,皆出其手。

文长自负才略,好奇计,谈兵多中。凡公所以饵汪、徐诸虏者,皆密相议然后行。尝饮一酒楼,有数健儿亦饮其下,不肯留钱。文长密以数字驰公,公立命缚健儿至麾下,皆斩之,一军股栗。有沙门负资而秽,酒间偶言于公,公后以他事杖杀之。其信任多此类。

胡公既怜文长之才,哀其数困,时方省试,凡入帘者,公密属曰:"徐子,天下才,若在本房,幸勿脱失。"皆曰:"如命。"一知县以他羁后至,至期方谒公,偶忘属,卷适在其房,遂不偶。

文长既已不得志于有司,遂乃放浪曲蘖,恣情山水,走齐、鲁、燕、赵之地,穷览朔漠。其所见山奔海立,沙起云行,风鸣树偃,幽谷大都,人物鱼鸟,一切可惊可愕之状,一一皆达之于诗。其胸中又有勃然不可磨灭之气,英雄失路,托足无门之悲,故其为诗,如嗔如笑,如水鸣峡,如种出土,如寡妇之夜哭、羁人之寒起。

当其放意,平畴千里,偶尔幽峭,鬼语秋坟。文长眼空千古,独立一时。当时所谓达官贵人,骚士墨客,文长皆叱而奴之,耻不与交,故其名不出于越。悲夫!

一日,饮其乡大夫家。乡大夫指筵上一小物求赋,阴令僮仆续纸丈余进,欲以苦之。文长援笔立成,竟满其纸,气韵遒逸,物无遁情,一座大惊。

文长喜作书,笔意奔放如其诗,苍劲中姿媚跃出。余不能书,而谬谓文长书决当在王雅宜、文征仲之上。不论书法,而论书神,先生者,诚八法之散圣,字林之侠客也。间以其余,旁溢为花草竹石,皆超逸有致。

卒以疑杀其继室,下狱论死。张阳和力解,乃得出。既出,倔强如初。晚年,愤益深,佯狂益甚。显者至门,皆拒不纳。当道官至,求一字不可得。时携钱至酒肆,呼下隶与饮。或自持斧击破其头,血流被面,头骨皆折,揉之有声。或以利锥锥其两耳,深入寸余,竟不得死。

石篑言:晚岁,诗文益奇,无刻本,集藏于家。余所见者,《徐文长集》《阙编》二种而已。然文长竟以不得志于时,抱愤而卒。

石公曰:先生数奇不已,遂为狂疾;狂疾不已,遂为圄圄。古今文人,牢骚困苦,未有若先生者也。虽然,胡公间世豪杰,永陵英主,幕中礼数异等,是胡公知有先生矣。表上,人主悦,是人主知有先生矣,独身未贵耳。先生诗文崛起,一扫近代芜秽之习,百世而下,自有定论,胡为不遇哉!

梅客生尝寄余书曰:"文长,吾老友,病奇于人,人奇于诗,诗奇于字,字奇于文,文奇于画。"余谓文长,无之而不奇者也。无之而不奇,斯无之而不奇也哉!悲夫!

2. 欣赏

袁宏道(1568—1610),字中郎,号石公,公安(今属湖北)人。万历进士,曾任江苏吴县县令,官至吏部郎中。晚明文坛"公安派"的领袖。

袁宏道受李卓吾的影响,反对前、后七子的复古主义和形式主义倾向,主张为文须"独抒性灵,不拘格套",在当时文坛产生了很大影响。与其兄宗道、弟中道并享盛名,世称"三袁"。

袁宏道的诗文亲切自然,清新活泼,常于写景叙事中流露人生感受。其小品文尤别致,为晚明一大家。著有《袁中郎集》。

徐渭是明代著名文士,生平事迹颇有传奇色彩。他吞吐河山、指论天下的气概和胆识,多方涉猎、无施不可的艺术创作才能,以及清高傲岸、狂放不羁的个性,皆独立一时,卓尔不群;他潦倒终生乃至忧愤成疾、癫狂而用斧锥自戕以求速死的悲惨命运,在当时也可谓绝无仅有。本文作者以简明的笔调对徐渭的人生遭迹进行了生动的描述,表露出他对徐渭才气的由衷钦佩,对徐渭遭际的深切同情,对徐渭率情任性、恣意表现的浪漫精神的赞颂,体现了作者一贯倡导的"独抒性灵,不拘格套"的文学主张。

本文最大的特点是"文中有我",始终满溢着作者的强烈感情。无论是对传主的揄扬、评论,还是正面描述文长其人其事,都明显地传导出作者与传主之间思想感情的交融与共鸣,既可见惺惺相惜之情,亦可见自写胸襟之意。

这篇人物传记在写法上既吸取了《史记》等书"以事传人"的长处,又具有自己的特点。作者叙述事件,不像史书那样有头有尾、具体完整,而是以简省的三言两语粗陈梗概,意到即止;而且于所记各事,均围绕文长"才能奇异""性情奇怪""遭遇奇特"来写,因此,尽管所记事例纷杂、文笔疏荡,文章却显得骨力劲健、神气凝聚。

(五)《与妻书》

1. 原文

意映卿卿如晤:

吾今以此书与汝永别矣!吾作此书时,尚为世中一人;汝看此书时,吾已成为阴间一鬼。吾作此书,泪珠和笔墨齐下,不能竟书而欲搁笔。又恐汝不察吾衷,谓吾忍舍汝而死,谓吾不知汝之不欲吾死也,故遂忍悲为汝言之。

吾至爱汝!即此爱汝一念,使吾勇于就死也!吾自遇汝以来,常愿天下有情人都成眷属,然遍地腥云,满街狼犬,称心快意,几家能够?司马青衫,吾不能学太上之忘情也。语云:仁者"老吾老以及人之老,幼吾幼以及人之幼"。吾充吾爱汝之心,助天下人爱其所爱,所以敢先汝而死,不顾汝也。汝体吾此心,于啼泣之余,亦以天下人为念,当亦乐牺牲吾身与汝身之福利,为天下人谋永福也。汝其勿悲。

汝忆否?四五年前某夕,吾尝语曰:"与使吾先死也,无宁汝先吾而死。"汝初闻言而怒,后经吾婉解,虽不谓吾言为是,而亦无辞相答。吾之意盖谓以汝之弱,必不能禁失吾之悲,吾先死留苦与汝,吾心不忍,故宁请汝先死,吾担悲也。嗟夫,谁知吾卒先汝而死乎!

吾真真不能忘汝也!回忆后街之屋,入门穿廊,过前后厅,又三四折,有小厅,厅旁一室,为吾与汝双栖之所。初婚三四个月,适冬之望日前后,窗外疏梅筛月影,依稀掩映;吾与汝并肩携手,低低切切,何事不语,何情不诉!及今思之,空余泪痕!又回忆六七年前,吾之逃家复归也,汝泣告我:"望今后有远行,必以告妾,妾愿随君行。"吾亦既许汝矣。前十余日回家,即欲乘便以此行之事语汝,及与汝相对,又不能启口;且以汝之有身也,更恐不胜悲,故惟日日呼酒买醉。嗟夫!当时余心之悲,盖不能以寸管形容之。

吾诚愿与汝相守以死。第以今日事势观之,天灾可以死,盗贼可以死,瓜分之日可以死,奸官污吏虐民可以死,吾辈处今日之中国,国中无地无时不可以死!

到那时使吾眼睁睁看汝死,或使汝眼睁睁看我死,吾能之乎?抑汝能之乎?即可不死,而离散不相见,徒使两地眼成穿而骨化石,试问古来几曾见破镜能重圆,则较死为苦也。将奈之何?今日吾与汝幸双健;天下人人不当死而死,与不愿离而离者,不可数计;钟情如我辈者,能忍之乎?此吾所以敢率性就死不顾汝也!吾今死无余憾,国事成不成,自有同志者在。依新已五岁,转眼成人,汝其善抚之,使之肖我。汝腹中之物,吾疑其女也,女必像汝,吾心甚慰;或又是男,则亦教其以父志为志,则我死后,尚有二意洞在也,甚幸甚幸!吾家后日当甚贫,贫无所苦,清静过日而已。

吾今与汝无言矣!吾居九泉之下,遥闻汝哭声,当哭相和也。吾平日不信有鬼,今则又望其真有。今人又言心电感应有道,吾亦望其言是实,则吾之死,吾灵尚依依旁汝也,汝不必以无侣悲!

吾生平未尝以吾所志语汝,是吾不是处。然语之,又恐汝日日为吾担忧。吾牺牲百死而不辞,而使汝担忧,的的非吾所忍。吾爱汝至,所以为汝谋者惟恐未尽。汝幸而偶我,又何不幸而生今日之中国!吾幸而得汝,又何不幸而生今日之中国,卒不忍独善其身!嗟夫!巾短情长,所未尽者尚有万千,汝可摹拟得之。吾今不能见汝矣!汝不能舍吾,其时时于梦中寻我乎!一恸!辛亥三月念六夜四鼓,意洞手书。

家中诸母皆通文,有不解处,望请其指教。当尽吾意为幸。

2. 欣赏

林觉民(1887—1911),字意洞,号抖飞,又号天外生,福建闽侯(今福州市)人。少年时即接受民主革命思想,阅读了《苏报》《民报》等大量民主革命报刊,有志于从事民主革命的宣传工作。1907年留学日本,其间加入了孙中山领导的中国同盟会,回国后积极从事革命活动。1911年4月参加广州起义,4月27日起义失败,林觉民受伤被俘,面对清廷广州将军张鸣岐与水师提督李准的会审,林觉民"侃侃而谈,畅论世界大势,以笔立言,立尽两纸,书至激烈处,解衣磅礴,以手捶胸"。他告诉两人,"只要革除暴政,建立共和,能使国家安强,则死也瞑目"。李准甚至动了恻隐之心,觉得可以留下林觉民为清廷所用。张鸣岐则认为,这个"面貌如玉、心肠如铁、心地光明如雪,称得上奇男子"的林觉民如果留给了革命党实为后患。随后林觉民在广州天字码头被枪杀,年仅24岁,葬于广州黄花岗,为黄花岗七十二烈士之一。其妻子经受不住失去丈夫的打击,两年后亦郁郁而终。

《与妻书》是林觉民写给妻子的绝笔信,写于1911年广州起义前三天的夜里。全篇充溢着丈夫对妻子的浓浓深情与不舍,以及如何舍小家为大家为天下苍生谋永福的崇高的奉献精神。陈意映,林觉民的妻子,两人虽为包办婚姻,但夫妻情深,感情甚笃。信的一开头"意映卿卿如晤",寥寥几字,作者对妻子的深情就跃然纸上。"卿卿"是夫妻间的爱称,最早出现在南朝宋刘义庆的《世说新语·惑溺》篇中。《世说新语》中载王安丰与妻子夫妻恩爱,妻子常用"卿卿"唤之,王安丰觉得不妥,其妻说:"亲卿爱卿,是以卿卿;我不卿卿,谁当卿卿?"林觉民在信的开头就用"卿卿"二字来称呼妻子,对妻子的满腔爱意可见一斑。接下来信中的一字一句,都饱含着作者对妻子的深情与爱意,对生活的不舍与依恋以及对牺牲小我成全大我的革命理想的坚定与执着。"吾至爱汝!即此爱汝一念,使吾勇于就死也!""吾充吾爱汝之心,助天下人爱其所爱,所以敢先汝而死,不顾汝也。汝体吾此心,于啼泣之余,亦以天下人为念,当亦乐牺牲吾身与汝身之福利,为天下人谋永福也。汝其勿悲。""吾作此书,泪珠和笔墨齐下,不能竟书而欲搁笔。又恐汝不察吾衷,谓吾忍舍汝而死,谓吾不知汝之不欲吾死也,故遂忍悲为汝言之。"这样感人至深的句子随处可见,作者对妻子的体贴之情、细腻之心、为天下苍生的赴死之意,感人至深。

《与妻书》形式上是一封家书,实则是一篇感人至深的抒情散文。文中字字泣血,情真意切,到处都是浓得化不开的真情,缠绵悱恻而又充满激情,表达了革命者的生死观和幸福观。为国捐躯的激情与对爱妻的深情两相交融、相互辉映,叫人断肠落泪而又撼人魂魄、令人感奋。时至今日,作者对妻子的那份真情、那种"以天下苍生为念"、舍生取义的革命者的气度风范,依然令人动容,而且将流芳百世、名垂千古。

(六)《论快乐》

1. 原文

在旧书铺里买回来维尼(Vigny)的《诗人日记》(Journal d'un poète),信手翻开,就看见有趣的一条。他说,在法语里,喜乐(bonheur)一个名词是"好"和"钟点"两字拼成,可见好事多磨,只是个把钟头的玩意儿(Si le bon heur n'était qu'une bonne heure!)。我们联想到我们本国话的说法,也同样的意味深永,譬如快活或快乐的快字,就把人生一切乐事的飘瞥难留,极清楚地指示出来。所以我们又慨叹说:"欢娱嫌夜短!"因为人在高兴的时候,活得太快,一到困苦无聊,愈觉得日脚像跛了似的,走得特别慢。德语的沉闷(langeweile)一词,据字面上直译,就是"长时间"的意思。《西游记》里小猴子对孙行者说:"天上一日,下界一年。"这种神话,确反映着人类的心理。天上比人间舒服欢乐,所以神仙活得快,人间一年在天上只当一日过。从此类推,地狱里比人间更痛苦,日子一定愈加难度。段成式《酉阳杂俎》就说:"鬼言三年,人间三日。"嫌人生短促的人,真是最"快活"的人;反过来说,真快活的人,不管活到多少岁死,只能算是短命夭折。所以,做神仙也并不值得,在凡间已经三十年做了一世的人,在天上还是个初满月

的小孩。但是这种"天算",也有占便宜的地方:譬如戴孚《广异记》载崔参军捉狐妖,"以桃枝决五下",长孙无忌说罚讨得太轻,崔答:"五下是人间五百下,殊非小州。"可见卖老祝寿等等,在地上最为相宜,而刑罚呢,应该到天上去受。

"永远快乐"这句话,不但渺茫得不能实现,并且荒谬得不能成立。快过的决不会永久;我们说永远快乐,正好像说四方的圆形,静止的动作同样地自相矛盾。在高兴的时候,我们的生命加添了迅速,增进了油滑。像浮士德那样,我们空对瞬息即逝的时间喊着说:"逗留一会儿罢! 你太美了!"那有什么用? 你要永久,你该向痛苦里去找。不讲别的,只要一个失眠的晚上,或者有约不来的下午,或者一课沉闷的听讲——这许多,比一切宗教信仰更有效力,能使你尝到什么叫做"永生"的滋味。人生的刺,就在这里,留恋着不肯快走的,偏是你所不留恋的东西。

快乐在人生里,好比引诱小孩子吃药的方糖,更像跑狗场里引诱狗赛跑的电兔子。几分钟或者几天的快乐赚我们活了一世,忍受着许多痛苦。我们希望它来,希望它留,希望它再来——这三句话概括了整个人类努力的历史。在我们追求和等候的时候,生命又不知不觉地偷度过去。也许我们只是时间消费的筹码,活了一世不过是为那一世的岁月充当殉葬品,根本不会享到快乐。但是我们到死也不明白是上了当,我们还理想死后有个天堂,在那里——谢上帝,也有这一天! 我们终于享受到永远的快乐。你看,快乐的引诱,不仅像电兔子和方糖,使我们忍受了人生,而且仿佛钓钩上的鱼饵,竟使我们甘心去死。这样说来,人生虽痛苦,却并不悲观,因为它终抱着快乐的希望;现在的账,我们预支了将来去付。为了快活,我们甚至于愿意慢死。

穆勒曾把"痛苦的苏格拉底"和"快乐的猪"比较。假使猪真知道快活,那末猪和苏格拉底也相去无几了。猪是否能快乐得像人,我们不知道;但是人会容易满足得像猪,我们是常看见的。把快乐分肉体的和精神的两种,这是最糊涂的分析。一切快乐的享受都属于精神的,尽管快乐的原因是肉体上的物质刺激。小孩子初生下来,吃饱了奶就乖乖地睡,并不知道什么是快活,虽然它身体感觉舒服。缘故是小孩子的精神和肉体还没有分化,只是混沌的星云状态。洗一个澡,看一朵花,吃一顿饭,假使你觉得快活,并非全因为澡洗得干净,花开得好,或者菜合你口味,主要因为你心上没有挂碍,轻松的灵魂可以专注肉体的感觉,来欣赏,来审定。要是你精神不痛快,像将离别时的筵席,随它怎样烹调得好,吃来只是土气息、泥滋味。那时刻的灵魂,仿佛害病的眼怕见阳光,撕去皮的伤口怕接触空气,虽然空气和阳光都是好东西。快乐时的你,一定心无愧怍。假如你犯罪而真觉快乐,你那时候一定和有道德、有修养的人同样心安理得。有最洁白的良心,跟全没有良心或有最漆黑的良心,效果是相等的。

发现了快乐由精神来决定,人类文化又进一步。发现这个道理,和发现是非善恶取决于公理而不取决于暴力,一样重要。公理发现以后,从此世界上没有可被武力完全屈服的人。发现了精神是一切快乐的根据,从此痛苦失掉它们的可怕,肉体减少了专制。精神的炼金术能使肉体痛苦都变成快乐的资料。于是,烧了房子,有庆贺的人;一箪食,一瓢饮,有不改其乐的人;千灾百毒,有谈笑自若的人。所以我们前面说,人生虽不快乐,而仍能乐观。譬如从写《先知书》的所罗门直到做《海风》诗的马拉梅(Mallarmé),都觉得文明人的痛苦,是身体困倦。但是偏有人能苦中作乐,从病苦里滤出快活来,使健康的消失有种赔偿。苏东坡诗就说:"因病得闲殊不恶,安心是药更无方。"王丹麓《今世说》也记毛稚黄善病,人以为忧,毛曰:"病味亦佳,第不堪为躁热人道耳!"在着重体育的西洋,我们也可以找着同样达观的人。工愁善病的诺凡利斯(Novalis)在《碎金集》里建立一种病的哲学,说病是"教人学会休息的女教师"。罗登巴煦(Rodenbach)的诗集《禁锢的生活》(Les Vies Encloses)里有专咏病味的一卷,说病是"灵魂的洗涤(épuration)"。身体结实、喜欢活动的人采用了这个观点,就对病痛也感到另有风味。顽健粗壮的十八世纪德国诗人白洛柯斯(B. H. Brockes)第一次害病,觉得是一个"可惊异的大发现(Eine bewunderungswürdige Erfindung)"。对于这种人,人生还有什么威胁?这种快乐把忍受变为享受,是精神对于物质的最大胜利。灵魂可以自主——同时也许是自欺。能一贯抱这种态度的人,当然是大哲学家,但是谁知道他不也是个大傻子?

是的,这有点矛盾。矛盾是智慧的代价。这是人生对于人生观开的玩笑。

### 2. 欣赏

钱锺书(1910—1998),字默存,号槐聚,曾用笔名中书君。江苏无锡人。中国现当代著名学者、作家。因周岁"抓周"时抓得一本书,故取名为"锺书"。钱锺书学贯中西,在诸多领域成就卓著。主要著作有散文集《写在人生边上》,短篇小说集《人·兽·鬼》,长篇小说《围城》,学术著作《谈艺录》及《宋诗选注》《旧文四篇》《管锥编》等。其中学术著作《管锥编》,从中西文化和文学比较的角度对中国传统的经史子籍进行考释,对后世学人影响巨大。

本文选自钱锺书的散文集《写在人生的边上》。该散文集谈到了有关人生的许多哲学问题,序言中说人生是一部大书,作者只是以一种业余消遣者的随便和从容,随手在书边空白处留下零星随感而已。然而这份零星随感并不随便肤浅,处处透露出作者对人生的独到体味与冷峻思考,充满哲理,发人深思。《论快乐》即其中最具代表性的一篇。

文章首先论述了快乐和人生的关系,作者说"快乐在人生里,好比引诱小孩子吃药的方糖,更像跑狗场里引诱狗赛跑的电兔子"都是短暂而易逝的东西。结论就是"'永远快乐'这句话,不但渺茫得不能实现,并且荒谬得不能成立。快过的决不会永久;我们说永远快乐,正好像说四方的圆形,静止的动作同样地自相矛盾。""人生的刺,就在这里,留恋着不肯快走的,偏是你所不留恋的东西。"快乐是每个人都在追求的东西,但能将"快乐到底是什么""快乐与人生到底是怎样一种关系"认识得如此透彻、深刻的寥寥无几。钱锺书先生用他的学识、智慧、理趣、才情融辞采、感性、情趣于一炉,名言警句信手拈来,旁征博引,逻辑严谨却并不枯燥,使读者在欣赏作品时或莞尔,或沉思,每有会意无不击节赞叹。文章虽告诉我们人生没有永远快乐这件事,但并不悲观,因为可以始终抱着快乐的希望。

文章思路八方投射,行文跳跃性强,且意脉贯通,挥洒自如,充分展示出钱锺书先生学者散文的风范,且语言幽默、极富哲理。关于这一点,作家司马长风就曾评价说:"林语堂堪称幽默大师,其实他只是提倡幽默的大师,要讲幽默才能,散文家当属梁实秋,小说家则老舍和钱锺书各有千秋。"

(七)《怀念萧珊》

1. 原文

一

今天是萧珊逝世的六周年纪念日。六年前的光景还非常鲜明地出现在我的眼前。那一天我从火葬场回到家中,一切都是乱糟糟的,过了两三天我渐渐地安静下来了,一个人坐在书桌前,想写一篇纪念她的文章。在五十年前我就有了这样一种习惯:有感情无处倾吐时我经常求助于纸笔。可是一九七二年八月里那几天,我每天坐三四个小时望着面前摊开的稿纸,却写不出一句话。我痛苦地想,难道给关了几年的"牛棚",真的就变成"牛"了?头上仿佛压了一块大石头,思想好像冻结了一样。我索性放下笔,什么也不写了。

六年过去了。林彪、"四人帮"及其爪牙们的确把我搞得很"狼狈",但我还是活下来了,而且偏偏活得比较健康,脑子也并不糊涂,有时还可以写一两篇文章。最近我经常去火葬场,参加老朋友们的骨灰安放仪式。在大厅里,我想起许多事情。同样地奏着哀乐,我的思想却从挤满了人的大厅转到只有二三十个人的中厅里去了,我们正在用哭声向萧珊的遗体告别。我记起了《家》里面觉新说过的一句话:"好像珏死了,也是一个不祥的鬼。"四十七年前我写这句话的时候,怎么想得到我是在写自己!我没有流眼泪,可是我觉得有无数锋利的指甲在搔我的心。我站在死者遗体旁边,望着那张惨白色的脸,那两片咽下千言万语的嘴唇,我咬紧牙齿,在心里唤着死者的名字。我想,我比她大十三岁,为什么不让我先死?我想,这是多不公平!她究竟犯了什么罪?她也给关进"牛棚",挂上"牛鬼蛇神"的小纸牌,还扫过马路。究竟为什么?理由很简单,她是我的妻子。她患了病,得不到治疗,也因为她是我的妻子。想尽办法一直到逝世前三个星期,靠开后门她才住进医院。但是癌细胞已经扩散,肠癌变成了肝癌。

她不想死,她要活,她愿意改造思想,她愿意看到社会主义建成。这个愿望总不能说是痴心妄想吧。她本来可以活下去,倘使她不是"黑老K"的"臭婆娘"。一句话,是我连累了她,是我害了她。

在我靠边的几年中间,我所受到的精神折磨她也同样受到。但是我并未挨过打,她却挨了"北京来的红卫兵"的铜头皮带,留在她左眼上的黑圈好几天后才褪尽。她挨打只是为了保护我,她看见那些年轻人深夜闯进来,害怕他们把我揪走,便溜出大门,到对面派出所去,请民警同志出来干预。那里只有一个人值班,不敢管。当着民警的面,她被他们用铜头皮带狠狠抽了一下,给押了回来,同我一起关在马桶间里。

她不仅分担了我的痛苦,还给了我不少的安慰和鼓励。在"四害"横行的时候,我在原单位(中国作家协会上海分会)给人当作"罪人"和"贱民"看待,日子十分难过,有时到晚上九十点钟才能回家。我进了门看到她的面容,满脑子的乌云都消散了。我有什么委屈、牢骚,都可以向她尽情倾吐。有一个时期我和她每晚临睡前要服两粒眠尔通才能够闭眼,可是天刚刚发白就都醒了。我唤她,她也唤我。我诉苦般地说:"日子难过啊!"她也用同样的声音回答:"日子难过啊!"但是她马上加一句:"要坚持下去。"或者再加一句:"坚持就是胜利。"我说"日子难过",因为在那一段时间里,我每天在"牛棚"里面劳动、学习、写交代、写检查、写思想汇报。任何人都可以责骂我、教训我、指挥我。从外地到"作协分会"来串联的人可以随意点名叫我出去"示众",还要自报罪行。上下班不限时间,由管理"牛棚"的"监督组"随意决定。任何人都可以闯进我家里来,高兴拿什么就拿走什么。这个时候大规模的群众性批斗和电视批斗大会还没有开始,但已经越来越逼近了。

她说"日子难过",因为她给两次揪到机关,靠边劳动,后来也常常参加陪斗。在淮海中路"大批判专栏"上张贴着批判我的罪行的大字报,我一家人的名字都给写出来"示众",不用说"臭婆娘"的大名占着显著的地位。这些文字像虫子一样咬痛她的心。她让上海戏剧学院"狂妄派"学生突然袭击、揪到"作协分会"去的时候,在我家大门上还贴了一张揭露她的所谓罪行的大字报。幸好当天夜里我儿子把它撕毁。否则这一张大字报就会要了她的命!

人们的白眼,人们的冷嘲热骂蚕蚀着她的身心。我看出来她的健康逐渐遭到损害。表面上的平静是虚假的。内心的痛苦像一锅煮沸的水,她怎么能遮盖住!怎样能使它平静!她不断地给我安慰,对我表示信任,替我感到不平。然而她看到我的问题一天天地变得严重,上面对我的压力一天天地增加,她又非常担心。有时同我一起上班或者下班,走进巨鹿路口,快到"作协分会",或者走进南湖路口,快到我们家,她总是抬不起头。我理解她,同情她,也非常担心她经受不起沉重的打击。我记得有一天到了平常下班的时间,我们没有受到留难,回到家里她比较高兴,到厨房去烧菜。我翻看当天的报纸,在第三版上看到当时做了"作协分会"的"头头"的两个工人作家写的文章《彻底揭露巴金的反革命真面目》。真是当头一棒!我看了两三行,连忙把报纸藏起来,我害怕让她看见。她端着烧好的菜出来,脸上还带笑容,吃饭时她有说有笑。饭后她要看报,我企图把她的注意力引到别处。但是没有用,她找到了报纸。她的笑容一下子完全消失。

这一夜她再没有讲话,早早地进了房间。我后来发现她躺在床上小声哭着。一个安静的夜晚给破坏了。今天回想当时的情景,她那张满是泪痕的脸还在我的眼前。我多么愿意让她的泪痕消失,笑容在她憔悴的脸上重现,即使减少我几年的生命来换取我们家庭生活中一个宁静的夜晚,我也心甘情愿!

二

我听周信芳同志的媳妇说,周的夫人在逝世前经常被打手们拉出去当作皮球推来推去,打得遍体鳞伤。有人劝她躲开,她说:"我躲开,他们就要这样对付周先生了。"萧珊并未受到这种新式体罚。可是她在精神上给别人当皮球打来打去。她也有这样的想法:她多受一点精神折磨,可以减轻对我的压力。其实这是她一片痴心,结果只苦了她自己。我看见她一天天地憔悴下去,我看见她的生命之火逐渐熄灭,我多么痛心。我劝她,我安慰她,我想拉住她,一点也没有用。

她常常问我:"你的问题什么时候才解决呢?"我苦笑说:"总有一天会解决的。"她叹口气说:"我恐怕等不到那个时候了。"后来她病倒了,有人劝她打电话找我回家,她不知从哪里得来的消息,她说:"他在写检查,不要打岔他。他的问题大概可以解决了。"等到我从五·七干校回家休假,她已经不能起床。她还问我检查写得怎样,问题是否可以解决。我当时的确在写检查,而且已经写了好几次了。他们要我写,只是为了消耗我的生命。但她怎么能理解呢?这时离她逝世不过两个多月,癌细胞已经扩散,可是我们不知道,想找医生给她认真检查一次,也毫无办法。平日去医院挂号看门诊,等了许久不见到医生或者实习医生,随便给开个药方就算解决问题。只有在发烧到摄氏三十九度才有资格挂急诊号,或者还可以在病人拥挤的观察室里待上一天半天。当时去医院看病找交通工具也很困难,常常是我女婿借了自行车来,让她坐在车上,他慢慢地推着走。有一次她雇到小三轮车去看病,看好门诊回家雇不到车了,只好同陪她看病的朋友一起慢慢地走回来,走走停停,走到街口,她快要倒下了,只得请求行人到我们家通知,她一个表侄正好来探病,就由他去把她背了回家。她希望拍一张X光片子查一查肠子有什么病,但是办不到。后来靠了她一位亲戚帮忙开后门两次拍片,才查出她患肠癌。以后又靠朋友设法开后门住进了医院。她自己还很高兴,以为得救了。只有她一个人不知道真实的病情,她在医院里只活了三个星期。

　　我休假回家假期满了,我又请过两次假,留在家里照料病人。最多也不到一个月。我看见她病情日趋严重,实在不愿意把她丢开不管,我要求延长假期的时候,我们那个单位的一个"工宣队"头头逼着我第二天就回干校去。我回到家里,她问起来,我无法隐瞒。她叹了口气,说"你放心去吧。"她把脸掉过去,不让我看见她。我女儿、女婿看到这种情景,自告奋勇地跑到巨鹿路向那位"工宣队"头头解释,希望同意我在市区多留些日子照料病人。可是那个头头"执法如山",还说:他不是医生,留在家里,有什么用!"留在家里对他改造不利!"他们气愤地回到家中,只说机关不同意,后来才对我传达了这句"名言"。我还能讲什么呢?明天回干校去!

　　整个晚上她睡不好,我更睡不好。出乎意外,第二天一早我那个插队落户的儿子在我们房间里出现了,他是昨天半夜里到的。他得了家信,请假回家看母亲,却没有想到母亲病成这样。我见了他一面,把他母亲交给他,就回干校去了。

　　在车上我的情绪很不好。我实在想不通为什么会有这样的事情。我在干校待了五天,无法同家里通消息。我已经猜到她的病不轻了。可是人们不让我过问她的事情。这五天是多么难熬的日子!到第五天晚上在干校的造反派头头通知我们全体第二天一早回市区开会。这样我才又回到了家,见到了我的爱人。靠了朋友帮忙,她可以住进中山医院肝癌病房,一切都准备好,她第二天就要住院了。她多么希望住院前见我一面,我终于回来了。连我也没有想到她的病情发展得这么快。我们见了面,我一句话也讲不出来。她说了一句:"我到底住院了。"我答说:"你安心治疗吧。"她父亲也来看她,老人家双目失明,去医院探病有困难,可能是来同他的女儿告别了。

　　我吃过中饭,就去参加给别人戴上反革命帽子的大会,受批判、戴帽子的不止一个,其中有一个我的熟人王若望同志,他过去也是作家,不过比我年轻。我们一起在"牛棚"里关过一个时期,他的罪名是"摘帽右派"。他不服,不听话,他贴出大字报,声明"自己解放自己",因此罪名越搞越大,给提去关了一个时期还不算,还戴上了反革命的帽子监督劳动。在会场里我一直像在做怪梦。开完会回家,见到萧珊我感到格外亲切,仿佛重回人间,可是她不舒服,不想讲话,偶尔讲一句半句。我还记得她讲了两次:"我看不到了。"我连声问她看不到什么?她后来才说:"看不到你解放了。"我还能再讲什么呢?

我儿子在旁边,垂头丧气,精神不好,晚饭只吃了半碗,像是患感冒。她忽然指着他小声说:"他怎么办呢?"他当时在安徽山区已经待了三年半,政治上没有人管,生活上不能养活自己,而且因为是我的儿子,给剥夺了好些公民权利。他先学会沉默,后来又学会抽烟。我怀着内疚的心情看看他,我后悔当初不该写小说,更不该生儿育女。我还记得前两年在痛苦难熬的时候她对我说:"孩子们说爸爸做了坏事,害了我们大家。"这好像用刀子在割我身上的肉。我没有出声,我把泪水全吞在肚里。她睡了一觉醒过来忽然问我:"你明天不去了?"我说:"不去了。"就是那个"工宣队"头头今天通知我不用再去干校就留在市区。他还问我:"你知道萧珊是什么病?"我答说:"知道。"其实家里瞒住我,不给我知道真相,我还是从他这句问话里猜到的。

### 三

第二天早晨她动身去医院,一个朋友和我女儿、女婿陪她去。她穿好衣服等候车来。她显得急躁,又有些留恋,东张张西望望,她也许在想是不是能再看到这里的一切。我送走她,心上反而加了一块大石头。

将近二十天里,我每天去医院陪伴她大半天。我照料她,我坐在病床前守着她,同她短短地谈几句话。她的病情恶化,一天天衰弱下去,肚子却一天天大起来,行动越来越不方便。当时病房里没有人照料,生活方面除饭食外一切都必须自理。

后来听同病房的人称赞她"坚强",说她每天早晚都默默地挣扎着下了床,走到厕所。医生对我们谈起,病人的身体经不住手术,最怕的是她肠子堵塞,要是不堵塞,还可以拖延一个时期。她住院后的半个月是一九六六年八月以来我既感痛苦又感到幸福的一段时间,是我和她在一起渡过的最后的平静的时刻,我今天还不能将它忘记。但是半个月以后,她的病情有了发展,一天吃中饭的时候,医生通知我儿子找我去谈话。他告诉我:病人的肠子给堵住了,必须开刀。开刀不一定有把握,也许中途出毛病。但是不开刀,后果更不堪设想。他要我决定,并且要我劝她同意。我做了决定,就去病房对她解释。我讲完话,她只说了一句:"看来,我们要分别了。"她望着我,眼睛里全是泪水。我说:"不会的……"我的声音哑了。接着护士长来安慰她,对她说:"我陪你,不要紧的。"她回答:"你陪我就好。"时间很紧迫,医生、护士们很快做好了准备,她给送进手术室去了,是她表侄把她推到手术室门口的,我们就在外面走廊上等了好几个小时,等到她平安地给送出来,由儿子把她推回到病房去。儿子还在她身边守过一个夜晚。过两天他也病倒了,查出来他患肝炎,是从安徽农村带回来的。本来我们想瞒住他的母亲,可是无意间让他母亲知道了。她不断地问:"儿子怎么样?"我自己也不知道儿子怎么样,我怎么能使她放心呢?晚上回到家,走进空空的、静静的房间,我几乎要叫出声来:"一切都朝我的头打下来吧,让所有的灾祸都来吧。我受得住!"

我应当感谢那位热心而又善良的护士长,她同情我的处境,要我把儿子的事情完全交给她办。她做好安排,陪他看病、检查,让他很快住进别处的隔离病房,得到及时的治疗和护理。他在隔离房里苦苦地等候母亲病情的好转。母亲躺在病床上,只能有气无力地说几句短短的话,她经常问:"棠棠怎么样?"从她那双含泪的眼睛里我明白她多么想看见她最爱的儿子。但是她已经没有精力多想了。

她每天给输血,打盐水针。她看见我去就断断续续地问我:"输多少西西的血?该怎么办?"我安慰她:"你只管放心。没有问题,治病要紧。"她不止一次地说:"你辛苦了。"我有什么苦呢?我能够为我最亲爱的人做事情,哪怕做一件小事,我也高兴!后来她的身体更不行了。医生给她输氧气,鼻子里整天插着管子。她几次要求拿开,这说明她感到难受,但是听了我们的劝告,她终于忍受下去了。开刀以后她只活了五天。谁也想不到她会去得这么快!五天中间我整天守在病床前,默默地望着她在受苦(我是设身处地感觉到这样的),可是她除了两三次要求搬开床前巨大的氧气筒,三四次表示担心输血较多付不出医药费之外,并没有抱怨过什么。见到熟人她常有这样一种表情:请原谅我麻烦了你们。她非常安静,但并未昏睡,始终睁大两只眼睛。眼睛很大,很美,很亮。我望着。望着,好像在望快要燃尽的烛火。我多么想让这对眼睛永远亮下去!我多么害怕她离开我!我甚至愿意为我那十四卷"邪书"受到千刀万剐,只求她能安静地活下去。

不久前我重读梅林写的《马克思传》,书中引用了马克思给女儿的信里的一段话,讲到马克思夫人的死。信上说:"她很快就咽了气。……这个病具有一种逐渐虚脱的性质,就像由于衰老所致一样。甚至在最后几小时也没有临终的挣扎,而是慢慢地沉入睡乡。她的眼睛比任何时候都更大、更美、更亮!"这段话我记得很清楚。马克思夫人也死于癌症。我默默地望着萧珊那对很大、很美、很亮的眼睛,我想起这段话,稍微得到一点安慰。听说她的确也"没有临终的挣扎",也是"慢慢地沉入睡乡"。我这样说,因为她离开这个世界的时候,我不在她的身边。那天是星期天,卫生防疫站因为我们家发现了肝炎病人,派人上午来做消毒工作。她的表妹有空愿意到医院去照料她,讲好我们吃过中饭就去接替。没有想到我们刚刚端起饭碗,就得到传呼电话,通知我女儿去医院,说是她妈妈"不行"了。真是晴天霹雳!我和我女儿、女婿赶到医院。她那张病床上连床垫也给拿走了。别人告诉我她在太平间。我们又下了楼赶到那里,在门口遇见表妹。还是她找人帮忙把"咽了气"的病人抬进来的。死者还不曾给放进铁匣子里送进冷库,她躺在担架上,但已经给白布床单包得紧紧的,看不到面容了。我只看到

她的名字。我弯下身子,把地上那个还有点人形的白布包拍了好几下,一面哭着唤她的名字。不过几分钟的时间,这算是什么告别呢?

据表妹说,她逝世的时刻,表妹也不知道。她曾经对表妹说:"找医生来。"医生来过,并没有什么。后来她就渐渐地"沉入睡乡"。表妹还以为她在睡眠。一个护士来打针,才发觉她的心脏已经停止跳动了。我没有能同她诀别,我有许多话没有能向她倾吐,她不能没有留下一句遗言就离开我!我后来常常想,她对表妹说:"找医生来"。很可能不是"找医生"。是"找李先生"(她平日这样称呼我)。为什么那天上午偏偏我不在病房呢?家里人都不在她身边,她死得这样凄凉!

我女婿马上打电话给我们仅有的几个亲戚。她的弟媳赶到医院,马上晕了过去。三天以后在龙华火葬场举行告别仪式。她的朋友一个也没有来,因为一则我们没有通知,二则我是一个审查了将近七年的对象。没有悼词没有吊客,只有一片伤心的哭声。我衷心感谢前来参加仪式的少数亲友和特地来帮忙的我女儿的两三个同学,最后,我跟她的遗体告别,女儿望着遗容哀哭,儿子在隔离房还不知道把他当作命根子的妈妈已经死亡。值得提说的是她当作自己儿子照顾了好些年的一位亡友的男孩从北京赶来,只为了见她最后一面。这个整天同钢铁打交道的技术员,他的心倒不像钢铁那样。他得到电报以后,他爱人对他说:"你去吧,你不去一趟,你的心永远安定不了。"我在变了形的她的遗体旁边站了一会。别人给我和她照了相。我痛苦地想:这是最后一次了,即使给我们留下来很难看的形象,我也要珍视这个镜头。

一切都结束了。过了几天我和女儿、女婿到火葬场,领到了她的骨灰盒。在存放室寄存了三年之后,我按期把骨灰盒接回家里。有人劝我把她的骨灰安葬,我宁愿让骨灰盒放在我的寝室里,我感到她仍然和我在一起。

## 四

梦魇一般的日子终于过去了。六年仿佛一瞬间似的远远地落在后面了。其实哪里是一瞬间!这段时间里有多少流着血和泪的日子啊。不仅是六年,从我开始写这篇短文到现在又过去了半年,半年中我经常在火葬场的大厅里默哀,行礼,为了纪念给"四人帮"迫害致死的朋友。想到他们不能把个人的智慧和才华献给社会主义祖国,我万分惋惜。每次戴上黑纱插上纸花的同时,我也想起我自己最亲爱的朋友,一个普通的文艺爱好者,一个成绩不大的翻译工作者,一个心地善良的人。她是我生命的一部分,她的骨灰里有我的泪和血。

她是我的一个读者。一九三六年我在上海第一次同她见面。一九三八年和一九四一年我们两次在桂林像朋友似的住在一起。一九四四年我们在贵阳结婚。我认识她的时候,她还不到二十,对她的成长我应当负很大的责任。她读了我的小说,给我写信,后来见到了我,对我发生了感情。她在中学念书,看见我以前,因为参加学生运动被学校开除,回到家乡住了一个短时期,又出来进另一所学校。倘使不是为了我,她三七、三八年一定去了延安。她同我谈了八年的恋爱,后来到贵阳旅行结婚,只印发了一个通知,没有摆过一桌酒席。从贵阳我和她先后到了重庆,住在民国路文化生活出版社门市部楼梯下七八个平方米的小屋里。她托人买了四只玻璃杯开始组织我们的小家庭。她陪着我经历了各种艰苦生活。在抗日战争紧张的时期,我们一起在日军进城以前十多个小时逃离广州,我们从广东到广西,从昆明到桂林,从金华到温州,我们分散了,又重见,相见后又别离。在我那两册《旅途通讯》中就有一部分这种生活的记录。四十年前有一位朋友批评我:"这算什么文章!"我的《文集》出版后,另一位朋友认为我不应当把它们也收进去。他们都有道理。两年来我对朋友、对读者讲过不止一次,我决定不让《文集》重版。但是为我自己,我要经常翻看那两小册《通讯》。在那些年代,每当我落在困苦的境地里、朋友们各奔前程的时候,她总是亲切地在我耳边说:"不要难过,我不会离开你,我在你的身边。"的确,只有她最后一次进手术室之前她才说过这样一句:"我们要分别了。"

　　我同她一起生活了三十多年。但是我并没有好好地帮助过她。她比我有才华,却缺乏刻苦钻研的精神。我很喜欢她翻译的普希金和屠格涅夫的小说。虽然译文并不恰当,也不是普希金和屠格涅夫的风格,它们却是有创造性的文学作品,阅读它们对我是一种享受。她想改变自己的生活,不愿做家庭妇女,却又缺少吃苦耐劳的勇气。她听一个朋友的劝告,得到后来也是给"四人帮"迫害致死的叶以群同志的同意,到《上海文学》"义务劳动",也做了一点点工作,然而在运动中却受到批判,说她专门向老作家组稿,又说她是我派去的"坐探"。她为了改造思想,想走捷径,要求参加"四清"运动,找人推荐到某铜厂的工作组工作,工作相当忙碌、紧张,她却精神愉快。但是到我快要靠边的时候,她也被叫回"作协分会"参加运动。她第一次参加这种急风暴雨般的斗争,而且是以反动权威家属的身份参加,她不知道该怎么办才好。她张皇失措,坐立不安,替我担心,又为儿女们的前途忧虑。她盼望什么人向她伸出援助的手,可是朋友们离开了她,"同事们"拿她当作箭靶,还有人想通过整她来整我。她不是"作协分会"或者刊物的正式工作人员,可是仍然被"勒令"靠边劳动、站队挂牌,放回家以后,又给揪到机关。她怕人看见,每天大清早起来,拿着扫帚出门,扫得精疲力尽,才回到家里,关上大门,吐了一口气。但有时她还碰到上学去的小孩,对她叫骂"巴金的臭婆娘"。我偶尔看见她拿着扫帚回来,不敢正眼看她,我感到负罪的心情,这是对她的一个致命的打击。不到两个月,她病倒了,以后就没有再出去扫街(我妹妹继续扫了一个时期),但是也没有完全恢复健康。尽管她还继续拖了四年,但一直到死她并不曾看到我恢复自由。这就是她的最后,然而绝不是她的结局。她的结局将和我的结局连在一起。

我绝不悲观。我要争取多活。我要为我们社会主义祖国工作到生命的最后一息。在我丧失工作能力的时候,我希望病榻上有萧珊翻译的那几本小说。等到我永远闭上眼睛,就让我的骨灰同她的搀和在一起。

2. 欣赏

巴金(1904—2005),原名李尧棠,字芾甘。四川成都人,祖籍浙江嘉兴。现当代著名作家、翻译家。曾担任《文艺月报》《收获》《上海文学》等杂志的主编。代表作有长篇小说《家》《春》《秋》,散文集《随想录》《海行杂记》《海的梦》《创作回忆录》等。

《怀念萧珊》是巴金最有代表性的作品之一。1978年12月到1986年8月,巴金在香港《大公报》上辟专栏,连载文章,陆续写出了42万字的散文著作,共计150篇,后以每30篇编为一集,共出5卷本《随想录》,分别为《随想录》《探索集》《真话集》《病中集》和《无题集》。《怀念萧珊》就是巴金《随想录》中最真挚动人的名篇,是一篇放弃了一切技巧,只以真情动人的对亡妻的悼文。整篇文章语言朴素、感情真挚,通过对"日子难过"的岁月中妻子与自己种种生活细节的回忆,表达出作者对妻子的深切怀念与哀悼之情。

文章用细腻的笔触回忆了"文革"中妻子萧珊与自己所经历的人生中的种种不幸,语言看似朴素平常却处处流淌出作者对妻子在"文革"中与自己患难与共,共同面对人生中的残酷磨难的一种真挚的感恩,一种深沉的爱。在那急风暴雨的政治运动中,在那是非不分、人性极度扭曲的年月里,多少家庭因为政治原因分崩离析、夫妻反目、父子成仇、骨肉至亲相互揭发落井下石的事情屡见不鲜。但是妻子萧珊无论怎样残酷的生活,无论何等艰苦的岁月,始终对他不离不弃,患难与共,用她柔弱的双肩撑起了一片温暖的天,用她一生的经历向世人诠释了什么是生活,什么才是真正的爱情。文章是平实的,全文没有任何技巧,只以白描手法一路朴朴实实地写来,但深沉真挚的情感如涓涓细流,直抵人的心灵深处。甚至巴金对妻子的描述也没有因为作者对她的爱有丝毫的煽情之处,而是出人意料的真实。生活中的萧珊是普通的,普通到有一切普通人都会有的弱点。"她比我有才华,却缺乏刻苦钻研的精神","不愿做家庭妇女,却又缺少吃苦耐劳的勇气",但就是这样一个普通的女性却"陪着我经历了各种艰苦生活。在抗日战争紧张的时期,我们一起在日军进城以前十多个小时逃离广州,我们从广东到广西,从昆明到桂林,从金华到温州,我们分散了,又重见,相见后又别离"。多么平淡的文字,多么朴素的语言,但是人生的艰辛、患难中的深情让一切矫揉造作的语言在这种深情面前显得是那样的不合时宜。"文革"中萧珊不但和丈夫忍受着同样的精神折磨,还勇敢地站出来,挨了红卫兵的铜头皮带。但即使这样,"在那些年代,每当我落在困苦的境地里,朋友们各奔前程的时候,她总是亲切地在我的耳边说'不要难过,我不会离开你,我在你身边'"。面对迫害,不断地鼓励巴金"要坚持下去","坚持就是胜利"。这是一个普通的女性,却是一个伟大的妻子。面对妻子的深情,巴金是感恩的,面对妻子在"文革"中遭受的种种不公,巴金是痛苦的。他说妻子遭受种种折磨,"理由很简单,她是我的妻子。她患了病,得不到治疗,也因为她是我的妻子","她本来可以活下去,倘使她不是'黑老K'的'臭婆娘'。一句话,是我连累了她,是我害了她","我想,这是多么不公平,她究竟犯了什么罪"。这种痛苦、无奈、愤怒、愧疚之情溢于言表,读来字字血,声声泪。

《怀念萧珊》一文语言朴实无华,却感人至深,让人不忍卒读,原因就在于它的真挚、真实和真情,也就是巴金所说的讲真话。"我所谓'讲真话'不过是'把心交给读者',讲自己心里的话,讲自己相信的话。"(《随想录·第三集·后记》)而正是这种讲真话,讲自己心里的话,才使得这篇散文如此真挚动人,成为当代散文中的佳作。

(八)《一只特立独行的猪》

1. 原文

插队的时候,我喂过猪,也放过牛。假如没有人来管,这两种动物也完全知道该怎样生活。它们会自由自在地闲逛,饥则食渴则饮,春天来临时还要谈谈爱情;这样一来,它们的生活层次很低,完全乏善可陈。人来了以后,给它们的生活做出了安排:每一头牛和每一口猪的生活都有了主题。就它们中的大多数而言,这种生活主题是很悲惨的:前者的主题是干活,后者的主题是长肉。我不认为这有什么可抱怨的,因为我当时的生活也不见得丰富了多少,除了八个样板戏,也没有什么消遣。有极少数的猪和牛,它们的生活另有安排。以猪为例,种猪和母猪除了吃,还有别的事可干。就我所见,它们对这些安排也不大喜欢。种猪的任务是交配,换言之,我们的政策准许它当个花花公子。但是疲惫的种猪往往摆出一种肉猪(肉猪是阉过的)才有的正人君子架势,死活不肯跳到母猪背上去。母猪的任务是生崽儿,但有些母猪却要把猪崽儿吃掉。总的来说,人的安排使猪痛苦不堪。但它们还是接受了:猪总是猪啊。

对生活做种种设置是人特有的品性。不光是设置动物,也设置自己。我们知道,在古希腊有个斯巴达,那里的生活被设置得了无生趣,其目的就是要使男人成为亡命战士,使女人成为生育机器,前者像些斗鸡,后者像些母猪。这两类动物是很特别的,但我以为,它们肯定不喜欢自己的生活。但不喜欢又能怎么样?人也好,动物也罢,都很难改变自己的命运。

以下谈到的一只猪有些与众不同。我喂猪时,它已经有四五岁了,从名分上说，它是肉猪，但长得又黑又瘦，两眼炯炯有光。这家伙像山羊一样敏捷，一米高的猪栏一跳就过；它还能跳上猪圈的房顶，这一点又像是猫——所以它总是到处游逛，根本就不在圈里呆着。所有喂过猪的知青都把它当宠儿来对待，它也是我的宠儿——因为它只对知青好，容许他们走到三米之内，要是别的人，它早就跑了。它是公的，原本该劁掉。不过你去试试看，哪怕你把劁猪刀藏在身后，它也能嗅出来，朝你瞪大眼睛，噢噢地吼起来。我总是用细米糠熬的粥喂它，等它吃够了以后，才把糠对到野草里喂别的猪。其他猪看了嫉妒，一起嚷起来。这时候整个猪场一片鬼哭狼嚎，但我和它都不在乎。吃饱了以后，它就跳上房顶去晒太阳，或者模仿各种声音。它会学汽车响、拖拉机响，学得都很像；有时整天不见踪影，我估计它到附近的村寨里找母猪去了。我们这里也有母猪，都关在圈里，被过度的生育搞得走了形，又脏又臭，它对它们不感兴趣；村寨里的母猪好看一些。它有很多精彩的事迹，但我喂猪的时间短，知道得有限，索性就不写了。总而言之，所有喂过猪的知青都喜欢它，喜欢它特立独行的派头儿，还说它活得潇洒。但老乡们就不这么浪漫，他们说，这猪不正经。领导则痛恨它，这一点以后还要谈到。我对它则不止是喜欢——我尊敬它，常常不顾自己虚长十几岁这一现实，把它叫作"猪兄"。如前所述，这位猪兄会模仿各种声音。我想它也学过人说话，但没有学会——假如学会了，我们就可以做倾心之谈。但这不能怪它。人和猪的音色差得太远了。

后来，猪兄学会了汽笛叫，这个本领给它招来了麻烦。我们那里有座糖厂，中午要鸣一次汽笛，让工人换班。我们队下地干活时，听见这次汽笛响就收工回来。我的猪兄每天上午十点钟总要跳到房上学汽笛，地里的人听见它叫就回来——这可比糖厂鸣笛早了一个半小时。坦白地说，这不能全怪猪兄，它毕竟不是锅炉，叫起来和汽笛还有些区别，但老乡们却硬说听不出来。领导上因此开了一个会，把它定成了破坏春耕的坏分子，要对它采取专政手段——会议的精神我已经知道了，但我不为它担忧——因为假如专政是指绳索和杀猪刀的话，那是一点门都没有的。以前的领导也不是没试过，一百人也逮不住它。狗也没用：猪兄跑起来像颗鱼雷，能把狗撞出一丈开外。谁知这回是动了真格的，指导员带了二十几个人，手拿五四式手枪；副指导员带了十几人，手持看青的火枪，分两路在猪场外的空地上兜捕它。这就使我陷入了内心的矛盾：按我和它的交情，我该舞起两把杀猪刀冲出去，和它并肩战斗，但我又觉得这样做太过惊世骇俗——它毕竟是只猪啊；还有一个理由，我不敢对抗领导，我怀疑这才是问题之所在。总之，我在一边看着。猪兄的镇定使我佩服之极：它很冷静地躲在手枪和火枪的连线之内，任凭人喊狗咬，不离那条线。这样，拿手枪的人开火就会把拿火枪的打死，反之亦然；两头同时开火，两头都会被打死。至于它，因为目标小，多半没事。就这

# 第三章 情动于中而形于言

样连兜了几个圈子,它找到了一个空子,一头撞出去了;跑得潇洒之极。以后我在甘蔗地里还见过它一次,它长出了獠牙,还认识我,但已不容我走近了。这种冷淡使我痛心,但我也赞成它对心怀叵测的人保持距离。

我已经四十岁了,除了这只猪,还没见过谁敢于如此无视对生活的设置。相反,我倒见过很多想要设置别人生活的人,还有对被设置的生活安之若素的人。因为这个缘故,我一直怀念这只特立独行的猪。

2. 欣赏

王小波(1952—1997),学者、作家。先后当过知青、民办教师、工人。1978年考入中国人民大学学习商业管理。1984—1988年在美国匹兹堡大学学习,获硕士学位。回国后曾任教于北京大学和中国人民大学。1992年辞职成为自由撰稿人。

主要作品有长篇小说《时代三部曲》(《黄金时代》《白银时代》《青铜时代》);电影文学剧本《东宫·西宫》;杂文随笔集《沉默的大多数》《我的精神家园》等。

这是一篇寓言式的杂文,虽是一篇被笑料包裹的故事,却不失为一支悲剧性的挽歌。本文讲"我"年少下乡插队当知青"猪倌"时的所见所闻。那时,所有的猪都被大队统一喂养、管理,在集体猪圈里定时吃、睡,又定时被送进屠宰场,生死等一切都早已被安排好,完全用不着猪倌们操心。几乎所有的猪都听天由命,安分守己,听凭人类的主宰、安排,其中唯有一只猪特立独行,不服从这种主宰。它冲出猪圈,爬上房顶,在人们的追赶围捕之中,又冲出重围,跑进深山,终于成了一只自由自在的野猪——并且日后从它嘴中竟长出了尖利的獠牙。

本文思想深刻,笔锋犀利,风格冷峻,其中不乏幽默——而这种幽默,并非皮肉上的滑稽与俏皮,而是一种深入骨髓的思维理念。维特根斯坦说:"幽默不是一种心情,而是一种观察世界的方式。"当世界荒唐时,以一种严肃认真的态度对待它同样是荒唐的,而以一种漫不经心的态度来消解它,便成了智者的最佳选择,于是就有了幽默。当然,绝对的"漫不经心"是无法做到的,这种幽默,也往往并非全然是消解,而是一种更为巧妙的反抗。

作者笔下的猪是一头很有"猪格"的猪,相对于人类社会中没有"人格"的人来说,在一定意义上超过了人。

(九)《美之歌》

1. 原文

我是爱情的向导,精神的美酒,心灵的食粮。

我是早晨开放的玫瑰,姑娘们摘下我,吻我,然后把我缀在她们的胸前。

我是幸福的宫殿,欢乐的源泉,安详的开端。

我是姑娘唇边那温柔的微笑,年轻人见了,就会忘掉沉重的负担,生活就会变成甜蜜的梦一般的草原。

我为诗人触发灵感,我为艺术家指点方向,我是音乐家的热情教员。

我是婴儿天真的慧眼,温柔的母亲见了就会跪下祈祷,轻轻地把安拉歌唱。

我在亚当面前成了夏娃,并征服了他的心;我以女友的身份会见所罗门,把他变成智者和诗人。

我对海伦莞尔一笑,特洛伊城就告失陷;我为克利奥佩特拉戴上皇冠,欢乐就降临尼罗河畔。

我和命运一样;今天创造,明天就毁掉。我是安拉,使万物生长,也让一切死亡。

我比紫罗兰的芳香还温柔,我比风暴更有力量。

人类啊,我是真理,我,就是真理啊,也是你们所能理解的最好形象!

2. 欣赏

纪伯伦(1883—1931),作为黎巴嫩哲理诗人和杰出画家,和印度泰戈尔一样是近代东方文学走向世界的先驱。同时,他又是阿拉伯现代小说和艺术散文的主要奠基人,20世纪阿拉伯新文学道路的开拓者之一。20世纪20年代初,以纪伯伦为中坚和代表形成的阿拉伯第一个文学流派"叙美派"(即"阿拉伯侨民文学")曾闻名全球。

《美之歌》选自1913年出版的散文诗集《泪与笑》。本集中有一组散文诗总题为《组歌》,如《浪之歌》《雨之歌》《幸福之歌》等,共5首,《美之歌》是其中的第4首。1911年,纪伯伦虽然已正式迁居纽约,并宣布"我生命中的一个时代已经结束——结束了赞颂、倾诉和哀恸哭泣",但是他此时并没有完全由绚丽型转向力量型、由激情型转向哲理型,他还在积极寻找通向心灵和人性完美的道路。

作品以第一人称自述的形式,将"美"这个抽象的概念人格化,阐述美的特征,阐明美在人们的生活中、心目中的位置、作用,阐明美给人们的生活带来的愉快和幸福,阐明美与真、善的密切关系。文中的"我"是作者托物言志而塑造的一个理性形象,只有了解这一点才能把作者的思想感情领会得更深刻,也才能透过作者的描写达到对文章的正确而深入的了解。

在《美之歌》里,诗人把美当成上帝、真理。她无所不包、无处不在,其力量也非常神奇,可以主宰生死存亡,可以令你获得爱情、灵感,可以使人变得聪明、美丽,可以净化人的心灵,使社会变得崇高起来。同时,她也可以"赛过狂风暴雨",摧毁一切。诗人在这里不是在演绎哲理命题,而是用艺术的散文诗形式和优美语言,形象地阐述美的作用与意义。卒章显志,美就是真理!

《美之歌》这首散文诗的最大特色是,诗人以充沛的激情,运用众多而生活化的比喻,并把许多经典、典故通俗化、故事化,把十分抽象的理念(美)演绎得具体形象,令人神往并引发人们对哲学的深沉思考。再加上新颖的意象和象征,以及运用一连串的排比句,一气呵成,行文华丽、流畅而富有音乐性,表现出强烈的主观色彩。这不仅是《美之歌》这首散文诗的艺术特色,也是纪伯伦所有散文诗的艺术特色,被称为"纪伯伦风格"。

(十)《归来的温馨》

1. 原文

我的住所幽深,院内树木繁茂。久别之后,房子的许多去处吸引我躲进去尽情享受归来的温馨。花园里长起神奇的灌木丛,散发出我从未领受过的芬芳。我种在花园深处的杨树,原来是那么细弱,那么不起眼,现在竟长成了大树。它直插云天,表皮上有了智慧的皱纹,梢头不停地颤动着新叶。

最后认出我的是栗树。当我走近时,它们光裸干枯、高耸纷繁的枝条,显出高深莫测和满怀敌意的神态,而在它们躯干周围正萌动着无孔不入的智利的春天。我每回都去看望它们,因为我心里明白,它们需要我去巡礼,在清晨的寒冷中我凝然伫立在没有叶子的枝条下,直到有一天,一个羞怯的绿芽从树梢高出远远地探出头来看我,随后出来了更多的绿芽。我出现的消息就这样传遍了那棵大栗树所有躲藏的满怀疑虑的树叶。现在,它们骄傲地向我致意,俨然已经习惯了我的归来。

鸟儿在枝头重新开始往日的啼鸣,仿佛树叶下什么变化也未曾发生。

书房里等待我的是冬天和残冬的浓烈气息。在我的住所中,书房最深刻地反映我离家的迹象。

封存的书籍有一股亡魂的气味,直冲鼻子和心灵深处,因为这是遗忘——业已湮灭的记忆——所产生的气味。

在那古老的窗子旁边,面对着安第斯山顶上白色和蓝色的天空,在我的背后,我感到了正在与这些书籍进行搏斗的春天的芬芳。书籍不愿摆脱长期被人抛弃的状态,依然散发出一阵阵遗忘的气息。春天身披新装,带着忍冬的香气,正在进入各个房间。

在我离家期间,书籍被弄得散乱不堪。这不是说书籍短缺了,而是它们的位置被挪动了。在一卷17世纪古版的严肃的培根著作旁边,我看到萨尔加里的《尤卡坦旗舰》。尽管如此,它们倒还能够和睦相处。然而,一册《拜伦诗集》却散开了,我拿起来的时候,书皮像信天翁的黑翅膀那样落下来。我费力地把书脊和书皮缝上,事前我先饱览了那冷漠的浪漫主义。

海螺是我住所里最沉默的居民。从前海螺连年在大海里度过,养成了极深的沉默。如今,近几年的时光又给它增添了岁月和尘埃。可是,它那珍珠般冷冷的闪光,它那哥特式的同心椭圆形,或是它那张开的壳瓣,都使我记起远处的海岸和事件。这种闪着红光的珍贵海螺叫 Rostellaria,是古巴的软体动物学家——深海的魔术师——卡洛斯·德·拉·托雷,有一次把它当作海底勋章赠给我的。这些加利福尼亚海里的"橄榄",以及同一处来的带红刺的和带黑珍珠的牡蛎,都已经有点儿褪色,而且盖满尘埃了。从前,就在有那么多宝藏的加利福尼亚海上,我们险些遇难。

还有一些新居民,就是从封存了很久的大木箱里取出的书籍和物品。这些松木箱来自法国,箱子板上有地中海的气味,打开盖子时发出嘎吱嘎吱的歌声,随即箱内出现金光,露出维克多·雨果著作的红色书皮。旧版的《悲惨世界》便把形形色色令人心碎的生命,在我家的几堵墙壁之内安顿下来。

不过,从这口灵柩般的大木箱里出来一张妇女的可爱的脸,木头做的高耸的乳房,一双浸透音乐和盐水的手。我给她取名叫"天堂里的玛利亚",因为她带来了失踪船只的秘密。我在巴黎一家旧货店里发现她光彩照人,那时她因为被人抛弃而面目全非,混在一堆废弃的金属器具里,埋在郊区阴郁的破布堆下面。现在,她被放置在高处,再次焕发着活泼、鲜艳的神采出航。每天清晨,她的双颊又将挂满神秘的露珠,或是水手的泪水。

玫瑰花在匆匆开放。从前,我对玫瑰很反感,因为她没完没了地附丽于文学,因为她太高傲。可是,眼看她们赤身裸体顶着严冬冒出来,当她在坚韧多刺的枝条间露出雪白的胸脯,或是露出紫红色的火团的时候,我心中渐渐充满柔情,赞叹她们含着挑战意味发出的浪涛般神秘的芳香与光彩;而这是它们适时从黑色土地里尽情吸取之后,像是责任心创造的奇迹,在露天里表露的爱。而现在,玫瑰带着动人的严肃神情挺立在每个角落,这种严肃与我正相符,因为她们和我都摆脱了奢侈与轻浮,各自尽力发出自己的一分光。

可是,四面八方吹来的风使花朵轻微起伏、颤动,飘来阵阵沁人心脾的芳香。青年时代的记忆涌来,令人陶醉:已经忘却的美好名字和美好时光,那轻轻抚摸过的纤手,高傲的琥珀色双眸,以及随着时光流逝已不再梳理的发辫,一起涌上心头。

这是忍冬的芳香,这是春天的第一个吻。

2. 欣赏

巴勃罗·聂鲁达(1904—1973),智利诗人。少年时代就喜爱写诗并起笔名为聂鲁达,早年在圣地亚哥智利教育学院学习法语。1927年进入外交界任驻外领事、大使等职。1945年被选为国会议员,并获智利国家文学奖,同年加入智利共产党。后因国内政局变化,流亡国外。曾当选世界和平理事会理事,获斯大林国际和平奖金。1951年,他以国际和平奖金委员会委员身份来到中国,给宋庆龄副主席颁发国际和平大奖。

聂鲁达是著名的诗人,20岁就因出版诗集《二十首情诗和一支绝望的歌》而一举成名。这篇作品中充溢着诗人的才情、诗人感悟世界的方法,尤其是景物描写的运用,更体现了诗人的独特视角。作品记录的是作者久别家园后又重新归来时,用一种新鲜的目光打量曾经无比熟悉的景物时,而在心底泛起的温馨的感觉,在我们读来更是一种诗意的风景。这诗意来自诗人用泛着灵光的眼睛对景物的诗性解读。更深层的因素是因为距离产生的美感和对景物的深情。

"归来的温馨感受",我想我们许多人都曾经历过;写文章最重要的是要运用语言、表现技巧、表达方式等形式来呈现内容。诗人聂鲁达选择了运用景物来表达感情,景物在诗歌中有一个专用名词叫"意象",而将意象和主观情感结合起来形成的主观和客观融合的境界叫意境。作者是依靠景物来表现中心的,景物已经成了作者情感的代言人。写杨树是这样写的,"表皮上有了智慧的皱纹","智慧的皱纹"是拟人;写栗树,"最后认出我的是栗树……现在,它们骄傲地向我致意,俨然已经习惯了我的归来","认出我,骄傲地向我致意"也是拟人;后面还写了书籍、海螺、松木箱、玫瑰花,描写这些事物作者都运用了拟人的写法。

作者用拟人的写法写景物,一连串的景物都用人的口吻、心情来表达,这时景物就和人合而为一了。景物在高明的作者笔下会成为最具有个性的表达。作者是这样写玫瑰的:"玫瑰花在匆匆开放。从前,我对玫瑰很反感,因为她没完没了地附丽于文学,因为她太高傲。可是,眼看她们赤身裸体顶着严冬冒出来,当她在坚韧多刺的枝条间露出雪白的胸脯,或是露出紫红色的火团的时候,我心中渐渐充满柔情,赞叹她们含着挑战意味发出的浪涛般神秘的芳香与光彩;而这是它们适时从黑色土地里尽情吸取之后,像是责任心创造的奇迹,在露天里表露的爱。"在这里,作者要表达的中心是,"玫瑰和我都摆脱了奢侈与轻浮,各自尽力发出自己的一分光",是借景物"玫瑰"来表达人物的情感,为了更形象逼真地表达出人物的情感,作者细致地描述了玫瑰花是如何从高傲,经过严冬和春天的洗礼而成为一个"责任心创造的奇迹"的。

这样的散文,只有诗人才能写出来。文中借个性景物写个性的情怀,这正是诗人的看家本领——运用意象。

## 思考与练习

1. 散文的审美特性有哪些?
2. 如何欣赏散文?
3. 《让县自明本志令》是如何体现曹操散文"清峻、通脱"的艺术风格的?
4. 谈谈李白《与韩荆州书》的艺术特色。

5. 从《超然台记》看苏轼的人生态度。
6. 如何理解袁宏道《徐文长传》中的"文中有我"?
7. 阐释林觉民《与妻书》的主旨。
8. 《论快乐》是如何体现钱锺书的"快乐观"的?
9. 《怀念萧珊》是怎样表达巴金对妻子的深切怀念与哀悼之情的?
10. 简述王小波《一只特立独行的猪》的艺术风格。
11. 谈谈纪伯伦《美之歌》比喻手法的运用。
12. 聂鲁达《归来的温馨》是怎样运用诗人的独特视角描写景物的?

# 第四章 从"现实世界"走向"艺术世界"
## ——小说欣赏

## 一、小说欣赏技巧

小说是综合运用各种表现手法来塑造人物形象的。它可以运用肖像描写、动作描写、心理描写,也可以通过人物的对话、独白,从各个侧面来塑造人物形象;可以通过情节、事件的发展来展现人物形象,也可以借助各种场面和环境来烘托人物形象。小说一般篇幅较长,信息量较大,可以深入、细致地描绘社会生活的方方面面,表现各种复杂的矛盾冲突,这是其他体裁文学作品所不能比拟的。由于小说不受时空的限制,因此它能够对人物生活和活动的历史背景、社会状况和自然环境进行深入具体的描写,这就为塑造人物性格提供了广阔的舞台。无论小说篇幅多长、情节多么复杂,一般情况下,小说总有三个要素:人物、故事情节和环境,所以,小说的欣赏可以从这三个要素着手。

### (一) 分析小说的人物形象

恩格斯曾提出,文学作品应当塑造"典型环境中的典型人物",而小说的艺术特征,就是塑造有血有肉、生动感人的人物形象。因此,小说所塑造的艺术典型,往往表现一定时代、一定阶级、一定思想倾向的某些本质方面,同时又具有鲜明独特的个性。分析小说的人物要从以下四方面进行:

**1. 从肖像描写分析入手**

人物的肖像描写,往往点明了作者对人物的本质认识,表明了作者的好恶感。"见他头上箍着块白手巾,身上是白小布衫深蓝裤,脚上穿着半旧的硬鞋,至少也有二斤半重。"(《老杨同志》)这样的人物,一看就知道是一个勤劳朴素的基层干部。而同样描写人物,这个人物一看就有不同:"他身材很高大,青白脸色,皱纹间时常夹些伤痕,一部乱蓬蓬的花白胡子。穿的虽然是长衫,可是又脏又破,似乎十多年没有补,也没有洗。"(《孔乙己》)字里行间,不难看出作者"哀其不幸,怒其不争"的态度。肖像描写与揭示人物性格、展现小说主题关系极大。鲁迅小说《故乡》对闰土有两次描写,写小时候的闰土"紫色的圆脸,头戴一顶小毡帽,颈上套着一个明晃晃的银项圈"。写中年闰土"他身材增加了一倍,先前紫色的圆脸,已经变作灰黄,而且加上了很深的皱纹,眼睛周围都肿得通红……头上是一顶破毡帽,身上只一件极薄的棉衣……那手也不是我所记得的红活圆实的手,却又粗又笨而且开裂,像是松树皮了"。从人物肖像的变化中,揭示了帝国主义的经济侵略、农村经济的破败、农民生活的日益困苦,表达了作者改造旧社会创造新生活的愿望。至于《祝福》中对祥林嫂的三次肖像描写,则是人物分析的典型范例。最早的祥林嫂"头上扎着白头绳,乌裙,蓝夹袄,月白背心,年纪大约二十六七,脸色黄,但两颊却还是红的,顺着眼,不开一句口"。再嫁、失夫、丧子以后的祥林嫂"她仍然头上扎着白头绳,乌裙,蓝夹袄,月白背心,脸色青黄,只是两颊上已经消失了血色,顺着眼,眼角上带些泪痕,眼光也没有先前那样精神了"。到再饱受折磨与打击以后的"老年"祥林嫂,"五年前的花白头发,即今已经全白,脸上瘦削不堪,黄中带黑,而且消尽了先前悲哀的神色,仿佛是木刻似的,只有那眼珠间或一轮,还可以表示她是一个活物"。三次肖像描写,生动地揭示了封建礼教对旧中国妇女的精神摧残,尤其是对眼睛的描写,鲜明地表现了人物的遭遇和内心世界的变化。在一而再、再而三的精神打击下,祥林嫂最后悲惨地死在雪地里。这种肖像描写分析对我们把握人物性格、认识小说主题有很大的帮助。

2. 从行为描写分析入手

人物性格和人物行为是统一的,行为细节分析常是把握人物性格的一个重要方面。如鲁迅小说《药》中有一段精彩描写:"那人便焦急起来,嚷道,'怕什么?怎的不拿?'老栓还踌躇着,黑的人便抢过灯笼,一把扯下纸罩,裹了馒头,塞与老栓,一手抓过洋钱,捏一捏,转身去了。嘴里哼着说,'这老东西贩'"。其中"嚷""抢""扯""裹""塞""抓""捏一捏""哼"等动词,传神地刻画出了凶残贪婪的刽子手康大叔的形象。又如在《三国演义》中,关云长斩颜良,诛文丑,说时迟,那时快,动作何等迅速,斩颜良归来,其酒尚温,简直是"神勇";赵云处于败军之际犹能出入于百万军中,救出幼主阿斗,又何其"英勇";而张飞在长坂桥上一声断喝,就使夏侯杰惊得肝胆碎裂,倒撞于马下,真是"一声好似轰雷震,独退曹家百万兵",何等"猛勇"。同为勇敢,在罗贯中笔下又个个不同,能紧紧抓住性格特征来进行行动描写,正是作者的高明之处。

3. 从语言神态描写入手

语言是揭示人物性格特征的重要手段,不同性格特征的人物都有自己独特的语言习惯,满口"之乎者也",对小孩子也来两句"不多不多!多乎哉?不多也"的孔乙己的语言特征,摹写出了他的迂腐酸气。《红楼梦》中王熙凤的泼辣尖利、薛宝钗的典雅平和、林黛玉的犀利含蓄、晴雯的锋芒毕露、贾政的装腔作势、薛蟠的满嘴秽语,都口吻毕肖,活灵活现,跃然纸上。语言描写还与神态描写结合起来,展现人物性格。《三国演义》在"群英会蒋干中计"中描写周瑜设计,作者精心描写周瑜三次"笑"与三次"大笑"把足智多谋、豪放自信的周郎写得栩栩如生,更把个胸无城府又欲充大任的蒋干衬托得愈无能。

4. 从心理描写分析入手

心理描写直接揭示人物的思想品格。这样的例子很多,《阿Q正传》中,阿Q在土谷祠中对"革命"的想象的大段心理描写,深刻地展示了阿Q的革命观,而当他"革命"不成,被假洋鬼子赶出门后回到土谷祠的一段心理描写,再次展现他对革命的不理解,揭示他幻想的破灭。通过心理描写分析,把握人物性格,了解小说的主题,这也是小说欣赏时需要注意的。

(二) 把握小说的环境描写

文学作品中所描写的环境应该是作品中人物生活着的、形成其性格特点并能体现一定历史时代特征的特定环境。任何人都不能脱离社会而单独存在。典型环境是人物成长的土壤,是人物性格形成和发展的依据。环境包括自然环境和社会环境两个方面。社会环境往往是时代社会的缩影,展现了时代特征及社会风貌。《阿Q正传》中的未庄、《祝福》中的鲁镇、《药》中的茶馆,都是一定时代、一定人际关系的代表。自然环境指的是人物活动的时间、地点、时令、气候、地理风貌等。自然环境描写常常是为营造气氛、衬托人物的情趣心境、表现人物的心理而安排的。因此,小说的人物分析离不开环境分析。《水浒传》在《林教头风雪山神庙》一节中,写林冲发配沧州,被差遣去照料草料场,一连用了几次环境描写,写了彤云、朔风、大雪,这些环境描写既为情节的展开提供了线索,因为有"风雪"才有了山神庙躲过大火的故事,又为展现林冲的性格烘托了气氛,林冲是被"逼"上梁山的,风雪兼行,象征了封建统治者对林冲的步步紧逼,最后在走投无路的情况下,林冲才走上了反叛的道路,完成了性格的转变。环境描写对展现人物性格、突出主题起了非常重要的作用。除此之外,环境描写还反映了世态风情,使我们获得对一定时代风貌的认识,具有独立的审美价值。比如读了《祝福》,就了解了旧社会绍兴年关祝福的情景,这些本身就是极富价值的人文知识。

(三) 欣赏小说的情节、结构

所谓情节,就是小说中人物斗争发展的过程,它是由一系列有组织的生活事件组成的。情节一般包括开端、发展、高潮、结局等部分,有时还有序幕和尾声。情节的展开就是矛盾斗争的发展,人物的性格也就在这种矛盾斗争中得以发展,同时小说的主题也在斗争中逐步明确。仍以小说《阿Q正传》为例。从未庄风传革命、阿Q宣传革命、梦中幻想革命、地主投机革命、未庄并未革命、假洋鬼子不准革命、阿Q革命幻想破灭这一系列故事情节的逐步展现中,我们可以充分认识阿Q这个人物的愚昧的革命观,了解阿Q的性格,同时我们也就深刻地理

解了小说的主题:批评辛亥革命的不彻底性,人民不了解革命,革命成果被地主阶级所窃取。作者的目的就是写出这种国民的"愚弱",以引起"疗救者"注意。

结构是指文学作品的内容、材料的组织方式和内部构造,它是文学作品再现生活不可缺少的手段。结构方式多种多样,但最基本的是"纵式""横式"以及"纵横交叉"三种类型。纵式是以时间的推移或作者认识的发展为顺序来安排材料。横式是以空间的转移或材料的分类为次序来安排材料。纵横交叉式常常采用"现实—回忆—现实"或"时间跳跃、地点跳跃、空间跳跃"等方式,纵横交错,安排材料。《三国演义》是以历史为纵、以三国为横、以蜀汉为轴心来写出三国归晋的历史过程,结构严密,是一个纵横经纬的完整机制。《水浒传》是竹节蛇似的连环结构,梁山好汉的故事既相互独立,又相互联系,组成了统一的整体。《西游记》全书纵向以时间推进为顺序,以孙悟空的经历为贯穿全书始终的主要线索,把几十个情节摇曳多姿、横向展开铺叙的小故事串联起来,组成经纬交错、骨肉相连的有机艺术整体。《红楼梦》是以宝黛爱情为主线、以四大家族的兴衰为副线结构作品的,这是一种双线结构,作者摒弃了以往那种"花开两朵,各表一枝"的单向推进方式,而采取了多层次向前推进的"织锦"式结构,整部作品用生活的彩线织成一幅艺术巨锦,其间浓淡相间,明暗有度,层次井然,浑然天成。

## 二、小说欣赏举隅

### (一)《三国演义》

1. 原文

#### 第五十回　诸葛亮智算华容　关云长义释曹操(节选)

　　不说江中鏖兵。且说甘宁令蔡中引入曹寨深处,宁将蔡中一刀砍于马下,就草上放起火来。吕蒙遥望中军火起,也放十数处火,接应甘宁。潘璋、董袭分头放火呐喊,四下里鼓声大震。曹操与张辽引百余骑,在火林内走,看前面无一处不着。正走之间,毛玠救得文聘,引十数骑到。操令军寻路。张辽指道:"只有乌林地面,空阔可走。"操径奔乌林。正走间,背后一军赶到,大叫:"曹贼休走!"火光中现出吕蒙旗号。操催军马向前,留张辽断后,抵敌吕蒙。却见前面火把又起,从山谷中拥出一军,大叫:"凌统在此!"曹操肝胆皆裂。忽刺斜里一彪军到,大叫:"丞相休慌!徐晃在此!"彼此混战一场,夺路望北而走。忽见一队军马,屯在山坡前。徐晃出问,乃是袁绍手下降将马延、张颛,有三千北地军马,列寨在彼;当夜见满天火起,未敢转动,恰好接着曹操。操教二将引一千军马开路,其余留着护身。操得这枝生力军马,心中稍安。马延、张颛二将飞骑前行。不到十里,喊声起处,一彪军出。为首一将,大呼曰:"吾乃东吴甘兴霸也!"马延正欲交锋,早被甘宁一刀斩于马下;张颛挺枪来迎,宁大喝一声,颛措手不及,被宁手起

第四章 从"现实世界"走向"艺术世界"

一刀,翻身落马。后军飞报曹操。操此时指望合淝有兵救应;不想孙权在合淝路口,望见江中火光,知是我军得胜,便教陆逊举火为号,太史慈见了,与陆逊合兵一处,冲杀将来。操只得望彝陵而走。路上撞见张郃,操令断后。纵马加鞭,走至五更,回望火光渐远,操心方定,问曰:"此是何处?"左右曰:"此是乌林之西,宜都之北。"操见树木丛杂,山川险峻,乃于马上仰面大笑不止。诸将问曰:"丞相何故大笑?"操曰:"吾不笑别人,单笑周瑜无谋,诸葛亮少智。若是吾用兵之时,预先在这里伏下一军,如之奈何?"说犹未了,两边鼓声震响,火光竟天而起,惊得曹操几乎坠马。刺斜里一彪军杀出,大叫:"我赵子龙奉军师将令,在此等候多时了!"操教徐晃、张郃双敌赵云,自己冒烟突火而去。子龙不来追赶,只顾抢夺旗帜。曹操得脱。

　　天色微明,黑云罩地,东南风尚不息。忽然大雨倾盆,湿透衣甲。操与军士冒雨而行,诸军皆有饥色。操令军士往村落中劫掠粮食,寻觅火种。方欲造饭,后面一军赶到。操心甚慌。原来却是李典、许褚保护着众谋士来到,操大喜,令军马且行,问:"前面是那里地面?"人报:"一边是南彝陵大路,一边是北彝陵山路。"操问:"那里投南郡江陵去近?"军士禀曰:"取南彝陵过葫芦口去最便。"操教走南彝陵。行至葫芦口,军皆饥馁,行走不上,马亦困乏,多有倒于路者。操教前面暂歇。马上有带得锣锅的,也有村中掠得粮米的,便就山边拣干处埋锅造饭,割马肉烧吃。尽皆脱去湿衣,于风头吹晒;马皆摘鞍野放,咽咬草根。操坐于疏林之下,仰面大笑。众官问曰:"适来丞相笑周瑜、诸葛亮,引惹出赵子龙来,又折了许多人马。如今为何又笑?"操曰:"吾笑诸葛亮、周瑜毕竟智谋不足。若是我用兵时,就这个去处,也埋伏一彪军马,以逸待劳;我等纵然脱得性命,也不免重伤矣。彼见不到此,我是以笑之。"正说间,前军后军一齐发喊,操大惊,弃甲上马。众军多有不及收马者。早见四下火烟布合,山口一军摆开,为首乃燕人张翼德,横矛立马,大叫:"操贼走那里去!"诸军众将见了张飞,尽皆胆寒。许褚骑无鞍马来战张飞。张辽、徐晃二将,纵马也来夹攻。两边军马混战做一团。操先拨马走脱,诸将各自脱身。张飞从后赶来。操迤逦奔逃,追兵渐远,回顾众将多已带伤。

　　正行时,军士禀曰:"前面有两条路,请问丞相从那条路去?"操问:"那条路近?"军士曰:"大路稍平,却远五十余里。小路投华容道,却近五十余里;只是地窄路险,坑坎难行。"操令人上山观望,回报:"小路山边有数处烟起;大路并无动静。"操教前军便走华容道小路。诸将曰:"烽烟起处,必有军马,何故反走这条路?"操曰:"岂不闻兵书有云:虚则实之,实则虚之。诸葛亮多谋,故使人于山僻烧烟,使我军不敢从这条山路走,他却伏兵于大路等着。吾料已定,偏不教中他计!"诸将皆曰:"丞相妙算,人不可及。"遂勒兵走华容道。此时人皆饥倒,马尽困

89

乏。焦头烂额者扶策而行,中箭着枪者勉强而走。衣甲湿透,个个不全;军器旗幡,纷纷不整:大半皆是彝陵道上被赶得慌,只骑得秃马,鞍辔衣服,尽皆抛弃。正值隆冬严寒之时,其苦何可胜言。

操见前军停马不进,问是何故。回报曰:"前面山僻路小,因早晨下雨,坑堑内积水不流,泥陷马蹄,不能前进。"操大怒,叱曰:"军旅逢山开路,遇水叠桥,岂有泥泞不堪行之理!"传下号令,教老弱中伤军士在后慢行,强壮者担土束柴,搬草运芦,填塞道路。务要即时行动,如违令者斩。众军只得都下马,就路旁砍伐竹木,填塞山路。操恐后军来赶,令张辽、许褚、徐晃引百骑执刀在手,但迟慢者便斩之。此时军已饿乏,众皆倒地,操喝令人马践踏而行,死者不可胜数。号哭之声,于路不绝。操怒曰:"生死有命,何哭之有!如再哭者立斩!"三停人马:一停落后,一停填了沟壑,一停跟随曹操。过了险峻,路稍平坦。操回顾止有三百余骑随后,并无衣甲袍铠整齐者。操催速行。众将曰:"马尽乏矣,只好少歇。"操曰:"赶到荆州将息未迟。"又行不到数里,操在马上扬鞭大笑。众将问:"丞相何又大笑?"操曰:"人皆言周瑜、诸葛亮足智多谋,以吾观之,到底是无能之辈。若使此处伏一旅之师,吾等皆束手受缚矣。"

言未毕,一声炮响,两边五百校刀手摆开,为首大将关云长,提青龙刀,跨赤兔马,截住去路。操军见了,亡魂丧胆,面面相觑。操曰:"既到此处,只得决一死战!"众将曰:"人纵然不怯,马力已乏,安能复战?"程昱曰:"某素知云长傲上而不忍下,欺强而不凌弱;恩怨分明,信义素著。丞相旧日有恩于彼,今只亲自告之,可脱此难。"操从其说,即纵马向前,欠身谓云长曰:"将军别来无恙!"云长亦欠身答曰:"关某奉军师将令,等候丞相多时。"操曰:"曹操兵败势危,到此无路,望将军以昔日之情为重。"云长曰:"昔日关某虽蒙丞相厚恩,然已斩颜良,诛文丑,解白马之围,以奉报矣。今日之事,岂敢以私废公?"操曰:"五关斩将之时,还能记否?大丈夫以信义为重。将军深明《春秋》,岂不知庾公之斯追子濯孺子之事乎?"云长是个义重如山之人,想起当日曹操许多恩义,与后来五关斩将之事,如何不动心?又见曹军惶惶,皆欲垂泪,一发心中不忍。于是把马头勒回,谓众军曰:"四散摆开。"这个分明是放曹操的意思。操见云长回马,便和众将一齐冲将过去。云长回身时,曹操已与众将过去了。云长大喝一声,众军皆下马,哭拜于地。云长愈加不忍。正犹豫间,张辽纵马而至。云长见了,又动故旧之情,长叹一声,并皆放去。后人有诗曰:"曹瞒兵败走华容,正与关公狭路逢。只为当初恩义重,放开金锁走蛟龙。"

曹操既脱华容之难,行至谷口,回顾所随军兵,止有二十七骑。比及天晚,已近南郡,火把齐明,一簇人马拦路。操大惊曰:"吾命休矣!"只见一群哨马冲到,方认得是曹仁军马。操才心安。曹仁接着,言:"虽知兵败,不敢远离,只得在附近迎接。"操曰:"几与汝不相见也!"于是引众人南郡安歇。随后张辽也到,说云长之德。操点将校,中伤者极多,操皆令将息。曹仁置酒与操解闷。众谋士俱在座。操忽仰天大恸。众谋士曰:"丞相于虎窟中逃难之时,全无惧怯;今到城中,人已得食,马已得料,正须整顿军马复仇,何反痛哭?"操曰:"吾哭郭奉孝耳!若奉孝在,决不使吾有此大失也!"遂捶胸大哭曰:"哀哉,奉孝!痛哉,奉孝!惜哉!奉孝!"众谋士皆默然自惭。

2. 欣赏

三国,指的是中国历史上的魏、蜀、吴三个国家。关于三国人物的奇闻轶事、惊心动魄的斗争事迹,在我国早就广为流传。现在我们能看到的早期说书人的底本,如元代刻的《全相三国志平话》在内容、结构上已初具《三国演义》的规模。此外,一些元代的三国戏就以三国英雄为主角。元末明初的小说家罗贯中在此基础上,依据历史记载,进行艺术的再创造,最后编纂成了我国第一部章回历史小说《三国演义》。

《三国演义》成书后,刻本很多。目前所见最早的明嘉靖本《三国志通俗演义》,分二十四卷,二百四十则。清初毛宗岗又进行了一些修改,成为现在通行的一百二十回本。故事起于东汉末年黄巾起义,刘关张桃园结义招兵"讨伐"。在镇压农民起义的过程中形成各路军阀,其中董卓最恶毒凶残,引起其他军阀联兵声讨。董卓被杀,曹操当权,挟天子以令诸侯,削平北方的抗拒力量,并进兵江南。孙、刘联合抗曹,赤壁一战,击败曹操,奠定三国鼎立的局面。此后魏、蜀、吴三国互有战争,也各有胜负,最后西晋灭蜀、代魏、灭吴,复归一统。

《三国演义》同陈寿写的历史书《三国志》不同,它是历史小说,有人说是"七分事实,三分虚构",里面掺杂了作者的主观思想和文学想象。书的主题是反分裂,求统一。在此思想基础上,它真实地描写了东汉末年和整个三国时代封建统治集团之间的矛盾和斗争,暴露了董卓等反动统治者的种种罪恶,反映了人民在那个动荡年代的惨痛生活,提供了不少可资借鉴的政治和军事的斗争经验。据说,李自成、张献忠、洪秀全等起义时都从《三国演义》中学习攻城略地、伏险设防的方法。但书中对黄巾起义进行了诋毁,并鼓吹了"尊刘抑曹"的封建正统思想,这是较为偏颇的。

这部历史小说使用的是浅近的文言。它结构宏大而布局严谨,头绪纷繁而脉络分明,情节曲折,情趣横溢,特别善于分析和描写各种政治、军事、才略的斗争。像三顾茅庐、单刀赴会、群英会、借东风、火烧赤壁、空城计等,都写得非常精彩,而又有深刻的内容,具有极强的艺术感染力。其中描写的人物,诸葛亮已成了智慧才略的化身,曹操是奸诈权术的代表,其他如关羽、刘备、张飞、周瑜、鲁肃等,都写得鲜明生动,具有高度的艺术价值和认识价值,成了我国妇孺皆知的人物形象。

《三国演义》善于通过对战争的描写来塑造人物性格,这一点在全书中尤为出色,主要有以下特征:

第一,战争是斗智与斗力的结合,罗贯中往往以描写斗智为主,斗力为辅。换句话说,他只用较少的篇幅渲染战场上的厮杀,而用较多的篇幅展示战争的前因后果和酝酿准备过程,包括敌对各方的实力对比、情报的刺探和分析、战略战术的运用、任务的分配、不同意见的争论以及战斗过程中出乎意料的变化、战争胜负的影响等。这样一来,连绵不断的大小战役,在作者笔下就显得千姿百态,毫不雷同。例如,十八路诸侯讨董卓,是千军万马的大会战;太史慈酣斗小霸王,则是单枪匹马的拼搏。袁绍磐河战公孙,是旷日费时的消耗战;甘宁百骑劫魏营,则是迅雷不及掩耳的速决战。关羽斩车胄以智取,赵云单骑救主以力敌。下邳擒吕布用水淹,博望烧屯用火攻。赤壁之战从诸葛亮赴江东入手,先是舌战群儒,紧接着激孙权和周瑜,然后是临江会、群英会、蒋干盗书、草船借箭、黄盖献苦肉计、阚泽下诈降书、庞统授连环计、宴长江曹操赋诗、七星坛诸葛亮祭风等情节。一方面写曹操与周瑜斗智,一方面穿插着周瑜与诸葛亮的内部摩擦,直到火烧战船形成一个轰轰烈烈的高潮,末尾又附带着曹操逃跑过程中的三笑一哭,成为饶有趣味的余波。总计写赤壁之战的八万字当中,正面描写火烧战船的文字不过十分之一。只有这样,作者才充分展示了这个战役的全过程,把这个战役写得如火如荼,有声有色。

第二,《三国演义》的战争描写,一方面取材于历史,一方面不受历史记载的束缚,创造出大量奇特惊险、变幻莫测的情节。这些情节的某些部分或某些方面,甚至背离了现实生活的逻辑,只符合古代艺术家头脑中的假想的逻辑。但它们集中表达了古代人民的理想愿望和审美情趣,凝聚着古代人民的集体智慧,所以深受广大读者的欢迎。

举例来说,《三国演义》第九十五回的空城计,就不符合历史事实,而是在传说的基础上加工而成的。其中写马谡不遵照诸葛亮的嘱咐办事,导致战略要地街亭失守。司马懿率领十五万大军,通过斜谷中道,直向西城扑来。此时诸葛亮正在西城,身边并无大将,只有二千五百名兵士。他命令兵士偃旗息鼓,打开周围的四个城门,自己引二小童携琴一张,于城楼上焚香弹琴。司马懿逼近四城,看到诸葛亮悠闲自在的样子,顿生疑虑,唯恐中了诸葛亮的诡计,下令退兵。从表面上看,这个故事似乎很荒唐,哪有十五万大军被二千五百人吓退之理?然而从双方主帅斗智的角度来看,这个故事又有其合理性。先说诸葛亮,他深知司马懿经验丰富和工于心计,很不容易上当受骗。但司马懿曾经多次败在诸葛亮手下,犹如惊弓之鸟,即使在胜利推进的时刻,也难免提心吊胆。有鉴于此,诸葛亮

## 第四章 从"现实世界"走向"艺术世界"

没有采取兵家惯用的"虚而示之以实"的策略,而是果断地采取了非常罕见的"虚而示之以虚"的策略,索性把仅有的一点点军队也隐藏起来,从外到内都显示出一座空城的样子,这样更能增强司马懿的疑虑,让他猜不透诸葛亮的葫芦里究竟卖的什么药。正如无名氏的《三十六计》所说"虚者虚之,疑中生疑,刚柔之际,奇而复奇"。再说司马懿,他深知诸葛亮神机妙算,高深莫测,所以任何时候都不敢掉以轻心,特别注意稳扎稳打。他当然会估计到,也许西城里面真的没有重兵埋伏。但他必定还会想到,诸葛亮平生谨慎从不弄险,哪能轻率地只带两个小童坐在城楼上,任凭敌人俘获?由于眼前的景象迷离,司马懿实在做不出准确的判断,他的自信心很快降低,锐气也随之削弱。他宁肯错过战机丢掉一些战果,也不肯盲目挺进招致全军覆没,这就是他的万全之计,也恰好符合诸葛亮的期望。由此可见,诸葛亮是手中无兵心中有数,司马懿是手中有兵心中无数。诸葛亮能牢牢把握住司马懿的弱点而对症下药,司马懿对诸葛亮则了解得不够透彻,只知道他老谋深算和一贯谨慎,不知道他在危难时刻也敢于大胆冒险,使出超乎常理的绝招儿。这就是司马懿在一场紧张微妙的心理战中败下阵来的原因。

第三,《三国演义》的战争描写,不单纯追求情节的惊险曲折,而是同时注意刻画人物形象。换句话说,参加战争的每个重要人物,都有他独特的行为方式,这种行为方式体现出他的独特的心理活动,这种心理活动又由他的独特的思想性格所支配。因此,读者一旦接触到《三国演义》中那些扣人心弦的战争故事,同时也就熟悉了小说中那些活灵活现的人物形象。我们试举曹操败走华容道这个片段为例。《三国演义》第五十回写曹操在赤壁打了败仗,刚逃到乌林以西的群山之中,就仰面大笑。别人问他笑什么,他说不笑别人,单笑周瑜无谋、诸葛亮少智,假如他们预先在乌林以西埋伏一支军队,我哪能逃得掉?曹操话音未落,赵云即率领一支军队从道旁杀出,吓得曹操落荒而逃。然而曹操到达北彝陵的葫芦口,又仰面大笑,别人问他笑什么,他回答的话和上次差不多,这次遭到了张飞的袭击。他到达华容道,只剩下极少数残兵败将,仍然仰天大笑,又遭到关羽的阻拦,几乎成为俘虏。曹操连续吃败仗连续大笑,就代表了这个特定人物特定的行为方式,换成别人是很难这样做的。当然,曹操的笑不是发自内心的真笑,而是硬装出来的假笑。隐藏在假笑后面的心理活动是,军队受了重创,将士情绪低落,自己必须强颜欢笑,故意贬低周瑜和诸葛亮,以便给残留的军队一点安慰,让他们精神上不至于垮掉。透过这种心理活动,我们可以感受到,曹操富有心机,善于权术,败而不馁,意志十分顽强,不愧为一代奸雄。这就是他的思想性格。那么,曹操走出华容道,回到根据地南郡,为什么又放声大哭呢?据他自己说,是因为想起了已经死去的谋士郭嘉,假如郭嘉还在,一定会提出好的建议,不使曹军在赤壁遭到惨败。曹操讲这些话,也有十分明确的意图,这个意图就是,利用怀念郭嘉的方法旁敲侧击,暗中责备自己手下的文武官员,说他们都是些草包,不如郭嘉聪明能干。果然,众文武听了曹操的话,一个个沉默不语,羞愧难当。毛宗岗说,曹操到达南郡以后痛哭郭嘉,比用棍子敲打众将还厉害,这话一点儿都不错。由上可见,曹操在南郡的痛哭,就像前面的三次大笑一样,同样代表了他的特定的行为方式,同样体现出他的特定的思想性格。

(二)《红楼梦》

1. 原文

### 第三十三回　手足眈眈小动唇舌　不肖种种大承笞挞(节选)

方欲说话,忽有回事人来回:"忠顺亲王府里有人来,要见老爷。"贾政听了,心下疑惑,暗暗思忖道:"素日并不和忠顺府来往,为什么今日打发人来?"一面想,一面令"快请",急走出来看时,却是忠顺府长史官,忙接进厅上坐了献茶。未及叙谈,那长史官先就说道:"下官此来,并非擅造潭府,皆因奉王命而来,有一件事相求。看王爷面上,敢烦老大人作主,不但王爷知情,且连下官辈亦感谢不尽。"贾政听了这话,抓不住头脑,忙陪笑起身问道:"大人既奉王命而来,不知有何见谕,望大人宣明,学生好遵谕承办。"那长史官便冷笑道:"也不必承办,只用大人一句话就完了。我们府里有一个做小旦的琪官,一向好好在府里,如今竟三五日不见回去,各处去找,又摸不着他的道路,因此各处访察。这一城内,十停人倒有八停人都说,他近日和衔玉的那位令郎相与甚厚。下官辈等听了,尊府不比别家,可以擅入索取,因此启明王爷。王爷亦云:'若是别的戏子呢,一百个也罢了;只是这琪官随机应答,谨慎老诚,甚合我老人家的心,竟断断少不得此人。'故此求老大人转谕令郎,请将琪官放回,一则可慰王爷谆谆奉恩,二则下官辈也可免操劳求觅之苦。"说毕,忙打一躬。

············

贾政此时气的目瞪口歪,一面送那长史官,一面回头命宝玉"不许动!回来有话问你!"一直送那官员去了。……贾政知意,将眼一看众小厮,小厮们明白,都往两边后面退去。贾环便悄悄说道:"我母亲告诉我说,宝玉哥哥前日在太太屋里,拉着太太的丫头金钏儿强奸不遂,打了一顿。那金钏儿便赌气投井死了。"话未说完,把个贾政气的面如金纸,大喝"快拿宝玉来!"一面说,一面便往里边书房里去,喝令"今日再有人劝我,我把这冠带家私一应交与他与宝玉过去!我免不得做个罪人,把这几根烦恼鬓毛剃去,寻个干净去处自了,也免得上辱先人下生逆子之罪。"众门客仆从见贾政这个形景,便知又是为宝玉了,一个个都是咬指咬舌,连忙退出。那贾政喘吁吁直挺挺坐在椅子上,满面泪痕,一叠声"拿宝玉!拿大棍!拿索子捆上!把各门都关上!有人传信往里头去,立刻打死!"众小厮们只得齐声答应,有几个来找宝玉。

宝玉急的跺脚，正没抓寻处，只见贾政的小厮走来，逼着他出去了。贾政一见，眼都红紫了，也不暇问他在外流荡优伶，表赠私物，在家荒疏学业，淫辱母婢等语，只喝令"堵起嘴来，着实打死！"小厮们不敢违拗，只得将宝玉按在凳上，举起大板打了十来下。贾政犹嫌打轻了，一脚踢开掌板的，自己夺过来，咬着牙狠命盖了三四十下。众门客见打的不祥了，忙上前夺劝。贾政那里肯听，说道："你们问问他干的勾当可饶不可饶！素日皆是你们这些人把他酿坏了，到这步田地还来解劝。明日酿到他弑君杀父，你们才不劝不成！"

众人听这话不好听，知道气急了，忙又退出，只得觅人进去给信。王夫人不敢先回贾母，只得忙穿衣出来，也不顾有人没人，忙忙赶往书房中来，慌的众门客小厮等避之不及。王夫人一进房来，贾政更如火上浇油一般，那板子越发下去的又狠又快。按宝玉的两个小厮忙松了手走开，宝玉早已动弹不得了。贾政还欲打时，早被王夫人抱住板子。贾政道："罢了，罢了！今日必定要气死我才罢！"王夫人哭道："宝玉虽然该打，老爷也要自重。况且炎天暑日的，老太太身上也不大好，打死宝玉事小，倘或老太太一时不自在了，岂不事大！"贾政冷笑道："倒休提这话。我养了这不肖的孽障，已不孝；教训他一番，又有众人护持；不如趁今日一发勒死了，以绝将来之患！"说着，便要绳索来勒死。王夫人连忙抱住哭道："老爷虽然应当管教儿子，也要看夫妻分上。我如今已将五十岁的人，只有这个孽障，必定苦苦的以他为法，我也不敢深劝。今日越发要他死，岂不是有意绝我。既要勒死他，快拿绳子来先勒死我，再勒死他。我们娘儿们不敢含怨，到底在阴司里得个依靠。"说毕，爬在宝玉身上大哭起来。贾政听了此话，不觉长叹一声，向椅上坐了，泪如雨下。王夫人抱着宝玉，只见他面白气弱，底下穿着一条绿纱小衣皆是血渍，禁不住解下汗巾看，由臀至胫，或青或紫，或整或破，竟无一点好处，不觉失声大哭起来，"苦命的儿吓！"因哭出"苦命儿"来，忽又想起贾珠来。便叫着贾珠哭道："若有你活着，便死一百个我也不管了。"此时里面的人闻得王夫人出来，那李宫裁王熙凤与迎春姊妹早已出来了。王夫人哭着贾珠的名字，别人还可，惟有宫裁禁不住也放声哭了。贾政听了，那泪珠更似滚瓜一般滚了下来。

正没开交处，忽听丫鬟来说："老太太来了。"一句话未了，只听窗外颤巍巍的声气说道："先打死我，再打死他，岂不干净了！"贾政见他母亲来了，又急又痛，连忙迎接出来，只见贾母扶着丫头，喘吁吁的走来。贾政上前躬身陪笑道："大暑热天，母亲有何生气亲自走来？有话只该叫了儿子进去吩咐。"贾母听说，便止住步喘息一回，厉声说道："你原来是和我说话！我倒有话吩咐，只是可怜我一生没养个好儿子，却叫我和谁说去！"贾政听这话不像，忙跪下含泪说道："为儿的教训儿子，也为的是光宗耀祖。母亲这话，我做儿的如何禁得起？"贾母听说，便啐了一

口,说道:"我说一句话,你就禁不起,你那样下死手的板子,难道宝玉就禁得起了?你说教训儿子是光宗耀祖,当初你父亲怎么教训你来!"说着,不觉就滚下泪来。贾政又陪笑道:"母亲也不必伤感,皆是作儿的一时性起,从此以后再不打他了。"贾母便冷笑道:"你也不必和我使性子赌气的。你的儿子,我也不该管你打不打。我猜着你也厌烦我们娘儿们。不如我们赶早儿离了你,大家干净!"说着便令人去看轿马,"我和你太太宝玉立刻回南京去!"家下人只得干答应着。贾母又叫王夫人道:"你也不必哭了,如今宝玉年纪小,你疼他,他将来长大成人,为官作宰的,也未必想着你是他母亲了。你如今倒不要疼他,只怕将来还少生一口气呢。"贾政听说,忙叩头哭道:"母亲如此说,贾政无立足之地。"贾母冷笑道:"你分明使我无立足之地,你反说起你来!只是我们回去了,你心里干净,看有谁来许你打。"一面说,一面只令快打点行李车轿回去。贾政苦苦叩求认罪。

贾母一面说话,一面又记挂宝玉,忙进来看时,只见今日这顿打不比往日,又是心疼,又是生气,也抱着哭个不了。王夫人与凤姐等解劝了一会,方渐渐的止住。早有丫鬟媳妇等上来,要搀宝玉,凤姐便骂道:"糊涂东西,也不睁开眼瞧瞧!打的这么个样儿,还要搀着走!还不快进去把那藤屉子春凳抬出来呢。"众人听说连忙进去,果然抬出春凳来,将宝玉抬放凳上,随着贾母王夫人等进去,送至贾母房中。

························

此时薛姨妈同宝钗、香菱、袭人、史湘云也都在这里。袭人满心委屈,只不好十分使出来,见众人围着,灌水的灌水,打扇的打扇,自己插不下手去,便越性走出来到二门前,令小厮们找了焙茗来细问:"方才好端端的,为什么打起来?你也不早来透个信儿!"焙茗急的说:"偏生我没在跟前,打到半中间我才听见了。忙打听原故,却是为琪官金钏姐姐的事。"袭人道:"老爷怎么得知道的?"焙茗道:"那琪官的事,多半是薛大爷素日吃醋,没法儿出气,不知在外头唆挑了谁来,在老爷跟前下的火。那金钏儿的事是三爷说的,我也是听见老爷的人说的。"袭人听了这两件事都对景,心中也就信了八九分。然后回来,只见众人都替宝玉疗治。调停完备,贾母令"好生抬到他房内去"。众人答应,七手八脚,忙把宝玉送入怡红院内自己床上卧好。又乱了半日,众人渐渐散去,袭人方进前来经心服侍,问他端的。

2. 欣赏

《红楼梦》是一部享有盛誉的名著。它一出世就惊动了社会,使人们为之如醉如痴。当时就有"开谈不说《红楼梦》,读尽诗书也枉然"的说法。后来还产生了一种专门研究《红楼梦》的学问——"红学"。

《红楼梦》的原作者曹雪芹出生在一个显赫的贵族世家。祖父曹寅曾是康熙的宠臣,又是当时的名士,工诗词,善书法,藏书丰富,著名的《全唐诗》即由他主持刊印。这样的环境对培养曹雪芹的文艺才能起了一定的作用。曹寅死后,曹雪芹的父亲即因事获罪,家产抄没,次年全家迁返北京,从此家境衰落。后来曹雪芹住在西郊,常常过着"举家食粥酒常赊"的日子。《红楼梦》就写在凄凉困苦的晚年,他说"披阅十载,增删五次","字字看来皆是血,十年辛苦不寻常"。可惜没有完稿,就因幼子夭折,感伤成疾而过早去世了。他的未完稿题名《石头记》,只有八十回。到1791年由程伟元第一次排印出版时,已是一百二十回,书名也由《石头记》改为《红楼梦》。后四十回,一般认为是高鹗续成的。

《红楼梦》是我国古代最伟大的长篇小说。它主要以封建贵族贾府的家庭生活为题材,以贾宝玉和林黛玉这两个男女青年为主要人物。故事写贾宝玉衔玉出生,为贾府老太太贾母所钟爱;林黛玉丧母失怙,投靠贾府外祖母家。他们逐日在一起生活,耳鬓厮磨,随着年龄的增长,逐渐产生了爱情。通过共读《西厢记》,互诉衷情,以及由此而引起的许许多多猜疑、争吵、哀伤等纠葛,还有在反对贵族家庭金丝笼似的生活、反抗封建宗法制度、伦理道德和人生道路等等斗争中的相互支持,两个人的爱情成熟了。但后来贾母令宝玉与封建淑女薛宝钗成了婚,黛玉殉情泪尽而死,宝玉心灰意冷,出家而去。二人的爱情以悲剧结束。此外,与宝、黛二人的爱情生活相联系,作品还描写了薛宝钗、王熙凤、史湘云、贾母、贾政等贾府的主子们和晴雯、袭人、鸳鸯、香菱等贾府的丫鬟仆人以及与贾府有联系的上至王公大臣、下至村夫走卒等各个阶层的人物的活动,描写了贾府由盛而衰的历史。这些部分和全书的主要线索、人物联系在一起,构成有机的统一体。

《红楼梦》用宏伟的篇幅,以贾宝玉、林黛玉的爱情悲剧为主线,通过对贾府这个由少数封建主子和数百个奴仆所组成的封建贵族大家庭的描写,显示出那一社会不得不发生的种种矛盾和冲突。书中描写了以宝玉、黛玉、晴雯、芳官等为代表的反封建反迫害者与以王夫人、贾政、宝钗、袭人等为代表的维持封建统治秩序的旧势力之间的矛盾和斗争,描写了贾政内部掌权派与非掌权派之间、嫡庶之间、母女之间的矛盾。《红楼梦》描写的贾府中各种复杂矛盾的生活,可以说是整个封建时代上层生活的缩影,曲折地反映了那一时代必然崩溃、没落的历史趋势。

《红楼梦》对于那些封建主义的叛逆者进行了热情的歌颂。作者在书中塑造了贾宝玉和林黛玉这两个具有叛逆性格的典型形象。这两个叛逆人物和当时强大的封建传统几乎发生全面的对抗。他们的这种反抗要求,正体现了明中叶以来资本主义生产关系萌芽后的初步民主主义思想。

《红楼梦》在艺术上取得了十分辉煌的成就。作品塑造了四百多个人物,组成了一个人物的艺术画廊,其中许多人物都有血有肉,个性鲜明,尤以贾宝玉、林黛玉、王熙凤、薛宝钗等为代表,具有高度的典型意义。它的结构宏伟而又自然,好像完全是生活的再现,其中描写了一些波澜壮阔的大场面,也写了许多家庭生活的细节,千头万绪,参差错落,然而又脉络分明、有条不紊,完全是一个高度统一的有机体。它的心理刻画异常细腻,景物描写又十分成功地衬托了人物性格和渲染了环境气氛。它的语言生动形象,洗练自然,又非常富于表现力。因此,《红楼梦》不愧为我国古典小说中思想性最强、艺术性最高的一部伟大的作品。

《红楼梦》是我国四大古典名著之一,作为大学生,不但要读,而且要读懂。但很多同学反映,不是读不下去,就是读不懂,因为《红楼梦》里面人物众多,关系复杂,事情琐细,往往读后忘前,不知其意。因此,阅读《红楼梦》要掌握方法。

第一,要树立信心,反复阅读。第一次看《红楼梦》,很可能有一种不知所云的感觉,这不要紧,只管往下翻,一次不懂看两次,两次不懂看三次。首次阅读可了解主要人物及大致情节,再次阅读可了解人物性格和人物命运,以后就可不按顺序,随便翻阅,对各部分细节一一进行品味。

第二,要抓住线索,理清关系。《红楼梦》主要讲的是贾、史、王、薛四大家族的兴衰史。以贾家为中心及主要线索,人物关系主要有姻亲、房族和主仆等关系。以贾家为例,史、王、薛都与之有姻亲关系。贾家分为两府:宁国府和荣国府。人物的辈分从名字的偏旁可以看出来,从上到下依次为反文旁、王字旁和草字头。这些关系在第二回冷子兴和贾雨村的谈话中通过冷子兴之口基本上做了介绍。另外要弄清的是主仆关系。《红楼梦》中主要人物都有若干名丫鬟,这些丫鬟等级不同,分工各异。宝玉主要有袭人、晴雯,黛玉主要有紫娟,宝钗主要有莺儿,等等。这些主要丫鬟在故事情节的发展中、在人物性格的塑造中都起着重要的作用。这些姻亲、房族和主仆关系在小说中是随着情节的发展逐步介绍的,我们可以一边看一边把它们列成图示,这对我们分清众多的人物、理清复杂的情节结构是很有帮助的。

第三,要多动脑筋,精品细读。《红楼梦》描写的看似生活琐事,其实它全面而深刻地反映了那个时代的社会制度、人情世故等,可以说是清朝的社会缩影。曹雪芹的伟大之处,就在于他用非常冷静、客观的笔触表达了一个深刻的主题。潜心赏读,细细咀嚼,我们可以品出无穷的意味。如"林黛玉听戏"一节,把林黛玉那种痴情、无奈、忧虑、自卑刻画得淋漓尽致。又比如林黛玉的悲剧命运,不是作者直接写出来的,她性格孤僻,心眼小,多疑,又喜欢露才,不是一个大众化的人物,真是悲剧的性格造就了悲剧的命运。而她的悲剧性格又是时代给她的压抑以及父母早丧的不幸生活和寄人篱下的特殊处境造成的。想想林黛玉在贾府中被有意无意地渐渐冷落的遭遇,我们真要为她一掬同情之泪。可以说,《红楼梦》里的每一件琐事、每一个细节都蕴含着深意,或者表现人物性情,或者暗示人物命运,或者为下文埋下伏笔。只有沉下心来,精读细赏,才能品出其中的无穷意味。

第四,要博采众论,树立己见。《红楼梦》的评论文章甚多,这些评论众说纷纭,有些观点甚至完全对立。如关于几个主要人物就有完全不同的看法,王熙凤是能干还是虚伪,薛宝钗是狡诈还是聪慧,贾宝玉是滥情还是痴情,等等。刚开始我们往往很容易为别人的观点所左右,但如果我们能博览众论,再加上我们自己的思考,我们每个人都可以成为红学家。

(三)《家》

1. 原文

## 二十一(节选)

觉新走出水阁,一个人在玉兰树下立了一会儿,觉得无聊。他好像渴望着一件东西,这件东西就在他的眼前,但是他知道他不会得到它。他感到空虚,感到人生的缺陷。他痴痴地靠着树干,望着眼前的一片新绿出神。树上起了鸟的叫声。两只画眉在枝上相扑,雪白的玉兰花片直往他的身上落,但是过了片刻又停止了。他看见两只鸟向右边飞去,他的心里充满了强烈的渴望。他恨不得自己也变作小鸟跟它们飞到广阔的天空中去。他俯下头看他的身上。几片花瓣从他的头上、肩上落下来,胸前还贴了一片,他便用两个指头拈起它,轻轻地放下去,让它无力地飘落在地上。

前面假山背后转出来一个人影,是一个女子。她低着头慢慢地走着,手里拿了一枝柳条。她猛然抬起头,看见觉新立在树下,站住了,嘴唇微微动一下,像要说话,但是她并不说什么,就转过身默默地走了。淡青湖绉的夹衫上罩了一件玄青缎子的背心,她分明是梅。

他觉得一下子全身都冷了。他不明白她为什么要避开他,他要找她问个明白。他便追上去,但是脚步下得轻。

他转过假山,看见一些花草,却不见她的影子。他奇怪地注意看,在右边一座假山缝里瞥见了她的玄青缎子的背心。他又转过那座假山,前面是一块椭圆形的小草坪,四周稀落地种了几株桃花。她立在一株桃树下,低着头在拨弄左手掌心上的什么东西。

"梅!"他禁不住叫了一声,向着她走去。

她抬起头,这一次她不避开了。她默默地望着他。

他走到她面前,用激动的声音问道:"梅,你为什么要避开我?"

她埋下头,温柔地抚弄那只躺在她的掌心上微微扇动翅膀的垂死的蝴蝶,半晌不答话。

"你还不肯饶恕我吗?"他的声音变成苦涩的了。

她抬起头,不闪眼地把他望了一些时候,才淡淡地说:

"大表哥,你并没有亏负我的地方。"

只有这短短的一句话。

"这样看来,你是不肯饶恕我了,"他差不多悲声说。

她微笑了,这并不是快乐的笑,是悲哀的笑。她的眼光变得很温柔了。它们不住地爱抚他的脸。然后她用右手按住自己的胸膛。她低声说:"大表哥,你难道还不知道我的心? 我何曾有一个时候怨过你!"

"那么你为什么要避开我? 我们分别了这么久,好容易才见到了,你连话也不肯跟我多说。你想我心上怎么过得去? 我怎么会不想到你还在恨我?"他痛苦地说。

梅埋下头,她咬了咬嘴唇皮,额上的皱纹显得更深了。她慢慢地说:"我并没有恨过你,不过我害怕多跟你见面,免得大家想起从前的事情。"

觉新呆呆地望着她,一时答不出话来。梅弯着腰把手里的蝴蝶轻轻地放在草坪上,用怜惜的声音说:"可怜,不知道哪个把你弄成了这个样子!"这句话的语意虽是双关,她却是无心说出来的。她接着又说一句:"大表哥,我先走了,我去看他们打牌。"她便向水阁那面走去。

觉新抬起头,从泪眼中看见梅的下垂的发髻和扎在髻上的淡青色的洋头绳。他看见她快要转过假山去了,忍不住又叫了一声:"梅!"

她又转过身站住了,就站在假山旁边,等着他过去。

"大表哥,"她关心地唤了一声,抬起水汪汪的眼睛望了他一眼。

"你连一只蝴蝶也还要可怜,难道我就值不得你的怜悯?"他忍住眼泪低声说。

她不回答,低下头,把身子靠在假山上。

"也许你明天就要回去了,我们以后永远就没有机会再见面,或死或活,我们都好像住在两个世界里头。你就忍心这样默默无语地跟我告别?"他抽泣地说。

她依旧不答话,只是急促地呼吸着。

"梅,我负了你。……我也是没有办法的啊。……我接了亲……忘记了你。……我不曾想到你的痛苦,"他的声音还是跟先前一样低,不过因为话说得急,反而成为断续的了。他从怀里掏出手帕,却不去揩眼睛,让眼泪沿着面颊流下来。"我后来知道这几年你受够了苦,都是我带给你的。想到这一层,我怎么能够放下这颗心? 你看,我也受够了苦。你连一句饶恕的话也不肯说?"

她抬起了头,两只眼睛闪闪地发光。她终于忍不住低声哭起来,断续地说了两句话:"大表哥,我此刻心乱如麻。……你叫我从何说起?"于是一只手捫着心,

连续咳了几声嗽。

他看见她这样难过,一种追悔、同情和爱怜交织着的感情猛然来袭击他的心。他忘了自己地挨近她的身子,用他的手帕去揩她的脸。

她起初默默地任他这样做,但是过了一会儿,她忽然推开他,悲苦地挣扎说:"不要这样挨近我,你也应该避点嫌疑!"她做出要走开的样子。

"到这个时候还避什么嫌疑?我已经是有孩子的人了。……不过我不该使你悲伤到这样。人说:'忧能伤人',你也应当爱惜你的身体啊。"他挽住她的手,不要她走,又说:"你看你哭成这样,怎么能够出去?"这时候他只是为她的命运悲伤,他完全为她一个人着想;他把自己的悲哀也忘记了。

她渐渐地止了悲,从他的手里接过手帕,自己把泪痕完全揩去,然后还给他,凄然说:"这几年来我哪一天不想念你。你不知道除夕我在琴妹家中看见你的背影,我心里是何等安慰。我回到省城来很想见你,我又害怕跟你相见。那天在新发祥我避开了你,过后又失悔。我也是不能作主啊。我有我的母亲,你有大表嫂。大表嫂又是那么好,连我也喜欢她。我不愿给你唤起往事。我自己倒不要紧,我这一生已经完了。不过我不愿使你痛苦,也不愿使她痛苦。在家里,我母亲不知道我的心事,她只能用她的心忖度一切。我的悲哀她是不会了解的。我这样活下去,还不如早死的好。"她长叹了一声。觉新默默地按着自己的胸膛,因为他的心痛得太厉害了。

两个人面对面地望着,过了好些时候,他凄然地笑了,他指着草坪说:"你不记得从前我们在青草上面打滚的事情?虫咬了我的手指头,还是你给我吮伤痕。我们还在草丛里捉过蝴蝶,采过指甲花种。现在地方还不是一样?……还有一次遇到月蚀,我们背起板凳在天井里走,说是替月亮受罪。……这些事情你还记得吗?从前你在我们家跟我一起读书的时候,我们对着一盏清油灯,做过多少好梦啊!当时的快乐真令人心醉!哪儿会想到有今天这样的结局?"他现出梦幻的样子,好像极力在追忆当时的情景。

"我现在差不多是靠着回忆生活的了,"梅仍旧低声说,

"回忆有时候真可以使人忘记一切。我真想回到从前无拘束、无忧虑的儿时去,可惜年光不能够倒流。大表哥,你一定要保重身体啊……"

她的话还没有说完,就听见有人走近,接着淑华的声音说:"梅表姐,我们找了你好久,你原来躲在这儿!"

梅连忙退后一步,把身子离开觉新远一点,掉过头去看。

来的是琴和淑英、淑华两姊妹。她们三个人走到梅的面前,淑华看见梅的脸,故意惊讶地笑道:"梅表姐,大哥欺负你吗?怎么你眼睛都哭肿了?"淑华又注意地看觉新的脸,觉新极力躲开,但已经给她看见了,她又说:"怎么你也哭了?

你们分别了几年,现在见面,正应该欢欢喜喜!怎么躲在这儿相对而泣?"梅红了脸低下头去。觉新也把头掉开看别处,口里含糊地分辨说:"今天眼睛痛。"

淑英听见这句话便也插嘴嘲笑道:"奇怪,早不痛,迟不痛,偏偏梅表姐来了,你的眼睛就痛了。"

琴在旁边拉淑英的袖子,示意她不要再说,因为瑞珏牵着孩子来了。但是淑英一口气说下去,阻拦不住,等她自己觉察到时,已经来不及了。

瑞珏听见淑英的话,又看见这个情形,不由得不起了一点疑心。她也不说什么,就带笑地把海臣送到觉新面前要他牵着,自己走到梅的身边,说:"梅表妹,你不要难过。我们到别处走走,我劝你要宽宽心才好。"她很亲密地扶着梅转过假山走出去了。

淑英和淑华本来要跟着她们去,却被琴拉住了,琴感动地说:"让她们两个去罢,她们大概有私房话要说。我看大表嫂跟梅姐很要好,她很喜欢梅姐。"这番话虽是对淑英姊妹说,却是说给觉新听的。

2. 欣赏

《家》是巴金现实主义创作中成就最高、影响最大的作品。巴金写《家》的目的十分明确,他要表达对封建大家庭制度的愤恨,"要向一个垂死的制度叫出我的控诉",宣告一个不合理的制度的死刑。他要为青年一代呼吁,"要为过去那无数的无名的牺牲者'喊冤'","要从恶魔的爪牙下救出那些失掉了青春的青年"。小说反映的是1920年前后的社会生活,它通过对高家这个所谓"四世同堂"的封建官僚地主大家庭分崩离析的艺术描绘,深刻地表现了半殖民地半封建社会的全面崩溃的现实。有学者认为:《家》是中国文学史上继《红楼梦》之后又一部记录封建阶级没落史的杰作。

首先,小说塑造了一批封建大家庭的统治者形象,愤怒控诉了封建家庭的罪恶。从高老太爷、陈姨太到第二代的克定、克安,再到第三代的觉群、觉世,均是封建宗法制度的维护者,他们腐朽没落,醉生梦死,糜烂透顶,为了维护自己腐化享乐的生活,拼命维护家族制度和封建伦理道德。而他们的一代不如一代,从另一角度表明封建宗法制度的维护者后继无人,表明他们终将无法摆脱覆灭的命运。

其次,小说还描写了一群被侮辱被损害的人物形象,揭示了封建家庭吃人的罪恶本质,这些人物形象有属于家庭内部的瑞珏、梅表姐等,"下人"中有鸣凤、婉儿等。作品详细描绘了她们的不幸遭遇和悲惨命运,构成了小说中最动人也最有批判力量的部分。她们一个个被封建阶级吞噬了,这不仅引起了人们深切的同情,更进一步揭露了封建制度的野蛮和凶残。

再次,也是最重要的,小说成功地塑造了觉慧这一典型形象。他敢于反抗封建思想，提倡人道主义，同情被侮辱、被损害者，甚至同封建家庭决裂。这样的反叛人物出现在封建思想根深蒂固的封建大家庭中，表明了封建家庭必然走向没落的历史趋势，从而使作品达到了深刻的现实主义深度。而小说对反叛的年轻一代的歌颂，鼓励青年们勇敢地同封建势力、封建思想进行斗争，去寻求新的生活道路，也推动了新民主主义革命的历史进程。

觉慧是《家》里最主要的正面人物，是封建宗法制度的"一个幼稚而大胆的叛徒"，是在"五四"新思潮影响下成长起来的新青年的典型形象。

首先，觉慧作为《家》中最早觉醒的叛逆者形象，勇敢、大胆地反抗封建家庭的统治，"不顾忌，不害怕，不妥协"。他反抗的内容，包括封建的政治压迫、家庭制度、婚姻制度、伦理道德、迷信思想以及封建阶级糜烂透顶的腐朽生活。例如，他不满于高老太爷的专横，反对大哥觉新的"作揖主义"，批判妥协思想，支持二哥觉民逃婚，鼓励他与封建顽固势力对抗，去追求自由和幸福；他敢于和"下人"鸣凤恋爱，无视家庭的清规戒律；当高老太爷命令觉新把他看管起来，禁止他外出时，他大胆地宣称"我现在才觉得我是自己的主人了"，并向大哥觉新声明"我一定要跑出去，坚决跑出去，看他能把我怎样"。最后，他冲破家庭牢笼，登船出走，义无反顾地走向社会。他的反抗是大胆而强烈的，在他身上闪耀着新时代的曙光和希望。

其次，他又是一个"幼稚的反抗者"。由于他还年轻，他对周围的一切还不能做出科学的分析，甚至感到"这旧家庭里面的一切简直是一个复杂的结，他这直率的热烈的心是无法把它解开的"。他在和这个家庭进行斗争时，往往勇气有余、策略不足。例如，他把他和鸣凤的恋爱看得过于简单，直到鸣凤投湖自尽后才悔恨万分。这些都表明了这位年轻反叛者的不成熟。

再次，觉慧反抗的思想基础还是资产阶级的个性解放思想。他出于自身的愿望和要求，出于对个人自由、幸福的追求，与封建思想进行抗争和搏斗，在一定历史条件和环境中是有其作用的。他引述屠格涅夫的一句话"爱情的热望，幸福的热望，除此而外再没有什么了"，表明了他这种个性解放的终极目的。这显然是觉慧的不足。

觉慧形象的典型意义表现在：他的敢于大胆反抗封建黑暗势力、冲出封建家庭、热烈追求幸福、向往未来理想的思想性格，是广大"五四"青年的真实写照。由于长期的封建社会的思想统治，中国就是一个"人肉的宴筵"。"五四运动"的爆发，唤醒了一代青年的意识，促使他们猛烈地向封建旧思想、旧道德开火，在提倡新思想、新道德的斗争中冲锋陷阵。觉慧就是这样的新时代青年。他接受了"五四"新思潮的思想影响，勇敢、大胆地反抗整个封建宗法制度，成了"五四"青年的先进代表。

觉慧这一形象在《家》中出现,表明了封建家庭必然没落、崩溃的历史趋势。毋庸讳言,高家是一个封建统治思想根深蒂固的大家庭,但正是在这个统治思想森严的大家庭里,出现了思想统治的薄弱环节。由于觉慧的父亲早逝,后母因避嫌对他也不苛刻,哥哥觉新又是一个既受封建思想毒害又有开明思想的两面人物,这样,觉慧就有机会在外读书,接受了民主主义思想的影响。这就使觉慧这个人物形象既有历史的真实性,又有现实的深刻性,表明了封建家庭的思想统治无论如何也维持不下去了,它的灭亡也是必然的了。

觉慧的思想和行动唤醒了当时在黑暗家庭中挣扎、不敢进行反抗斗争的青年们,给他们以启发和鼓舞。在《家》里,觉慧的行动直接影响了二哥觉民,使他的"逃婚"得以成功,封建统治者不得不做出让步;他的行动一定程度上启发了大哥觉新的思想,最终支持他冲出封建家庭。而在《家》的后两部《春》《秋》中,更多的年轻人觉醒了,这固然有时代的原因,但觉慧的榜样作用是不可忽视的。

此外,觉新是作者花费笔墨最多而塑造出来的一个形象,他的性格充满了矛盾,是"一个两重人格的人:在旧家庭里他是一个暮气十足的少爷,他跟他的两个兄弟在一起的时候他又是一个新青年",而这些矛盾又都带有着新旧社会交替时期的鲜明的时代特征。一方面,他是旧阶级、旧制度培养出来的"接班人"。长期受封建礼教的熏陶,使他养成了百依百顺、逆来顺受的奴性性格。尤其是他在封建大家庭里所处的"长房长孙"的特殊地位,使他比别人承担更为沉重的精神负担,受到更为严格的思想束缚,负有更为众多的家庭义务。高中毕业时,高老太爷的一席话葬送了他的学业、前程和爱情,他只会伤心地痛哭,几乎没有什么反抗,并且因此而沉沦下去,终成封建家族制度的殉葬品。另一方面,他又曾受到过新思潮的影响,也看到了封建家庭的些许罪恶,有着较为明显的是非观。但是,在民主势力与顽固的封建势力发生矛盾冲突时,他总以"作揖主义"的人生哲学来息事宁人。甚至当上述冲突无法调解时,他便以痛苦的"克己"、牺牲"自我"来委曲求全。觉新既是封建礼教的受害者,又是封建势力的害人者,惨痛的生活教训最终使他有了初步的觉醒和反抗。他庇护那些反抗封建秩序的弟弟妹妹们,甚至资助他们逃出家庭的牢笼。也只有在这时,他才在生活中感到了些许欣慰。

觉新这一形象告诉人们,在正义与邪恶、光明与黑暗的斗争中,中间道路是走不通的。那种"作揖主义""无抵抗主义"的人生哲学,最终只能导致悲剧的命运。

《家》通过各个不同的侧面、各种人物形象,给人们展现了一幅生动的封建大家庭的生活画面,笔调抒情热烈,描写细腻深刻,语言清新自然、明快流畅,善于用心理描写刻画人物,读起来真挚感人、动人心魄。

## 第四章 从"现实世界"走向"艺术世界"

(四)《围城》

1. 原文

### 一 (节选)

　　方鸿渐到了欧洲,既不钞敦煌卷子,又不访《永乐大典》,也不找太平天国文献,更不学蒙古文、西藏文或梵文。四年中倒换了三个大学,伦敦、巴黎、柏林;随便听几门功课,兴趣颇广,心得全无,生活尤其懒散。第四年春天,他看银行里只剩四百多镑,就计划夏天回国。方老先生也写信问他是否已得博士学位,何日东归,他回信大发议论,痛骂博士头衔的毫无实际。方老先生大不谓然,可是儿子大了,不敢再把父亲的尊严去威胁他;便信上说,自己深知道头衔无用,决不勉强儿子,但周经理出钱不少,终得对他有个交代。过几天,方鸿渐又收到丈人的信,说什么:"贤婿才高学富,名满五洲,本不须以博士为夸耀。然令尊大人乃前清孝廉公,贤婿似宜举洋进士,庶几克绍箕裘,后来居上,愚亦与有荣焉。"方鸿渐受到两面夹攻,才知道留学文凭的重要。这一张文凭,仿佛有亚当、夏娃下身那片树叶的功用,可以遮羞包丑;小小一方纸能把一个人的空疏、寡陋、愚笨都掩盖起来。自己没有文凭,好像精神上赤条条的,没有包裹。可是现在要弄个学位。无论自己去读或雇枪手代做论文,时间经济都不够。就近汉堡大学的博士学位,算最容易混得了,但也需要六个月,干脆骗家里人说是博士罢,只怕哄父亲和丈人不过;父亲是科举中人,要看"报条",丈人是商人,要看契据。他想不出办法,准备回家老着脸说没得到学位,一天,他到柏林图书馆中国书编目室去看一位德国朋友,瞥见地板上一大堆民国初年上海出的期刊,《东方杂志》《小说月报》《大中华》《妇女杂志》全有。信手翻着一张中英文对照的广告,是美国纽约什么"克莱登法商专门学校函授部"登的,说本校鉴于中国学生有志留学而无机会,特设函授班,将来毕业,给予相当于学士、硕士或博士之证书,章程函索即寄,通讯处纽约第几街几号几之几。方鸿渐心里一动,想事隔二十多年,这学校不知是否存在,反正去封信问问,不费多少钱。那登广告的人,原是个骗子,因为中国人不来上当,改行不干,人也早死了。他住的那间公寓房间现在租给一个爱尔兰人,具有爱尔兰人的不负责、爱尔兰人的急智、还有爱尔兰人的穷。相传爱尔人的不动产(Irish fortune)是奶和屁股;这位是个萧伯纳式既高且瘦的男人,那两项财产的分量又得打个折扣。他当时在信箱里拿到鸿渐来信,以为邮差寄错了,但地址明明是自己的,好奇拆开一看,莫名其妙,想了半天,快活得跳起来。忙向邻室小报记者借个打字机,打了一封回信,说先生既在欧洲大学读书,程度想必高深,无庸再经函授手续,只要寄一万字论文一篇附缴美金五百元,审查及格,立即寄上哲学博士文凭,回信可寄本人,不必写学校名字。署名Patrick Mahoney,后面自赠了四五个博士头衔。方鸿渐看信纸是普通用的,上面并没刻学校名字,信的内容分明更是骗局,搁下不理。爱尔兰人等急了,又来封信,说如果价钱嫌贵,可以从长商议,本人素爱中国,办教育的人尤其不愿牟利。方鸿渐盘算一下,想爱尔兰人无疑在捣鬼,自己买张假文凭回去哄人,岂非也成了骗子?可是——记着,方鸿渐进过哲学系的——撒谎欺骗有时并非不道德。柏拉图《理想国》里就说兵士对敌人,医生对病人,官吏对民众都应该哄骗。圣如孔子,还假装生病,哄走了儒悲,孟子甚至对齐宣王也撒谎装病。父亲和丈人希望自己是个博士,做儿子女婿的人好意思教他们失望么?买张文凭去哄他们,好比前清时代花钱捐个官,或英国殖民地商人向帝国府库报效几万镑换个爵士头衔,光耀门楣,也是孝子贤婿应有的承欢养志。反正自己将来找事时,履历上决不开这个学位。索性把价钱杀得极低,假如爱尔兰人不肯,这事就算吹了,自己也免做骗子。便复信说:至多出一百美金,先寄三十,文凭到手,再寄余款;此间尚有中国同学三十余人,皆愿照此办法向贵校接洽。爱尔兰人起初不想答应,后来看方鸿渐语气坚决,又就近打听出来美国博士头衔确在中国时髦,渐渐相信欧洲真有三十多条中国糊涂虫,要向他买文凭。他并且探出来做这种买卖的同行很多,例如东方大学、东美合众国大学,联合大学(Intercollegiate University)、真理大学等等,便宜的可以十块美金出买硕士文凭,神玄大学(College of Divine Metaphsics)廉价一起奉送三种博士文凭;这都是堂堂立案注册的学校,自己万万比不上。于是他抱薄利畅销的宗旨,跟鸿渐生意成交。他收到三十美金,印了四五十张空白文凭,填好一张,寄给鸿渐,附信催他缴款和通知其他学生来接洽。鸿渐回信道,经详细调查,美国并无这个学校,文凭等于废纸,姑念初犯,不予追究,希望悔过自新,汇上十美金聊充改行的本钱。爱尔兰人气得咒骂个不停,喝醉了酒,红着眼要找中国人打架,这事也许是中国自有外交或订商约以来唯一的胜利。

鸿渐先到照相馆里穿上德国大学博士的制服,照了张四寸相。父亲和丈人处各寄一张,信上千叮万嘱说,生平最恨"博士"之称,此番未能免俗,不足为外人道。

2. 欣赏

钱锺书,1910年生,江苏无锡人,1998年逝世。作为一代学者,他的《谈艺录》和《管锥编》确立了他在学术上的坚实地位。小说创作在他只是偶一为之的"票友下海"似的活动,但这并不妨碍他成为中国最杰出的小说家之一。

《围城》于1946年2月起连载于《文艺复兴》,1947年5月由晨光公司出版发行,是现代文学史上的一部风格独特的长篇小说。作者钱钟书在他所熟悉的生活领域里,以其生动细腻的笔触表达了他独特的生活感受,在思想内容和表现手法方面都有所创新。"围城"是一个富于象征意义的题目。正如书中所说,爱情也罢,事业也罢,人生就像被围困的城堡,"城外的人想冲进去,城里的人想逃出来"。小说的主人公方鸿渐就在围城的内外出来进去，不能自拔。

《围城》的主线是主人公方鸿渐在留洋归国、寓居上海、内地谋职、重回上海的几个阶段中，在教育、恋爱和婚姻的"围城"中苦苦挣扎和失败的历程，描绘了黑暗社会里知识分子灰色人生的丑恶图画。这些所谓的知识分子，实际上是一伙打着知识幌子的社会渣滓，其中有心狠手毒的冒牌博士韩学愈、道貌岸然的哲学家褚慎明、趋炎附势的教授顾尔谦、倒卖药品的学者李梅亭。即便有几个正直、善良、有进取心的知识分子，在那个社会里也处处碰壁，一事无成。作者说："在这本书里，我想写现代中国某一部分社会，某一类人物。写这类人，我没忘记他们是人类，具有无毛两足动物的基本根性。"小说像一面X光镜，透视着那些"无毛两足动物"的畸形性格和丑恶灵魂，挖掘了造就这些性格、灵魂的畸形社会的罪恶本质。在我国现代小说史上，《围城》广泛、全面、深刻地揭露了知识分子的灰色人生，在这个意义上，它的确是一部新的《儒林外史》。

方鸿渐出身乡绅大家，颇受传统文化熏陶，又曾留学欧洲，感受西方文明。他聪明驯良，能看透人情的虚伪和世情的丑恶，却无力摆脱命运对自己的捉弄。在回国的船上，方鸿渐被鲍小姐勾引又抛弃，女博士苏小姐把这一切看在眼里，想让方鸿渐按照自己的设计"先仰慕地崇拜而后卑躬屈膝地求婚"，方鸿渐无意于苏小姐，又懦弱地不敢道破，尴尬地周旋于苏小姐和他所真爱的唐晓芙之间，直到苏小姐明白真相后无情地毁了他的恋爱，重创了他的心灵。在三闾大学，方鸿渐看不起同事之间的钩心斗角，他蔑视投机者李梅亭，没有接受汪处厚的拉拢，因为知道韩学愈假文凭的隐私而被卷入人事矛盾的漩涡，最终他工作的推荐者赵辛楣出走，他也被校长高松年排挤出了三闾大学。爱情上是次次失败，末了落入孙柔嘉的圈套还想挣扎。工作上是从上海到内地，从内地回上海，结果还是想去内地。"围城"内外，是身处乱世的一介书生的命运奏鸣。

《围城》全书洋溢着学者的幽默和机智。作者博通古今，学贯中西，行文中妙语典故信手拈来。如方鸿渐与爱尔兰人交涉文凭一段，作者滔滔不绝地举例为方鸿渐证明"撒谎欺骗有时并非不道德"的道理，像柏拉图的《理想国》里就说兵士对敌人、医生对病人、官吏对民众都应该哄骗；又如孔子假装生病哄走儒（孺）悲，以及孟子对齐宣王撒谎装病的一节。再比如小说里对金华"欧亚大旅社"的描写，那里跳蚤成群，原文是这样的："蒙马脱尔的'跳蚤市场'和耶路撒冷圣庙的'世界蚤虱大会'全像在这里举行……（方鸿渐）学我佛如来舍身喂虎的榜样，尽那些虱蚤去受用。"作者在这里指天说地，神思妙语，议论风生。

《围城》在表现手法上，显示了作者高超的讽刺艺术。正如有的评论家称赞的那样，作者既能有声有色地绘出人物的可笑可鄙的行为，以透视其五脏六腑，又能以自己的博识，设计精巧、超拔的比喻，对人物进行揶揄嘲弄，笔酣墨饱，无不淋漓尽致。纵观《围城》的讽刺艺术手法，大致具有如下特征：

一是以夸张手法进行讽刺。例如描写老处女范小姐赴宴相亲，因为极想讨得男子欢心，所以打扮得格外起劲。作者写道："范小姐今天赴宴擦的颜色，就跟美洲印第安人上战场擦的颜色同样胜利地红。"夸张而不失实，透过范小姐脸上超于常人的胭脂红，可以看到老处女的变态性格。

二是以渊博的学识进行讽刺。如描写道貌岸然而又贪图女色的所谓"哲学家"褚慎明一见到苏小姐，"大眼珠仿佛哲学家谢林的'绝对观念'，像'手枪里射出的子弹'，险的突破眼眶，迸碎眼镜"。钱钟书是一位学者，其丰富的知识往往使他涉笔成趣，以哲学家的"绝对观念"作比进行讽刺，既符合被讽刺者的性格特征，也是作者对"绝对观念"开了一个小小的玩笑。

三是把讽刺艺术同心理描写结合起来。例如描写倒卖药品的所谓"学者"李梅亭正与孙小姐同行，孙小姐忽感不适，想吃人丹。李梅亭觉得一包人丹打开后，便不能再卖出了，便打开一瓶鱼肝油取出一颗给孙小姐吃，然后把盖子拧紧。他明知这解救不了孙小姐的病，但对她也无害，而鱼肝油仍可出售。这段细腻的心理描写，饱含着强烈的讽刺，揭露了李梅亭自私、吝啬、丑恶的内心世界。

四是把讽刺同巧妙的比喻相结合。钱锺书擅长俏皮辛辣的比喻，他说："诗人所擅用的比喻，可以证明哲学家的失败。"他自己的比喻正是这句话的实践。方鸿渐万里回国，被吹嘘成一个五光十色、被人一搠就不知去向的"大肥皂泡"。以出国留学掩饰自己寡学少识的人到处挂名牌大学的幌子招摇，就像得意自己的脸"出天花变成麻子"。如第三章写方鸿渐很不情愿地吻苏小姐的时候，作者写道："这吻的分量很轻，范围很小，只仿佛清朝官场端茶送客时的把嘴唇抹一抹茶碗边，或者从前西洋法庭见证人宣誓时的把嘴唇碰一碰《圣经》，至多像那些信女们吻西藏活佛或罗马教皇的大脚指，一种敬而远之的亲近。"这一连串的比喻，贴切、生动、新颖、深刻，把一个小小的生活细节表现得十分有趣。苏小姐夫妇婚礼上哭笑不得的表情"像公共场所'谨防弄手'牌子下面那些积犯的相片里的表情"。一个个令人叫绝的嘲讽，传达了作者对人类生存境况冷静思考的力度，也让读者沿着智者的指向俯瞰围城内外，思考现代化进程中处于封建文化和西方文明夹击下的中国知识分子的命运。

五是在讽刺中不时地揭露时弊。例如，作者叙述了方鸿渐出国留学的过程后不无感慨地写道："学国文的人出洋'深造'，听来有些滑稽。事实上，惟有学中国文学的人非到外国留学不可。因为一切其他科目像数学、物理、哲学、心理、经济、法律等等都是从外国灌输进来的，早已洋气扑鼻，只有国文是国货土产，还需要外国招牌，方可维持地位，正好像中国官吏、商人在本国剥削来的钱要换外汇，才能保持国币的原来价值。"这段议论深刻、精辟,讽刺了当时社会上崇洋媚外的风气。

《围城》的讽刺艺术是高超的,它以我国传统的讽刺艺术为基础,又吸取了西方文学中讽刺艺术的某些长处,再加上作者丰富的学识,深刻地反映了畸形社会里的畸形人物的光怪陆离的生活,对我国的现代讽刺小说的发展做出了杰出的贡献。

钱锺书是博闻强识、才华横溢的大学问家,他凭着对旧知识分子的透彻了解,凭着贯通古今中西的文化修养和机敏周密的思考,使他的作品在题材、人物、风格、手法上独树一帜,形成博学睿智、俏皮幽默的机智型讽刺,为中国幽默讽刺小说史写出了独特的篇章。

(五)《巴黎圣母院》

1. 原文

## 第四卷(节选)

在一四八二年,伽西莫多已经长大成人,他当圣母院的敲钟人已有好几年了,那得感谢他的义父克洛德·孚罗洛。克洛德当上了若札斯的副主教,得感谢他的恩主路易·德·波蒙阁下。一四七二年波蒙在居约姆·夏尔蒂耶逝世后能当上巴黎主教,得感谢他的保护人奥里维·勒丹。奥里维·勒丹当上国王路易十一的理发师,则是由于上天的恩赐。

于是伽西莫多成了圣母院的钟乐奏鸣家。

随着时光的消逝,某种亲密的关系把这个敲钟人和这座教堂联结在一起。出身不明和相貌奇丑这两重灾难,早就使他同世界隔离,他从小被幽禁在难以解脱的双重束缚之中,这可怜的不幸的人,在掩护他的宗教壁垒里已经习惯于看不到外界的任何事物,随着他的发育和成长,圣母院对于他就是蛋壳,就是窝,就是家,就是故乡,就是宇宙。

在这个生物和这座建筑之间,一定存在着某种神秘的超人的协调。他还很小的时候,就驼着背,伸长脖子,在那些拱顶的阴暗处爬行。由于他那人的脸孔和走兽般的四肢,他仿佛是在那阴暗潮湿的地方生长起来的一条爬虫,罗曼式柱顶雕饰就在那地方投下了多种奇形怪状的影子。

稍后,当他第一次机械地抓住钟塔上的绳索,吊在那里把钟振响起来的时候,在他的义父克洛德看来,就像是一个小孩第一次出声讲话。

就这样,他适应着那座教堂而逐渐发育成长。他在教堂里生活,在教堂里睡觉,几乎从不走出教堂一步。他每时每刻都受到它神秘的影响,以至于他竟变得同那座教堂十分相像,他把自己镶嵌在教堂里,使自己变成了教堂不可分割的一个部分。他的向外凸出的角(假若我们可以这样来形容),嵌进了那座教堂的往

里凹陷的角里,好像他不仅是教堂的住客,而且是教堂当然的组成部分,甚至可以说,他获得了教堂的形状,就像蜗牛具有蜗牛壳的形状一般。教堂是他的住所,他的窝,是装他的封套。在他和那座古老的教堂之间,有一种十分深刻的天然的同情,有那么多的互相吸引的共同性,那么多的实质上的类似,使他就像乌龟依附龟壳一般依附着教堂,那座凹凸不平的教堂成了他的甲壳。

去提醒读者不要照字面来理解我们在这里不得不用来表现一个人和一座教堂之间的奇特、匀称、直接以及几乎是同类物质的配合是没有用的。同样,要说明在那样长的时期里,在那样亲密的相处过程中他对教堂熟悉到了什么程度也是没有用的。这个住所对伽西莫多挺合适,它没有一个深处不被伽西莫多踏入过,没有一个高处不被伽西莫多攀登过。有多少次,他仅仅靠那些凹凸的雕刻的支持就爬上了教堂前墙的最高处。人们常常看见他爬在两座钟塔外面,就像壁虎爬在陡峭的墙上似的。那两个十分高峻、十分骇人、十分可怕的双生姐妹,没有使他吓得发昏,也没有使他突然惊倒。看见那两座钟塔在他的手底下那么温柔,那么容易攀登,人们会认为正是他把它们驯服了的呢。由于用力地跳跃,爬行和深入这座大教堂的内部,使他变得有些像猿猴或羚羊了,就像一个卡拉布里亚的小孩还没学走路就先学游泳,很小的时候就同大海嬉戏。

而且,不单是他的身体好像具有教堂的形状,就连他的灵魂也是如此。

这个灵魂在什么情况下有过什么波折,在那隆起一块的皮囊里这个粗犷的生命是什么样儿,这可是难以说清楚的了。伽西莫多生来就是独眼、驼背、罗圈腿,克洛德费了很大的劲,用了很大的耐心才教会他讲话。但是这弃儿命该倒霉,他十四岁就当了圣母院的敲钟人,这使他得了一种新的残疾:钟声破坏了他的听觉,他变成了聋子。大自然留给他的唯一开向世界的大门,突然永远地关闭了。

这道门的关闭,把那条还能深入到伽西莫多灵魂里去的唯一快乐与光明的亮光隔绝了,这个灵魂沦入了深深的黑夜。这可怜人的悲哀变得和他的残疾一般齐全,一般无法治疗了。何况他的耳聋又使他有些喑哑,因为发现自己聋了之后,为了不被别人耻笑,他便决定缄口不语,除了独自一人的时候才会破例。他甘愿把克洛德费尽苦心解放出来的舌头又收藏起来,以至于每当不得不说话的时候,他的舌头竟变得那么笨拙和麻痹,好像铰链生锈的门窗一样。

现在,假若我们试着透过厚实粗糙的皮囊去探索伽西莫多的灵魂,假若我们能去探测这粗笨躯体的深处,假若我们决心去照亮这个不透明的身体,去探寻这迟钝的生物昏暗的内心,去洞悉它的一些暗角和死巷,并且忽然给锁在这洞穴深处的落地大镜子上投去一道极明亮的光,我们一定会发现那不幸的灵魂的姿态是多么可怜、畸形、佝偻,好像那些蜷伏在太矮太低的石头匣子里直到老死的威

# 第四章 从"现实世界"走向"艺术世界"

尼斯铅皮屋顶下的囚犯。

　　心灵在一个畸形的躯体中的确是会憔悴的,伽西莫多几乎感觉不到在自己的身体里有一个和他一般模样的灵魂在盲目活动。事物的映象在到达他的思想之前,先遭遇到一定程度的折射。他的头脑是一个奇特的中心,经由它出来的概念都是扭曲的,这种折射所造成的映象,当然是散漫的和迷乱的了。

　　于是他那有时疯狂有时痴呆的思想,往往游荡在成千种眼睛的错觉,成千种判断的错乱和种种偏差之中。

　　这个注定倒霉的机体得到的第一种影响,是扰乱了他对事物的视觉,他几乎得不到任何直接的反映,外在世界对于他似乎比对于我们遥远得多。

　　使他感到不幸的第二种影响,是他变得相当的凶狠。

　　他的确是凶狠的,因为他本来就很粗野,而他的粗野又是由于他的丑陋。

　　他的性格使他有一套他的逻辑,就像我们的性格使我们有一套我们的逻辑一般。

　　他那格外发达的精力,是造成他凶狠的另一个原因。正如俄伯斯所说:"精力充沛的孩子是凶恶的。"然而,我们应当公正地指出,他的本性也许并不是凶狠的。自从他在人间第一次迈步,他就感到,随后就看到自己是被人鄙弃,厌恶和不受欢迎的,人的语言在他听来总是嘲笑和咒骂。在他成长的过程中,他从周围发现的只是憎恨,他也学会了憎恨,他有了人所共有的凶狠,他拾起了别人用来伤害他的武器。

　　结果,他对人就只有转过脸去,他的圣堂就够使他满足的了,四处都是大理石像,有帝王,有圣徒,有主教,至少他们不会当面嘲笑他,却只向他射来安静和善的眼光,其余妖魔鬼怪的造像,对他伽西莫多也没有仇恨,在这方面他和他们十分相似,他们宁可去嘲笑别人。圣徒都是他的朋友,他们为他祝福,妖怪也是他的朋友,他们保护他不受欺凌,他也长久地和他们谈心。他有时一连几个钟头去蹲在一座塑像跟前,寂寞地同它说着话,在这种时刻,假若突然有什么人走来,他便像一个唱夜曲唱得入迷的情人似的飞快地逃开。

　　教堂对于他不仅是一个社会,并且还是一个宇宙,还是整个的自然界。

　　除了那些画着花草的彩绘玻璃窗,他不梦想别的草木;除了那些撒克逊式柱顶上石刻的树叶和鸟雀,他不梦想别的绿荫;除了教堂的两座钟塔之外,他不梦想别的大山;除了在它们下面喧腾的巴黎之外,他也不梦想别的海洋。

　　但是在那座慈母般的建筑上,他最喜爱的,那唤醒了他的心灵,使他展开悲惨地蜷缩在脑海里的翅膀,使他有时感到幸福的,则是那些钟。他爱那些钟,他抚摸它们,对它们讲话,他了解它们。他对于交叉点上尖尖的钟楼里的那些钟和大门顶上那口大钟,都有一种温柔的感情。十字窗上的那个钟楼和那两座钟塔,对于他就像是三只大鸟笼,笼中的鸟儿被他唤醒,单单为了他而歌唱。虽然使他耳朵变聋了的就是那些钟,但是他热爱它们,正如一位母亲往往最喜爱那个最使她痛苦的孩子。

真的,他还听得见的只有它们的声音了。那些钟里面他特别喜爱那最大的一口,在节日里围着他笑闹的一群姑娘中间,他选中了她。那口钟名叫玛丽,她挂在靠南边那座钟塔里,同挂在旁边较小的一只笼子里的她妹妹雅克琳在一道。而雅克琳则是那个把她送给教堂的若望·蒙塔居以他老婆的名字命名的,虽然这件礼物并没能阻止他在隼山扮演掉脑袋的角色。在另一座钟塔里是另外六口钟,最后还有六口最小的钟在交叉点的钟楼里。此外还有一口木钟,那是只有在升天节下午到复活节前一天的早晨这段时间里才可以敲响的。这样,伽西莫多的后宫里就有十五口钟,其中最大的玛丽最为得宠。

很难形容他在那些钟乐齐奏的日子里享有的那种欢乐。每当副主教放开他,向他说"去吧"的时候,他爬上钟楼的螺旋梯比别人下来还快。他气喘吁吁地跑进放那口大钟的房间,沉思地、爱抚地向那口大钟凝视了一会,接着就温柔地向它说话,用手拍拍它,好像对待一匹就要开始一次长途驰骋的好马,他对那口钟即将开始的辛劳表示怜惜。这样抚慰了一番之后,他便吼叫一声,召唤下一层楼里其余的钟开始行动,它们都在粗绳上挂着。绞盘响了,巨大的圆形金属物就慢慢晃动起来。"哇!"他忽然爆发出一阵疯狂的大笑和大叫,这时钟的动荡越来越快,当大钟的摇摆到了一个更大的幅度时,伽西莫多的眼睛也就睁得更大更亮。最后大合奏开始了,整座钟塔都在震动,木架、铅板、石块,全都同时咆哮起来,从底层的木桩一直响到塔顶的栏杆。

于是伽西莫多快乐得嘴里冒出白沫,走过来又走过去,从头到脚都同钟塔一起战栗。那口大钟开放了,疯狂了,把它巨大的铜喉咙向钟塔的左右两廊晃动,发出一阵暴风雨般的奏鸣,四里之外都能听到。伽西莫多在那张开的喉咙跟前,随着钟的来回摆动蹲下去又站起来,他吸着它那令人惊讶的气息,一会儿看看离他二百尺以下的那个深处,一会儿望望那每分钟都在他耳朵里震响的巨大的铜舌,那是他唯一听得见的话语,唯一能扰乱他那绝对寂静的心灵的声音,他在那里把自己舒展开来,就像鸟儿在阳光里展开翅膀一样。

钟的狂热突然感染了他,他的眼光变得非常奇特,像蜘蛛守候虫豸一般,他等钟荡回来的时候一下子扑上去吊在钟上,于是他在空中高悬,同钟一道拼命地摇来荡去,抓住那空中怪物的两只耳朵,双膝靠着它,双脚踏着它,用自己身体的重量使那口钟摇荡得加倍的快。这时那座钟塔震动起来了,他呢,吼叫着,磨着牙齿,他的头发根根直竖,胸膛里发出拉风箱一般的响声,眼睛里射出光芒,那口古怪的大钟就在他下面喘息地嘶鸣,于是,那既不是圣母院的钟也不是伽西莫多

了,却成了一个梦境,一股旋风,一阵暴雨,一种在喧嚣之上的昏晕,成了一个紧抓住飞行物体的幽灵,一个半身是人半身是钟的怪物,一个附在大铜怪身上的阿斯朵甫。

这个怪人使整座教堂里流动着某种特别的生气,好像是他身上散发出的一种神秘的气息(至少大多数人是这样说的),使圣母院里每块石头都活跃起来,使那座老教堂的五脏六腑都激动起来,只要有他在教堂里,大家就认为门道里和走廊上的塑像都活了过来,动了起来。真的,那大教堂在他的手底下就像一个温驯的活物,它一得到他的命令就发出洪亮的声音,它被伽西莫多所占有,所充实,就像被一个家神所占有所充实一样。可以说是他使得那座大教堂开始呼吸,教堂里到处都有他,他分布在教堂的每个地方。人们有时惊恐地看到在一座钟塔顶上有一个奇怪的侏儒在扭动,他悬空吊着,用四肢在爬行,来到了下面的空处,又从一个檐角跳到另一个檐角,为了去摸索那些夜叉般的雕像,那便是伽西莫多在掏乌鸦窝。有时有人在教堂的一个黑暗角落里被一个蹲在那儿的怪模怪样活像妖精样的人绊了一跤,那便是伽西莫多在沉思。有时人们看到在一座钟楼下面,一个大脑袋和畸形的四肢在一条绳索末端疯狂地摇来荡去,那便是伽西莫多在敲晚祷钟或奉告祈祷钟。

夜里,人们常常看到一个可怕的形体围着钟塔顶和半圆殿的空花栏杆上游荡,那还是这个圣母院的驼子伽西莫多。于是教堂附近的人们就说整座教堂都有某种神怪的、超自然的和可怕的东西,到处都有睁着的眼睛和张开的嘴,人们听见日夜守卫那怪异教堂的张牙舞爪的石狗石龙石狮之类忽然吼叫起来,假若是在圣诞节晚上,当那口大钟嘶声召唤信徒们去做热忱的午夜弥撒时,那座教堂阴暗的前墙就布满了一种恐怖的气氛,仿佛是那大门道在吞吃群众,而大门顶上的雕花窗则眼睁睁地望着他们。这一切都是因为伽西莫多。

假如是在埃及,人们可能把他奉为这座寺庙的神祇了,但中世纪的人们却认为他是魔鬼,认为他是魔鬼的灵魂。

竟至到了这种地步,那些知道伽西莫多曾经在这座教堂里生活过的人,觉得圣母院如今是荒芜的、没有生气的和死沉沉的了。人们感到某种事物已经离去,这个庞大的躯体已经变得空空洞洞。它是一具骷髅,精灵已经飞去,现在只能见到它过去寄居的地方,它就像一具颅骨,虽然有两个眼眶,可是再也没有眼睛的光芒了。

2. 欣赏

维克多·雨果(1802—1885)是法国积极浪漫主义文学的杰出领袖,伟大的诗人、小说家和戏剧家。他的作品反映了十九世纪法国重大的历史事件和下层人民的苦难,抗议专制暴政,同情人民,表现出鲜明的人道主义色彩,受到法国人民乃至世界人民的喜爱。

《巴黎圣母院》的故事发生在1482年路易十一统治下的巴黎。在巴黎圣母院前广场上进行的主显节、愚人节活动中,吉卜赛女郎爱斯梅拉达在卖花,圣母院神父副主教克洛德对她产生了邪念,指使撞钟人伽西莫多夜间劫持爱斯梅拉达。爱斯梅拉达被弓箭队长弗比斯解救,于是爱上了这个有一副好皮囊的轻薄军官。爱斯梅拉达和弗比斯幽会时,克洛德刺伤弗比斯,并嫁祸爱斯梅拉达,宗教法庭判她绞刑。伽西莫多在刑场上把爱斯梅拉达抢去,藏到教堂顶楼上,乞丐和流浪人围攻圣母院,路易十一派弗比斯率骑兵镇压。混战中克洛德又将爱斯梅拉达劫去,逼其就范,失败后把她交给了官兵。行刑日,伽西莫多把克洛德推下钟楼。几年后,人们在爱斯梅拉达的尸骨旁找到了伽西莫多的尸骨。

主人公爱斯梅拉达是一个真善美的化身。诗人甘果瓦在将要被乞丐王国处死时,她以夫妻的名义救他;伽西莫多受刑时,她又以德报怨地给他送水喝。虽然错误地将爱情交给了一个本不值得她爱的人,但她对爱情忠贞不渝,至死不变,令人感叹。而在克洛德面前,她宁愿选择绞刑架,也不愿受辱于这个又老又丑的神父,表现了少女的守身如玉的刚毅。

伽西莫多集美丑于一身,外形奇丑,在凌辱中长大,寂寞中与钟为伍,凶狠残暴,只服从收养他的克洛德。爱斯梅拉达送水时,他流下了平生第一滴眼泪,沉睡在心灵深处的爱复苏了。他的爱是纯洁的,像守护神一样保护着少女;他的恨也是强烈的,惩罚了克洛德这个魔鬼。他那被摧残、被歧视的灵魂一旦觉醒,表现出的对美的热忱、对恶的愤怒,也令人赞叹。

克洛德是中世纪教会势力的代表,是宗教文学熏陶出来的典型形象。他外表有一种神父的虔诚,生活清苦严肃,标榜禁欲主义,但内心充满了淫欲。他阴险毒辣,杀人陷害,得不到的东西就毁灭它,把爱斯梅拉达送上绞刑架。这个形象是复杂的,作为一个人他是被宗教扭曲了,他也是宗教罪恶的身受者。

路易十一是一个吝啬而又残忍的帝王,是封建专制王权的化身。他能一点一滴地审查大木笼每根栅栏的开支账目,却对笼中冤鬼的号叫充耳不闻。正是他叫嚷"杀尽百姓,绞死女巫",才造成了小说中的悲剧。

与这些情节和人物相联系,小说中还有聋人法官审判聋人的闹剧,还有山羊作为第二被告而判定爱斯梅拉达巫术害人的场面,以及乞丐们攻打圣母院的场面,等等。所有这一切,演绎的是十五世纪的历史故事,影射的却是十九世纪二三十年代法国的现实,有着鲜明的时代特征,传达出了人民反封建反教会的愿望。

《巴黎圣母院》有如下特色:

其一,充满奇异色彩的环境气氛的渲染。全书十一卷,第三卷全部用来描绘

"圣母院"和"巴黎鸟瞰"。那"黝黑笨重的巨大钟塔"、那"石板的屋檐"、那"部分和谐、全体壮丽"的"石头交响乐"等等。在作者的笔下,巴黎的哥特式建筑和中世纪的教会势力一样厚重,熙熙攘攘的人群在这里出没,奇异怪诞的闹剧就在这些建筑的阴影下演出。这就给主人公的悲剧命运渲染了一种典型的浪漫主义的氛围,强化了作品的艺术感染力。正像英国小说家奥利芬特所说:"隐匿在中世纪的和现实的巴黎背景之后的黑黝黝、躁动起伏的人群,以及他们的活力、苦难和罪恶,造成了阴森可怖的效果。"没有"巴黎"这个阴沉得像石头一样的背景,这种艺术效果就不会产生。

其二,奇特而和谐的情节。作品情节奇特,变幻莫测,具有很强的戏剧性:诸如道貌岸然的神父竟然燃烧着熔岩一般的欲火,天使一样的少女竟然被套上了绞索,麻木了的撞钟人竟然拥抱自己心中的天使殉情,等等,真是奇峰兀起,给人以目不暇接之感,引人入胜。而作者编织这些情节时,又显得那么从容,那么自然和谐。打开小说,我们看到的是广场上那攒动的人群、少女的舞姿、神父在看客中冷言冷语的评论、愚人王伽西莫多的表演等,一切都那么嘈杂,作者好像在漫不经心地诉说着十五世纪巴黎的民俗风情。然而,正是在这种嘈杂中,重要角色都暗暗登场:他们像黄河源头的涓涓细流,正在酝酿情节的滔天巨澜,在以后的故事演变中表现出明显的因果关系和人物性格的推动作用。正是少女的优美舞姿,才触动了神父的欲念,于是才连缀成了劫持、解救、幽会、杀人、构陷等一系列故事。而在情节的推进过程中,人物性格的互相撞击是其主要的推动力量。小说中有一个克洛德欣赏蛛网上飞蝇挣扎的镜头,而小说的故事网络正像一个蜘蛛网,编织这张网的毒蜘蛛就是神父,而爱斯梅拉达、伽西莫多则都是在网上挣扎的角色。整部小说情节奇特、谨严、和谐,环环相扣,波澜迭起,构成了和圣母院的"石头交响乐"一样的交响乐,让人们看到了雨果的艺术匠心。

其三,对比手法的广泛运用。雨果在《〈克伦威尔〉序言》中提出了"对照原则",丑就在美的旁边,畸形靠近着优美,粗俗藏在崇高的背后,恶与善并存,黑暗与光明相关。这种思想在小说中得到了最充分的体现:有场面和环境奇特的对比,如行刑时圣母院前的庄严肃穆和宗教审判时的草率荒谬对照;有不同阶层人物的对照,如统治者的残暴、神父的虚伪和撞钟人的正直对照;当然也有人物外貌与心灵的对照等。这种对照,把真善美和假丑恶推向了极致,以其强烈的爱憎深深感染着读者。

其四,穷形尽相的造型艺术。文学就是人学,小说中的一切手段都是为塑造人物服务的。这里我们着重指出一点:作者在塑造人物时,善于开掘人物的灵魂。正像奥利芬特所说:"我们毫不犹豫地承认:雨果发掘得更深。他所醉心的深渊的底层向他敞开着。"如写到"囚车"中的少女"在这些像波浪样的,比乌鸦的羽毛还乌亮的头发之间,看得见一条灰色的、多结的粗绳子,擦磨着她的细腻的皮肤,缠在少女的脖子上,就像一条蜓蚓缠在一朵花儿上一样……她用牙齿咬住那没有扣好的衬衣……唉!羞耻心并不是为了这样的战栗而有的呀!"这是一幅多么令人心颤的天使受难图啊!在生死之间,羞耻心还促使她用牙齿咬住衬衣,透露出了少女那强烈的自尊自爱、那冰清玉洁的心灵。而在刻画克洛德时,不仅写了他看少女时的"呆定的目光",内心酝酿阴谋时那"比叹息还痛苦的微笑",作者还让他在地牢中直接向少女剖白自己的灵魂,如何醉心"令人昏迷的狂欢",把这个神父和魔鬼的灵魂赤裸裸地展示给读者,让人们看到他那心灵的黑洞是多么幽深、多么阴暗,表现出作者体察人物、拷问人物灵魂的深邃的艺术家眼光。

(六)《高老头》

1. 原文

### 父亲的死(节选)

欧也纳因为能对垂死的老人报告有一个女儿会来,几乎很快乐地回到圣·日内维新街。他在但斐纳的钱袋里掏了一阵打发车钱,发觉这位那么有钱那么漂亮的少妇,袋中只有七十法郎。他走完楼梯,看见皮安训扶着高老头,医院的外科医生当着内科医生在病人背上做灸。这是科学的最后一套治疗,没用的治疗。

"替你做灸你觉得吗?"内科医生问。

高老头看见了大学生,说道:

"她们来了是不是?"

外科医生道:"还有希望,他说话了。"

欧也纳回答老人:"是的,但斐纳就来了。"

"呃!"皮安训说,"他还在提他的女儿,他拼命地叫她们,像一个人吊在刑台上叫着要喝水……"

"算了吧,"内科医生对外科医生说,"没法的了,没救的了。"

皮安训和外科医生把快死的病人放倒在发臭的破床上。

医生说:"总得给他换套衣服,虽则毫无希望,他究竟是个人。"他又招呼皮安训:"我等会儿再来。他要叫苦,就给他横膈膜上搽些鸦片。"

两个医生走了,皮安训说:

"来,欧也纳,拿出勇气来!咱们替他换上一件白衬衫,换一条褥单。你叫西尔维拿了床单来帮我们。"

欧也纳下楼,看见伏盖太太正帮着西尔维摆刀叉。拉斯蒂涅才说了几句,寡妇就迎上来,装着一副又和善又难看的神气,活现出一个满腹猜疑的老板娘,既不愿损失金钱，又不敢得罪主顾。

"亲爱的欧也纳先生，你和我一样知道高老头没有钱了。把被单拿给一个正在翻眼睛的人，不是白送吗？另外还得牺牲一条做他入殓的尸衣。你们已经欠我一百四十四法郎，加上四十法郎被单，以及旁的零星杂费，跟等会儿西尔维要给你们的蜡烛，至少也得二百法郎；我一个寡妇怎受得了这样一笔损失？天啊！你也得凭凭良心，欧也纳先生。自从晦气星进了我的门，五天工夫我已经损失得够了。我愿意花三十法郎打发这好家伙归天，像你们说的。这种事还要叫我的房客不愉快。只要不花钱，我愿意送他进医院。总之你替我想想吧。我的铺子要紧，那是我的，我的性命呀。"

欧也纳赶紧奔上高里奥的屋子。

"皮安训，押了表的钱呢？"

"在桌子上，还剩三百六十多法郎。欠的账已经还清。当票压在钱下面。"

"喂，太太，"拉斯蒂涅愤愤地奔下楼梯，说道："来算账。高里奥先生在府上不会耽久了，而我……"

"是的，他只能两脚向前地出去的了，可怜的人。"她一边说一边数着二百法郎，神气之间有点高兴，又有点惆怅。

"快点儿吧。"拉斯蒂涅催她。

"西尔维，拿出褥单来，到上面去给两位先生帮忙。"

"别忘了西尔维，"伏盖太太凑着欧也纳的耳朵说，"她两晚没有睡觉了。"

欧也纳刚转身，老寡妇立刻奔向厨娘，咬着她耳朵吩咐：

"你找第七号褥单，那条旧翻新的。反正给死人用总是够好的了。"

欧也纳已经在楼梯上跨了几步，没有听见房东的话。

皮安训说："来，咱们替他穿衬衫，你把他扶着。"

欧也纳站在床头扶着快死的人，让皮安训脱下衬衫。老人做了个手势，仿佛要保护胸口的什么东西，同时哼哼唧唧，发出些不成音的哀号，犹如野兽表示极大的痛苦。

"哦！哦！"皮安训说，"他要一根头发练子和一个小小的胸章，刚才咱们做灸拿掉的。可怜的人，给他挂上。喂，在壁炉架上面。"

欧也纳拿来一条淡黄带灰的头发编成的练子，准是高里奥太太的头发。胸章的一面刻着：阿娜斯大齐；另外一面刻着：但斐纳。这是他永远贴在心头的心影。胸章里面藏着极细的头发卷，大概是女儿们极小的时候剪下来的。发辫挂上他的脖子，胸章一碰到胸脯，老人便心满意足地长叹一声，叫人听了毛骨悚然。他的感觉这样振动了一下，似乎望那个神秘的区域，发出同情和接受同情的中心，隐没了。抽搐的脸上有一种病态的快乐的表情。思想消灭了，情感还存在，

还能发出这种可怕的光彩,两个大学生看着大为感动,涌出几颗热泪掉在病人身上,使他快乐得直叫:

"噢!娜齐!斐斐纳!"

"他还活着呢。"皮安训说。

"活着有什么用?"西尔维说。

"受罪啰!"拉斯蒂涅回答。

皮安训向欧也纳递了个眼色,教他跟自己一样蹲下身子,把胳膊抄到病人腿肚子下面,两人隔着床做着同样的动作,托住病人的背。西尔维站在旁边,但等他们抬起身子,抽换被单。高里奥大概误会了刚才的眼泪,使出最后一些气力伸出手来,在床的两边碰到两个大学生的脑袋,拼命抓着他们的头发,轻轻地叫了声:"啊!我的儿哪!"整个灵魂都在这两句里面,而灵魂也随着这两句喁语飞逝了。

"可怜可爱的人哪,"西尔维说,她也被这声哀叹感动了。这声哀叹,表示那伟大的父爱受了又惨又无心的欺骗,最后激动了一下。

这个父亲的最后一声叹息还是快乐的叹息。这叹息说明了他的一生,他还是骗了自己。大家恭恭敬敬把高老头放倒在破床上。从这个时候起,喜怒哀乐的意识消灭了,只有生与死的搏斗还在他脸上印着痛苦的标记。整个的毁灭不过是时间问题了。

"他还可以这样地拖几小时,在我们不知不觉的时候死去。他连临终的痰厥也不会有,脑子全部充血了。"

这时楼梯上有一个气咻咻的少妇的脚声。

"来得太晚了。"拉斯蒂涅说。

来的不是但斐纳,是她的老妈子丹兰士。

"欧也纳先生,可怜的太太为父亲向先生要钱,先生和她大吵。她晕过去了,医生也来了,恐怕要替她放血。她嚷着:爸爸要死了,我要去看爸爸呀!教人听了心惊肉跳。"

"算了吧,丹兰士。现在来也不中用了,高里奥先生已经昏迷了。"

丹兰士道:"可怜的先生,竟病得这样凶吗?"

"你们用不着我了,我要下去开饭,已经四点半了,"西尔维说着,在楼梯台上几乎觉得撞在特·雷斯多太太身上。

伯爵夫人的出现叫人觉得又严肃又可怕。床边黑魆魆的只点着一支蜡烛。瞧着父亲那张还有几分生命在颤动的脸,她掉下泪来。皮安训很识趣地退了出去。

"恨我没有早些逃出来。"伯爵夫人对拉斯蒂涅说。

大学生悲伤地点点头。她拿起父亲的手亲吻。

"原谅我,父亲!你说我的声音可以把你从坟墓里叫回来,哎!那么你回来一忽儿,来祝福你正在忏悔的女儿吧。听我说啊。——真可怕!这个世界上只有你会祝福我。大家恨我,只有你爱我。连我自己的孩子将来也要恨我。你带我一块儿去吧,我会爱你,服侍你。噢!他听不见了,我疯了。"

她双膝跪下,疯子似的端详着那个躯壳。

"我什么苦都受到了,"她望着欧也纳说,"特·脱拉伊先生走了,丢下一身的债。而且我发觉他欺骗我。丈夫永远不会原谅我了,我已经把全部财产交给他。唉!一场空梦,为了谁来!我欺骗了唯一疼我的人!(她指着她的父亲)我辜负他,嫌弃他,给他受尽苦难,我这该死的人!'"

"他知道。"拉斯蒂涅说。

高老头忽然睁了睁眼,但只不过是肌肉的抽搐。伯爵夫人表示希望的手势,同弥留的人的眼睛一样凄惨。

"他还会听我吗?——哦,听不见的了。"她坐在床边自言自语。

特·雷斯多太太说要守着父亲,欧也纳便下楼吃饭。房客都到齐了。

"喂,"画家招呼他,"看样子咱们楼上要死掉个把人了啦嘛?"

"查理,找点儿少凄惨的事开玩笑好不好?"欧也纳说。

"难道咱们就不能笑了吗?"画家回答。"有什么关系,皮安训说他已经昏迷了。"

"嗳!"博物院管事接着说,"他活也罢;死也罢,反正没有分别。"

"父亲死了!"伯爵夫人大叫一声。

一听见这声可怕的叫喊,西尔维、拉斯蒂涅、皮安训一齐上楼,发觉特·雷斯多太太晕过去了。他们把她救醒了,送上等在门外的车;欧也纳嘱咐丹兰士小心看护,送往特·纽沁根太太家。

"哦!这一下他真死了。"皮安训下楼说。

"诸位,吃饭吧,汤冷了。"伏盖太太招呼众人。

两个大学生并肩坐下。

欧也纳问皮安训:"现在该怎么办?"

"我把他眼睛阖上了,四肢放得端端正正。等咱们上区公所报告死亡,那边的医生来验过之后,把他包上尸衣埋掉。你还想怎么办?"

"他不能再这样嗅他的面包了。"一个房客学着高老头的鬼脸说。

"要命!"助教的叫道,"诸位能不能丢开高老头,让我们清静一下?一个钟点以来,只听见他的事儿。巴黎这个地方有桩好处,一个人可以生下,活着,死去,没有人理会。这种文明的好处,咱们应当享受。今天死六十个人,难道你们

都去哀悼那些亡灵不成？高老头死就死吧，为他还是死的好！要是你们疼他，就去守灵，让我们消消停停地吃饭。"

"噢！是的，"寡妇道，"他真是死了的好！听说这可怜的人苦了一辈子！"

在欧也纳心中，高老头是父爱的代表，可是他身后得到的唯一的诔词，就是上面这几句。十五位房客照常谈天。欧也纳和皮安训听着刀叉声和谈笑声，眼看那些人狼吞虎咽，不关痛痒的表情，难受得心都凉了。他们吃完饭，出去找一个神甫来守夜，给死者祈祷。手头只有一点儿钱，不能不看钱办事。晚上九点，遗体放在便榻上，两旁点着两支蜡烛，屋内空空的，只有一个神甫坐在他旁边。临睡之前，拉斯蒂涅向教士打听了礼忏和送葬的价目，写信给特·纽沁根男爵和特·雷斯多伯爵，请他们派管事来打发丧费。他要克利斯朵夫把信送出去，方始上床。他疲倦之极，马上睡着了。

第二天早上，皮安训和拉斯蒂涅亲自上区公所报告死亡；中午，医生来签了字。过了两小时，一个女婿都没送钱来，也没派人来，拉斯蒂涅只得先开销了教士。西尔维讨了十法郎去缝尸衣。欧也纳和皮安训算了算，死者的家属要不负责的话，他们倾其所有，只能极勉强地应付一切开支。把尸身放入棺材的差事，由医学生担任了去；那口穷人用的棺木也是他向医院特别便宜买来的。他对欧也纳说：

"咱们给那些混蛋开一下玩笑吧。你到拉希公墓去买一块地，五年为期；再向丧礼代办所和教堂定一套三等丧仪。要是女婿女儿不还你的钱，你就在墓上立一块碑，刻上几个字：

特·雷斯多伯爵夫人暨特·纽沁根男爵夫人之尊翁高里奥先生之墓大学生二人醵资代葬。"

欧也纳在特·纽沁根夫妇和特·雷斯多夫妇家奔走毫无结果，只得听从他朋友的意见。在两位女婿府上，他只能到大门为止。门房都奉有严令，说：

"先生跟太太谢绝宾客。他们的父亲死了，悲痛得了不得。"

欧也纳对巴黎社会已有相当经验，知道不能固执。看到没法跟但斐纳见面，他心里感到一阵异样的压迫，在门房里写了一个字条："请你卖掉一件首饰吧，使你父亲下葬的时候成个体统。"

他封了字条，吩咐男爵的门房递给丹兰士送交女主人；门房却送给男爵，被他望火炉里一扔了事。欧也纳部署停当，三点左右回到公寓，望见小门口停着口棺木，在静悄悄的街头，搁在两张凳上，棺木上面连那块黑布也没有遮盖到家。他一见这光景，不由得掉下泪来。谁也不曾把手蘸过的蹩脚圣水壶，浸在盛满圣水的镀银盘子里。门上黑布也没有挂。这是穷人的丧礼，既没排场，也没后代，也没朋友，也没亲属。皮安训因为医院有事，留了一个便条给拉斯蒂涅，告诉他跟教堂办的交涉。他说追思弥撒价钱贵得惊人，只能做个便宜的晚祷；至于丧礼代办所，已经派克利斯朵夫送了信去。欧也纳看完字条，忽然瞧见藏着两个女儿头发的胸章在伏盖太太手里。

"你怎么敢拿下这个东西？"他说。

"天哪！难道把它下葬不成？"西尔维回答，"那是金的啊。"

"当然啰！"欧也纳愤愤地说，"代表两个女儿的只有这一点东西，还不给他带去么？"

柩车上门的时候，欧也纳叫人把棺木重新抬上楼，他撬开钉子，诚心诚意地把那颗胸章，妹妹俩还年轻、天真、纯洁，像他在临终呼号中所说的"不懂得讲嘴"的时代的形象，挂在死人胸前。除了两个丧礼执事，只有拉斯蒂涅和克利斯朵夫两人跟着柩车，把可怜的人送往圣·丹蒂安·杜·蒙，离圣·日内维新街不远的教堂。灵柩被放在一所低矮黝黑的圣堂前面。大学生四下里张望，看不见高老头的两个女儿或者女婿。除他之外，只有克利斯朵夫因为赚过他不少酒钱，觉得应当尽一尽最后的礼教。两个教士，唱诗班的孩子，和教堂管事都还没有到。拉斯蒂涅握了握克利斯朵夫的手，一句话也说不上来。

"是的，欧也纳先生。"克利斯朵夫说，"他是个老实人，好人，从来没大声说过一句话，从来没损害别人，也从来没干过坏事。"

两个教士，唱诗班的孩子，教堂的管事，都来了。在一个宗教没有余钱给穷人作义务祈祷的时代，他们做了尽七十法郎所能办到的礼忏：唱了一段圣诗，唱了解放和来自灵魂深处。全部礼忏花了二十分钟。送丧的车只有一辆，给教士和唱诗班的孩子乘坐，他们答应带欧也纳和克利斯朵夫同去。教士说：

"没有送丧的行列，我们可以赶一赶，免得耽搁时间。已经五点半了。"

正当灵柩上车的时节，特·雷斯多和特·纽沁根两家有爵徽的空车忽然出现，跟着柩车到拉希公墓。六点钟，高老头的遗体下了墓穴，周围站着女儿家中的管事。大学生出钱买来的短短的祈祷刚念完，那些管事就跟神甫一齐溜了。两个盖坟的工人，在棺木上扔了几铲子土挺了挺腰；其中一个走来向拉斯蒂涅讨酒钱。欧也纳掏来掏去，一个子儿都没有，只得向克利斯朵夫借了一法郎。这件很小的小事，忽然使拉斯蒂涅大为伤心。白日将尽，潮湿的黄昏使他心里乱糟糟的；他瞧着墓穴，埋葬了他青年人的最后一滴眼泪，神圣的感情在一颗纯洁的心中逼出来的眼泪，从它堕落的地下立刻回到天上的眼泪。他抱着手臂，凝神瞧着天空的云。克利斯朵夫见他这副模样，径自走了。

拉斯蒂涅一个人在公墓内向高处走了几步，远眺巴黎，只见巴黎蜿蜒曲折地躺在塞纳河两岸，慢慢地亮起灯火。他的欲火炎炎的眼睛停在旺多姆广场和安伐里特宫的穹窿之间。那便是他不胜向往的上流社会的区域。面对这个热闹的

蜂房,他射了一眼,好像恨不得把其中的甘蜜一口吸尽。同时他气概非凡地说了句:

"现在咱们俩来拼一拼吧!"

然后拉斯蒂涅为了向社会挑战,到特·纽沁根太太家吃饭去了。

2. 欣赏

奥诺雷·德·巴尔扎克(1799—1850)是法国十九世纪批判现实主义文学的杰出代表,其著作《人间喜剧》是世界文学史的一座丰碑。

《高老头》发表于1834年,是《人间喜剧》的奠基作品。小说中的许多人物在以后小说中重复出现,使《人间喜剧》成为第一次使用"人物再现"手法的史诗,所以人们又称《高老头》是《人间喜剧》的序幕,集中反映了巴尔扎克的创作成就。

(1) 丰富的故事情节。

十九世纪二十年代,外省破落贵族子弟拉斯蒂涅来到巴黎学习法律,住进伏盖公寓。家庭希望他出人头地,重整家业,引导他接触远房表姐、贵族名媛鲍赛昂夫人。鲍赛昂夫人指点他向上爬的道路,并向他推荐了面条商高老头的女儿、银行家纽沁根男爵的太太但斐纳。拉斯蒂涅又结识了大野心家伏脱冷,伏脱冷指点他勾引住在公寓里的维多莉,再设计杀死其兄长,合谋夺取其父亲泰伊番富翁的家产。拉斯蒂涅奔走在伏盖公寓和鲍赛昂夫人的贵族沙龙之间,受两位"导师"的教唆,一时勾引维多莉,一时又与但斐纳调情,以爱情为投资,攫取金钱,爬上上流社会的努力一直没有停止。

高老头是大革命时期起家的面条商,把两个女儿培养成了喜好奢华生活的人,大女儿攀附贵族成了雷斯多伯爵太太,二女儿成了银行家的夫人。高老头曾经受到女儿们的尊重,等到给了女儿每人八十万法郎陪嫁,被榨干了钱财后,就被女儿们赶到了伏盖公寓。拉斯蒂涅勾引但斐纳,两条平行线索交叉到一起了,拉斯蒂涅介入高老头的生活,又引出了他在雷斯多府第遭冷遇以及埋葬高老头等一系列故事。后来,拉斯蒂涅又经历两次大变故:一次是鲍赛昂夫人被葡萄牙贵族、与她交往多年的阿瞿达抛弃,这位巴黎社交场上的皇后退出巴黎,因为阿瞿达看中了暴发户小姐的二十万法郎利息的陪嫁。一次是米旭诺和波阿莱因三千法郎而出卖了伏脱冷,使这个"鬼上当"被捕。加上埋葬高老头时两个女儿一个为金钱闹得不可开交,一个为避免开销对拉斯蒂涅闭门不见,以致送葬的行列里只有两女儿家"有爵徽的空车"。办了高老头的丧事,拉斯蒂涅也埋葬了年轻人的最后一滴眼泪,决心与上层社会"拼一拼"。

(2) 典型的环境描写。

为了再现生活的真实和刻画人物,巴尔扎克十分重视详细而逼真的环境描写。如写伏盖公寓的外景:街道、建筑、阴沟、墙脚,显出"一派毫无诗意的贫穷";然后写内景:院子、客厅、地板、陈设,无一不散发着"公寓味道"。这些描写具体真实,形象可感,有几分纪实的风格,再现了生活的真实。而作者着力渲染的典型环境主要是体现一定历史阶段下阶级关系的社会环境,伏盖公寓就是这样一种典型的社会环境:这里有觊觎高老头财产而梳妆打扮、频送秋波的伏盖太太,有百万富翁为保住家产不被瓜分而被赶出家门的弃女维多莉,有被女儿榨干油水像柠檬一样抛弃的高老头,有残忍狡诈时时想"像细菌一样钻进去,像炸弹一样轰进去"的野心家,等等。金钱的魔力无处不在,这里是野心家滋生的沃土。鲍赛昂夫人的沙龙,那金碧辉煌的陈设时时刺激着人们的欲望,何况在这里集结的是一群"出名放肆的男人"和"最风雅的妇人",这是调教青年野心家的一个绝好的演练场——这就是主人公拉斯蒂涅生存的典型环境。

(3)典型的人物形象。

巴尔扎克说:"为了塑造一个美丽的形象,就取这个模特儿的手,取另一个模特儿的脚,取这个的胸,取那个的肩。艺术家的使命就是把生命灌注到他塑造的这个人体里去,把描绘变成真实。"这就"更强烈、更有集中性、更典型、更理想,因此就更带有普遍性",把真善美和假恶丑推向了极致,塑造出栩栩如生的典型人物来。拉斯蒂涅就是一个典型化的例子。

环境描写是典型化手法的一个组成部分,巴尔扎克就是在一特定的环境中推出拉斯蒂涅这个形象的。他的破落贵族的家庭使他早就有了飞黄腾达的野心,可以说他一出场就是一株从有毒的土壤里萌发的毒芽。自然,在他野心家的道路上,两位"导师"的诱惑也是很大的。鲍赛昂夫人对他说:"你越没有心肝,就越升得快……只能把男男女女当作驿马,把它们骑得精疲力竭,到站上丢下来,这样你就能达到欲望的最高峰。"而伏脱冷说得更露骨:"人生就是这么回事,跟厨房一样腥臭。可是要作乐,就不能怕弄脏手,只消你事后洗干净:今日所谓的道德,就是这一点。"两人的教唆都是赤裸裸地围绕攫取金钱和向上爬展开的,所不同的是,伏脱冷谋划的道路带有更浓的血腥气,因而,拉斯蒂涅基本上是沿着鲍赛昂夫人指出的道路——骑上但斐纳这匹驿马进入上流社会的,在《纽沁根银行》一书中,拉斯蒂涅终于协助银行家搞假倒闭而发迹了。当然,鲍赛昂夫人失宠、伏脱冷被捕、高老头之死,都显示了金钱的魔力和破坏性,进一步强化了拉斯蒂涅的欲望,推动了他野心家性格的形成。

(4)深刻的思想内容。

作为《人间喜剧》的代表性作品,《高老头》集中体现了《人间喜剧》的主题,是一曲贵族衰落的无尽的挽歌,也是资产阶级逐步得势的发家史。当然,巴尔扎克世界观中的矛盾,他的贵族意识、人道主义倾向对他的创作有一定的负面影响。他把鲍赛昂夫人的告别舞会写得那么悲壮,对这个没落阶级的同情渗透在字里行间。他把高老头对女儿的爱写得那么神圣,成了一种伟大的宗教情感,一种对抗利己主义的精神力量,在一定程度上掩盖了这种爱的投资性质,模糊了这位商人的投机面目。但是总体上来说,巴尔扎克突破了他的偏见和同情,深刻地表现了那个时代的风格,显示了现实主义文学的力量,这正是他的伟大和卓越之处。

## 思考与练习

1. 如何分析小说中的人物形象?
2. 怎样欣赏小说的情节、结构?
3. 举例说明罗贯中《三国演义》中的类型化典型形象。
4. 如何理解曹雪芹《红楼梦》的主题?
5. 分析巴金《家》中的觉慧形象。
6. 如何理解钱锺书《围城》中"学者的幽默"?
7. 谈谈雨果《巴黎圣母院》对比手法的运用。
8. 巴尔扎克《高老头》是如何描写典型环境的?

# 第五章 "人生本来就是一出戏"
## ——戏剧欣赏

### 一、戏剧概述

在众多的艺术形式中,戏剧可谓是雅俗共享的一种。说其雅,是指戏剧是一种极其大众化的艺术。无论是一字不识的市井贫民,还是修养有素的贤哲士人,大家都可以汇集在那具有无穷魔力的剧场里,面对如梦般的幻境,或流泪,或欢笑,或沉思,一同接受来自舞台各个角度的戏剧美的刺激,一起失神地屏息、抽泣、欢笑、惊呼……说其雅,是说戏剧是一门高度综合的艺术形式,欣赏者不仅要具有文学功力,还要具备音乐、舞蹈、绘画、雕塑等广泛的艺术素养。

戏剧是一种有着灿烂历史的艺术形式。关于戏剧的起源,有歌舞说、巫觋说、俳优说、傀儡说等。世界上最古老的戏剧产生于公元前 6 世纪。公元前 600 年,希腊诗人阿利翁将酒神赞美诗发展成为一种由歌队吟唱、具有叙事性特征的新的艺术形式,而泰斯庇斯被认为是古希腊最早的演员。公元前 534 年,他通过背诵台词和切身表演,试图完全融入角色,同时他还使自己的表演与歌队结合。到公元前 5 世纪,戏剧已经成为雅典文化和市民生活中的重要组成部分,一年一度要举行盛大的戏剧比赛,并涌现出埃斯库罗斯、索福克勒斯、欧里庇得斯等享誉世界的三大悲剧作家。

戏剧的博大精深也体现在戏剧的种类繁多方面。依据不同的标准,戏剧可以分成不同的类别。

按容量来分,戏剧可以分为多幕剧、独幕剧和小品。多幕剧是指在全剧演出过程中,大幕要启关两次以上者,它篇幅长、容量大、人物多、剧情复杂,宜于反映广阔的社会生活,如《雷雨》《茶馆》。独幕剧是指全剧情节在一幕之内完成的戏剧,它篇幅较短、情节单纯、结构紧凑,所以要求戏剧冲突迅速展开,形成高潮后就戛然而止,如《名优之死》《获虎之夜》。而小品则是后起的一种短小精悍、情节简单、容量极小的剧种,它因幽默风趣、雅俗共赏、贴近生活、针砭时弊而深得人们的喜欢。

按表现形式,戏剧可以分为话剧、歌剧、舞剧、木偶剧等。话剧是指以对话为

主的戏剧形式,话剧虽然可以使用少量的音乐、歌唱等,但其主要叙述手段还是演员在台上无伴奏的对白或独白,如《龙须沟》《雷雨》。歌剧是一门起源于西方的舞台表演剧,是主要或完全以歌唱和音乐来交代和表达剧情的戏剧,如《浮士德》《白毛女》《江姐》。

按冲突性质,戏剧可分为悲剧、喜剧和正剧。这是最基本,也是使用最多的一种分类方法。悲剧是以剧中主人公与现实之间不可调和的冲突及其悲惨收场作为结局的戏剧作品,它的主人公大多是人们理想愿望的代表,这种作品以悲惨的结局来揭示生活中的罪恶,从而激起观众的悲愤及崇敬,达到提高思想情操的目的,如《被缚的普罗米修斯》《雷雨》。喜剧又叫笑剧、闹剧,一般以夸张的手法、巧妙的结构、诙谐的台词达到对丑的嘲笑和对美的肯定的效果。喜剧冲突一般比较轻松,往往以代表进步力量的主人公获得胜利或如愿以偿作为结局,如《救风尘》《中山狼》。正剧又叫悲喜剧、严肃剧,是介于悲剧和喜剧之间的戏剧体裁。在正剧中,生活的肯定和否定方面往往同时作为表现的对象,即将悲剧和喜剧调解成为一个新的整体,如《图兰朵》《一报还一报》。

## 二、戏剧的欣赏方法

### (一) 把握戏剧冲突

没有冲突就没有戏剧,戏剧冲突是戏剧的灵魂,是戏剧主题的基础和情节发展的动力,是社会生活矛盾在戏剧艺术中的集中而概括的反映。牢牢把握戏剧冲突,是鉴赏戏剧的关键。对此我们可以从三个方面入手:

1. 要充分认识戏剧冲突的主要特征

概括地说,戏剧冲突有四个主要特点:

(1) 尖锐激烈。在戏剧中,一些平淡的矛盾往往被组织成有声有色、触目惊心的冲突,犹如一对山羊抵角,两只蟋蟀格斗,没有调和的余地。由于矛盾的双方都有足够的冲击力,冲突的最后爆发是格外强烈的。如《雷雨》中所有的人物都卷入了戏剧冲突,虽然未动刀枪,但人物之间的交锋是惊心动魄的,最后矛盾达到一定程度终于爆发。

(2) 高度集中。戏剧要在既定的时间和空间里表现社会矛盾,必须巧妙地把事件和人物集中组织在一起,使戏剧冲突鲜明突出。如《雷雨》中三十年来两代人的矛盾纠葛,集中在十七八个小时内展开,剧中场景凝聚在周家客厅和鲁家两处,犹如两军对垒。周家客厅中的旧家具引出了三十年前鲁侍萍与周朴园的纠葛,"闹鬼"一事又关联着繁漪与周萍的往事。鲁侍萍与周朴园的纠葛在前,鲁大海与周朴园的冲突在后,集中概括了这场冲突的复杂性和深刻性。《茶馆》纵贯几十年,将六七十个人物之间的冲突,六七十个人物与时代的冲突,全放在茶馆中进行,可谓高度集中。

(3) 进展紧张。戏剧冲突必须扣人心弦,波澜起伏,使观众一直处于紧张和期待之中。如《窦娥冤》中的矛盾层层推进,先是蔡婆讨债被害,张氏父子趁势要挟,蔡婆的屈从引起窦娥强烈反对;接着张驴儿误毒死张老头,却嫁祸窦娥,窦娥临危不惧;再接着县官严刑,窦娥为了蔡婆而招认,法场呼冤;最后窦娥鬼魂托梦,终于沉冤昭雪。在紧张的情节中,窦娥与蔡婆的冲突、窦娥与县官的冲突、窦娥与"天命"的冲突,都充分地展现了出来。

(4) 曲折多变。戏剧冲突往往是曲折复杂、变化多姿的。如《西厢记》虽然情节并不复杂,戏剧冲突却表现得委婉曲折、跌宕多姿。在张、崔婚姻问题上,忽而由喜转悲,忽而由悲转喜,多次显露转机,却又戛然而止,因此曲折多变,绝无平淡之感。

2. 抓住戏剧冲突的表现形态

戏剧冲突主要表现为具有不同性格的人物在追求各自目标过程中所发生的斗争,它不能用抽象的意念去表现。这些表现形态主要有以下三种:

(1) 人与人的冲突。即表现为人与人之间意志和性格的冲突,这是戏剧冲突的本质。意志冲突,是指人物间对立的目的和动机出现,交织成错综复杂的戏剧冲突。如《雷雨》中董事长周朴园与工人代表鲁大海的不同动机、封建家长周朴园和繁漪的不同动机,构成阶级、家庭的冲突。在第二幕中,这种冲突已经面对面地展开:鲁妈和周朴园是旧恨加新怨;鲁大海被辞退和殴打;周萍拒绝繁漪娶四凤;繁漪扬言要下毒手;等等。性格冲突,是指人物间对待事物的态度、追求的理想、采取手段的不同所引起的冲突。人物性格越典型就越容易引起冲突。《茶馆》一剧,正是由精明善良的王利发、耿介正直的常四爷等许多性格各异的人物,在相互撞击中引起冲突。意志冲突和性格冲突往往是紧密地结合在一起的,在戏剧中,不能截然分开。

(2) 人物内心冲突。这种内心冲突往往使人物陷于不易摆脱的境地。在《雷雨》中,四凤和周萍都是侍萍的亲生骨肉,要侍萍答应他们的结合,她是既不能同意,又无法道出真情的。儿女的要求使她处于进退两难的境地,在内心深处展开了激烈的斗争。中国古代戏曲常常以抒发内心冲突的片段作为一出戏的重点。如《西厢记》"长亭送别"中,崔莺莺的大段抒情唱词,唱出了对往日相思的回忆和今日离别的愁苦,展示了她内心的矛盾:张生此去若不得官,他们就不能结合;若得官,又怕张生成为当权大户择婿的对象。这种愁苦之情反复激荡,充分表现了青年男女追求自由爱情和封建家长追逐名利之间的冲突。

(3) 人物与环境的冲突。这种环境,既指自然环境,也指社会环境。在《牡丹亭》"惊梦"中,美好的自然景色,使杜丽娘惊喜万分,由此春情萌发,但这是封建礼教所制约的现实环境,是不能允许的,因此情与环境的不协调,构成了戏剧冲突。《茶馆》则展示了维新运动失败后,北洋军阀混战之时和国民党统治时期这三个不同历史阶段中人与社会环境的冲突,通过常四爷被逮捕和康顺子被出卖,表现市民、农民与清末统治阶级的冲突。

3. 把握戏剧冲突的不同类型

戏剧冲突因剧作情节结构不同,往往呈现出以下三种不同的类型:

(1) 单一型。这类戏剧冲突的对立面自始至终基本不变,一贯到底,在一次次交锋中,冲突越来越激烈,最后发生总爆发。如繁漪与周萍的冲突贯穿《雷雨》全剧:第一幕中周萍与繁漪的对话已显示了矛盾,这是冲突的开始;第二幕冲突正式展开;第三幕冲突又进一步发展;第四幕则以白刃相见,达到你死我活的地步。

(2) 主次型。全剧有一主要冲突,但这一冲突并非每场都出现,有时出现的是次要冲突。如《西厢记》中的主要冲突是自由婚姻和封建婚姻的冲突,具体表现为莺莺、张生和老夫人、郑恒的矛盾。但实际上全剧除了二本三折的"赖婚"、四本二折的"拷红"外,其他场次中老夫人的戏并不多。而张生、莺莺和红娘由于身份、处境、教养、个性不同,对封建礼教的态度亦有差异,所采取的反抗和挣脱束缚的方式也不同,因而不断发生冲撞和误会,由此构成十分强烈的喜剧效果。

(3) 多样型。一些剧作由于没有贯穿到底的完整而集中的戏剧情节,各场多由一系列人物的生活片段组成,它在众多人物的生活场景中,展示一个个分散的冲突,这些冲突统一于共同的主题之下。如《茶馆》,没有贯穿到底的情节,每幕之间相隔二十年左右,各种矛盾既不互相交织,又不连续发展。三幕表示了三个不同历史时期,这三部分中各有不同的冲突,但各种冲突又都统一于葬送旧时代这一主题之下。

**(二) 分析戏剧结构**

戏剧结构是戏剧的骨架,在整个过程中具有极为重要的作用。戏剧结构指戏剧情节的组织和安排,弄清了它,才能更好地理解和领会戏剧的思想内容。戏剧结构必须是完整统一的,必须是有机的整体,场与场之间、情节与情节之间必须有连贯性、逻辑性和顺序性,它所要求的严密、紧凑和巧妙,比其他艺术形式要高得多。分析戏剧结构,可从以下几个方面入手:

1. 要掌握戏剧结构的类型

戏剧结构的主要类型有以下三种:

(1) 点线型,亦称开放型。点,指剧中各段的中心事件;线,指贯穿全剧的主线。这种戏剧结构包括的范围较广,把戏剧故事情节按先后顺序从头至尾原原本本地表现出来,能完整地表现事件始末过程。中国古代戏曲较多采用这种类型。古代戏曲是按"折""出""场"来划分的。虽然戏剧情节是按顺序发展的,但每折、每出、每场都有一个中心事件,因此每个段落都有相对的独立性。情节线索将各个段落连接起来,如一串明珠。

(2)横截型,亦称锁闭式。这种戏剧的完整过程并不按时间顺序来展示,而是截取生活的某个横断面,把一切都集中在这个横断面上,而那些有关情节则用回顾叙述的方式在剧情发展中逐步透露出来。如《雷雨》所表现的内容,作者没有按时间顺序叙述,而只取现在,把整个故事浓缩在不到一天的时间里,把地点凝聚在周家客厅和鲁家两个场景中。

(3)展示型,亦称人物展览型。这种戏剧结构介于点线型和横截型之间,以展示人物形象和社会风貌为主要目的。其特点是剧中人物多,情节简单,全剧似乎没有一件贯穿到底的事件。如《茶馆》用三幕戏分别写三个历史时期,历时半个世纪,人物有七十多个,但全剧没有贯穿首尾的情节,没有贯穿始终的对立斗争,剧作利用人物和事件的时断时续的发展,展示各种人物形象和不同时期的社会风貌。

2. 要善于剖析戏剧结构

首先,可以从纵横两方面入手。纵,指要弄清剧中有几条情节线索。有时一出戏只有一条线索,有时为一条主线一条副线,有时有若干条副线。重点是要把握主线。横,指要弄清剧中各个阶段的特点。戏剧一般可以分为五个阶段:剧情介绍、矛盾开始、高潮出现、矛盾解开、全剧结束。重点要把握住高潮。也有的剧本一开始就展开矛盾,介绍剧情是分散在许多场里进行的;也有的剧本戏到高潮就结束了,没有矛盾的解开和结局,要根据不同的剧本来分析。

其次,要把握戏剧情节的来龙去脉。情节是塑造人物、表达思想的重要手段。有的剧作情节较为复杂,要能去掉枝蔓,把握主干。如《雷雨》的情节主要为,周萍过去曾和后母繁漪发生过暧昧关系,现在又爱上了四凤,因怕父亲发现,决心到矿上去;因鲁侍萍的到来和繁漪的阻挠,引起波折,最后发现他和四凤是同胞兄妹,又被繁漪揭穿了不可告人的关系;结局是四凤触电,周萍自杀。

再次,要把握戏剧节奏。戏剧的节奏是有一定规律的,有的好似一个浪头跟着一个浪头,最后汇成冲天而起的大浪。如《窦娥冤》中,窦娥的悲惨命运是一步步推进的:她三岁失母、七岁当童养媳、十七岁守寡、二十岁遭诬害,波涛越掀越大,最后激荡成潮,唱出"三桩誓愿",惊天动地。有的戏剧节奏是时快时慢、有张有弛的,好似上下起伏的波澜。如《西厢记》从头到尾,就是由许多有节奏的波浪构成的。

3. 要弄懂戏剧结构中的主要手法

(1)悬念。悬念可以不断造成观众的急切期待心理,是引起观众兴趣的最重要艺术手段。如《雷雨》第二幕中的一连串悬念；繁漪知道周萍要走，坚决要求周萍留下，并在两次遭拒绝时，两次警告周萍，周朴园的到来打断了他们的谈话，又造成一个极其紧张的悬念。这层层悬念，就使观众非看下去不可。

(2) 吃惊。吃惊是指观众在毫无思想准备的情况下，受到出乎意料的震动。如《雷雨》第三幕中繁漪突然出现在四凤卧室窗口。再如《西厢记》第五本中张生正待与莺莺成亲之际，一向没出现的郑恒却突然出来阻挠。

(3) 激变。指剧情突然发生180度的急剧变化，即所谓突然由逆境转到顺境，或由顺境转到逆境。如《西厢记》二本中，孙飞虎兵围普救寺，指名索要莺莺，此为逆境；张生请杜确解了围，又转入顺境；崔母变卦赖婚，再转入逆境。此外，误会、巧合、对照、烘托等手法，也对戏剧结构有重要影响。

**(三) 理解戏剧语言**

戏剧语言是戏剧的基础，无论是说明剧情、过场连接，还是展示冲突、刻画人物，都离不开戏剧语言。理解戏剧语言在剧作中的作用，对把握全剧至关重要。

1. 明确戏剧语言的特性

(1) 动作性。戏剧是一种动作艺术，戏剧动作主要体现在剧中人物发自内心的语言上，所以剧本台词必须体现出强烈的动作性。《雷雨》第二幕中，周朴园与侍萍的对话就极富动作性。周朴园不知面前的女人就是三十年前被他遗弃的侍萍，在侍萍叙述悲惨身世过程中，他四次发问："你——你贵姓？""你姓什么？""你是谁？""哦，你，你，你是——"从随便敷衍到惊惧，最后终于不得不当面承认，鲜明地展示了他渐趋紧张的内心动作。戏曲中一些优美的唱词也极富动作性，如《西厢记》"长亭送别"中开头一段唱词，从眼神的顾盼来说就有鲜明的动作性："碧云天"，是高而远；"黄花地"，是低而阔；"西风紧，北雁南飞"，是自右到左；"晓来谁染霜林醉"，是遥遥相问；"总是离人泪"，则以凝视的目光对之。这些都极有层次地表现了人物的感情变化。《牡丹亭》中的许多唱词也很有动作性，如"惊梦"中的一段："停半晌，整花钿，没揣菱花，偷人半面，迤逗的彩云偏。步香闺怎便把全身现。"——她先是沉思，继而整理饰物，接着侧身斜视，惊讶地发现自己被镜子偷映进去，然后徐步香闺。这段唱词包含了许多漂亮的表演动作：转身、抖袖、碎步、凝神等。

(2) 个性化。戏剧语言要符合人物的年龄、性别、职业、地位、情趣，要能显示人物的性格特征。在《茶馆》中，唐铁嘴一上场第一句话就是："王掌柜，捧捧唐铁嘴吧！送给我碗茶喝，我就先给您相相面吧！手相奉送，不取分文！"活灵活现地表现出一个油滑而又可怜的江湖相士的嘴脸。

(3) 形象化。形象的语言易上口，内涵深，也充满着生活气息。《茶馆》第一幕中，常四爷斥责在兵营当差的二德子只会欺压自己人时说："要抖威风，跟洋人干去,洋人厉害!英法联军烧了圆明园,尊家吃着官饷,可没见您去冲锋打仗。"极其形象地表现了二德子的品性。

(4)哲理性。戏剧语言必须给人启迪,发人深省,必须精辟,有一定思想深度。如《茶馆》第三幕中,常四爷说:"我爱咱们的国呀,可是谁爱我呢?"这话是很有哲理性的。《窦娥冤》第三折中,窦娥对天地的控诉,深刻地揭示了封建社会的黑暗,也点明了作者的写作意图。

2. 要抓住戏曲语言的特点

戏曲语言与话剧语言在主要方面是一致的,但在形式上有很大不同。戏曲语言的特点主要有三:

(1)宾白。宾白可分为韵白、口白和方音白三种。韵白是一种朗诵式念白,要按一定音韵咬字发音,多用于有身份、有才学、举止端庄的人,包括引子、定场诗、定场白和下场诗等。口白是一种近口语的念白,多用于丑角和身份低微的平民百姓。方音即用乡土音读白。宾白是叙事的手段,比如《窦娥冤》中主要事件,赛卢医赚蔡婆、张驴儿父子救蔡婆、张驴儿向赛卢医讨药、下毒、张驴儿老父喝错汤药、审问、雪冤等,全是在宾白中完成的。宾白还是刻画人物性格的重要手段。在《西厢记》"长亭送别"中,莺莺把千言万语铸为一句:"张生!此行得官不得官,疾便回来!"表现出莺莺的痛楚、担忧、爱恋和矜持等复杂感情。张生于百般无奈之际,又不甘示弱,只好口出狂言:"小生这一去,自夺一个状元。"表现出他既爱面子又无计可施的书生气,足见其憨直可笑。

(2)曲词。曲词即戏曲的唱词,古称曲文。从宋代南戏形成以来,逐渐分为本色(如《窦娥冤》)、典雅(如《西厢记》)两种。曲词的语言被称为"沉思的语言",常用以揭示特定的内心世界。曲词讲究情境,有时情景交融,景是人物眼中之景,情则寓于景中。《西厢记·长亭送别》中则以情语为主。情境中,或以乐景写悲,如《牡丹亭·惊梦》,用景色陆离、春光缭乱的乐景写杜丽娘心中之郁闷;或以哀写乐,如《西厢记·闹斋》,用哀婉气氛写出极乐之情。曲词有时直接抒发人物的内心感情,如《窦娥冤》第三折中,窦娥被斩前的一段唱,唱词连用了四个"念窦娥",这里有含冤负屈的诉说,有对自身苦难和往昔生活的回顾,声泪俱下,既表现了窦娥对人生的眷恋,也是对婆婆的哀怜和安慰。

(3)曲白相生。曲、白之间的关系极为密切,不可把它们截然分开。曲生白,白生曲,二者浑然一体。《牡丹亭·惊梦》中,杜丽娘上场时的一句宾白:"不到园林,怎知春色如许?"由此唤出"原来姹紫嫣红开遍……"一段绮丽唱词,曲词中"原来"是由上句宾白"怎知"来的。接着曲又生白:"恁般景致,我老爷和奶奶再不提起",这疑诧和不满,又生出对自然风光向往的曲词:"朝飞暮卷,云霞翠轩……"

## 三、戏剧欣赏举隅

### (一)《西厢记》

1. 原文

长亭送别

(夫人、长老上云)今日送张生赴京,十里长亭,安排下筵席;我和长老先行,不见张生、小姐来到。(旦、末、红同上)(旦云)今日送张生上朝取应,早是离人伤感,况值那暮秋天气,好烦恼人也呵!"悲欢聚散一杯酒,南北东西万里程。"

【正宫】【端正好】碧云天,黄花地,西风紧,北雁南飞。晓来谁染霜林醉?总是离人泪。

【滚绣球】恨相见得迟,怨归去得疾。柳丝长玉骢难系,恨不倩疏林挂住斜晖。马儿迍迍的行,车儿快快的随,却告了相思回避,破题儿又早别离。听得道一声"去也",松了金钏;遥望见十里长亭,减了玉肌;此恨谁知?

(红云)姐姐今日怎么不打扮?(旦云)你那知我的心里呵!

【叨叨令】见安排着车儿、马儿,不由人熬熬煎煎的气;有甚么心情花儿、靥儿,打扮得娇娇滴滴的媚;准备着被儿、枕儿,则索昏昏沉沉的睡;从今后衫儿、袖儿,都揾做重重叠叠的泪。兀的不闷杀人也么哥?兀的不闷杀人也么哥?久已后书儿、信儿,索与我恓恓惶惶的寄。

(做到见夫人科)(夫人云)张生和长老坐,小姐这壁坐,红娘将酒来。张生,你向前来,是自家亲眷,不要回避。俺今日将莺莺与你,到京师休辱末了俺孩儿,挣揣一个状元回来者。(末云)小生托夫人余荫,凭着胸中之才,视官如拾芥耳。(洁云)夫人主见不差,张生不是落后的人。(把酒了,坐)(旦长吁科)

【脱布衫】下西风黄叶纷飞,染寒烟衰草萋迷。酒席上斜签着坐的,蹙愁眉死临侵地。

【小梁州】我见他阁泪汪汪不敢垂,恐怕人知;猛然见了把头低,长吁气,推整素罗衣。

【幺篇】虽然久后成佳配,奈时间怎不悲啼。意似痴,心如醉,昨宵今日,清减了小腰围。

(夫人云)小姐把盏者!(红递酒,旦把盏长吁科,云)请吃酒!

【上小楼】合欢未已,离愁相继。想着俺前暮私情,昨夜成亲,今日别离。我谂知这几日相思滋味,却元来比别离更增十倍。

【幺篇】年少呵轻远别,情薄呵易弃掷。全不想腿儿相挨,脸儿相偎,手儿相携。你与俺崔相国做女婿,妻荣夫贵,但得一个并头莲,煞强如状元及第。

(夫人云)红娘把盏者!(红把酒科)(旦唱)

# 第五章 "人生本来就是一出戏"

【满庭芳】供食太急,须臾对面,顷刻别离。若不是酒席间子母每当回避,有心待与他举案齐眉。虽然是厮守得一时半刻,也合着俺夫妻每共桌而食。眼底空留意,寻思起就里,险化做望夫石。

(红云)姐姐不曾吃早饭,饮一口儿汤水。(旦云)红娘,甚么汤水咽得下!

【快活三】将来的酒共食,尝着似土和泥。假若便是土和泥,也有些土气息,泥滋味。

【朝天子】暖溶溶玉醅,白泠泠似水,多半是相思泪。眼面前茶饭怕不待要吃,恨塞满愁肠胃。"蜗角虚名,蝇头微利",折鸳鸯在两下里。一个这壁,一个那壁,一递一声长吁气。

(夫人云)辆起车儿,俺先回去,小姐随后和红娘来。(下)(末辞洁科)(洁云)此一行别无话儿,贫僧准备买登科录看,做亲的茶饭少不得贫僧的。先生在意,鞍马上保重者!"从今经忏无心礼,专听春雷第一声。"(下)(旦唱)

【四边静】霎时间杯盘狼藉,车儿投东,马儿向西,两意徘徊,落日山横翠。知他今宵宿在那里?有梦也难寻觅。

(旦云)张生,此一行,得官不得官,疾早便回来。(末云)小生这一去,白夺一个状元,正是"青霄有路终须到,金榜无名誓不归"。(旦云)君行别无所赠,口占一绝,为君送行:"弃掷今何在,当时且自亲。还将旧来意,怜取眼前人。"(末云)小姐之意差矣,张珙更敢怜谁?谨赓一绝,以剖寸心:"人生长远别,孰与最关亲?不遇知音者,谁怜长叹人?"(旦唱)

【耍孩儿】淋漓襟袖啼红泪,比司马青衫更湿。伯劳东去燕西飞,未登程先问归期。虽然眼底人千里,且尽生前酒一杯。未饮心先醉,眼中流血,心内成灰。

【五煞】到京师服水土,趁程途节饮食,顺时自保揣身体。荒村雨露宜眠早,野店风霜要起迟!鞍马秋风里,最难调护,最要扶持。

【四煞】这忧愁诉与谁?相思只自知,老天不管人憔悴。泪添九曲黄河溢,恨压三峰华岳低。到晚来闷把西楼倚,见了些夕阳古道,衰柳长堤。

【三煞】笑吟吟一处来,哭啼啼独自归。归家若到罗帏里,昨宵个绣衾香暖留春住,今夜个翠被生寒有梦知。留恋你别无意,见据鞍上马,阁不住泪眼愁眉。

(末云)有甚言语,嘱付小生咱?(旦唱)

【二煞】你休忧文齐福不齐,我则怕你停妻再娶妻。休要一春鱼雁无消息!我这里青鸾有信频须寄,你却休"金榜无名誓不归"。此一节君须记:若见了那异乡花草,再休似此处栖迟。

(末云)再谁似小姐,小生又生此念?(旦唱)

【一煞】青山隔送行,疏林不做美,淡烟暮霭相遮蔽。夕阳古道无人语,禾黍秋风听马嘶。我为甚么懒上车儿内,来时甚急,去后何迟?

133

（红云）夫人去好一会，姐姐，咱家去！（旦唱）

【收尾】四围山色中，一鞭残照里。遍人间烦恼填胸臆，量这些大小车儿如何载得起？

（旦、红下）（末云）仆童赶早行一程儿，早寻个宿处。泪随流水急，愁逐野云飞。（下）

2. 欣赏

王实甫（生卒年不详），元代著名戏曲作家，生平事迹不详。王实甫与关汉卿齐名，其作品全面地继承了唐诗宋词精美的语言艺术，又吸收了元代民间生动活泼的口头语言，创造了文采璀璨的元曲词汇，成为中国戏曲史上"文采派"的杰出代表。著有杂剧十四种，现存《西厢记》《丽春堂》《破窑记》三种。《破窑记》写刘月娥和吕蒙正悲欢离合的故事，有人怀疑不是王实甫的手笔。

《西厢记》全名叫《崔莺莺待月西厢记》，故事源自唐朝元稹的小说《会真记》，剧本脱胎于金代董解元的《西厢记诸宫调》，是王实甫的代表作，也是元杂剧的压卷之作，是中国古代戏曲的典范作品。从元末起，已经有"天下夺魁"的盛誉。王实甫的华美文采又被比拟为"花间美人"。金圣叹赞为"千古奇文，非人为之，神为之，鬼为之也"。郭沫若也评价它"是超过时空的艺术品，有永恒而且普遍的生命"。《西厢记》在古代戏曲中能有如此高的地位，不仅因为剧中的故事和人物，还因为其表现出来的诗情画意。《长亭送别》正是《西厢记》中思想性和艺术性完美融合的典范，堪称情景交融的元曲绝唱。

《西厢记》描写书生张生在寺庙中遇见崔相国之女崔莺莺，两人产生爱情，通过婢女红娘的帮助，历经坎坷，终于冲破封建礼教束缚而结合的故事。《西厢记》在中国文学史上第一次鲜明地提出了"愿普天下有情的都成了眷属"的美好愿望，表达了强烈的反对封建礼教，要求爱情自由、婚姻自主的思想。《长亭送别》是《西厢记》的第四本第三折，(《西厢记》共五本二十一折，这在元杂剧中是颇为少见的。)也是全剧最为脍炙人口的精彩片段之一。随着剧情的发展，莺莺终于克服了身心解放的要求与封建精神桎梏的矛盾，迈出了关键的一步，与张生私下结为夫妻。但接下来便是老夫人逼张生赶考，并说考不取功名便"休来见我"，崔、张爱情又面临新的威胁。无奈中张生只好起程"上朝取应"。这一折突出地刻画了莺莺的叛逆性格。在她心目中，金榜题名，是"蜗角虚名，蝇头微利"，不是爱情的前提和基础，因此临别时不忘叮嘱张生"得官不得官，疾早便回来"，与老夫人的态度形成鲜明的对照。同时，她也有深深的忧虑，明确地告诉张生"我则怕你'停妻再娶妻'"。"停妻再娶妻"，这在男尊女卑的封建时代是有现实基础的。莺莺的态度突出地表现了她的叛逆性格和对爱情的执着。莺莺的离愁别恨，是她对不能掌握自己命运的悲哀和抗争，而不只限于"儿女情长"。她的离愁别恨中闪耀着重爱情轻功名、反抗封建礼教的思想光辉。

这场送别戏共有十九支曲文,由莺莺主唱,既是塑造莺莺形象的重场戏,也充分体现了王实甫剧作情景交融、富于文采的特点。《长亭送别》中的景物描写不是零散孤立的,而是相互联系共同构成一个整体——这就是秋景。从时间上说是从"晓来"之晨到"疏林挂着斜晖",再到"落日",最后至"残照";就空间而言是起于"长亭路",继而是长亭外的近景,然后是亭外远山、古道、田野,最后终于"残照"的天边。正因为景物之间具有纵的和横的关联,所以既独立又作为整体一部分的几幅清秋图便构成了秋的整体意境,又兼过渡、引起情节的作用。

《长亭送别》中的景物描写,又围绕着一个"情"字展开,以景造境,情境交辉,反复烘托渲染人物心理,十分生动细腻地刻画了崔、张二人尤其是莺莺依恋、哀伤、悲苦、关切、忧虑、孤独等复杂的心理。这折戏把男女之情写到了极致,崔、张二人就是在长亭这样的意境时空下"话别",从而演绎了一曲"两情若是久长时,也在朝朝暮暮"的情爱恋歌。

王实甫的戏曲语言以富于文采为特色,曲词之美,与剧作的故事之美、人物之美、意境之美和谐统一。这在《长亭送别》一折中尤为突出。一是运用多种多样的修辞方法生动形象地表现人物的心理。全折运用了比喻、夸张、用典、对比、对偶、排比、反复、叠音、设问等多种修辞方法。特别是巧用夸张,并与比喻、用典、对比等结合,因情随物而设。例如,"听得道一声'去也',松了金钏;遥望见十里长亭,减了玉肌","昨宵今日,清减了小腰围",夸张地表现感情折磨下的身心交瘁;"将来的酒共食,尝着似土和泥。假若便是土和泥,也有些土气息,泥滋味","泪添九曲黄河溢,恨压三峰华岳低"都是夸张兼比喻,写离别之情,达到愁极恨绝、无以复加的地步;"淋漓襟袖啼红泪,比司马青衫更湿",用了"红泪"和"青衫泪"两个典故,是夸张兼用典,形容伤心之至;"暖溶溶玉醅,白泠泠似水"是夸张、比喻和对比,以厌酒表现愁苦至极。作品中的夸张描写,大都将人物感情寄附于客观事物,借助鲜明生动的形象来展示人物的内心世界,具有强烈的感染力。

【叨叨令】一曲,为"车、马、花、靥、被、枕、衫、袖、书、信"这些常用词加上"儿"字,又加上一些叠音形容词,如熬熬煎煎、娇娇滴滴、昏昏沉沉之类,用排比句巧妙组合衔接,并间以反复的感叹,造成音韵的回环往复,产生一唱三叹、声情并茂的艺术效果。把莺莺柔肠百结的离别苦痛写得哀哀切切,见情见态。莺莺那种如泣如诉、呜呜咽咽的声气口吻,宛然在侧。

二是融古代诗词与民间口语为一体。作者善于把典雅凝练的古代诗词与通俗流畅的民间口语融为一体,从而形成清丽华美、生动活泼的语言风格。作品融入了不少古代诗词的语句,其特有的语义、情味和表达效果与剧中语境相契合,增强了语言的文采和表现力。例如【端正好】中的"碧云天,黄花地",化用范仲淹《苏幕遮》词中"碧云天,黄叶地"语句,并取其秋景凄凉的意境,以烘托送别的凄冷氛围;【朝天子】中的"蜗角虚名,蝇头微利",引用苏轼《满庭芳》词原句,形象地表现了莺莺珍重爱情,轻视功名利禄的思想感情;【耍孩儿】中"未饮心先醉",化用柳永《诉衷情近》词中"未饮先如醉"之句,一字之易,更加夸张,语意更加沉重,表现了莺莺饯别时的极端愁苦。

作品不仅大量运用民间口语,吸收了不少的方言词和俗语、成语,而且善于将民间口语加工为富于文采的文学语言。例如【滚绣球】一曲的语汇、语句都具有民间口语的风格,可以说是口语的韵律化,通俗自然、生动活泼而又富于文采。

### (二)《牡丹亭》

#### 1. 原文

#### 第十出　惊梦(节选)

【绕池游】(旦上)梦回莺啭,乱煞年光遍。人立小庭深院。(贴)炷尽沉烟,抛残绣线,恁今春关情似去年?

【乌夜啼】"(旦)晓来望断梅关,宿妆残。(贴)你侧着宜春髻子恰凭阑。(旦)剪不断,理还乱,闷无端。(贴)已分付催花莺燕借春看。"(旦)春香,可曾叫人扫除花径?(贴)分付了。(旦)取镜台衣服来。(贴取镜台衣服上)"云髻罢梳还对镜,罗衣欲换更添香。"镜台衣服在此。

【步步娇】(旦)袅晴丝吹来闲庭院,摇漾春如线。停半晌、整花钿。没揣菱花,偷人半面,迤逗的彩云偏。(行介)步香闺怎便把全身现!(贴)今日穿插的好。

【醉扶归】(旦)你道翠生生出落的裙衫儿茜,艳晶晶花簪八宝填,可知我常一生儿爱好是天然。恰三春好处无人见。不堤防沉鱼落雁鸟惊喧,则怕的羞花闭月花愁颤。(贴)早茶时了,请行。(行介)你看:"画廊金粉半零星,池馆苍苔一片青。踏草怕泥新绣袜,惜花疼煞小金铃。"(旦)不到园林,怎知春色如许!

【皂罗袍】原来姹紫嫣红开遍,似这般都付与断井颓垣。良辰美景奈何天,赏心乐事谁家院!恁般景致,我老爷和奶奶再不提起。(合)朝飞暮卷,云霞翠轩;雨丝风片,烟波画船。锦屏人忒看的这韶光贱!(贴)是花都放了,那牡丹还早。

【好姐姐】(旦)遍青山啼红了杜鹃,荼蘼外烟丝醉软。春香呵,牡丹虽好,他春归怎占的先!(贴)成对儿莺燕呵。(合)闲凝眄,生生燕语明如剪,呖呖莺歌溜的圆。(旦)去罢。(贴)这园子委是观之不足也。(旦)提他怎的!(行介)

【隔尾】观之不足由他缱,便赏遍了十二亭台是枉然。到不如兴尽回家闲过遣。(作去介)(贴)"开我西阁门,展我东阁床。瓶插映山紫,炉添沉水香。"小姐,你歇息片时,俺瞧老夫人去也。(下)

2. 欣赏

汤显祖(1550—1616),字义仍,号海若、若士、清远道人,江西临川人,明代戏曲作家。与莎士比亚同时代,一在东方,一在西方,遥相呼应,都是剧坛泰斗。他的剧作"临川四梦"(《紫钗记》《牡丹亭》《邯郸记》《南柯记》)中《牡丹亭》影响最大。汤显祖曾说"一生四梦,得意处惟在牡丹"。

他是明代著名思想家,与被封建正统派视为异端的进步思想家李贽以及以禅宗来反对程朱理学的达观禅师交往密切,追求个性解放,提出以情反理,"情有者理必无,理有者情必无"的进步主张。戏剧创作上他反对拘于声律,提倡性灵,是明代浪漫主义文艺思潮的旗手之一。

《牡丹亭》,原名《牡丹亭还魂记》,是汤显祖的代表作,共五十五出。这个故事既曲折离奇又充满了浪漫色彩:南安郡太守之女杜丽娘,长年禁锢在闺楼。一天,与丫鬟春香游览花园,为妩媚春色所陶醉。归来伏案小睡的梦境中,遇少年柳梦梅。从此相思缠绵,伤情而逝。三年后,柳梦梅临安赴考,途经南安,得见丽娘画像,见画生情,丽娘灵魂显现。次日,梦梅掘墓,丽娘还魂。有情人终成眷属。

《牡丹亭》艺术上的最大特色是浪漫主义。首先通过"梦而死""死而生"的幻想情节表现了理想和现实的矛盾。杜丽娘所追求的理想在当时的现实环境里几乎是不可能实现的;可是在梦想、幻游的境界里,她终于摆脱了礼教的束缚,实现了梦寐以求的愿望。其次采取抒情诗的手法,倾泻出人物的内心感情。

《惊梦》在《牡丹亭》的结构中居于重要位置,女主人公春情始发,是整部戏的情感基础,其中的唱词【皂罗袍】历来为人们所津津乐道,雅丽浓艳而不失蕴藉,情真意切,随景摇荡,充分地展示了杜丽娘在游园时的情绪流转,体现出情、景、戏、思一体化的特点。

(1)景现情发,情入景存。

【皂罗袍】紧紧贴合主人公情绪的当前状态和发展走向进行布景。"姹紫嫣红开遍",艳丽炫目的春园物态,予人以强烈的视觉冲击,叩开了少女的心扉,然而,主人公并非只是流连其中,只"入"而不"出",她预见到浓艳富丽之春景的未来走向——"都付与断井颓垣",残败破落的画面从另一个极端给予少女强烈的震撼。"春色如许"开启了主人公的视野,使之充满了诧异和惊喜,接踵而来的对匆匆春将归去的联想则"轰"的一声震响了少女的心房,使之充满了惊惧和无奈。

女主人公心花初放紧接着又上眉头的景象,包蕴的是无奈的情绪——"良辰美景奈何天,赏心乐事谁家院",她在这里意识到生命的困境,换个角度看待这些唏嘘,则里面并不仅仅残存着纯粹的悲观意绪,主人公情绪跌入低谷之后,仍念念不忘"良辰美景""赏心乐事""云霞翠轩""烟波画船",美好的事物始终深刻内

嵌于少女的思维深处,我们不难从中窥探主人公内心深处的期待,为下一段奇遇柳梦梅、为情而死的故事找到心理依据。

在这段唱词中,从喜乐到苦痛的情绪流变紧扣着从浓艳的实景向残败的虚景的转变,读者很难剖判外在之景与内在之情的严格界限,只因在此处,景现而情发,情入而景犹存。

(2) 情之萌,戏之始。

戏剧的本质就是矛盾冲突,成功的唱词应该到位地呈现戏剧的对抗性运动,【皂罗袍】内蕴着激烈的斗争,本身就是一出"戏",这一曲情词到位地呈现了两种景致的对立和反差,主人公自然而生的春情和管制人情的礼教的冲突则是潜在的且更为深刻的。结合全剧来看,这段唱词更是整出戏的心理、情感基础,主人公的寻爱行动将以此为起点生发开去。

论及"临川四梦"的成因,汤显祖解说道:"因情成梦,因梦成戏。"按照这种情—梦—戏的逻辑,"戏"的生发起点归根到底源于"情"。在游园的过程中,少女的情思被激活了,想象的春逝虚景又从反面警醒了少女的心思,主人公春情既发,青春意识已经长成一根青翠而渐形坚韧的芽,成为主人公接下来遇梦,并进而求梦寻情的逻辑起点,情的要素被汤显祖提升到新的高度,导引着主人公进行生命抉择。

可见,【皂罗袍】展现的正是杜丽娘内在世界与外在世界的第一次强烈撞击,也拉开了下一步梦中求情的序幕。

(3) 戏之真,思之切。

优秀的作家是有思想的作家,他善于体贴人的深层世界,在文学创作中糅合自己的哲学思考。这段唱词便体现了汤显祖对情感的思考,少女内在的"戏",发乎情,但并不止乎礼义,偏离了礼教的管制,反映了思想家汤显祖对情感的真实状态的确认。

杜丽娘第一次接触千花争妍的春景,大自然就以积极热烈的态势呈现在她面前,少女的情欲在"可知我常一生儿爱好是天然"的基础上经由"如许春色"洗礼而走向成熟,大自然才是真实的,自然的情感才是真实的情感,少女的意识流逐步向"自然"复归了,情欲有理的思路为后来的寻梦无罪找到了最重要的心理依据。关注人的本质、承认人的情欲是明代心学思潮的重要部分,汤显祖对人性人情的考察反映到戏曲创作中,寄托着作者对青春意识的颂扬。

在【皂罗袍】的创作中,情景交融的笔法充分展示了文学家汤显祖超凡的描述能力;其内蕴的强烈冲突态势透露了戏剧家汤显祖对"戏"的冲突本质的掌握;把情感作为本剧的终极推动力则显露了哲学家汤显祖对人类情感的理解,【皂罗袍】是糅合了情、景、戏、思四大因子的戏曲佳构。

## (三)《长生殿》

1. 原文

### 第二十四出　惊变

(丑上)玉楼天半起笙歌,风送宫嫔笑语和。月殿影开闻夜漏,水晶帘卷近秋河。咱家高力士,奉万岁爷之命,着咱在御花园中安排小宴。要与贵妃娘娘同来游赏,只得在此伺候。(生、旦乘辇,老旦、贴随后,二内侍引,行上)

【北中吕粉蝶儿】天淡云闲,列长空数行新雁。御园中秋色斓斑:柳添黄,蘋减绿,红莲脱瓣。一抹雕阑,喷清香桂花初绽。

(到介)(丑)请万岁爷、娘娘下辇。(生、旦下辇介)(丑同内侍暗下)(生)妃子,朕与你散步一回者。(旦)陛下请。(生携旦手介)(旦)

【南泣颜回】携手向花间,暂把幽怀同散。凉生亭下,风荷映水翩翻。爱桐阴静悄,碧沉沉并绕回廊看。恋香巢秋燕依人,睡银塘鸳鸯蘸眼。

(生)高力士,将酒过来,朕与娘娘小饮数杯。(丑)宴已排在亭上,请万岁爷、娘娘上宴。(旦作把盏,生止住介)妃子坐了。

【北石榴花】不劳你玉纤纤高捧礼仪烦,子待借小饮对眉山。俺与你浅斟低唱互更番,三杯两盏,遣兴消闲。妃子,今日虽是小宴,倒也清雅。回避了御厨中,回避了御厨中烹龙炰凤堆盘案,呖呖哑哑乐声催趱。只几味脆生生,只几味脆生生蔬和果清肴馔,雅称你仙肌玉骨美人餐。

妃子,朕与你清游小饮,那些梨园旧曲,都不耐烦听他。记得那年在沉香亭上赏牡丹,召翰林李白草《清平调》三章,令李龟年度成新谱,其词甚佳。不知妃子还记得么。(旦)妾还记得。(生)妃子可为朕歌之,朕当亲倚玉笛以和。(旦)领旨。(老旦进玉笛,生吹介)(旦按板介)

【南泣颜回】花繁,秾艳想容颜。云想衣裳光璨,新妆谁似,可怜飞燕娇懒。名花国色,笑微微常得君王看。向春风解释春愁,沉香亭同倚阑干。

(生)妙哉,李白锦心,妃子绣口,真双绝矣。宫娥,取巨觥来,朕与妃子对饮。(老旦、贴送酒介)(生)

【北斗鹌鹑】畅好是喜孜孜驻拍停歌,喜孜孜驻拍停歌,笑吟吟传杯送盏。妃子干一杯,(作照干介)不须他絮烦烦射覆藏钩,闹纷纷弹丝弄板。(又作照杯介)妃子,再干一杯。(旦)妾不能饮了。(生)宫娥每,跪劝。(老旦、贴)领旨。(跪旦介)娘娘,请上这一杯。(旦勉饮介)(老旦、贴作连劝介)(生)我这里无语持觞仔细看,早子见花一朵上腮间。(旦作醉介)妾真醉矣。(生)一会价软哈哈柳嚲花欹,软哈哈柳嚲花欹,困腾腾莺娇燕懒。

妃子醉了,宫娥每,扶娘娘上辇进宫去者。(老旦、贴)领旨。(作扶旦起介)(旦作醉态呼介)万岁!(老旦、贴扶旦行)(旦作醉态介)

【南扑灯蛾】态恹恹轻云软四肢,影蒙蒙空花乱双眼,娇怯怯柳腰扶难起,困沉沉强抬娇腕,软设设金莲倒褪,乱松松香肩鞾云鬟,美甘甘思寻凤枕,步迟迟倩宫娥搀入绣帏间。

(老旦、贴扶旦下)(丑同内侍暗上)(内击鼓介)(生惊介)何处鼓声骤发?(副净急上)渔阳鼙鼓动地来,惊破霓裳羽衣曲。(问丑介)万岁爷在那里?(丑)在御花园内。(副净)军情紧急,不免径入。(进见介)陛下,不好了。安禄山起兵造反,杀过潼关,不日就到长安了。(生大惊介)守关将士何在?(副净)哥舒翰兵败,已降贼了。(生)

【北上小楼】呀,你道失机的哥舒翰,称兵的安禄山,赤紧的离了渔阳,陷了东京,破了潼关。唬得人胆战心摇,唬得人胆战心摇,肠慌腹热,魂飞魄散,早惊破月明花粲。

卿有何策,可退贼兵?(副净)当日臣曾再三启奏禄山必反,陛下不听,今日果应臣言。事起仓卒,怎生抵敌?不若权时幸蜀,以待天下勤王。(生)依卿所奏。快传旨,诸王百官,即时随驾幸蜀便了。(副净)领旨。(急下)(生)高力士,快些整备军马。传旨令右龙武将军陈元礼,统领羽林军士三千扈驾前行。(丑)领旨。(下)(内侍)请万岁爷回宫。(生转行叹介)唉,正尔欢娱,不想忽有此变,怎生是了也!

【南扑灯蛾】稳稳的宫庭宴安,扰扰的边廷造反。冬冬的鼙鼓喧,腾腾的烽火㸌。的溜扑碌臣民儿逃散,黑漫漫乾坤覆翻,碜磕磕社稷摧残,碜磕磕社稷摧残。当不得萧萧飒飒西风送晚,黯黯的一轮落日冷长安。

(向内问介)宫娥每,杨娘娘可曾安寝?(老旦、贴内应介)已睡熟了。(生)不要惊他,且待明早五鼓同行。(泣介)天那,寡人不幸,遭此播迁,累他玉貌花容,驱驰道路。好不痛心也!

【南尾声】在深宫兀自娇慵惯,怎样支吾蜀道难!(哭介)我那妃子呵,愁杀你玉软花柔,要将途路趱。

2. 欣赏

洪昇(1645—1704),清代戏曲作家、诗人。字昉思,号稗畦。《长生殿》是其代表作,全剧共五十出。前半部分写李、杨定情,长生殿盟誓,安史乱起,马嵬之变,杨玉环命殒黄沙的经过。后半部分大都采自野史传闻,写安史乱后玄宗思念贵妃,派人上天入地,到处寻觅她的灵魂;杨玉环也深深想念玄宗,并为自己生前的罪愆忏悔。他们的精诚感动了上天。在织女星等的帮助下,终于在月宫中团圆。

《长生殿》在白居易《长恨歌》和白朴《梧桐雨》基础上,融合唐以来叙述、咏叹天宝遗事的文史、传说等许多材料,在广阔的社会、政治背景中来表现李隆基和

## 第五章 "人生本来就是一出戏"

杨玉环的爱情悲剧,对历史素材加以精心选择和剪裁,进行了艺术的概括、集中和虚构,使事件和人物的描写基本符合历史真实,而且全剧写得有声有色,许多场面热烈感人,把历史剧的创作提高到一个新的水平。它与当时孔尚任写的另一部历史剧《桃花扇》堪称"双璧"。洪昇与孔尚任被誉为"南洪北孔"。

《长生殿》共分为五十出,《惊变》作为第二十四出将情节推向了高潮。《惊变》主要讲述了唐明皇与杨贵妃在欢乐忘情之际,安史叛军杀过潼关,因唐明皇的"因爱致祸"使得国破、妃亡、身败,而后得到民众的支持打败了以安禄山为首的叛军终而复国这样的历史过程。

从本出的题目《惊变》可看出国家的动荡变化是没有任何准备的突变,第二十二出《密誓》与本出形成强烈的对比和转换,由欢乐忘情到安史叛乱这样急促的情节转变给读者一大震撼。

开头的景物描写以秋色为背景,将氛围营造得十分清新,"天淡云闲,列长空数行新雁。御园中秋色斓斑:柳添黄,蘋减绿,红莲脱瓣。一抹雕阑,喷清香桂花初绽"。洪昇将景色描写得十分细腻,以秋色与前文承接,渲染了唐明皇与杨贵妃陷入爱河的气氛。两人"携手向花间",体会秋色之美。

而后作者详细描写了唐明皇与杨贵妃饮酒作乐的和谐画面,一边小饮一边回忆甜蜜的赏花往事,好不快活。在饮酒作乐期间,作者主要描写了杨贵妃的动作以及神态,"花一朵上腮间""金莲倒褪""思寻凤枕"。一系列的描写将杨贵妃刻画得美若天仙,这也是唐明皇被其迷惑的原因。

"喜孜孜""笑吟吟""闹纷纷""态快快""影蒙蒙""娇怯怯""软设设"。这样的三字形容词排列整齐,将二人对饮的画面点缀得极其富有色彩。强调了唐明皇与杨贵妃待在一起时欢乐无法比拟。

作者用了大量文字描写了帝妃嬉戏的画面,以如此欢乐的情节作为戏曲的开头,为后面的动乱场景做铺垫。以如此大的变动应和了本出的题目"惊变",同时点出了唐明皇因陷入与爱妃的玩乐而误了朝政,使安禄山趁机叛变,瞬间画面变为暗色,一片狼藉。

"渔阳鼙鼓动地来,惊破霓裳羽衣曲",作为战乱的开场句将读者引入战乱的混沌画面。"安禄山起兵造反,杀过潼关,不日就到长安了。"交代战乱的背景,安禄山叛变,而"守关将士"兵败,未能降服敌军。这时唐明皇乱了方寸,"唬得人胆战心摇,肠慌腹热,魂飞魄散,早惊破月明花粲"。这几个形容词把唐明皇内心毫无准备的恐惧和紧张表现得淋漓尽致,同时反映了"因情致祸"的严重性。

而后唐明皇决定在宫中躲避,并准备军马,入蜀避难,而这时百姓们遭了殃,人群逃窜,摧残了社稷,百姓安危难保。作者还描写了唐明皇对杨贵妃的心疼,如此"自娇慵惯""怎样支吾蜀道难!""我那妃子呵,愁杀你玉软花柔,要将途路

趣。"唐明皇对杨贵妃遭遇如此动乱而感到心痛,这种感情被表达得十分明显。

整出剧以先扬后抑的手法让读者感受到一大落差,前文以唐明皇与杨贵妃的嬉戏玩乐为中心,描写了二人饮酒,"浅斟低唱互更番,三杯两盏,遣兴消闲"的闲情雅致,后文以安禄山叛乱将情节推向高潮,唐明皇叹息"哎,正尔欢娱,不想忽有此变,怎生是了也!"这样的叹息具有细微的讽刺意味,讽刺了唐明皇因与妃子作乐未意识到安禄山造反的动向,误了朝政。"稳稳的"与"忧忧的"相对比,反映了宫内与宫外在战乱时的两种氛围。"腾腾的烽火骤""黑漫漫乾坤覆翻"等语句十分形象地描写了战火纷飞时民不聊生的境况。"一轮落日冷长安"将压抑之感描绘得十分真实。

(四) 曹禺《日出》

1. 原文

### 人　物(部分)

陈白露——在××旅馆住着的一个女人,二十三岁。

方达生——陈白露从前的"朋友",二十五岁。

张乔治——留学生,三十一岁。

王福升——旅馆的茶房。

黑三(即男甲)——一个地痞。

胡四——一个游手好闲的"面首",二十七岁。

小东西——一个刚到城里不久的女孩子,十五六岁。

### 第一幕(节选)

××大旅馆一间华丽的休息室,正中门通甬道,右通寝室,左通客厅,靠后偏右角划开一片长方形的圆线状窗户。窗外紧紧地压贴着一座座的大楼,遮住了光线,屋里也嫌过于阴暗。除了在早上斜射过来的朝日使这间屋有些光明之外,整天是见不着一线自然的光亮的。

屋内一切陈设俱是畸形的、现代式的,生硬而肤浅,刺激人的好奇心,但并不给人舒适之感。正中立着烟几,围着它横地竖地摆着方的、圆的、立体的、圆锥形的小凳和沙发。上面凌乱地放些颜色杂乱的坐垫。沿着那不见棱角的窗户是一条水浪纹的沙发。在左边有立柜、食物柜和一张小几,上面放着些女人临时用的化妆品。墙上挂着几张很荒唐的裸体画片、月份牌和旅馆章程。地下零零散散的是报纸、画报、酒瓶和烟蒂头。在沙发上、立柜上,搁放许多女人的衣帽、围巾、手套等物。间或也许有一两件男人的衣服在里面。食柜上杂乱地陈列着许多酒瓶、玻璃杯、暖壶、茶碗。右角立一架阅读灯,灯旁有一张圆形小几,嵌着一层一层的玻璃,放些烟具和女人爱的零碎东西,如西洋人形、米老鼠之类。

〔正中悬一架银熠熠的钟,指着五点半,是夜色将尽的时候。幕开时,室内只

# 第五章 "人生本来就是一出戏"

有沙发旁的阅读灯射出一圈光明。窗前的黄幔幕垂下来,屋内的陈设看不十分清晰,一切丑恶和凌乱还藏在黑暗里。

〔缓慢的脚步声由甬道传进来。正中的门呀地开了一半。一只秀美的手伸进来拧开中间的灯,室内豁然明亮。陈白露走进来。她穿着极薄的晚礼服,颜色鲜艳刺激,多褶的裙裾和上面两条粉飘带,拖在地面如一片云彩。她发际插一朵红花,乌黑的头发烫成小姑娘似的鬈髻,垂在耳际。她的眼明媚动人,举动机警,一种嘲讽的笑总挂在嘴角。神色不时地露出倦怠和厌恶;这种生活的倦怠是她那种漂泊人特有的性质。她爱生活,她也厌恶生活,生活对于她是一串习惯的桎梏,她不再想真实的感情的慰藉。这些年的漂泊教聪明了她,世上并没有她在女孩儿时代所幻梦的爱情。生活是铁一般的真实,有它自来的残忍! 习惯,自己所习惯的种种生活的方式,是最狠心的桎梏,使你即使怎样羡慕着自由,怎样憧憬着在情爱里伟大的牺牲(如小说电影中时常夸张地来叙述的),也难以飞出自己的生活的狭之笼。因为她试验过,她曾经如一个未经世故的傻女孩子,带着如望万花筒那样的惊奇,和一个画儿似的男人飞出这笼;终于,像寓言中那习惯于金丝笼的鸟,已失掉在自由的树林里盘旋的能力和兴趣,又回到自己的丑恶的生活圈子里。当然她并不甘心这样生活下去,她很骄傲,她生怕旁人刺痛她的自尊心。但她只有等待,等待着有一天幸运会来叩她的门,她能意外地得一笔财富,使她能独立地生活着。然而也许有一天她所等待的叩门声突然在深夜响了,她走去打开门,发现那来客,是那穿着黑衣服的,不做一声地走进来。她也会毫无留恋地和他同去,为着她知道生活中意外的幸福或快乐毕竟总是意外,而平庸,痛苦,死亡永不会放开人的。

〔她现在拖着疲乏的步向台中走。右手的食指和中指盖着嘴,打了个呵欠。

陈白露　(走了两步,回过头)进来吧!  (掷下皮包,一手倚着当中沙发的靠背。蹙着眉,脱下银色的高跟鞋,一面提住气息,一面快意地揉抚着自己尖瘦的脚。真地,好容易到了家,索性靠在柔软的沙发上舒展一下。"咦!"忽然她发现背后的那个人并没有跟进来。她套上鞋,倏地站起,转过身,一只腿还跪在沙发上,笑着向着房门)咦! 你怎么还不进来呀?  (果然,有个人进来了。约莫有二十七八岁的光景,脸色不好看,皱着眉,穿一身半旧的西服。不知是疲倦,还是厌恶,他望着房内乱糟糟的陈设,就一言不发地立在房门口。但是女人误会了意思,她眼盯住他,看出他是一副惊疑的神色)走进来点! 怕什么呀!

方达生　(冷冷地)不怕什么!  (忽然不安地)你这屋子没有人吧?

陈白露　(看看四周,故意地)谁知道?  (望着他)大概是没有人吧!

方达生　(厌恶地)真讨厌。这个地方到处都是人。

陈白露　(有心来难为他,自然也因为他的态度使她不愉快)有人又怎样?

住在这个地方还怕人?

方达生　(望望女人,又周围地嗅嗅)这几年,你原来住在这么个地方!

陈白露　(挑衅地)怎么,这个地方不好么?

方达生　(慢声)嗯——(不得已地)好!好!

陈白露　(笑着看男人那样呆呆地失了神)你怎么不脱衣服?

方达生　(突然收敛起来)哦,哦,哦,——衣服?(想不起话来)是的,我没有脱,脱衣服。

陈白露　(笑出声,看他怪好玩的)我知道你没有脱。我问你为什么这样客气,不肯自己脱大衣?

方达生　(找不出理由,有点窘迫)也许,也许是因为不大习惯进门就脱大衣。(忽然)嗯——是不是这屋子有点冷?

陈白露　冷?——冷么?我觉得热得很呢。

方达生　(想法躲开她的注意)你看,你大概是没有关好窗户吧?

陈白露　(摇头)不会。(走到窗前,拉开幔子,露出那流线状的窗户)你看,关得好好的,(望着窗外,忽然惊喜地)喂,你看!你快来看!

方达生　(不知为什么,慌忙跑到她面前)什么?

陈白露　(用手在窗上的玻璃划一下)你看,霜!霜!

方达生　(扫了兴会)你说的是霜啊!你呀,真——(底下的话自然是脱不了嫌她有点心浮气躁,但他没有说,只摇摇头)

陈白露　(动了好奇心)怎么,春天来了,还有霜呢。

方达生　(对她没有办法,对小孩似的)嗯,奇怪吧!

陈白露　(兴高采烈地)我顶喜欢霜啦!你记得我小的时候就喜欢霜。你看霜多美,多好看!(孩子似的,忽然指着窗)你看,你看,这个像我么?

方达生　什么?(伸头过去)哪个?

陈白露　(急切地指指点点)我说的是这窗户上的霜,这一块,(男人偏看错了地方)不,这一块,你看,这不是一对眼睛!这高的是鼻子,凹的是嘴,这一片是头发。(拍着手)你看,这头发,这头发简直就是我!

方达生　(着意地比较,寻找那相似之点,但是——)我看,嗯——(很老实地)并不大像。

陈白露　(没想到)谁说不像?(孩子似的执拗着,撒着娇)像!像!像!我说像!它就像!

方达生　(逆来顺受)好,像,像得很。

陈白露　(得意)啊。你说像呢!(又发现了新大陆)喂,你看,你看,这个人头像你,这个像你。

方达生　（指自己）像我？

陈白露　（奇怪他会这样地问）嗯，自然啦，就是这个。

方达生　（如同一个瞎子）哪儿？

陈白露　这块！这块！就是这一块。

方达生　（看了一会，摸了自己的脸，实在觉不出一点相似处，简单地）我，我看不大出来。

陈白露　（败兴地）你这个人！还是跟从前一样的别扭，简直是没有办法。

方达生　是么？（忽然微笑）今天我看了你一夜晚，就刚才这一点还像从前的你。

陈白露　怎么？

方达生　（露出愉快的颜色）还有从前那点孩子气。

陈白露　你……你说从前？（低声地）还有从前那点孩子气？（她仿佛回忆着，蹙起眉头，她打一个寒战，现实又像一只铁掌把她抓回来）

方达生　嗯，怎么？你怎么？

陈白露　（方才那一阵的兴奋如一阵风吹过去，她突然地显着老了许多。我们看见她额上隐隐有些皱纹，看不见几秒钟前那一种娇痴可喜的神态，叹一口气，很苍老地）达生，我从前有过这么一个时期，是一个孩子么？

方达生　（明白她的心情，鼓励地）只要你肯跟我走，你现在还是孩子，过真正的自由的生活。

陈白露　（摇头，久经世故地）哼，哪儿有自由？

方达生　什么，你——（他住了嘴，知道这不是劝告的事。他拿出一条手帕，仿佛擦鼻涕那样动作一下，他望到别处。四面看看屋子）

陈白露　（又恢复平日所习惯那种漠然的态度）你看什么？

方达生　（笑了笑，放下帽子）不看什么，你住的地方，很，很——（指指周围，又说不出什么来，忽然找出一句不关轻重而又能掩饰自己情绪的称誉）很讲究。

陈白露　（明白男人的话并不是诚意的）嗯，讲究么？（顺手把脚下一个靠枕拿起来，放在沙发上，把一个酒瓶轻轻踢进沙发底下，不在意地）住得过去就是了。（瞌睡虫似乎钻进女人的鼻孔里，不自主地来一个呵欠。传染病似的接着男人也打一个呵欠。女人向男人笑笑。男人像个刚哭完的小孩，用手背揉着眼睛）你累了么？

方达生　还好。

陈白露　想睡觉么？

方达生　还好。——方才是你一个人同他们那些人在跳，我一起首就坐着。

陈白露　你为什么不一起玩玩？

方达生　（冷冷地）我告诉过你，我不会跳舞，并且我也不愿意那么发疯似的乱蹦跶。

陈白露　（笑得有些不自然）发疯，对了！我天天过的是这样发疯的生活。(远远鸡喔喔地叫了一声)你听！鸡叫了。

方达生　奇怪，怎么这个地方会有鸡叫？

陈白露　附近就是一个市场。(看表，忽然抬起头)你猜，现在几点钟了？

方达生　（扬颈想想）大概有五点半，就要天亮了。我在那舞场里，五分钟总看一次表。

陈白露　（失落地）就那么着急么？

方达生　（爽直地）你知道我现在在乡下住久了；在那种热闹地方总有点不耐烦。

陈白露　（理着自己的头发）现在呢？

方达生　（吐出一口气）自然比较安心一点。我想这里既然没有人，我可以跟你说几句话。

陈白露　可是(手掩着口，又欠伸着)现在就要天亮了。(忽然)咦，为什么你不坐下？

方达生　（拘谨地）你——你并没有坐。

陈白露　（笑起来，露出一半齐整洁白的牙齿）你真是书呆子，乡下人，到我这里来的朋友没有等我让座的。(走到他面前，轻轻地推他坐在一张沙发上)坐下。(回头，走到墙边小柜前)渴得很，让我先喝一口水再陪着你，好么？(倒水，拿起烟盒)抽烟么？

方达生　（瞪她一眼）方才告诉过你，我不会抽烟。

陈白露　（善意地讥讽着他）可怜——你真是个好人！（自己很熟练地燃上香烟，悠悠然呼出淡蓝色的氤氲）

方达生　（望着女人巧妙地吐出烟圈，忽然，忍不住地叹一声，同情而忧伤地）真的我想不到，竹均，你居然会变——

陈白露　（放下烟）等一等，你叫我什么？

方达生　（吃了一惊）你的名字，你不愿意听么？

陈白露　（回忆地）竹均，竹均，仿佛有多少年没有人这么叫我了。达生，你再叫我一遍。

方达生(受感动地)怎么，竹均——

陈白露　（回味男人叫的情调）甜得很，也苦得很。你再这样叫我一声。

方达生　（莫名其妙女人的意思）哦，竹均！你不知道我心里头——(忽然)这里真没有人么？

陈白露　没有人,当然没有人。

方达生　(难过地)我看你现在这个样子。你不知道我的心,我的心里头是多么——

〔——但是由右面寝室里蹒跚出来一个人,穿着礼服,硬领散开翘起来,领花拖在前面。他摇摇荡荡的,一只袖管没有穿,在它前后摆动着。他们一同回过头,那客人毫不以为意地立在门前,一手高高扶着门框,头歪得像架上熟透了的金瓜,脸通红,一绺一绺的头发搭下来。一副白金眼镜挂在鼻尖上,他翻着白眼由镜子上面望过去,牛吼似的打着嚏。

进来的客人　(神秘地,低声)嘘!(放正眼镜,摇摇晃晃地指点着)

陈白露　(大吃一惊倒吸一口气)Georgy!

进来的Georgy　(更神秘地,摆手)嘘!(他们当然不说话了,于是他飘飘然地走到方达生面前,低声)什么,心里?(指着他)啊!你说你心里头是多么——怎么?(亲昵地对着女人)白露,这个人是谁呀?

方达生　(不愉快而又不知应该怎么样)竹均,他是谁?这个人是谁?

进来的乔治　(仿佛是问他自己)竹均?(向男人)你弄错了,她叫白露。她是这儿顶红,顶红的人,她是我的,嗯,是我所最崇拜的——

陈白露　(没有办法)怎么,你喝醉了!

张乔治　(指自己)我?(摇头)我没有喝醉!(摇摇摆摆地指着女人)是你喝醉了!(又指着那男人)是你喝醉了!(男人望望白露的脸,回过头,脸上更不好看,但进来的客人偏指着男人说)你看你,你看你那眼直瞪瞪的,喝得糊里糊涂的样子!Pah(轻慢似的把雪白的手掌翻过来向外一甩,这是他最得意的姿势,接着又是一个嚏)我,我真有点看不下去。

陈白露　(这次是她真看不下去了)你到这里来干什么?

方达生　(大了胆)对了,你到这里来干什么?(两只质问的眼睛盯着他)

张乔治　(还是醉醺醺地)嗯,我累了,我要睡觉,(闪电似的来了一个理由)咦!你们不是也到这儿来的么?

陈白露　(直瞪瞪地看着他,急了)这是我的家,我自然要回来。

张乔治　(不大肯相信)你的家?(小孩子不信人的顽皮腔调,先高后低的)嗯?

陈白露　(更急了)你刚从我的卧室出来,你这是什么意思?

张乔治　什么?(更不相信地)我刚才是从你的卧室出来?这不对,——不对,我没有,(摇头)没有。(摸索自己的前额)可是你们先让我想想,……(望着天仿佛在想)

陈白露　(哭不得,笑不得,望着男人)他还要想想!

张乔治　（摆着手,仿佛是叫他们先沉沉气）慢慢地,你们等等,不要着急。让我慢慢,慢慢地想想。（于是他模糊地追忆着他怎样走进旅馆,迈进她的门,瞥见了那舒适的床,怎样转东转西,脱下衣服,一跤跌倒在一团柔软的巢窠里。他的唇上下颤动,仿佛念念有词,做出种种手势来追忆方才的情况。这样想了一刻,才低声地）于是我就喝了,我就转,转了我又喝,我就转,转呀转,转呀转的,……后来——（停顿了,想不起来）后来？哦,于是我就上了电梯,——哦,对了,对了,（很高兴地,敲着前额）我就进了这间屋子,……不,不对,我还更进一层,走到里面。于是我就脱了衣服,倒在床上。于是我就这么躺着,背向着天,脑袋朝下。于是我就觉得恶心,于是我就哇啦哇啦地（拍脑袋,放开平常的声音说）对了,那就对了。我可不是从你的卧室走出来？

陈白露　（严厉地）Georgy,你今天晚上简直是发疯了。

张乔治　（食指抵住嘴唇,好莱坞明星的样子）嘘！（耳语）我告诉你,你放心。我并没有发疯。我先是在你床上睡着了,并且我喝得有点多,我似乎在你床上——（高声）糟了,我又要吐。（堵住嘴）哦,Pardon me, Mademoiselle,对不起,小姐。（走一步,又回转身）哦,先生,请你原谅。Pardon, Monsieur（狠狠地跳了两步,回过头,举起两手,如同自己是个闻名的演员对许多热烈的观众,做最后下台的姿势,那样一次再次地摇着手,鞠着躬）再见吧,二位。Good night! Good night! My lady and gentleman! Oh, good—bye, au revoir, Madame; et monsieur, I—I shall—I shall—（哇的一声,再也忍不住了,他堵住嘴,忙跑出门。门关上,就听见他呕吐的声音;似乎有人扶着他,他哼哼叽叽地走远了）

〔白露望望男人,没有办法地坐下。

方达生　（说不出的厌恶）这个东西是谁？

陈白露　（嘘出一口气）这是此地的高等出产,你看他好玩不？

方达生　好玩！这简直是鬼！我不明白你为什么跟这样的东西来往？他是谁？他怎么会跟你这么亲近？

陈白露　（夹起烟,坐下来）你要知道么？这是此地最优秀的产品,一个外国留学生,他说他得过什么博士硕士一类的东西,洋名 George,在外国他叫乔治张,在中国他叫张乔治。回国来听说当过几任科长,现在口袋里很有几个钱。

方达生　（走近她）可是你为什么跟这么个东西认识,难道你觉不出这是个讨厌的废物？

陈白露　（掸了掸烟灰）我没有告诉你么？他口袋里有几个钱。

方达生　有钱你就要……

陈白露　（爽性替他说出来）有钱自然可以认识我,从前我在舞场做事的时候,他很追过我一阵。

## 第五章 "人生本来就是一出戏"

方达生　（明白站在他面前的女人已经不是他从前所想的）那就怪不得他对你那样了。（低下头）

陈白露　你真是个乡下人，太认真，在此地多住几天你就明白活着就是那么一回事。每个人都这样，你为什么这样小气？好了，现在好了，没有人啦，你跟我谈你要谈的话吧。

方达生　（从深思醒过来）我刚才对你说什么？

陈白露　你真有点记性坏。（明快地）你刚才说心里头怎么啦！这位张乔治先生就来了。

方达生　（沉吟，叹一口气）对了，"心里头"，"心里头"，我就是这么一个人，永远在心里头活着。可是竹均，（诚恳地）我看你是这个样子，你真不知道我心里头是多么——（门呀地开了，他停住了嘴）大概是张先生又来了。

〔进来的是旅馆的茶役，一副狡猾的面孔，带着谄媚卑屈的神气。

王福升　不是张先生，是我。（赔着笑脸）陈小姐，您早回来了。

陈白露　你有什么事？

王福升　方才张先生您看见了。

陈白露　嗯，怎么样？

王福升　我扶他另外开一间房子睡了。

陈白露　（不愉快）他爱上哪里，就上哪里，你告诉我做什么！

王福升　说的是呀。张先生说十分对不起您，喝醉了，跑到您房里来，把您的床吐，吐，——

陈白露　啊，他吐了我一床？

王福升　是，陈小姐您别着急，我这就给您收拾。（白露起来，他拦住她）您也别进去，省得看着别扭。

陈白露　这个东西，简直——也好，你去吧。

王福升　是。（又回转来）今天您一晚上不在家，来得客人可真不少。李五爷、方科长、刘四爷都来过。潘经理看了您三趟。还有顾家八奶奶来了电话说请您明天——嗯，今天晚上到她公馆去玩玩。

陈白露　我知道。回头你打个电话，请她下午先到这儿来玩玩。

王福升　胡四爷还说，过一会儿要到这儿来看看您。

陈白露　他愿意来就叫他来。我这里，哪一类的人都欢迎。

王福升　还有报馆的，张总编辑——

陈白露　知道。今天他有空也请他过来玩玩。

王福升　对了，潘经理今天晚上找了您三趟。现在他——

陈白露　（不耐烦）知道，知道，你刚才说过了。

王福升　可是,陈小姐,这位先生今天就——
陈白露　你不用管。这位先生是我的表哥。
方达生　(莫名其妙)表哥?
陈白露　(对着福升)他一会儿就睡在这儿。
方达生　不,竹均,我不,我是一会儿就要走的。
陈白露　好吧,(没想到他这样不懂事,不高兴地)随你的便。(对福升)你不用管了,走吧,你先把我的床收拾干净。
〔福升由卧室下。
方达生　竹均,怎么你现在会变成这样——
陈白露　(口快地)这样什么?
方达生　(叫她吓回去)呃,呃,这样地好客,——呃,我说,这样地爽快。
陈白露　我原来不是很爽快么?
方达生　(不肯直接道破)哦,我不是,我不是这个意思。……我说,你好像比以前大方得——
陈白露　(来得快)我从前也并不小气呀!哦,得了,你不要拿这样好听的话跟我说。我知道你心里是不是说我有点太随便,太不在乎。你大概有点疑心我很放荡,是不是?
方达生　(想掩饰)我……我……自然……,我……
陈白露　(追一步)你说老实话,是不是?
方达生　(忽然来了勇气)嗯——对了。你是比以前改变多了。你简直不是我以前想的那个人。你说话,走路,态度,行为,都,都变了。我一夜晚坐在舞场来观察你。你已经不是从前那样天真的女孩子,你变了。你现在简直叫我失望,失望极了。
陈白露　(故作惊异)失望?
方达生　(痛苦)失望,嗯,失望,我没有想到我跑到这里,你已经变成这么随便的女人。
陈白露　(警告他)你是要教训我么? 你知道,我是不喜欢听教训的。
方达生　我不是教训你。我是看不下去你这种样子。我在几千里外听见关于你种种的事情,我不相信。我不相信我从前最喜欢的人会叫人说得一个钱也不值。我来看你,我发现你在这么一个地方住着;一个单身的女人,自己住在旅馆里,交些个不三不四的朋友,这种行为简直是,放荡,堕落,——你要我怎么说呢?
陈白露　(立起,故意冒了火)你怎么敢当着面说我堕落! 在我的屋子里,你怎么敢说对我失望! 你跟我有什么关系,你敢这么教训我?

方达生　（觉得已得罪了她）自然现在我跟你没有什么关系。

陈白露　（不放松）难道从前我们有什么关系？

方达生　（嗫嚅）呃，呃，自然也不能说有。（低头）不过你应该记得你是很爱过我。并且你也知道我这一次到这里来是为什么？

陈白露　（如一块石头）为什么？我不知道！

方达生　（恳求地）我不喜欢看你这样，跟我这样装糊涂！你自然明白，我要你跟我回去。

陈白露　（睁着大眼睛）回去？回到哪儿去？你当然晓得我家里现在没有人。

方达生　不，不，我说你回到我那里，我要你，我要你嫁给我。

陈白露　（恍然大悟的样子）哦，你昨天找我原来是要给我说媒，要我嫁人啊？（方才明白的语调）嗯！——（拉长声）

方达生　（还是那个别扭劲儿）我不是给你说媒，我要你嫁给我，那就是说，我做你的丈夫，你做我的——

陈白露　得了，得了，你不用解释。"嫁人"这两个字我们女人还明白怎么讲。可是，我的老朋友，就这么爽快么？

方达生　（取出车票）车票就在这里。要走天亮以后，坐早十点的车我们就可以离开这儿。

陈白露　我瞧瞧。（拿过车票）你真买了两张，一张来回，一张单程，——哦，连卧铺都有了。（笑）你真周到。

方达生　（急煎煎地）那么你是答应了，没有问题了。（拿起帽子）

陈白露　不，等等，我只问你一句话——

方达生　什么？

陈白露　（很大方地）你有多少钱？

方达生　（没想到）我不懂你的意思。

陈白露　不懂？我问你养得活我么？（男人的字典没有这样的字，于是惊吓得说不出话来）咦？你不要这样看我！你说我不应该这么说话么？咦，我要人养活我，你难道不明白？我要舒服，你不明白么？我出门要坐汽车，应酬要穿些好衣服，我要玩，我要跳舞，你难道听不明白？

方达生　（冷酷地）竹均，你听着，你已经忘了你自己是谁了。

陈白露　你要问我自己是谁么？你听着：出身，书香门第，陈小姐；教育，爱华女校的高材生；履历，一阵子的社交明星，几个大慈善游艺会的主办委员；……父亲死了，家里更穷了，做过电影明星，当过红舞女。怎么这么一套好身世，难道我不知道自己是谁？

方达生　（不屑地）你好像很自负似的。

陈白露　嗯,我为什么不呢？我一个人闯出来,自从离开了家乡,不用亲戚朋友一点帮忙,走了就走,走不了就死去。到了现在,你看我不是好好活着,我为什么不自负？

方达生　可是你以为你这样弄来的钱是名誉的么？

陈白露　可怜,达生,你真是个书呆子。你以为这些名誉的人物弄来的钱就名誉么？我这里很有几个场面上的人物,你可以瞧瞧,种种色色:银行家,实业家,做小官的都有。假若你认为他们的职业是名誉的,那我这样弄来的钱要比他们还名誉得多。

方达生　我不明白你究竟是什么意思,也许名誉的看法——

陈白露　嗯,也许名誉的看法,你跟我有些不同。我没故意害过人,我没有把人家吃的饭硬抢到自己的碗里。我同他们一样爱钱,想法子弄钱,但我弄来的钱是我牺牲过我最宝贵的东西换来的。我没有费着脑子骗过人,我没有用着方法抢过人,我的生活是别人甘心愿意来维持,因为我牺牲过我自己。我对男人尽过女子最可怜的义务,我享着女人应该享的权利！

方达生　（望着女人明灼灼的眼睛）可怕,可怕——哦,你怎么现在会一点顾忌也没有,一点羞耻的心也没有。你难道不知道金钱一迷了心,人生最可贵的爱情,就会像鸟儿似的从窗户飞了么？

陈白露　（略带酸辛）爱情？（停顿,掸掸烟灰,悠长地）什么是爱情？（手一挥,一口烟袅袅地把这两个字吹得无影无踪）你是个小孩子！我不跟你谈了。

方达生　（不死心）好,竹均,我看你这两年的生活已经叫你死了一半。不过我来了,我看见你这样,我不能看你这样下去。我一定要感化你,我要——

陈白露　（忍不住笑）什么,你要感化我？

方达生　好吧,你笑吧,我现在也不愿意跟你多辩了。我知道你以为我是个傻子,从那么远的路走到这里来找你,说出这一大堆傻话。不过我还愿意做一次傻请求,我想再把这件事跟你说一遍。我希望你还嫁给我。请你慎重地考虑一下,二十四小时内,希望你给我一个满意的答复。

陈白露　（故作惊吓状）二十四小时,可吓死我了。不过,如若到了你的期限,我的答复是不满意的,那么,你是否就要下动员令,逼着我嫁你么？

方达生　那,呃,那,——

陈白露　那你怎么样？

方达生　如果你不嫁给我——

陈白露　你怎么样？

方达生　（苦闷地）那——那我也许自杀。

陈白露　什么？(不高兴地)你怎么也学会这一套？
方达生　不,(觉得自己有点太时髦了)不,我不自杀。你放心,我不会为一个女人自杀的,我自己会走,我要走得远远的。
陈白露　(放下烟)对呀,这还像一个大人说的话。(立起)好了,我的傻孩子,那么你用不着再等二十四小时啦！
方达生　(立起以后)什么？
陈白露　(微笑)我现在就可以答复你。
方达生　(更慌了)现在？——不,你先等一等。我心里有点慌。你先不要说,我要把心稳一稳。
陈白露　(很冷静地)我先给你倒一杯凉茶,你定定心好不好？
方达生　不,用不着。
陈白露　抽一支烟。
方达生　(不高兴)我告诉过你三遍,我不会抽烟。(摸着心)得了,过去了,你说吧。
陈白露　你心稳了。
方达生　(颤声)嗯！
陈白露　那么,(替他拿帽子)你就可以走了。
方达生　什么？
陈白露　在任何情形之下,我是不会嫁给你的。
方达生　为,为什么？
陈白露　不为什么！你真傻！这类的事情说不出个什么道理来的。你难道不明白？
方达生　那么,你对我没有什么感情？
陈白露　也可以这么说吧。(达生想拉住她的手,但她飘然走到墙边)
方达生　你干什么？
陈白露　我想按电铃。
方达生　做什么？
陈白露　你真的要自杀,我好叫证人哪。
方达生　(望着白露,颓然跌在沙发里)方才的话是你真心说的话,没有一点意气作用么？
陈白露　你看我现在还像个再有意气的人么？
方达生　(立起)竹均！(拿起帽子)
陈白露　你这是做什么？
方达生　我们再见了。

陈白露　哦,再见了。(夸张的悲哀,拉住他的手)那么,我们永别了。

方达生　(几乎要流眼泪)嗯,永别了。

陈白露　(看他到门口)你真预备要走么?

方达生　(孩子似的)嗯。

陈白露　那么,你大概忘了你的来回车票。

方达生　哦!(走回来)

陈白露　(举着车票)你真要走么?

方达生　嗯。竹均!(回头,用手帕揩去忍不住的眼泪)

陈白露　(两手抓着他的肩膀)你怎么啦?傻孩子,觉得眼睛都挂了灯笼了么?你真不害羞,眼泪是我们女人的事!好了,(如哄小兄弟一样)我的可怜虫,叫我气哭了,嗯?我跟你擦擦,你看,那么大的人,多笑话!不哭了,不哭了!是吧?(男人经过了这一番抚慰,心中更委屈起来,反加抽咽出了声音。白露大笑,推着他坐下)达生,你看你让我跟你说一句实在话。你先不要这样孩子气,你想,你要走,你就能随便走么?

方达生　(抬起头)怎么?

陈白露　(举车票)这是不是你的车票?

方达生　嗯,怎么?

陈白露　你看,这一下(把车票撕成两片)好不好?这又一下(把车票撕成四片)好不好?(扔在痰盂里)我替你保存在这里头。好不好?

方达生　你,你怎么——

陈白露　你不懂?

方达生　(眉梢挂着欢喜)怎么,竹均,你又答应我了么?

陈白露　不,不,你误会我的意思,我没有答应你,我方才是撕你的车票,我不是撕我的卖身契。我是一辈子卖给这个地方的。

方达生　那你为什么不让我走?

陈白露　(诚恳地)你以为世界上就是你一个人这样多情么?我不能嫁给你,难道就是我恨了你?你连跟我玩一两天,谈谈从前的事的情分都没有了么?你有点太古板,不结婚就不能做一个好朋友?难道想想我们以往的情感不能叫我们也留恋一点么?你一进门就斜眼看着我,东不是,西不是的。你说我这个不对,那个不对。你说了我,骂了我。你简直是瞧不起我,你还要我立刻嫁给你。还要我二十四小时内答复你,哦,还要我立刻跟你走。你想一个女子就是顺从得该像一只羊,也不至于可怜到这步田地啊。

方达生　(憨直地)我向来是这个样子,我不会表示爱情,你叫我跪着,说些好听的话,我是不会的。

陈白露　是啊,所以无妨你先在我这里多学学,过两天,你就会了的。好了,你愿意不愿意跟我再谈一两天?

方达生　(爽直地)可是谈些什么呢?

陈白露　话自然多得很,我可以介绍你看看这个地方,好好地招待你一下,你可以看看这里的人怎样过日子。

方达生　不,用不着,这里的人都是鬼。我不用看。并且我的行李昨天已经送到车站了。

陈白露　真送到车站么?

方达生　自然我从来不,——从来不说谎话的。

陈白露　福升。

〔茶房由卧室出。

王福升　陈小姐,您别忙,您的床就收拾好。

陈白露　不是这个,我问你,我走的时候,我叫你从东方饭店——嗯!从车站取来的行李,你拿回来了么?

王福升　你说方先生的是不是,拿回来了。我从饭店里拿回来了。

方达生　竹均,我的行李你怎么敢从我的旅馆取出来了。

陈白露　嗯,——我从你的旅馆居然就敢取出来了。你这不会说谎的笨东西。(对福升)你现在搁在哪个房间里?

王福升　东边二十四号。

陈白露　是顶好的房子么?

王福升　除了您这四间房,二十四号是这旅馆顶好的。

陈白露　好,你领着方先生去睡吧。要是方先生看着不合适,告诉我,我把我的屋子让给他。

王福升　是,陈小姐。(下)

方达生　(红了脸)可是竹均,这不像话——

陈白露　这个地方不像话的事情多得很。这一次,我要请你多瞧瞧,把你这副古板眼镜打破了,多看看就像话了。

方达生　不,竹均,这总应该斟酌一下。

陈白露　不要废话,出去!(推他)福升,福升,福升!

〔福升上。

方达生　在这样的旅馆里,我一定睡不着的。

陈白露　睡不着,我这里有安眠药,多吃两片,你就怎么也不嫌吵得慌了。你要么?

方达生　你不要开玩笑,我告诉你,我不愿看这个地方。

陈白露　不，你得看看，我要你看看。（对福升）你领着他去看房子。（一面推达生，一面说）赶快洗个澡，睡个好觉。起来，换一身干净衣服，我带你出去玩玩。走，乖乖的，不要不听话，听见了没有？Good night——（远远一声鸡鸣）你听，真不早了。快点，睡去吧。

〔男人自然还是撅着嘴，倔强，但是经不得女人的手同眼睛，于是被她哄着骗着推下去。

〔她关上门。过度兴奋使她无力地倚在门框上。同时疲乏仿佛也在袭击着她，她是真有些倦意了。一夜晚的烟酒和激动吸去了她大半的精力。她打一个呵欠，手背揉着青晕更深了的眼睛。她走到桌前，燃着一支香烟。外面遥遥又一声鸡鸣。她回过头，凝望窗外漫漫浩浩一片墨影渐渐透出深蓝的颜色。如一只鸟，她轻快地飞到窗前。她悄悄地在窗上的霜屑上划着痕路。丢下烟，她又笑又怕地想把脸猫似的偎在上面，"啊！"的一声，她登时又缩回去。她不甘心，她偏把手平排地都放在霜上面。冷得那样清爽！她快意地叫出来。她笑了。她索性擦掉窗上叶子大的一块霜迹，眯着一只眼由那隙缝窥出。但她想起来了，她为什么不开了窗子看天明？她正要拧转窗上铁链，忽然想着她应该关上灯，于是敏捷地跑到屋子那一端灭了亮。房屋顿时黑暗下来，只有窗子渗进一片宝蓝的光彩。望见一个女人的黑影推开了窗户。

〔外面：在阴暗的天空里，稀微的光明以无声的足步蹑着脚四处爬上来。窗外起初是乌漆一团黑，现在由深化浅。微暗天空上面很朦胧地映入对面一片楼顶棱棱角角的轮廓，上面仿佛晾着裤褂床单一类的东西，掩映出重重叠叠的黑影。她立在窗口，斜望出去，深深吸进一口凉气，不自主地打一个寒战。远处传来低沉的工厂的汽笛声，哀悼似的长号着。

〔屋内光影暧昧，不见轮廓。这时由屋的左面食物柜后悄悄爬出一个人形，倚着柜子立起，颤抖着，一面蹑足向门口走，预备乘机偷逃。白露这时觉得背后有人行走。她蓦然回转头，看过去。那人仿佛钉在那里，不能动转。

陈白露　（低声，叫不出来）有贼。

那　人　（先听见气迸出的字音）别叫，别叫！

陈白露　谁，（慌张）你是谁？

那　人　（缩做一团，喘气和抖的声音）小……姐！小……姐！

陈白露　（胆子大了点）你是干什么的？

那　人　我……我……（抽噎）

〔白露赶紧跑到墙边开灯，室内大放光明。在她面前立着一个瘦弱胆怯的小女孩子。约莫有十五六岁的样子，两根小辫垂在乳前，头发乱蓬蓬的，惊惶地睁着两个大眼睛望着白露，两行眼泪在睫毛下挂着。她穿一件满染油渍，肥大绝伦的蓝绸褂子,衣裾同袖管几乎拖曳地面。下面的裤也硕大无比,裤管总在地上磨擦着。这一身衣服使她显得异样怯弱渺小,如一个婴儿裹在巨人的袍褂里。因为寒冷和恐惧,她抖得可怜,在她亮晶晶的双眼里流露出天真和哀求。她低下头,一寸一寸地向后蹒跚,手里提着裤子,提心吊胆,怕一不谨慎,跌在地上。

陈白露　（望着这可笑又可怜的动物）哦,可怜,原来是这么一个小东西。

小东西　（惶恐而忸怩地）是,是,小姐。（小东西一跛一跛地向后退,一下小心踏在自己的裤管上,几乎跌倒）

陈白露　（忍不住笑——但是故意地绷起脸）啊,你怎么会想到我这里,偷东西?啊!（佯为怒态）小东西,你说!

小东西　（手弄着衣裾）我……我没有偷东西。

陈白露　（指着）那么,你这衣服偷的是谁的?

小东西　（低头估量自己的衣服）我,我偷的是我妈妈的。

陈白露　谁是你妈妈?

小东西　（望白露一眼,呆呆地撩开眼前的短发）我妈妈！——我不知道我妈妈是谁。

陈白露　（笑了——依然忖度她）你这个糊涂孩子,你怎么连你妈妈都不知道。你妈妈住在什么地方?

小东西　（指屋顶）在楼上。

陈白露　在楼上。（她恍然明白了）哦,你在楼上,可怜,谁叫你跑出来的?

小东西　（声音细得快听不见）我,我自己。

陈白露　为什么?

小东西　（胆怯）因为……他们……（低下头去）

陈白露　怎么?

小东西　（怒然）他们前天晚上——（惧怕使她说不下去）

陈白露　你说,这儿不要紧的。

小东西　他们前天晚上要我跟一个黑胖子睡在一起,我怕极了,我不肯,他们就——（抽咽）

陈白露　哦,他们打你了。

小东西　（点头）嗯,拿皮鞭子抽。昨天晚上他们又把我带到这儿来。那黑胖子又来了。我实在是怕他,我吓得叫起来,那黑胖子气走了,他们……（抽咽）

陈白露　（泫然）他们又打你了。

小东西　（摇头,眼泪流下来）没有,隔壁有人,他们怕人听见。堵住我的嘴,掐我,拿（哭起来）……拿……拿烟签子扎我（忍住泪）您看,您看！（伸出臂膊,白露执着她的手。太虚弱了,小东西不自主地跪下去,但膝甫触地,"啊"的一声,她

立刻又起来)

陈白露　(抱住她)你怎么啦?

小东西　(痛楚地)腿上扎的也是,小姐。

陈白露　天!(不敢看她的臂膊)你这只胳膊怎么会这样……(用手帕揩去自己的眼泪)

小东西　不要紧的,小姐,您不要哭。(盖上自己的臂膊)他们怕我跑,不给我衣服,叫我睡在床上。

陈白露　你跑出去的时候,他们干什么?

小东西　在隔壁抽烟打牌。我才偷偷地起来,把妈妈的衣服穿上。

陈白露　你怎么不一直跑出去?

小东西　(仿佛很懂事的)我上哪儿去? 我不认识人,我没有钱。

陈白露　不过你的妈妈呢?

小东西　(傻气地)在楼上。

陈白露　不是,我说你的亲妈妈,生你的妈妈。

小东西　她?(眼眶含满了泪)她早死了。

陈白露　父亲呢?

小东西　前个月死的。

陈白露　哦!(她回过身去)——可是你怎么跑到我这里来? 他们很容易找着你的。

小东西　(恐惧到了极点)不,不,不!(跪下)小姐,您修个好吧,千万不要叫他们找着我,那他们会打死我的。(拉着小姐的手)小姐,小姐,您修个好吧!(叩头)

陈白露　你起来,(把她拉起来)我没有说把你送回去,你先坐着,让我们想个法子。

小东西　谢谢您,谢谢您,小姐。(她忽然跑到门前,把门关好)

陈白露　你干什么?

小东西　我把门关严,人好进不来。

陈白露　哦——不要紧的。你先不要怕。(停)可是你方才不是想出去吗?

小东西　(点首)嗯。

陈白露　你预备上哪儿去?

小东西　(低声)我原先想回去。

陈白露　(奇怪)回去,还回到他们那里去?

小东西　(低头)嗯。

陈白露　为什么?

小东西　饿——我实在饿得很。我想也许他们还不知道我跑出来。我知道天亮以后他们还得打我一顿,可是过一会他们会给我一顿稀饭吃的。旁的地方连这点东西也不会给我。

陈白露　你还没有吃东西?

小东西　(天真的样子)肚子再没有东西,就会饿死的,他们不愿意我死,我知道。

陈白露　你多少时没有吃东西?(她到食物柜前)

小东西　有一天多了。他们说是要等那黑胖子喜欢之后才许我吃呢。

陈白露　好,你先吃一点饼干。

小东西　(接过来)谢谢您,小姐。(她背过脸贪婪地吃)

陈白露　你慢慢吃,不要噎着。

小东西　(忽然)就这么一点么?

陈白露　(怜悯地看着她)不要紧!你吃完了还有。——(哀矜地)饿逼得人会到这步田地么?

〔中门呀地开了。

小东西　(赶紧放下食物,在墙角躲起来)啊,小姐。

陈白露　谁?

〔福升上。

王福升　是我,福升。

小东西　小姐,(惊惧)他……他……

陈白露　不要怕,小东西,他是侍候人的茶房。

王福升　小姐,大丰银行的潘经理,昨天晚上来了三遍。

陈白露　知道,知道。

王福升　他还没有走。

陈白露　没有走?为什么不走?

王福升　这旅馆旁边不是要盖一座大楼么?潘经理这也许跟他那位秘书谈这件事呢。可是他说了,小姐回来,就请他去。他要见您。

陈白露　真奇怪,他们盖房子得了,偏要半夜到这个地方来谈。

王福升　说的是呢。

陈白露　那么刚才你为什么不说?

王福升　刚才,不是那位方先生还在——

陈白露　哦,那你不要叫他来,你跟潘经理说,我要睡了。

王福升　怎么,您为什么不见见他呢,您想,人家潘经理,大银行开着——

陈白露　(讨厌这个人的啰唆)你不要管,我不愿意见他,我不愿意见他,你听见了没有？

王福升　（卑屈的神色，谄笑着）可是，小姐，您千万别上火。（由他袋里摸出一大把账单来）您听着，您别着急！这是美丰金店六百五十四块四，永昌绸缎公司三百五十五元五毛五，旅馆二百二十九块七毛六，洪生照相馆一百一十七块零七毛，久华昌鞋店九十一块三，这一星期的汽车七十六元五——还有——

陈白露　（忍不住）不要念，不要念，我不要听啊。

王福升　可是，小姐，不是我不侍候您老人家，您叫我每天这样搪账，说好说歹，今天再没有现钱，实在下不去了。

陈白露　（叹了一口气）钱，钱，永远是钱！（哀痛地）为什么你老是用这句话来吓唬我呢！

王福升　我不敢，小姐，可是，这年头不济，市面紧，今天过了，就不知道明天还过不过——

陈白露　我从来没有跟旁人伸手要过钱，总是旁人看着过不去，自己把钱送来。

王福升　小姐身份固然要紧。可是——

陈白露　好吧，我回头就想法子吧，叫他们放心得了。

王福升　（正要出门）咦，小姐。哪里来的这么个丫头？

〔小东西乞怜地望着白露。

陈白露　（走到小东西旁边）你不用管。

王福升　（上下打量小东西）这孩子我好像认得。小姐，我劝您少管闲事。

陈白露　怎么？

王福升　外面有人找她。

陈白露　谁？

王福升　楼上的一帮地痞们，穿黑衣服，歪戴着毡帽，尽是打手。

小东西　（吓出声音）啊，小姐，（走到福升前面，抓住他）啊，老爷。您得救救我！（正要跪下，福升闪开）

王福升　（对小东西）你别找我。

陈白露　（向福）把门关上！锁住。

王福升　可是，小姐——

陈白露　锁上门。

王福升　（锁门）小姐，这藏不住，她妈妈跟她爸爸在这楼里到处找她呢。

陈白露　给他们一点钱，难道不成？

王福升　您又大方起来了。给他们钱？您有几万？

陈白露　怎么讲？

王福升　您这时出钱,那他们不敲个够。

陈白露　那我们就——

〔外面足步与说话声。

王福升　别做声！外面有人。(听一会)他们来了。

小东西　(失声)啊,小姐！

陈白露　(紧紧握着她的手)你要再叫,管不住自己,我就把你推出去。

小东西　(喑哑)小,小姐,不,不！

陈白露　(低声)不要说话,听着。

外面男甲的声音　(暴躁地)这个死丫头,一点造化也没有,放着福不享,偏要跑,真他妈的是乡下人,到底不是人揍的。

外面女人的声音　(尖锐的喉咙)你看金八爷叫这孩子气跑了。

外面男乙的声音　(迟缓低哑地)什么,金八看上了她?

外面女人的声音　你看这不是活财神来了。可是这没有人心的孩子,偏跑了,你看这怎么交代？这可怎么交代——

外面男甲的声音　(不耐烦地对着妇人咆哮)去你妈的一边去吧。孩子跑了,你不早看着,还叨叨叨,叨叨叨,到这时候,说他妈的一大堆废话。(女人不做声)喂,老三,你看,她不会跑出去吧?

外面男乙的声音　(老三,地痞里面的智多星,迟缓而自负地)不会的,不会的,她是穿着大妈的衣服走的,一件单褂子,这么冷的天,她上哪儿去?

外面女人的声音　(想得男甲的欢心。故意插进嘴)可不是,她穿我的衣服跑的。那会跑哪儿去? 可是二楼一楼都说没看见,老三,你想,她会——

外面男丙的声音　(一个凶悍而没有一点虑谋的人)大妈,这楼的茶房说刚才见过她,那她还会跑到哪儿去?

外面男甲粗暴的声音　(首领的口气)那么一定就在这一层楼里,下工夫找吧。

外面女人声　(狺狺然)哼,反正跑不了,这个死丫头。

〔屋内三人屏息谛听,男女足步声渐远。

陈白露　走了么?

王福升　(啊出一口气)走了,大概是到那边去了。

陈白露　(忽然打开门)那么,让我看看。(正要探出头去,小东西拉着她的手,死命地拉她回来)

小东西　(摇头,哀求)小姐！小姐！

王福升　(推着她,关好门,摇头,警告她)不要跟他们打交道。

陈白露　(向小东西)不要怕,不要紧的。(向福升)怎么回事,难道——

王福升　别惹他们。这一帮人不好惹,好汉不吃眼前亏。

陈白露　怎么?

王福升　他们成群结党,手里都有家伙,都是吃卖命饭的。

陈白露　咦,可是他们总不能不讲理呀!把这孩子打成这样,你看,(拿起小东西臂膊)拿烟杆子扎的,流了多少血。闹急了,我就可以告他们。

王福升　(鄙夷地)告他们!告谁呀?他们都跟地面上的人有来往,怎么告,就是这官司打赢了,这点仇您可跟他们结的了?

陈白露　那么——难道我把这个孩子送给他们去?

小东西　(恐惧已极,喑哑声)不,小姐。(眼泪暗暗流下来,她用大袖子来揩抹)

王福升　(摇头)这个事难,我看您乖乖地把这孩子送回去。我听说这孩子打了金八爷一巴掌,金八爷火了。您不知道?

陈白露　金八爷!谁是金八爷?

小东西　(抬起头)就是那黑胖子。

王福升　(想不到白露会这样孤陋寡闻)金八爷!金八爷!这个地方的大财神。又是钱,又是势,这一帮地痞都是他手下的,您难道没听见说过?

陈白露　(慢慢倒吸一口气,惊愕地)什么,金八?是他?他怎么会跑到这旅馆来?

王福升　家里不开心,到这儿来玩玩,有了钱做什么不成。

陈白露　(低声)金八,金八。(向小东西)你的命真苦,你怎么碰上这么个阎王。——小东西,你是打了他一巴掌?

小东西　(憨态地)你说那黑胖子?——嗯。他拼命抱着我,我躲不开,我就把他打了,(仿佛这回忆是很愉快的)狠狠地在他那肥脸上打了一巴掌!

陈白露　(自语,严肃地)你把金八打了!

小东西　(看神气不对,求饶)可是,小姐,我以后再也不打他了,再也不了。

陈白露　(自语)打得好!打得好!打得痛快!

王福升　(怯惧)小姐,这件事我可先说下,没有我在内。您要大发慈悲,管这个孩子,这可是您一个人的事,可没有我。过一会,他们要问到我——

陈白露　(毅然)好,你说你没看见!

王福升　(望着小东西)没看见?

陈白露　(命令)我要你说没看见。

王福升　(不安状)可是——

陈白露　出了事由我担待。

王福升　(正希望白露说出这句话)好,好,好,由您担待。(油嘴滑舌)上有电灯,下有地板,这可是您自己说的。

陈白露　(点头)嗯,自然,我说一句算一句。现在你把潘经理请进来吧。

王福升　可是您刚才不是不要他老人家来么?

陈白露　我叫你去,你就去,少说废话——

王福升　(一字比一字声拖得长)是,——是,——是,——

〔福升不以为然地走出去。

陈白露　(向小东西)吃好了没有?

小东西　才吃了两块。

陈白露　怎么?

小东西　我……我……没有吃饱。

陈白露　你尽量地吃吧。

小东西　不,我不吃了。

陈白露　怎么?

小东西　我怕,我实在是怕得慌。(忍不住哭出声来)

陈白露　(过来安慰她)不要哭! 不要哭!

小东西　小姐,你不会送我到他们那儿去吧。

陈白露　不,不会的。你别哭了,别哭了,你听,外边有人!

2. 欣赏

曹禺(1910—1996),我国杰出的现代话剧作家,原名万家宝,字小石,小名添甲。代表作品有《雷雨》《日出》《原野》《北京人》。

《日出》是曹禺的第二部剧作,写于 1935 年,叙述的是交际花陈白露的故事。学生出身的交际花陈白露住在大旅馆,靠银行家潘月亭的供养生活。童年和学生时代的好友方达生闻知她堕落了,从家乡跑来"感化"她,让她跟自己结婚并随自己回去。但对社会和生活都已失望的陈白露拒绝了他。此时同楼的孤女小东西为了逃避蹂躏闯到她的房间,她虽全力救助,但小东西终于还是被黑帮头子金八手下的人卖到妓院里,不堪凌辱而死。潘月亭也被金八挤垮,银行倒闭。陈白露慑于黑暗之浓重,看不见出路,黯然自杀。方达生则表示要与黑暗势力抗争,迎着日出而去。

《日出》是以 20 世纪 30 年代初期半殖民地半封建社会中国大都市生活为背景的四幕话剧。《日出》的思想是暴露半殖民地大都市黑暗糜烂面,控诉"损不足以奉有余"的社会。剧本中心人物是围绕主要人物陈白露展览出来的,作者安排陈白露作为"穿线人物",通过她带出一个个人物来。剧本主要以陈白露寄居的豪华大旅馆,和小东西陷身的下等妓院为活动场景,将四方杂处的各色人等引进舞台,以展示各自性格,揭示社会风貌。选择这样的地点来展示"损不足以奉有

余"的社会画面,也说明了作家艺术构思的巧妙。话剧中的人物除陈白露和方达生外,可分成两类:一类是黑势力的代表金八、大丰银行的经理潘月亭、银行经理秘书李石清、富孀顾八奶奶、博士生张乔治、"面首"胡四以及旅馆侍役王福升等"有余者";一类是刚到城市不久的小东西、大丰银行书记黄省三、老妓女翠喜以及卖报的哑巴等社会的"不足者"。这样便把"有余"与"不足"两个世界的景象都展现在观众面前,让人们看到了都市社会的里外两面。上层社会的人花天酒地、纸醉金迷,下层人民过着食不果腹、卖身卖命的悲惨生活。

《日出》采用了"辐射式结构"以代替《雷雨》的"封闭式结构"。《日出》也有中心人物即陈白露,但整个戏的情节并不集中在陈白露等一二人物身上,而是分散在许多人物的日常生活和事变之中。但陈白露的悲剧命运仍不失为贯穿全剧的一条情节线索。陈白露的情节有其本身的内容,陈白露在旅馆的生活,她和方达生的关系,她过去和诗人的爱情,她的自尽等。而作为一条"线索",又串起了"人生的零碎"。有了陈白露和潘月亭的关系,就"辐射"出金八、潘月亭、李石清、黄省三"大鱼吃小鱼,小鱼吃虾米"的情节。有了陈白露和"鬼"们打交道,就"辐射"出顾八奶奶、胡四、张乔治的生活横断面。有了陈白露救小东西,就"辐射"出写宝和下处的第三幕。原则是"花开几朵,各表一枝",而陈白露这条线索的贯穿,又使之具有戏剧结构的完整性。剧作家安排方达生来找陈白露后来离开旅馆作为全剧的引子,除了揭开陈白露"竹均时代"生活帷幕的一角外,又使戏剧的整体感有所加强。

《日出》结构的又一特色是"略前详后":陈白露在戏里一出场,已是交际花身份,住在豪华的酒店里。"她穿着极薄的晚礼服……一种嘲讽的笑总挂在嘴角。神色不时地露出倦怠和厌恶。"总之,我们初次见到陈白露,她已处在堕落日久,逐步走向最后毁灭的阶段。整出戏都在写她不甘心堕落但又无力自拔。但是堕落以前的陈白露呢?《日出》交代得异常简略。我们只知道她原来叫竹均,"出身,书香门第……教育,爱华女校的高材生……父亲死了,家里更穷了,做过电影明星,当过红舞女……一个人闯出来,自从离开了家乡,不用亲戚朋友一点帮忙……"除了这段跳跃式的身世概括以外,陈白露在第四幕里还告诉方达生她以前有过一次因平淡而失败的婚姻。丈夫是个诗人,后来似乎追求革命去了。但这种《伤逝》式的婚姻悲剧还是不能解释陈白露最初的堕落。她当初是怎么"离开了家乡""一个人闯出来",怎样从竹均变成白露,《日出》是完全省写了,这样"略前详后"的效果有三:一是读者(观众)不知道女主人公当初失足时是否曾有,以及有多少选择的余地;二是读者(观众)只看见女主人公今日堕落之苦且依然纯真,天良未泯,可以假设她身处泥淖是身不由己;三是既然女主人公只是受害者,那么谁应对这美女自杀的悲剧负责呢?显然是从主观与客观上找原因。

《日出》的强大生命力,不仅在于它深刻的思想,生动的形象,还在于它与内容高度和谐统一的新颖独特的艺术形式。

《日出》在严肃的悲剧基调中,有机地掺进了近乎滑稽的喜剧的嘲讽,在强烈的对照中,更加重了社会悲剧的色彩。全剧一方面通过陈白露与周围人事的碰撞,围绕去留问题,把一个走入历史末路的"新女性"内心深处的裂痕层层剥露出来;另一方面,又用潘月亭的公债投资活动、顾八奶奶和胡四肉麻的恋爱、小东西的不幸遭遇、翠喜的卖笑生涯、黄省三的惨剧等多条线索,交织成一幅五光十色的畸形都市生活画面。在戏剧场面频繁的转换中,作品不但善于以喜剧性的穿插来突显人物悲剧的命运,而且也常常以悲剧人物的出现来加强对反面人物喜剧性的讽刺和批判。如第二幕中,在被开除了公职的黄省三求告不成,反被潘经理打倒在地,气息奄奄地被人拖下台去之后,作品有意安排洋奴博士张乔治上场,摇头摆尾地以他的猎狗吃不到干净牛肉的"痛苦"为例,来感叹"在中国活着不容易"。鲜明的对照,不仅有力地控诉了"人不如狗"的黄省三的悲剧,还辛辣地讽刺了张乔治之流的无耻之处,揭露了他们的享乐生活正是建筑在黄省三等被损害、被压迫者的悲剧之上的剥削本质。从全剧来说,剧作家在陈白露豪华的客厅里尽情讽刺鞭挞了上层剥削者的丑态之后,突然将戏转入"宝和下处"肮脏阴暗的一角,展露人间地狱的种种惨状,与在阔人们群魔乱舞寻欢作乐的喧嚣声中,突然插进了小东西和黄省三凄厉的哭诉和颤抖的哀告,都是剧作家根据艺术的辩证法,在悲剧与喜剧的巧妙交织中,凸显出对黑暗社会的悲愤控诉的独特的艺术构思。

## (五)《哈姆雷特》

1. 原文

### 第五幕
### 第二场　城堡中的厅堂

〔哈姆雷特及霍拉旭上。

哈姆雷特　这个题目已经讲完,现在我可以让你知道另外一段事情。你还记得当初的一切经过情形吗?

霍拉旭　记得,殿下!

哈姆雷特　当时在我的心里有一种战争,使我不能睡眠;我觉得我的处境比锁在脚镣里的叛变的水手还要难堪。我就鲁莽行事。——结果倒鲁莽对了,我们应该承认,有时候一时孟浪,往往反而可以做出一些为我们的深谋密虑所做不成功的事;从这一点上,我们可以看出来,无论我们怎样辛苦图谋,我们的结果却早已有一种冥冥中的力量把它布置好了。

霍拉旭　这是无可置疑的。

哈姆雷特　我从舱里起来,把一件航海的宽衣罩在我的身上,在黑暗之中摸索着找寻那封公文,果然给我达到目的,摸到了他们的包裹;我拿着它回到我自己的地方,疑心使我忘记了礼貌,我大胆地拆开了他们的公文,在那里面,霍拉旭——啊,堂皇的诡计!——我发现一道严厉的命令,借了许多好听的理由为名,说是为了丹麦和英国双方的利益,决不能让我这个险恶的人物逃脱,接到公文之后,必须不等磨好利斧,立即枭下我的首级。

霍拉旭　有这等事?

哈姆雷特　这一封就是原来的国书;你有空的时候可以仔细读一下。可是你愿意听我告诉你后来我怎么办吗?

霍拉旭　请您告诉我。

哈姆雷特　在这样重重诡计的包围之中,我的脑筋不等我定下心来思索,就开始活动起来了;我坐下来另外写了一通国书,字迹清清楚楚。从前我曾经抱着跟我们那些政治家同样的意见,认为字体端正是一件有失体面的事,总是想竭力忘记这一种技能,可是现在它却对我有了大大的用处。你知道我写些什么话吗?

霍拉旭　嗯,殿下。

哈姆雷特　我用国王的名义,向英王提出恳切的要求,因为英国是他忠心的藩属,因为两国之间的友谊,必须让它像棕榈树一样发荣繁茂,因为和平的女神必须永远戴着她的荣冠,沟通彼此的情感,以及许许多多诸如此类的重要理由,请他在读完这一封信以后,不要有任何的迟延,立刻把那两个传书的来使处死,不让他们有从容忏悔的时间。

霍拉旭　可是国书上没有盖印,那怎么办呢?

哈姆雷特　啊,就在这件事上,也可以看出一切都是上天预先注定。我的衣袋里恰巧藏着我父亲的私印,它跟丹麦的国玺是一个式样的;我把伪造的国书照着原来的样子折好,签上名字,盖上印玺,把它小心封好,归还原处,一点没有露出破绽。下一天就遇见了海盗,那以后的情形,你早已知道了。

霍拉旭　这样说来,吉尔登斯吞和罗森格兰兹是去送死的了。

哈姆雷特　哎,朋友,他们本来是自己钻求这件差使的;我在良心上没有对不起他们的地方,是他们自己的阿谀献媚断送了他们的生命。两个强敌猛烈争斗的时候,不自量力的微弱之辈,却去插身在他们的刀剑中间,这样的事情是最危险不过的。

霍拉旭　想不到竟是这样一个国王!

哈姆雷特　你想,我是不是应该——他杀死了我的父王,奸污了我的母亲,篡夺了我的嗣位的权利,用这种诡计谋害我的生命,凭良心说我是不是应该亲手向他复仇雪恨?如果我不去剪除这一个戕害天性的蠹贼,让他继续为非作恶,岂

# 第五章 "人生本来就是一出戏"

不是该受天谴吗？

　　霍拉旭　他不久就会从英国得到消息，知道这一回事情产生了怎样的结果。

　　哈姆雷特　时间虽然很局促，可是我已经抓住眼前这一刻工夫；一个人的生命可以在说一个"一"字的一刹那之间了结。可是我很后悔，好霍拉旭，不该在雷欧提斯之前失去了自制；因为他所遭遇的惨痛，正是我自己的怨愤的影子。我要取得他的好感。可是他倘不是那样夸大他的悲哀，我也绝不会动起那么大的火性来的。

　　霍拉旭　不要作声！谁来了？

　　〔奥斯里克上。

　　奥斯里克　殿下，欢迎您回到丹麦来！

　　哈姆雷特　谢谢您，先生。（向霍拉旭旁白）你认识这只水苍蝇吗？

　　霍拉旭　（向哈姆雷特旁白）不，殿下。哈姆雷特（向霍拉旭旁白）那是你的运气，因为认识他是一件丢脸的事。他有许多肥田美壤；一头畜生要是做了一群畜生的主子，就有资格把食槽搬到国王的席上来了。他"咯咯"叫起来简直没个完，可是——我方才也说了——他拥有大批粪土。

　　奥斯里克　殿下，您要是有空的话，我奉陛下之命，要来告诉您一件事情。

　　哈姆雷特　先生，我愿意恭聆大教。您的帽子是应该戴在头上的，您还是戴上去吧。

　　奥斯里克　谢谢殿下，天气真热。

　　哈姆雷特　不，相信我，天冷得很，在刮北风哩。

　　奥斯里克　真的有点儿冷，殿下。

　　哈姆雷特　可是对于像我这样的体质，我觉得这一种天气却是闷热得厉害。

　　奥斯里克　对了，殿下；真是说不出来的闷热。可是，殿下，陛下叫我来通知您一声，他已经为您下了一个很大的赌注了。殿下，事情是这样的——

　　哈姆雷特　请您不要这样多礼。（促奥斯里克戴上帽子）

　　奥斯里克　不，殿下，我还是这样舒服些，真的。殿下，雷欧提斯新近到我们的宫廷里来；相信我，他是一位完善的绅士，充满着最卓越的特点，他的态度非常温雅，他的仪表非常英俊；说一句发自衷心的话，他是上流社会的指南针，因为在他身上可以找到一个绅士所应有的品质的总汇。

　　哈姆雷特　先生，他对于您这一番描写，的确可以当之无愧；虽然我知道，要是把他的好处一件一件列举出来，不但我们的记忆将要因此而淆乱，交不出一篇正确的账目来，而且他这一艘满帆的快船，也绝不是我们失舵之舟所能追及；可是，凭着真诚的赞美而言，我认为他是一个才德优异的人，他的高超的禀赋是那样稀有而罕见，说一句真心的话，除了在他的镜子里以外，再也找不到第二个跟

167

他同样的人,纷纷追踪求迹之辈,不过是他的影子而已。

奥斯里克　殿下把他说得一点不错。

哈姆雷特　您的用意呢?为什么我们要用尘俗的呼吸,嘘在这位绅士的身上呢?

奥斯里克　殿下?

霍拉旭　自己所用的语言,到了别人嘴里,就听不懂了吗?早晚你会懂的,先生。

哈姆雷特　您向我提起这位绅士的名字,是什么意思?

奥斯里克　雷欧提斯吗?

霍拉旭　他的嘴里已经变得空空洞洞,因为他的那些好听话都说完了。

哈姆雷特　正是雷欧提斯。

奥斯里克　我知道您不是不明白——

哈姆雷特　您真能知道我这人不是不明白,那倒很好;可是,说老实话,即使你知道我是明白人,对我也不是什么光彩的事。好,您怎么说?

奥斯里克　我是说,您不是不明白雷欧提斯有些什么特长——

哈姆雷特　那我可不敢说,因为也许人家会疑心我有意跟他比并高下;可是要知道一个人的底细,应该先知道他自己。

奥斯里克　殿下,我的意思是说他的武艺;人家都称赞他的本领一时无两。

哈姆雷特　他会使些什么武器?

奥斯里克　长剑和短刀。

哈姆雷特　他会使这两种武器吗?很好。

奥斯里克　殿下,王上已经用六匹巴巴里的骏马跟他打赌;在他的一方面,照我所知道的,押的是六柄法国的宝剑和好刀,连同一切鞘带钩子之类的附件,其中有三柄的挂机尤其珍奇可爱,跟剑柄配得非常合式,式样非常精致,花纹非常富丽。

哈姆雷特　您所说的挂机是什么东西?

霍拉旭　我知道您要听懂他的话,非得翻查一下注解不可。

奥斯里克　殿下,挂机就是钩子。

哈姆雷特　要是我们腰间挂着大炮,用这个名词倒还合适;在那一天没有来到以前,我看还是就叫它钩子吧。好,说下去;六匹巴巴里骏马对六柄法国宝剑,附件在内,外加三个花纹富丽的挂机;法国产品对丹麦产品。可是,用你的话来说,这样"押"是为了什么呢?

奥斯里克　殿下,王上跟他打赌,要是你们两人交起手来,在十二个回合之中,他至多不过多赢您三着;可是他却觉得他可以稳赢九个回合。殿下要是答应的话,马上就可以试一试。

哈姆雷特　要是我答应个"不"字呢?

奥斯里克　殿下,我的意思是说,您答应跟他当面比较高低。

哈姆雷特　先生,我还要在这儿厅堂里散散步。您去回陛下说,现在是我一天之中休息的时间。叫他们把比赛用的钝剑预备好了,要是这位绅士愿意,王上也不改变他的意见的话,我愿意尽力为他博取一次胜利;万一不幸失败,那我也不过丢了一次脸,给他多剁了两下。

奥斯里克　我就照这样去回话吗?

哈姆雷特　您就照这个意思去说,随便您再加上一些什么新颖辞藻都行。

奥斯里克　我保证为殿下效劳。

哈姆雷特　不敢,不敢。(奥斯里克下)多亏他自己保证,别人谁也不会替他张口的。

霍拉旭　这一只小鸭子顶着壳儿逃走了。

哈姆雷特　他在母亲怀抱里的时候,也要先把他母亲的奶头恭维几句,然后吮吸。像他这一类靠着一些繁文缛礼撑撑场面的家伙,正是愚妄的世人所醉心的;他们的浅薄的牙慧使傻瓜和聪明人同样受他们的欺骗,可是一经试验,他们的水泡就爆破了。

〔一贵族上。

贵族　殿下,陛下刚才叫奥斯里克来向您传话,知道您在这儿厅上等候他的旨意;他叫我再来问您一声,您是不是仍旧愿意跟雷欧提斯比剑,还是慢慢再说。

哈姆雷特　我没有改变我的初心,一切服从王上的旨意。现在也好,无论什么时候都好,只要他方便,我总是随时准备着,除非我丧失了现在所有的力气。

贵族　王上、娘娘,跟其他的人都要到这儿来了。

哈姆雷特　他们来得正好。

贵族　娘娘请您在开始比赛以前,对雷欧提斯客气几句。

哈姆雷特　我愿意服从她的教诲。(贵族下)

霍拉旭　殿下,您在这一回打赌中间,多半要失败的。

哈姆雷特　我想我不会失败。自从他到法国去以后,我练习得很勤;我一定可以把他打败。可是你不知道我的心里是多么不舒服;那也不用说了。

霍拉旭　啊,我的好殿下——

哈姆雷特　那不过是一种傻气的心理;可是一个女人也许会因为这种莫名其妙的疑虑而惶惑。

霍拉旭　要是您心里不愿意做一件事,那么就不要做吧。我可以去通知他们不用到这儿来,说您现在不能比赛。

哈姆雷特　不,我们不要害怕什么预兆;一只雀子的死生,都是命运预先注定的。注定在今天,就不会是明天,不是明天,就是今天;逃过了今天,明天还是逃不了,随时准备着就是了。一个人既然在离开世界的时候,只能一无所有,那么早早脱身而去,不是更好吗?随它去。

〔国王、王后、雷欧提斯、众贵族、奥斯里克及侍从等持钝剑等上。

国王　来,哈姆雷特,来,让我替你们两人和解和解。(牵雷欧提斯、哈姆雷特二人手使相握)

哈姆雷特　原谅我,雷欧提斯;我得罪了你,可是你是个堂堂男子,请你原谅我吧。这儿在场的众人都知道,你也一定听见人家说起,我是怎样被疯狂害苦了。凡是我的所作所为,足以伤害你的感情和荣誉、激起你的愤怒来的,我现在声明都是我在疯狂中犯下的过失。难道哈姆雷特会做对不起雷欧提斯的事吗?哈姆雷特决不会做这种事。要是哈姆雷特在丧失他自己的心神的时候,做了对不起雷欧提斯的事,那样的事不是哈姆雷特做的,哈姆雷特不能承认。那么是谁做的呢?是他的疯狂。既然是这样,那么哈姆雷特也是属于受害的一方,他的疯狂是可怜的哈姆雷特的敌人。当着在座众人之前,我承认我在无心中射出的箭,误伤了我的兄弟;我现在要向他请求大度包涵,宽恕我的不是出于故意的罪恶。

雷欧提斯　按理讲,对这件事情,我的感情应该是激动我复仇的主要力量,现在我在感情上总算满意了;但是另外还有荣誉这一关,除非有什么为众人所敬仰的长者,告诉我可以跟你捐除宿怨,指出这样的事是有前例可援的,不至于损害我的名誉,那时我才可以跟你言归于好。目前我且先接受你友好的表示,并且保证决不会辜负你的盛情。

哈姆雷特　我绝对信任你的诚意,愿意奉陪你举行这一次友谊的比赛。把钝剑给我们。来。

雷欧提斯　来,给我一柄。

哈姆雷特　雷欧提斯,我的剑术荒疏已久,只能给你帮场;正像最黑暗的夜里一颗吐耀的明星一般,彼此相形之下,一定更显得你的本领的高强。

雷欧提斯　殿下不要取笑。

哈姆雷特　不,我可以举手起誓,这不是取笑。

国王　奥斯里克,把钝剑分给他们。哈姆雷特侄儿,你知道我们怎样打赌吗?

哈姆雷特　我知道,陛下;您把赌注下在实力较弱的一方了。

国王　我想我的判断不会有错。你们两人的技术我都领教过;但是后来他又有了进步,所以才规定他必须多赢几着。

雷欧提斯　这一柄太重了;换一柄给我。

哈姆雷特　这一柄我很满意。这些钝剑都是同样长短的吗？

奥斯里克　是，殿下。（二人准备比剑）

国王　替我在那桌子上斟下几杯酒。要是哈姆雷特击中了第一剑或是第二剑，或者在第三次交锋的时候争得上风，让所有的碉堡上一齐鸣起炮来；国王将要饮酒慰劳哈姆雷特，他还要拿一颗比丹麦四代国王戴在王冠上的更贵重的珍珠丢在酒杯里。把杯子给我；鼓声一起，喇叭就接着吹响，通知外面的炮手，让炮声震彻天地，报告这一个消息，"现在国王为哈姆雷特祝饮了！"来，开始比赛吧；你们在场裁判的都要留心看着。

哈姆雷特　请了。

雷欧提斯　请了，殿下。（二人比剑）

哈姆雷特　一剑。

雷欧提斯　不，没有击中。

哈姆雷特　请裁判员公断。

奥斯里克　中了，很明显的一剑。

雷欧提斯　好；再来。

国王　且慢；拿酒来。哈姆雷特，这一颗珍珠是你的；祝你健康！把这一杯酒给他。（喇叭齐奏，内鸣炮）

哈姆雷特　让我先赛完这一局；暂时把它放在一旁。来。（二人比剑）又是一剑；你怎么说？

雷欧提斯　我承认给你碰着了。

国王　我们的孩子一定会胜利。

王后　他身体太胖，有些喘不过气来。来，哈姆雷特，把我的手巾拿去，揩干你额上的汗。王后为你饮下这一杯酒，祝你的胜利了，哈姆雷特。

哈姆雷特　好妈妈！

国王　乔特鲁德，不要喝。

王后　我要喝的，陛下；请您原谅我。

国王　（旁白）这一杯酒里有毒；太迟了！

哈姆雷特　母亲，我现在还不敢喝酒；等一等再喝吧。

王后　来，让我擦干你的脸。

雷欧提斯　陛下，现在我一定要击中他了。

国王　我怕你击不中他。

雷欧提斯　（旁白）可是我的良心却不赞成我干这件事。

哈姆雷特　来，该第三个回合了，雷欧提斯。你怎么一点不起劲？请你使出你全身的本领来吧；我怕你在开我的玩笑哩。

雷欧提斯  你这样说吗?来。(二人比剑)

奥斯里克  两边都没有中。

雷欧提斯  受我这一剑!(雷欧提斯挺剑刺伤哈姆雷特;二人在争夺中彼此手中之剑各为对方夺去,哈姆雷特以夺来之剑刺雷欧提斯,雷欧提斯亦受伤)

国王  分开他们!他们动起火来了。

哈姆雷特  来,再试一下。(王后倒地)

奥斯里克  嗳哟,瞧王后怎么啦!

霍拉旭  他们两人都在流血。您怎么啦,殿下?

奥斯里克  您怎么啦,雷欧提斯?

雷欧提斯  唉,奥斯里克,正像一只自投罗网的山鹬,我用诡计害人,反而害了自己,这也是我应得的报应。

哈姆雷特  王后怎么啦?

国王  她看见他们流血,昏了过去了。

王后  不,不,那杯酒,那杯酒——啊,我的亲爱的哈姆雷特!那杯酒,那杯酒;我中毒了。(死)

哈姆雷特  啊,奸恶的阴谋!喂!把门锁上!阴谋!查出来是哪一个人干的。(雷欧提斯倒地)

雷欧提斯  凶手就在这儿,哈姆雷特。哈姆雷特,你已经不能活命了;世上没有一种药可以救治你,不到半小时,你就要死去。那杀人的凶器就在你的手里,它的锋利的刃上还涂着毒药。这奸恶的诡计已经回转来害了我自己;瞧!我躺在这儿,再也不会站起来了。你的母亲也中了毒。我说不下去了。国王——国王——都是他一个人的罪恶。

哈姆雷特  锋利的刃上还涂着毒药!——好,毒药,发挥你的力量吧!(刺国王)

众人  反了!反了!

国王  啊!帮帮我,朋友们;我不过受了点伤。

哈姆雷特:好,你这败坏伦常、嗜杀贪淫、万恶不赦的丹麦奸王!喝干了这杯毒药——你那颗珍珠是在这儿吗?——跟我的母亲一道去吧!(国王死)

雷欧提斯  他死得应该;这毒药是他亲手调下的。尊贵的哈姆雷特,让我们互相宽恕;我不怪你杀死我和我的父亲,你也不要怪我杀死你!(死)

哈姆雷特  愿上天赦免你的错误!我也跟着你来了。我死了,霍拉旭。不幸的王后,别了!你们这些看见这一幕意外的惨变而战栗失色的无言的观众,倘不是因为死神的拘捕不给人片刻的停留,啊!我可以告诉你们——可是随它去吧。霍拉旭,我死了,你还活在世上;请你把我的行事的始末根由昭告世人,解除他们的疑惑。

霍拉旭　不,我虽然是个丹麦人,可是在精神上我却更是个古代的罗马人;这儿还留剩着一些毒药。

哈姆雷特　你是个汉子,把那杯子给我;放手;凭着上天起誓,你必须把它给我。啊,上帝!霍拉旭,我一死之后,要是世人不明白这一切事情的真相,我的名誉将要永远蒙着怎样的损伤!你倘然爱我,请你暂时牺牲一下天堂上的幸福,留在这一个冷酷的人间,替我传述我的故事吧。(内军队自远处行进及鸣炮声)这是哪儿来的战场上的声音?

奥斯里克　年轻的福丁布拉斯从波兰奏凯班师,这是他对英国来的钦使所发的礼炮。

哈姆雷特　啊!我死了,霍拉旭;猛烈的毒药已经克服了我的精神,我不能活着听见英国来的消息。可是我可以预言福丁布拉斯将被推戴为王,他已经得到我这临死之人的同意;你可以把这儿所发生的一切事实告诉他。此外仅余沉默而已。(死)

霍拉旭　一颗高贵的心现在碎裂了!晚安,亲爱的王子,愿成群的天使们用歌唱抚慰你安息!——为什么鼓声越来越近了?(内军队行进声)

〔福丁布拉斯、英国使臣及余人等上。

福丁布拉斯　这一场比赛在什么地方举行?

霍拉旭　你们要看些什么?要是你们想知道一些惊人的惨事,那么不用再到别处去找了。

福丁布拉斯　好一场惊心动魄的屠杀!啊,骄傲的死神!你用这样残忍的手腕,一下子杀死了这许多王裔贵胄,在你的永久幽窟里,将要有一席多么丰美的盛筵!

使臣甲　这一个景象太惨了。我们从英国奉命来此,本来是要回复这儿的王上,告诉他我们已经遵从他的命令,把罗森格兰兹和吉尔登斯吞两人处死;不幸我们来迟了一步,那应该听我们说话的耳朵已经没有知觉了,我们还希望从谁的嘴里得到一声感谢呢?

霍拉旭　即使他能够向你们开口说话,他也不会感谢你们;他从来不曾命令你们把他们处死。可是既然你们都来得这样凑巧,有的刚从波兰回来,有的刚从英国到来,恰好看见这一幕流血的惨剧,那么请你们叫人把这几个尸体抬起来放在高台上面,让大家可以看见,让我向那懵无所知的世人报告这些事情的发生经过;你们可以听到奸淫残杀、反常悖理的行为、冥冥中的判决、意外的屠戮、借手杀人的狡计,以及陷入自害的结局;这一切我都可以确确实实地告诉你们。

福丁布拉斯　让我们赶快听你说;所有最尊贵的人,都叫他们一起来吧。我

在这一个国内本来也有继承王位的权利,现在国中无主,正是我要求这一个权利的机会;可是我虽然准备接受我的幸运,我的心里却充满了悲哀。

霍拉旭　关于那一点,我受死者的嘱托,也有一句话要说,他的意见是可以影响许多人的;可是在这人心惶惶的时候,让我还是先把这一切解释明白了,免得引起更多的不幸、阴谋和错误来。

福丁布拉斯　让四个将士把哈姆雷特像一个军人似的抬到台上,因为要是他能够践登王位,一定会成为一个贤明的君主的;为了表示对他的悲悼,我们要用军乐和战地的仪式,向他致敬。把这些尸体一起抬起来。这一种情形在战场上是不足为奇的,可是在宫廷之内,却是非常的变故。去,叫兵士放起炮来。(奏丧礼进行曲;众异尸同下,内鸣炮)

2. 欣赏

《哈姆雷特》是由莎士比亚创作于1599年至1602年间的一部悲剧作品。戏剧讲述了叔叔克劳狄斯谋害了哈姆雷特的父亲,篡取了王位,并娶了哈姆雷特的母亲乔特鲁德;哈姆雷特王子因此为父王向叔叔复仇。

《哈姆雷特》是莎士比亚所有戏剧中篇幅最长的一部。本剧是前身为莎士比亚纪念剧院的英国皇家莎士比亚剧团演出频度最高的剧目。世界著名悲剧之一,也是莎士比亚最负盛名的剧本,具有深刻的悲剧意义、复杂的人物性格以及丰富完美的悲剧艺术手法,代表着整个西方文艺复兴时期文学的最高成就。同《麦克白》《李尔王》和《奥赛罗》一起组成莎士比亚"四大悲剧"。

《哈姆雷特》是莎士比亚的四大悲剧之一,"一千个读者眼中,就有一千个哈姆雷特"这一句经典的评论,是它文学价值的见证。千百年来,这部一直为世界人们所推崇的名著,在世界的舞台上、文坛上盛演不衰。以它独特的魅力,影响着一代又一代的人,折服了千千万万读者。它主要围绕"复仇"二字展开了三个人为父复仇的故事,其中包括挪威王子福丁布拉斯、丹麦大臣之子雷欧提斯、丹麦王子哈姆雷特。三种复仇,三条线索,将整个社会浓缩起来了。其中又以丹麦王子哈姆雷特为父报仇为核心。

本剧主要是以哈姆雷特为父报仇为主线展开三个人的为父复仇的故事。从结构上来说,这种多线一体的结构方式在莎翁的许多戏剧中,屡见不鲜。戏中戏的安排虽说也是经典的设计之一,但远远不如作品本身的内涵来得精彩和耐人寻味。一个看似简单的为父报仇故事,背后肩负了历史和时代的责任。我们都知道,当哈姆雷特从国外回到丹麦,王国内外一片混乱。父亲被叔叔杀害了,叔叔霸占了本该属于自己的王位,还颠倒人伦道德,娶了自己的母亲,同时,挪威王子福丁布拉斯在边境之地虎视眈眈试图侵略。他那时是多么痛苦,多么绝望。但无论是从家庭还是皇室的角度来看,他都不能撒手不管。他是老国王的儿子,是王位的合法继承人,他必须要承担起为父报仇的责任并夺回王位。他的复仇任务,是不容退缩的,他只好去实施。于是他装疯,他卖傻。他寻找各种机会下手。然而,这个复仇计划本身所承担的使命,并非那么容易就能实现的。作为人文主义的化身,他的复仇体现了为捍卫时代理想,超越个体、超越实利的精神追求,冲击着现实社会的既有的现实,于是就注定了任务的艰巨性和危险性。这也注定了这个故事本身的悲剧色彩。随着王子复仇计划的展开,哈姆雷特不断地思考这个复仇计划背后的意义,于是他不断地徘徊在行动和思考中,不断地剖析各种人性的弱点。于此来看主人公既是戏剧里的人物,也是现实中的我们,透过这面镜子,可以看到我们自身。

主人公哈姆雷特这个人,关于他个人的评论,历来都众说纷纭。有人说,他是一个人文主义者的化身,有人说他是一个复仇的王子,也有人说他是一个勇敢与善良的化身……这些不断被挖掘出来的人物个性,都远远无法囊括哈姆雷特感情丰富、思想复杂的人格个性。也许哈姆雷特形象之所以如此耐人寻味,就在于他性格本身的复杂性和多重性。但有一点可以肯定,他是一个悲剧性的人物、一个为时代和历史所操纵的无辜者。

## 思考与练习

1. 如何把握戏剧冲突?
2. 如何分析戏剧结构?
3. 怎样理解戏剧语言?
4. 分析王实甫《西厢记·长亭送别》的景物描写。
5. 汤显祖《牡丹亭·惊梦》是如何体现情、景、戏、思一体化的特点的?
6. 洪昇《长生殿·惊变》是如何运用先扬后抑的手法的?
7. 曹禺《日出》是如何控诉"损不足以奉有余"的社会的?
8. 谈谈莎士比亚《哈姆雷特》多线一体的结构方式。

# 第六章 "我的地盘我做主"
## ——网络文学欣赏

## 一、网络文学概说

1. 网络文学的起步

网络文学的产生与网络技术的发展密切相关。

世界网络文学最早出现于互联网技术较为发达的欧美地区,汉语网络文学则最早产生于海外留学生创办的电子刊物。1991年4月5日,全球第一家中文电子周刊《华夏文摘》在美国诞生。同年,王笑飞在海外创办了中文诗歌通讯网,以此为基地,产生了图雅、少君、路离、阿待、方舟子等早期海外华人网络写手。其中留美网络作家少君,于当年4月在网络上发表《奋斗与平等》,是目前所知的最早的一篇中文网络小说。1993年起,欧洲、北美和日本的中国留学生学者联谊会主办的综合性中文电子杂志大量出现。同年3月,诗阳通过电邮网络大量发表诗歌作品,又通过互联网中文新闻组和中文诗歌网刊登了数百篇诗歌,被学术文献确认为历史上第一位中国网络诗人。

1994年2月,方舟子等人创办了第一份中文网络文学刊物《新语丝》。1995年3月诗阳、鲁鸣等人创办第一份网络中文诗刊《橄榄树》。1995年底,几位原来活跃于中文诗歌网的女性作者创办了第一份网络女性文学刊物《花招》。这些都是海外中文网络较为著名的文学阵地。

1996年之后,网吧开始在中国内地的各大城市飞速发展,为网络文学的广泛传播提供了更多机会。此时对中国网络文学产生影响的还是海外的留学生作家,如散宜生、图雅等网络名家。

1997年11月2日的凌晨,一篇署名老榕的短文《10.31大连金州没有眼泪》在四通利方(新浪前身)论坛里发表,在48小时之内,几乎传遍了整个网络,网络文学第一次在内地开启了传播大幕。1998年,电子公告栏(BBS)上出现了"痞子蔡"的《第一次的亲密接触》,标志着中文网络文学第一个创作高潮的到来。1998年第6期《天涯》刊登了一篇"佚名"的网络小说《活得像个人样》。黄易的《大唐双龙传》、莫仁的《星战英雄》也在网络上风靡一时。文学门户网站如黄金书屋以及各种各样的个人网络书屋纷纷而起。1999年开始,更多的文学网站如榕树下、收费文学网站博库等大量成立。其中,以纯文学网站榕树下为依托,出现了安妮宝贝和她的《告别薇安》、慕容雪村《成都,今夜请将我遗忘》、陆幼青《死亡日记》等影响较大的网络小说,并出版了实体书,扩大了网络文学的影响。此后,随着网络文学影响的增强和互联网技术的提高与普及,网络文学进入真正的繁荣时期。

2. 网络文学的发展

中文网络文学从1991年起步,就包括小说、散文(杂文、生活随笔、心情日记等)、诗歌等传统文学所有的体裁样式,但最引人注目的还是小说。所以,我们这里讨论的网络文学,特指网络小说。

1998年,台湾写手痞子蔡的《第一次亲密接触》迅速蹿红网络,翌年在大陆以纸质方式出版,引起读者对网络文学的极大兴趣,2000年初又以简体版现身大陆,发行量达50万,连续22个月位居大陆畅销书排行榜前列,给网络文学发展带来极大鼓舞。至世纪之交,已出现了李寻欢、宁财神、邢育森、安妮宝贝、俞白眉等著名网络写手。21世纪以来,网络文学飞速发展,至2002年,小说领域取得显著成绩,出现《告别薇安》《悟空传》《成都,今夜请将我遗忘》等比较出色的作品。小说在网民中获得的影响引起出版商的注意,商家不仅将点击率高的作品组织出版,还改编成影视剧或舞台剧,如痞子蔡《第一次亲密接触》、筱禾的《北京故事》、慕容雪村的《成都,今夜请将我遗忘》、明晓溪的《泡沫之夏》《会有天使替我爱你》、可爱淘的《那小子真帅》、六六的《蜗居》、流潋紫的《后宫·甄嬛传》、李可的《杜拉拉升职记》、艾米的《山楂树之恋》、桐华的《步步惊心》、辛夷坞的《致我们终将逝去的青春》等等。或被改编成网游,如萧鼎的《诛仙》、我吃西红柿的《星辰变》、天下霸唱的《鬼吹灯》、说不得大师的《佣兵天下》、萧潜的《昆仑》等。网络与传媒形成联动,进一步促成网络文学创作与阅读队伍的扩大。网上阅读也开始实行收费制,加上MP3、MP5到手机下载,便利的阅读器在网络文学的发展中推波助澜,这些都在很大程度上激发了写手的创作。

2008年,由中国作家出版集团、《长篇小说选刊》杂志社和北京中文在线文化发展有限公司共同主办"网络文学十年盘点"活动,经过7个月的推举和评选,最终从1700余部网络文学作品中评选出"十佳优秀作品"(《此间的少年》《成都,今夜请将我遗忘》《新宋》《窃明》《韦帅望的江湖》《尘缘》《家园》《紫川》《无家》《脸谱》)和"十佳人气作品"(《尘缘》《紫川》《韦帅望的江湖》《亵渎》《都市妖奇谈》《回到明朝当王爷》《家园》《巫颂》《悟空传》《高手寂寞》)。该项活动被视为网络原创主力与主流文学媒体的一次集中碰撞,标志着网络文学从此正式走向中国文学的舞台。

2011年,《山东文学》《齐鲁晚报》、网易共同主办了中国首届网络文学大奖赛。2013年开始,《羊城晚报》连续发布的年度"花地文学榜"中,特设了"网络文学榜"。2015年起,《南方都市报》每年主办的华语文学传媒盛典增设"年度网络作家"评选。2015年以来国家新闻出版广电总局每年举办的优秀网络文学原创作品推介活动、中国作协每年发布的网络小说排行榜、浙江省作协评选的"网络文学双年奖",以及2018年上海市作协发布的"中国网络文学20年20部作品"、江苏省作协发布的泛华文网络文学"金键盘"奖、四川省网信办等发布的"金熊猫"网络文学奖、北京第二届全国"网络文学+"大会发布的21部优秀网络文学原创作品和20部优质IP作品等,都标志着网络文学的繁荣发展。

2020年2月18日,中国社会科学院发布以阅文集团数据为蓝本的《2019年度网络文学发展报告》,展示了2019年中国网络文学的发展变化。报告显示,目前网络文学用户数量持续增加,已达4.55亿,网民使用率达到53.2%。国内网络文学创作者已达1 755万。

3. 网络文学的特点

近年来网络文学蓬勃发展,已呈现出一些新的特点:一是网络文学的题材类型不断丰富。在内容创新方面,网络文学的题材类型更加丰富,内容"多元化"表现显著,已经形成都市、历史、游戏等二十余个大类型,二百余种小类别,还新增了大量的二次元、体育、科幻题材类型作品,加之现实类作品整体崛起,网络文学题材类型丰富多样,体现行业创新活力。不同类型的叙事规范与读者之间的契合更加稳固,历史、言情、穿越等成熟类型作品,通过不同的背景、人设和故事满足读者期待。此外,Z世代创作特征越发显著,创作者在叙事方面日臻成熟,内容粗放式时代宣告结束,精品化成为主流诉求,网络文学专业化程度进一步提升。

二是内容"破圈化"现象也渐趋显著。例如,在阅文集团各平台中,有更多的女性读者成为男频作品的粉丝,昭示了网络文学新的走向和关注点。在内容消费端,IP粉丝时代正式到来,"粉丝化"成为网文发展新的增长推动力。网络文学社交共读、粉丝社群、粉丝共创的粉丝化特征愈加明显,据阅文集团调研,"文字弹幕"功能让读者能够进行社交评论,段评用户的付费率与沉默用户相比提高了10%;"兴趣社交"功能形成了书友圈、角色圈等丰富的用户社区,阅文集团已经拥有平台级兴趣圈361个。"角色"功能让粉丝读者有机会直接参与作品的创作和完善。

三是5G商用给网络文学变革带来新的机遇。移动互联网的普及促成网络文学形成"井喷"势头之后,网络终端应用技术的更新迭代为用户提供了新的阅读体验,微信公众号、小程序使网络文学阅读在手机网民中得到普及。伴随5G

商用,网络文学迎来新的变革,粉丝化特征只是前奏。在高传输速度下,网络文学的容量将大幅增加,基于文本周边的音频、视频和图像等将成为文本的有机组成部分,组件的运用将会成为普遍现象,网络文学的文本面貌将会发生较大变化。这些,也促使网络文学必须紧守内容核心,为读者提供既好看、又感人的故事。

四是现实题材创作成为主流风向标。随着行业发展逐步深化,题材多样化成为网络文学内容发展的必然趋势。热门作品除玄幻、言情等传统题材外,现实题材、二次元等细分题材越来越受欢迎。反映时代风貌是网络文学创作的本体属性之一,贴近社会热点、国民兴趣的接地气、有温度、正能量的作品更易引发读者共鸣。网络文学行业大力倡导现实题材创作,发掘和培养出一大批"有梦想、有情怀、有故事"的网络作家,鼓励他们把握时代脉搏,承担时代使命,聆听时代声音,回答时代课题。在众多现实题材作品中,不少优秀作品受到广大读者和批评家的高度关注。如大地风车的《上海繁华》,媒体高度评价为2019年度具有标志性意义的长篇力作。

五是网络作家迭代效应。2019年,网络文学整体稳健升级,新人作家不断孵化,口碑作家持续涌现。值得关注的是,越来越多的"90后""95后"新锐作家在写作平台上脱颖而出,为网络文学的"逆龄发展"带来驱动力。年轻作家与年轻读者群体在年龄层和价值观上的契合,使得他们更懂"圈粉"和"埋梗",在维持粉丝黏性和个人热度上也更有优势。越来越多的年轻人愿意加入写作行列,呈现出可喜的趋势。网络时代的"文学少年"正在崛起,成为未来的文学创作的人才资源。

六是粉丝用户互动。"网生代"为主的书友不仅有付费习惯和表达欲,而且习惯虚拟社区交往。在正版平台社区功能的强大支持下,书友间的网络社交蔚然成风,各式各样的"新部族"形态的"圈子"化社群已然形成。社区化产生高忠诚度用户,社区用户更乐于发表意见,对内容的品质也有更高的要求。

七是中国故事扬帆起航。网络文学的海外传播正在实现从内容到模式、从区域到全球、从输出到联动的整体性转换。网络文学通过拓展国际影响力逐步实现自身从文学事件、文化效应、产业经济到文化生态的积累成长,在传播中国文化、构建大国形象、推进文明互鉴、构建网络空间命运共同体方面迈出了坚实的步伐。网络文学积极探索出海模式的新增长点,在注重自主品牌的基础上,全力推进渠道合作,通过增量提质和平台开发,加速了中国主流文化在海外的"本地化"进程。深度合作营建出海新生态。推动深受中华传统文化影响的东南亚地区整体协同发展,不断催生海外成熟市场,为网文"出海"创造新动能。网络文学以符合人类普世价值的中国故事赢得海外受众,凭借大众文化的交互性融合

中外文化差异,在跨文化传播中扮演着极为重要的角色。2019 年,网文出海在提升出版授权、线上翻译、互动社区、国际合作的效果的同时,注重扩大网络文学的世界性影响,并启动了 IP 多元形态输出的模式,交出了国际认可的海外合作成绩单,成为建构国家文化形象、树立中国文化自信的独特窗口。

## 二、网络文学的欣赏方法

### 1. 类型的产生

在创作数量庞大,且日益商业化的当下,网络小说类型化发展成为一个突出现象。特别是近几年来,网络文学作品越来越丰富,在不断地产生和湮灭的同时,也有一些优秀之作留存下来。我们会发现,这些优秀作品的背后往往有一个庞大的类型群,文学网站更是将网文分门别类来引导读者的阅读。类型化的环境是消费式阅读和批量生产,网络文学在取得最初的成绩后,读者群扩大,阅读需求提高,对成功之作的复制蔚然成风。《明朝那些事儿》的成功导致众多跟风之作"某某那些事儿"陆续而出,甚至有已写成的作品临时改了书名以求销售量的情况。《梦回大清》甚至引发"清穿"风潮和多"党"并存局面。《搜神记》《诛仙》引发的玄幻小说潮在 2005 年达到顶峰后,玄幻小说至今仍是网络文学年度排行榜的主力军。蓝爱国说:"在严肃文学看来,类型化正是大众文艺的明显缺陷,人物性格因此扁平化,情节结构因此类同化,文艺发展因此板滞化,总之都是类型惹的祸。而大众却从来不对类型文化有任何抱怨,他们总是一波未平一波又起地追逐类型风潮,以致一种受青睐,只要跟得快,保证大批同类型的产品同样有人阅读有人看。"大众读者不是为了研究而阅读,而是为了快乐,"那种彻头彻尾是新奇形式的作品会使人难以理解","优秀的作家在一定程度上遵守已有的类型,而在一定程度上又扩张它"。读者要求不高,作者大可以按套路写。当然,想写得好还得有新变,所以才会有网络时代文学新概念。无论如何,网络小说类型化已成为网文创作与阅读的一个事实。

榕树下开办之初,小说栏目就分为爱情城市、武侠天地、聊斋夜话、鬼话连篇。到起点中文网时代,小说栏目已经有武侠/仙侠、都市/言情、历史/军事、游戏/竞技、科幻/灵异、玄幻/奇幻等。小说阅读网则分为三大版块:男生版,主要提供玄幻、武侠、游戏、军事、异能等男性小说;女生版,主要提供言情、都市、穿越等女性小说;校园版,主要提供青春校园等学生小说。红袖添香小说网也分三大版块:言情小说站,主要提供言情、总裁、穿越、宫斗、都市、青春等女性小说;玄幻小说站,主要提供玄幻、仙侠、军事、历史、都市、网游等男性小说;经典文学站,主要提供长篇经典、短篇文学。总体上来说,目前的网络小说可以分为武侠、商战、穿越、都市、玄幻、修真、网游、盗墓、竞技、同人(动漫同人、武侠同人、影视同人)、耽美等类型。分类方法不尽相同,但都显示了小说的主题。因此,欣赏网络文学,可以根据自己的喜好,选择特定类型的作品阅读、欣赏。

2. 不同类型的特点

(1) 武侠小说。在众多网络文学类型中,保持传统而有新变的是武侠和言情小说。武侠小说历史悠久,所仰赖的中国武术历史悠久、门派众多、发展脉络清晰。特别是梁羽生、金庸、古龙对华人文学的影响深广而久远,当网络成为草根写手自由驰骋想象的空间时,武侠自然而然成为众多写手的最初尝试,于网络时代再次开创武侠小说的盛世荣光。凤歌的《昆仑》、孙晓的《英雄志》、小椴的《杯雪》、金寻者的《大唐行镖》,都是其中的重量级作品。被称为"后金庸时代新武侠圣典"的《诛仙》成为玄幻小说代表作,而女性写手如沈璎璎、沧月、施定柔、步非烟、藤萍等创造的女性江湖,更别具特色。陈平原说:"要理解中国人、理解中国文化,不能绕开儒释道,也无法完全绕开大侠精神。后者不如前三者那样有完整的理论形态,但确实借助于诗文、戏曲、小说(如今又加上影视),塑造着一代代中国人。大侠精神可能变形,可能被扭曲,也可能部分失落,但就其对中国人曾经有过而且仍未消退的深刻影响而言,是对作家心灵的一种永恒的召唤。"

在网络时代,武侠小说广泛借鉴古今中外各种主流与非主流文化,在相关知识等各方面,已远远超出前辈们所建成的基础,这一小说类型在网络时代继续散发着耀眼的光芒。

(2) 言情小说。网络时代的言情小说风头大多被穿越小说和耽美小说抢去,言情小说创作者和读者以女性为主,不脱琼瑶、亦舒等言情前辈的路数。代表写手有明晓溪、可爱淘、匪我思存、桐华、寐语者、顾漫、郭妮、安宁、郑媛、风琳儿、简璎等人。可爱淘的小说青春热烈、精巧灵动,明晓溪的小说则尽显世情险恶,命运无常。匪我思存、顾漫的作品情节曲折、语言精美、心理刻画细腻、人物形象生动,既有古典文学的韵味,又有现代时尚元素。她们所表现出的独立而自尊的女性意识,也令她们的言情小说别具一格。网络言情小说还产生一些新概念,如"高干文",即主角(一般是男主角)出身高干家庭,生活优渥,衣食住行讲究,不时显示某种特权,对爱情的投入专心又略带霸气。"总裁豪门"小说讲述灰姑娘遇到商界豪门帅哥,燃起爱的熊熊烈火。相对于高干小说而言,这类小说人物(身份为总裁豪门的男主角)对爱情有更强烈的占有欲。"女尊王朝"则是强女驾驭俊男的爱情故事,背景则或在商界,或架空历史,充分显示女性的自恋心理。跟传统言情小说不同的是,网络言情小说毫不掩饰对名利强权的向往,也有很多奢侈的物质生活和特权的描写,引发人们对奢华、特权生活的好奇和向往,以及灰姑娘式的期盼。这类小说还有一个特点——父权消失。这意味着新新人类在审美情趣和生活状态上,不再顾及传统,他们只受个人喜好和现实生活法则的约束。

（3）历史小说。历史小说一直以来都较受男性读者欢迎，网络时代继续着对历史的重新诠释与想象，如在众多的穿越小说中，多少都会有一些历史信息——包括人物、事件、制度、风习等——穿插在情节里，与言情、冒险、励志等因素一起吸引着读者，只不过对历史本身的叙述并不是穿越小说的主要目的。纯历史小说数量和读者都比较少，获得巨大成功的是当年明月的《明朝那些事儿》。到目前为止，这部小说是受学术界关注最多的一部网文。不仅有毛佩琦等人发文赞美，《文艺争鸣》还在2010年间发表赵勇的三篇文章，从作品的修辞、生产与消费等角度对这部小说进行了十分具体的介绍和讨论。周枝羽说："这部书几乎具备了流行文学传播的一切因素。只是我没有想到一部具备了这些因素的作品居然是一部历史作品，而且是正史，完全不是戏说，我甚至不知道能不能把它称为小说，因为它几乎是完全忠实于《明史》的。"这一评价可以说代表了学界对这部小说的态度，几乎所有好评都首先集中在其尊重史实这一点上，然后是正史与流行文化能如此完美结合所带来的成功上。然而当年明月的成功是不可复制的，这部小说引发的历史小说潮中涌现出的作品，没有一部能达到《明朝那些事儿》的高度。《明朝那些事儿》是历史小说的一次成功变装，它成了一个独特的存在，不可模仿。

（4）穿越小说。百度百科对穿越小说的定义是："网络小说最热门题材的一种。其基本要点是，主人公由于某种原因从其原本生活的年代离开、穿越时空，到了另一个时代，在这个时空展开了一系列的活动，情爱多为主线。"穿越小说以席绢的《交错时空的爱恋》和黄易的《寻秦记》为代表作。穿越小说写手可以让他的主人公穿越到他想去的任何时空，所以这类小说自产生之日起，就充分显示了能够满足人们各种欲望的优越性。

关于时空穿越，前有佛教的轮回转世说，后有爱因斯坦相对论的科学之论，经由作者的艺术想象，幻化成寄托人们掌控自己命运的理想之翼，承载了作者和读者对生活的希望，或者说所有欲求与梦想。针对这种特点，网络上有一个专门的名词"YY小说"或"意淫小说"来指称，即"主人公非常强悍，武功超强、运气超好，美女超多，敌人超容易杀，主人公想要什么就有什么，努力追求：想到就要做到的小说"。这类小说性别差异较明显。男性穿越小说有月关的《回到明朝当王爷》、灰熊猫的《窃明》、禹岩的《极品家丁》、凤鸣岐山的《十龙夺嫡》、猫腻的《庆余年》等，主题为权、名、利、色。女性穿越小说由金子的《梦回大清》开始，后有桐华的《步步惊心》、李歆的《独步天下》、海飘雪的《木槿花西月锦绣》等，主题主要是爱情。相对于其他网络文学类型来说，穿越小说艺术特色上比较传统，情节较为单一，语言的创新性也较少。如清朝穿越小说中，除了运用现代网络语言形成喜剧风格外,大多模仿《红楼梦》的叙述语言。与传统言情小说不同的是,穿越小说将现代人的思想、行为放置在古代环境中,从而同时具有古典的浪漫情怀和现代的自由意识及独立人格,是所有文类中较为唯美的一种。

(5) 耽美小说。就中国大陆来说,耽美小说是网络时代的一个新概念。"耽美"一词最早源于日本近代文学流派——耽美派,旨在"反对暴露人性丑恶面为主的自然主义,并想找出官能美,陶醉其中追求文学的意义",后为日本漫画界用来特指"一切美型的男性"及男同性恋故事。1997年耽美小说进入中国大陆,如今,在起点中文网、晋江文学、言情小说吧、连城书盟等大型文学网站都有耽美版块。从目前的创作看,所谓耽美小说即女性写手写给女性读者看的爱情故事,所讲述的男同故事都是小女生对不以繁殖为目的的纯爱的勇敢想象。代表作有筱禾的《北京故事》、暗夜流光的《十年》、桔子树的《麒麟》、暗夜行路的《阿涉》、E伯爵的《天鹅奏鸣曲》、绿角马的《砒霜行动》、满座衣冠胜雪的《银翼猎手》等。耽美小说的美学特征首先是唯美——文笔优美、感情凄美、人物形象俊美。其次,耽美小说的感情往往来得虐心,让读者对结果充满美好期待,而过程又满是纠结。但是多数耽美小说对爱欲的描写过于直露近乎情色,粗陋的描写在一定程度上拉低了小说的审美质量。

耽美小说的繁荣,显示了新世纪人们对同性恋情的宽容、好奇,还有"女性追求平等、单纯、与利益无关、内心寻求真爱的自下而上状态"以及"对真实世界的疏离"。

(6) 玄幻小说。玄幻小说的具体类型可谓五花八门,有魔幻、科幻、仙侠、奇幻、灵异、盗墓、修真等名目。其中,概念较为清晰的是盗墓小说,顾名思义,盗墓小说和墓葬有关,可以说是网络时代的中国式冒险小说,小说主人公多以或寻宝,或救人,或解谜等机缘,深入墓穴,经历种种机关陷阱,最终降妖除魔,得到宝物,发现失落的文化古迹,情节内容极富刺激性。代表作品有南派三叔的《盗墓笔记》、天下霸唱的《鬼吹灯》等。修真小说则是依托中国本土的道教发展起来的新型小说体裁,一般叙述主人公通过修炼最终达到飞升的情节。有代表性的作品是萧潜的《飘邈之旅》、萧鼎的《诛仙》、血红的《邪风曲》、我吃西红柿的《星辰变》等等。此外,玄幻小说还有今何在的《悟空传》、树下野狐的《搜神记》、唐家三少的《斗罗大陆》等。

玄幻小说一般结构宏大、视野开阔、知识丰富、想象超奇。如何马的《藏地密码》集灵异、盗墓、悬疑、冒险为一体,写主人公为失落文明解密,穿越可可西里,从西藏到南美,从雪域之巅到地下冥河,将西藏发展史、宗教史,玛雅文明的成因与现状,玛雅文化与藏文化的关系,香巴拉的来历与发展、样貌等一一展示给读者。其笔下的雪山冰洞、玛雅地宫、倒悬空寺、热带丛林、雪山险峰、地下冥河、神秘仙境香巴拉等特殊环境无不神妙宏大、气象万千。

文学的类型化,只是文学发展的过程,而不是终极形态,因为类型从来都不是一成不变的。相对于传统小说而言,网络文学的许多新变,是文学发展的结果,也是整个社会文化发展的结果。网络文学明显的消费意图,并不能成为贬低它的主要理由。我们在进行有选择的阅读时,不仅要看到网络小说的趣味性,还要看到网络小说对古今中外各种文化的反映,对当代社会人们的生存状态与生活理想的曲折表达,不同人群的人生态度和审美理想,等等。网络文学虽然还存在很多缺点,但强劲的发展势头不容忽视,我们应以更宽容的姿态接纳它,并期待更好的成绩出现。

### 三、网络文学欣赏举隅

#### (一)《镜·辟天》

1. 原文

#### 序章　云浮(节选)

水晶棺里静静地沉睡着一个女子,双手交叠在胸前,眉心有一个朱红色的封印,面目苍白而秀丽,如一朵枯萎多时的花。

那是云浮翼族的少城主:离湮。

如果有云荒大地上的人看到她,说不定会惊呼出声——这张素淡如莲花的脸,曾经在云荒的历史里反复出现。而每一次出现,都有着不凡的身份。

在最后的一世里,她的身份,是空桑的女剑圣慕湮。

"阿湮,你看,天地都在我们的掌控之中。"他低下头去,对着棺内沉睡的那个人低语,"七千年了,对于那个被违背的誓言,你也已经获得足够的惩罚——回来吧。"

他挥开广袖,手指掠过密封的水晶棺,在上面画下一个符咒。

指尖离开的刹那,整面水晶化为了齑粉,在星光下如同风暴一样散开。天风浩荡吹来,将那些水晶的碎片从九天吹落,洒落大地和大海。

"看哪!流星雨,有流星雨!"静默中,隐约听到脚底那片大地上传来了欢呼。

大城主微笑起来,骄傲而睥睨一切。是的,对陆地上的人而言,云浮人便是神!神与人之间,需要保持敬畏的距离。

他竖起手沾了一沾,那缕白光便飘上了指尖,他探出手去,将那缕白光点在沉睡女子的眉心,低声开始喃喃念动禁咒:"魂兮归来!"

伴随着招魂的咒术,光芒从眉心透入。

那一瞬间,十字星的封印消融,女子的容颜仿佛枯萎的花获得了滋润,一瓣一瓣地舒展开来!

## 第六章 "我的地盘我做主"

"魂兮归来!"大城主重复了第二次,再一次催动手指,将那一缕灵魂送回躯体。

棺中女子身体震了一震,眉头微微蹙起,仿佛流连于某个残梦之中尚未醒来。然而,不知为何却依旧执着地闭着眼眸,没有回应。

咒术无效?

大城主的眼神也微微变了,俯首按着那一缕不肯进入身体的魂魄,几乎是一字一字地吐出了咒语,强力压制着魂魄归入窍中。

在咒语念到第三遍的时候,女子的眉头一振,终于带着几分不情愿的表情,缓缓睁开了眼睛。

"尚皓!"在睁开眼的一瞬间,她就叫出了他的名字,"哥哥?"

"我……这是在、在云浮?"她有些惊诧地望着身边的亲人,记起了亘古前那一场激烈的争执——那一场血腥的空海之战末尾,她从天空俯视碧落海,被鲛人无助的祈祷打动,不忍心看到海国的彻底覆灭,终于出手干扰了尘世,将海皇力量带回云浮保存,帮鲛人逃过了灭绝的命运。

那时候,作为大城主的兄长,盛怒之下将她驱逐出了云浮城,打落凡界。

从此,她便在那片大地上生生世世地漂泊。如同大地上那些回不到云浮城的流亡翼族一样,只有偶尔抬起头望见那一条银河,才会恍惚地想起某些支离破碎的前世记忆——就像这一世的最后,在那个沙漠古墓合上眼睛时,脑海里就曾浮现出了展翅飞翔的白鸟……那只矫健的飞鸟一直一直地向上飞翔,最后没入了一片璀璨的金光。

"云浮……"生命的最后一刻,空桑女剑圣仿佛在幻觉中看到了什么,脱口喃喃。

然而,那些埋藏在宿命深处的记忆一闪而逝。

再一次睁开眼,居然就回到了云浮。

她抬起手,却摸不到身侧的光剑——那一瞬间,她清楚地记起了几生几世的漂泊过程,也记起了最后一世里自己的种种遭遇。

那一瞬间,她沉默下去。

她回到云浮了。难道,一切终归成了一场梦?

望着棺木上方俯视着自己的那个人,她倦极地喃喃:"我梦见我回到了那片大地,遇到了好多事、好多人。好长的梦啊……哥哥,你知道吗?"

"我知道。"尚皓温柔地低声回答,"我一直在天上注视着你的宿命。"

他的手指触摸着她的长发,叹息:"可怜的阿湮,你为背叛誓言受到了惩罚:你的宿命一直被那颗不祥的星辰照耀——每一生每一世,所爱的人都会背叛你、离弃你。无论你是如何真心地对待他们。"

"啊……原来是这样。"棺木中的女子叹息了一声,恍然道,"难怪我一直没有一个圆满的好梦。原来,是被哥哥你诅咒了吗?"

"我只是想让你看到那片大地的真相。"尚皓望着脚下的大地,唇角露出锋锐的笑意,"我并没有强行扭转那些人的命运……他们所做的一切,都出自本心里的种种欲念。"

"七千年来,你该知道那些云荒上的人是怎样的丑陋吧?他们内心隐藏着黑暗,那是大神造物时就给予蝼蚁的烙印。"他怜惜地捧起妹妹的脸,低声说道,"阿湮,你看,当初为了那些肮脏的蝼蚁,你做了多么愚蠢的事!"

离湮笑了笑,没有立刻回答。

感觉着那只捧着脸颊的手,她一惊:"哥哥!你的身体,怎么是虚无的?"她惊慌地伸出手:"你……你难道已经死了?"

那一刻,她的手,直直穿过了兄长的身体。

"没有。我只是舍弃了实体——五千年前我就已经修行到了'无色'的境界了。"大城主微笑起来,"为了迎接你的归来,我特意重新凝结了一次——阿湮,哥哥很厉害吧?"

"啊,你已经再也不会死了吗?"棺中的女子茫然地望着他,却没有欢喜,喃喃道:"可是,永生有什么用呢?哥哥,你的手都已经冰冷了。"

尚皓微微一惊,停手看着醒来的妹妹。

"为什么要惊醒我?"她再次合起了眼睛,似乎又要沉沉睡去,"我真想一直一直这样睡下去。这七千年的梦,好美。哥哥……让我回到凡界去吧。"

她合上眼睛,那一丝灵光又开始从眉心透了出来,一分一分地从躯体里散逸。

"阿湮?!"在她闭上眼睛的刹那,尚皓终于无法掩饰眼里的震惊,扑过去一把扳住了她的肩膀,"你说什么?难道你还想回到那个遍布肮脏蝼蚁的地方去?!"

他的手闪电般地探出,按住了她的眉心,硬生生地将一缕逸出的灵光封闭回去。

逸出的魂魄被强行封闭,离湮四肢挣扎了一下,有苦痛的表情,被迫睁开了眼睛。

一开眼,就对上了那双熊熊燃烧的双眸,尚皓一只手封住了她的眉心,另一只手却捏了一个防止魂魄逃逸的诀,狠狠按住了她的灵台。"你……你居然……"一瞬间不知说什么,大城主震惊得无法继续。

她心里猛然一惊:哥哥……发怒了?

——这样的愤怒,甚至超过七千年前她打破天规插手凡界之时!

"哥哥……"她微弱地唤了一声,带着央求之意。

"为什么!"那个人却咆哮起来了,重重拍打着水晶的棺木,"为什么?你居然还想回去?!流放了七千年,难道还没尝够苦头?你留恋着什么!"

随着他的拍击,整面水晶碎裂为齑粉,随着天风卷入虚空。

"流星雨!快看,又有流星雨!"遥遥地,下界传来欢呼,兴高采烈。

离泪嘴角浮出了一丝微笑,侧头倾听着大地上那些声音,眼神温柔。

"哥哥,就算是获得了那样大的力量,你觉得欢喜吗?"许久,她才回过头凝视着神庙里常态尽失的兄长,低低问,"七千年了,你有和那些看到流星雨的孩子们一样高兴过吗?"

尚皓怔住,竟然无言以对。

"是的,是的……那些人并不纯粹,心里有阴影,也经常做出一些让自己后悔的事情。但是……"离泪睁开眼睛,定定地望着那个睥睨天地的兄长,"但是你不知道他们其实多么美丽啊!他们的心里充满了光明和黑暗的交锋,那些转换极其细微也极其锋锐,只要你仔细倾听,就像暴风雨呼啸一样!"

一口气说了那么多话,她的神色又困倦起来,轻轻叹了口气:"那……才是生命和生活的真谛——而这一切,在这空荡荡的云浮城里,根本是不存在的。"

2. 欣赏

沧月(1979—    )原名王洋,浙江台州人,浙江大学建筑学硕士。2001 年开始在网上写作,同年参加网络新武侠征文活动,以《血薇》获得优胜奖,并陆续在《古今传奇》《大侠与名探》《热风武侠故事》等杂志上发表中短篇武侠小说。此后陆续创作"云荒"系列小说:《云荒·镜》,包括《双城》《破军》《龙战》《辟天》《神寂》《织梦者》等;《云荒·羽》,包括《青空之蓝》《赤炎之瞳》《黯月之翼》《苍穹之烬》等;"听雪楼"系列小说,包括《血薇》《护花铃》《荒原雪》等;"鼎剑阁"系列小说,包括《大漠荒颜》《帝都赋》《曼珠沙华》《剑歌》《七夜雪》等。以及《飞天》《花镜》《沧海》《夜船吹笛雨潇潇》《星空》等单行本。

沧月的新武侠小说非常独特。"千古文人侠客梦",自司马迁为游侠作传至今,唐传奇、宋元话本、明清小说、鸳鸯蝴蝶派小说、港台武侠,武侠小说在中国文学舞台上从来都不曾沉寂。至网络时代,武侠小说更兼容并包,当下的作者在相关知识等方面,已远远超过前辈们。武侠又与历史、言情、玄幻等多种类型相结合,发展成各种变体,同时以其丰富多彩的传统文化与现代思想,加上华人读者长期积淀下来的相关背景知识,在网络时代继续散发着耀眼的光芒,形成"凤歌的综合、沧月的感觉、小椴的技巧、步非烟的想象、方白羽的哲思、慕容无言的现代"等不同新风格。此外,萧鼎的《诛仙》、魏岳的《鱼龙变》、金寻者的《大唐行镖》、孙晓的《英雄志》等,也是其中的重量级作品。女性写手如沈璎璎、藤萍、红猪侠、施定柔等创造的女性江湖,亦别具特色,表现出灵动跳脱、优美玄幻的特点。沧月就是网络时代崛起的新一代女性写手中最具独特性的一位。

首先,沧月创造了一个特异的武侠世界。在网络创作大潮中,沧月以武侠小说起步,却创建了一个不一样的江湖:从情节、角色到空间结构、作品内涵,无不具有特异性,吸引了一批较为稳定的读者。而来自李商隐的《锦瑟》"沧海月明珠有泪,蓝田日暖玉生烟"的"沧月"之名,其中隐约的悲怆又恰能代表沧月作品的情感基调。沧月的江湖唯美而苍凉,沧月的江湖人生严峻而冷酷,但江湖客们那种内心已千疮百孔却仍不失赤子之心的人生态度,令沧月的武侠小说格外彰显出深沉而睿智的哲学内涵。

相较于传统武侠小说而言,门派、地理环境、人物师承、打斗过程等,在沧月笔下都不是重点。这使得传统武侠小说里因门户之见而引发的矛盾,为武功高下而起的种种争执,以及拜师学艺的种种艰苦,在沧月小说里绝难发现。沧月重视人物形象的塑造,强调江湖各类人物为生存而展开的残酷而频繁的杀戮。所有的杀戮,最终都以对"善"的维护而终结。所以,我们看到沧月小说里的舒靖容、萧忆情、迦若、明介、苏摩、云焕们像怀着一颗赤子之心的杀神,可怕又可爱,可怜又可敬。在这样的描写中,体现着沧月重人情人性轻名利的价值观。

沧月的江湖亦不同于其他女性写手的江湖。女性作者笔下,情爱是永恒的主题及终极目的,落笔不是在描摹感情,就是为感情的生发、变化做铺垫。沧月也言"情",但不仅限于男女间的爱情,更不以言情为终极目的,而是着重表现人性美的极致。沧月毫不吝惜笔墨,述说丑陋残酷的江湖社会中,以杀戮为生的江湖人种种残暴的行为,但她强调那些行为的终点,是不惜以生命为代价,极力维护的美和善,包括爱情、亲情、友情等。她说"对某些'真'或'善'应该心存敬畏"。这就是沧月小说所言之"情",深沉、厚重、极致、纯净,并且丰富。所以,沧月小说不以是非黑白为敌我的分界,而以有情与无情、以爱与敬畏来解说她所钟爱的人物形象,在善恶间无明确界线。然而江湖危机四伏,斗争惨烈,人与人之间的信、义、情时刻面对着生与死的严峻考验,有情人少有好结局。因此,《沧海》的题记是:"涸辙之鲋,相濡以沫,曷不若相忘于江湖。"沧月笔下的"情"是辽远而苍凉的。沧月以武侠小说起步,却有着不同以往的武侠观,沧月的江湖是酷烈的,又是唯美的,沧月小说里的侠客也许不具有侠的大义凛然,但更具悲悯情怀,更具人性的深刻性和丰富性。

其次,沧月创作了一个特异的玄幻世界。沧月说:"相对于武学一道,还存在着念力和幻术。"沧月小说立足于武侠而营造出的玄幻世界奇特阔大,极富层次感,角色类型丰富,各种法术匪夷所思,极具独特性。从空间上来说,有神境云浮城,有仙境梦华峰,有迦蓝白塔的顶端,有人境云荒帝国、泽之国、砂之国、中州、海国等不同地区和国家,有鲛人居住的海国,有冥界无色城和"红莲幽狱",有藏着吸血鬼的高昌古城。种种幻想空间无不超出读者的想象,新异而奇特。

沧月小说中的玄幻形象类型丰富,有神、魔、圣、仙、妖、灵、傀儡、巫、龙、鲛人、饕餮,还有九天之上的"将实体彻底舍弃,化为虚无与天地一起存在和呼吸"的云浮城主。沧月小说中的轮回转世、法术、预言、星相等玄幻情节,于技击武侠之外,平添了无尽的神秘气息。沧月的玄幻世界丰富而独特,她把古代神话、民间传说、佛教故事等多种元素与西方玄幻因子相结合,创造出属于沧月自己的丰富、新鲜又独特的玄幻世界,充满神秘奇幻的气息。玄幻对于沧月而言,并不是故弄玄虚以赚人眼球,而是深刻体现了其美学内涵和生存理念。

再次,沧月小说具有深刻的思想性。沧月认为,存在是生命的意义。她认为"生命是一场负重的奔跑",人必执着于一念,人生才因"存在"而丰满有意义。沧月小说中的人物无论人鬼神,往往宁愿舍弃永生不灭的存在状态,进入滚滚红尘,去经历"生、老、病、死,怨憎会,爱别离,求不得",因为"生命中不能承受之轻"会令一个人枯寂到死。沧月认为,一个有存在感的人,"他必须痛苦;他也必须毁灭"。沧月小说里有很多关于恶行、血腥和暴力的描写,但她并不是为了刺激读者的感官,而是将人性放置在这样残酷的江湖世界,展示黑暗力量环绕中人性未曾泯灭的光华。这与其说是小说人物的理想之光,不如说是沧月对大千世界中挣扎求生者人性的信任与赞美。因此,虽然沧月小说故事结局也许悲怆,却并不消极颓废,小说人物不论占有还是牺牲,都力求以行动去争取改变,即使身临绝境也不放弃。这是沧月小说最与众不同之处。这使得沧月小说虽然也以言情为主线,但并不以言情为终极目的,而是超越了两情相悦,有更深厚的内涵。

有了这样明确的人生态度,就形成小说人物两种生命存在方式。一是守护,对美与善的守护。阅读沧月小说,可以感受到她对待人生是庄重严肃的,她认为:"这个世上,每个人都是一座孤岛。"要摆脱这种孤寂,必须要有精神追求,要与他人与外部世界建立联系,"守护"在沧月小说中是个体与外部世界之间最普遍的一种联系。二是救赎,对曾经做过的恶行赎罪,甚至不惜以生命、自由为代价。那些经历过地狱般磨砺的小说人物,怀着满心仇恨在黑暗里成长,却被某种宽容、美好而温暖的人性所感召,保持着一丝人性的光芒。他们"所要的救赎其实很简单——希望有一个爱他,能给予他足够温暖和安全,平息他内心的黑暗和杀戮,让他不再孤独前行于黑夜中"的人,他们渴望得到救赎,能够"回到阳光底下",避免成为不被任何人牵挂的魔。这些人物和相关情节,形成沧月小说苍凉的悲剧美。

刘青峰说:"文学除了是个性、个人情感、生活经历和态度之表达外,它还有一项特殊的功能,这就是发现新人和新的生活准则。"沧月的小说打破了我们惯常对于"人类"的认识,打破了我们对于"世界"的认识,超越了我们习以为常的对是非黑白的界定,也超越了我们的生死观。在沧月的美学理念中,宇宙间不仅力量是守恒的,生命也是守恒的,它不会消失,只是以不同的方式存在着,或活跃或沉睡。她对人鬼神的生命存在方式的描绘,完全打破了"子不语乱力怪神"的儒家理念,显示出神秘而邪异的玄异气息。

(二)《浮世浮城》

1. 原文

### 第一章  小姨和小姨夫

假如有两个女人,一个身家清白,行为素来端正,但离过一次婚;另一个情史丰富,历经若干任亲密男友,至今情海翻滚,试问她们中的哪一个更容易被人接受?

用不着曾毓开口,赵旬旬也知道她会毫不犹豫地说:当然是后者。因为前者是离婚妇女,后者是未婚女青年,就这么简单。就好像"姑""嫂"两个字,同是女字旁,同是一辈人,哪怕还是同龄,也会给人完全不一样的感觉。"姑"字是轻灵的、娇俏的,"嫂"字是浑浊的、暧昧的,理由同上。正所谓英雄不问出身,只问有没有领过结婚证。

当然,赵旬旬和曾毓并不是姑嫂关系,她们是姐妹,确切地说,是没有血缘关系的继姐妹。赵旬旬十四岁那年她的母亲带着她嫁给了曾毓的父亲,曾毓比赵旬旬大五个月,就成了姐姐。如今又一个十四年过去,赵旬旬已为人妇,婚姻状况良好,而曾毓是小姑独处很多郎。

赵旬旬是满意她的生活现状的,曾毓的"离婚未婚女理论"只会让她更热爱她的婚姻,或者说她热爱一切安定的、稳固的事物。钱大师说婚姻是围城,外面的人想进去,里面的人想出来,可赵旬旬不这样,她进去了就压根没打算出来。和谢凭宁的婚姻就像一堵坚实的高墙,她住在里面,岁月安好,鸟雀无声,恨不得地久天长。

可是这天半夜两点,与男友好梦正甜的曾毓突然接到了赵旬旬打来的电话。电话那端信号微弱,语调低沉,偶有回声,多半来自某个类似于厕所的角落。为了不吵醒身边的人,曾毓克制住破口大骂的冲动,咬牙对赵旬旬说:"你最好是家里失火,或是被入户劫财又劫色的强盗逼到了走投无路才打的这个电话!"

赵旬旬首先压低声音纠正了她的常识性错误:"火警打119,匪警是110,这两种情况我都不会给你打电话。"她迟疑了一小会儿,在曾毓爆发之前赶紧补充,"我想我可能会离婚,想找你帮点儿忙行不行?"

值得说明的是,赵旬旬和曾毓虽然名为家人,在同个屋檐下生活多年,可事实上她们并非情同姐妹,甚至连朋友都不算。从彼此了解的那天起,她们就不认

## 第六章 "我的地盘我做主"

同对方的世界观、人生观、价值观、择偶观……从来就话不投机，只不过赵旬旬朋友不多，靠谱的就更少，所以一有什么事发生，曾毓还是成为倾听者的最佳选择。

曾毓也不是没有拒绝的余地，可她贱骨头，每次都一边对赵旬旬的"荒谬"言论大加批判，一边好奇地打破砂锅问到底，于是就成了如今的格局。同等的，赵旬旬也无怨无悔地甘做曾毓的垃圾桶，当曾毓倾吐她瀚如烟海的情史和稀奇古怪的偏好时，赵旬旬不但默默接受，还能保证绝不走漏半点风声。但使用这个绝佳垃圾桶的前提是不能让她发表言论和感受。赵旬旬这样的人，你告诉她身上有点痒，她就有本事让你怀疑自己长了恶性肿瘤。

赵旬旬说完那句话后，曾毓的睡意全消，她忘了现在是凌晨两点，忘了身边熟睡的男人，蹲在床上亢奋地追问对方缘由。她想知道是什么竟让如此热爱婚姻、坚守围城的女人升起了离婚的念头。

事实证明赵旬旬果然是在她家的厕所里，趁丈夫谢凭宁入睡后悄悄打的电话。她告诉曾毓，谢凭宁这两天不太对劲，他早上出门系了一条与衬衣完全不搭的领带，上班中途才匆匆回来换，晚上洗澡用了比往常多两倍的时间，出来的时候连毛巾都放错了地方，睡觉前他还在查看飞机时刻表……这一系列的反常都证明他心里有事，而且不是寻常的事，或许有某个人要出现了，一个让他如此在乎的人，很有可能影响到她婚姻的稳固。

曾毓听完差点想问候赵旬旬全家，考虑到杀伤范围太大这才作罢。她恨自己又一次掉进了对方阴暗又荒谬的陷阱，在此良辰美景时刻，更让人不能原谅。

"因为这些，你就怀疑他会跟你离婚？难道不许他挑错领带是因为眼花，洗澡时间过长是因为便秘？"

赵旬旬说："不会，他是个规律的人，而且做事从不像这样慌乱无章法，我有预感会发生一些事。"

"你有预感？如果你的预感准确，这个世界已经毁灭了很多回。"曾毓想也不想就回答道。这一次，赵旬旬又沉默了许久。

曾毓有些后悔自己态度太过生硬，再怎么说，就算对她吐槽的是个陌生人，这种时候安抚几句也是应该的。

她还在组织语言，赵旬旬又说话了，听口气，看来是在一番深思熟虑后做出了艰难的决定。

"我手里还有一笔私房钱，凭宁他是不知道的，我打算转到你的户头，让你帮我保管，万一……"万一她老公真的变心了，还什么都不给她这个下堂妻。万一离婚后她一无所有，连自己的私房钱都被过错方剥夺。她前一秒还在为她的婚姻担忧，后一秒已经在安排退路。……

曾毓已经丧失了与她理论的意志力，只问道："为什么替你保管钱的那个人

是我?"赵旬旬反问:"你说我还能找谁?难道找我妈?"曾毓想了想,这个理由确实成立。

赵旬旬的亲妈、曾毓的继母是一个对金钱有执着追求,并热衷理财的中老年妇女。她会炒股,但是把钱交给千挑万选的经纪人后,却连股票是拿来干什么的都不懂;她把每一笔手头的钱都攒起来存银行,但经常找不到她的存折在哪里;她跟买菜的小贩为了一毛钱理论十余分钟,却在理论的过程中被小偷摸走钱包。

有时候曾毓也认为万事万物的存在必有其道理,也许正是因为赵旬旬从小生活在她妈身边,才物极必反地走了另一个极端,充满了忧患意识。

这些年来,曾毓替赵旬旬保管过备用钥匙、开启另外一份备用钥匙所在的保险柜的备用钥匙、证件副本、保单号码、过往病史复印资料、各种形式的资金若干笔。赵旬旬就是要保证哪怕自己的生活彻底被摧毁,哪怕有她生存痕迹的地方被付之一炬或黄沙覆盖之后,她还能继续生活下去。曾毓还相信即使自己这个备用基地也被彻底毁灭,她在别的地方必定会有另一手的准备。

曾毓说:"钱替你保管没有问题,但是过一阵你就会知道只是神经过敏。"

赵旬旬在那头好像笑了一声:"我比谁都但愿如此。"

第二天,赵旬旬所"预感"的那个人果然浮出了水面。

下午时分,她刚换洗过家里的床单,熨平了最后一道褶皱,就收到了谢凭宁发来的短信,上面是一个航班号和到达时间,还有一行简短的说明:小姨从上海回来探亲,你和我一起去接她。

赵旬旬当时就想,完了,这回不知道会被曾毓损成什么样,她怎么也没想到他要接的人是个亲戚,虽然与谢凭宁结婚三年,她从来不知道他还有个在上海的小姨。不过这也说得过去,他从来没有提,她也没问。

谢凭宁痛恨迟到的人,看到时间并不宽裕,赵旬旬也没敢耽误。换了套衣裳就赶紧打车奔赴机场,与下班就过去的丈夫会合。

到了约定的地点,谢凭宁已经到了。赵旬旬问:"今天周末,怕吃饭的地方不太好找,要不我们提前预订个位子?"

谢凭宁说:"不用了,外婆和爸妈他们一早就订了酒店,就等我们接了人过去。"

赵旬旬"哦"了一声,很显然小姨回来探亲的事并不是个临时的爆炸性新闻,全家上下不知道的人恐怕也只有她而已。她倒也不生气,还是那个原因,谢凭宁没说,她也没有问,再加上并不和公婆住在一起,没收到消息也是正常。这世界上的事情太多,少知道一件事,就少操心一件事。

按说飞机已经着陆,出口处接机的广播提示也重复了一遍,可赵旬旬翘首张望也没能从熙熙攘攘的到达人群中分辨出小姨在哪里,不由得有些奇怪。

# 第六章 "我的地盘我做主"

反观谢凭宁倒没有那么着急,他站在三号出口一侧,聚精会神地看着上方悬挂着的液晶电视。赵旬旬也顺着他的视线瞅了两眼,那是重复播放的一段房地产广告,以往谢凭宁对这些并不感兴趣。

"会不会小姨她老人家在里面迷路了,要不打个电话看看?"赵旬旬试探地问。

谢凭宁转而看着她,脸上仿佛有种微妙的古怪表情闪过。细看谢凭宁,赵旬旬得承认她的围城不但有着坚实的基础,还有齐整的外墙。谢凭宁是很适合正装打扮的那种人,有些人白衣黑裤西装革履,看上去就像房屋中介,可这样刻板的一身在谢凭宁身上,就说得上赏心悦目。他不是那种让人眼前一亮的好看,只不过五官特别端正,端正得就像按照"三庭五眼"的基准而生,加上举止得宜,话不多但简洁有力,声音低沉柔和,让人感觉很舒服。他在调往卫生局之前曾做过几年的耳鼻喉大夫,抛开医术不谈,在接诊的过程中他更容易取得患者的信任,因为他给人的感觉就是靠谱的、让人信赖的。三年前第一眼看到他的时候,赵旬旬也不相信这样的男人会落到她的手里。

"不用,再等一会儿吧,她总是磨磨蹭蹭的。"谢凭宁回答道。

果然,话音还没落,他看着前方把下巴抬了抬,对赵旬旬说:"看吧,出来了。"

赵旬旬看到了一个体型偏胖的白发老太太,心里想,这小姨保养得真不如她婆婆。正打算上去笑脸相迎,没料刚走了一步,才发现谢凭宁的身体语言指向的是另一个方向。

他错开了老太太,顺手接过了身边一个妙龄女孩的行李。

难道这是小姨家的表妹?

老太太在赵旬旬热情的眼光中渐行渐远,她听到丈夫低声对那个女孩说:"怎么耽误了那么长时间?我都以为你报错了航班。"

赵旬旬的世界观又一次遭到了强烈的冲击。她可以想象自己此刻的表情一定比刚才的谢凭宁还要古怪。

"这位是……小姨?"她扯出一个微笑问道。

谢凭宁点头:"这是我外公弟弟的女儿邵佳荃。"

小姨这才笑着打量赵旬旬,"你就是旬旬吧,凭宁的眼光果然还是那么好。"

这个回答很有长辈的架势,要是对方直接说"你就是外甥媳妇吧",赵旬旬估计会一头撞死在机场大厅里。因为这个被称作"小姨"的女子看上去不过二十五六,比赵旬旬还要小上几岁,神采飞扬,漂亮得咄咄逼人。

赵旬旬只能笑着回应:"对,我就是赵旬旬。真没想到小姨原来这么年轻。"

小姨说:"其实我比凭宁小六岁,不过没办法,他虽不情愿,但辈分在那里。凭宁,你说是不是?"

谢凭宁避而不答,领着邵佳荃往外走。"外婆他们已经到了酒店,就等你吃晚饭,估计该等急了。"

邵佳荃站着不动,说:"哎呀我还走不了,我们取行李的时候发现少了一件。"

"行李?"谢凭宁看了一眼手里拎着的大号行李箱,这才注意到她刚才还说了一个词——"我们"。

邵佳荃才想起似乎忘了介绍,她回头挽起身后不远处那人的手,一脸灿烂地对谢凭宁和赵旬旬说道:"这是我先生……"

赵旬旬明白了,原来大驾光临的谢家长辈不仅有小姨,还有小姨夫!

那年轻的男子之前一直在低头查阅他的手机,赵旬旬并没有留意到他,只当是个路人,现在他站在邵佳荃身边,对"外甥夫妇"露齿一笑,赵旬旬看了他一眼,低下头去,想了想忽然又抬起头看了一眼。不想对方的视线正好也停留在她身上,她顿时有些难堪。虽说爱美之心人皆有之,但朋友夫不可渎,何况还是小姨夫。

身旁的谢凭宁好像也愣了好一会儿才想起他应有的礼节,朝对方点头示意。

原来他也不知道多了这样一个亲戚。不过赵旬旬还是佩服他沉得住气,他并没有问关于小姨什么时候找了小姨夫的问题,而是看着邵佳荃说道:"行李能马上找到吗?"

邵佳荃说:"估计不行,八成是登机的时候航空公司的工人把行李分错了,我们还得留下来办个手续。"

谢凭宁看了看表,"我和你们一块去问问。最好能尽快赶回去,知道你回来了,大表哥他们一家从县城赶上来,他儿子明天要上学,吃过晚饭就得坐车走,还有姨婆也大老远地过来了,都是因为好久没看到你,想一家人聚一聚。"

"我知道。"邵佳荃也一脸的着急,"但是我们刚才问过了,负责办理遗失行李登机的人换班吃晚饭去了,估计得等一阵才能回来,总不能扔下行李就走吧?"

一直没有开口的小姨夫说话了,他拍了拍邵佳荃的肩膀,"要不你们先回去,我在这儿等着就好,让一家老小等着也不是那么回事。反正那件行李也是我的。"

"不行,我怎么能把你一个人扔这里?"邵佳荃把头靠在他肩膀上,想也没想就拒绝。

那男子也反手抱着她,笑道:"傻瓜,要在一起有大把时间,哪里差这一会。"

一旁的赵旬旬和谢凭宁在这样的浓情蜜意之前都不由得感到一丝不自在。谢凭宁清咳两声,想了个折中的办法。

"要不这样,旬旬,我先把佳荃送回去,你能不能先留下来陪着……他把行李的事处理好?我尽量赶回来接你们。如果这边提前办理好,你也可以打个车,你知道酒店在哪儿吧?""啊?哦!"赵旬旬只能应允。年轻的小姨夫笑道:"我一个大男人难道还要人陪着?况且我在G市待过几年……"

谢凭宁打断他,"你是客人,再怎么着也不能把你单独撂在这儿。实在对不起,如果不是家里的人一半今晚赶着要走,也用不着这么着急。"

邵佳荃看上去还有些不情愿,但毕竟是思亲心切,一时间也没有更好的办法,只得不舍地交代了几句,随着谢凭宁匆匆先走了。

他们两个的背影消失在门外,只剩下赵旬旬和初次见面的小姨夫。她没想好第一句该说什么,索性先笑一笑,对方也笑着耸肩。赵旬旬心里想,这究竟算什么事?难道除了她没人觉得哪里有些奇怪?就算出于礼节,为什么不是身为"外甥媳妇"的她先陪着小姨去赴宴,谢凭宁则留下来陪小姨夫办理行李挂失手续?至少这样避免了两个陌生男女面面相觑,尤其其中一个还是不伦不类的长辈,这实在不像谢凭宁这样靠谱的人做出来的事。只可惜赵旬旬习惯了对谢凭宁听之任之,唯命是从,第一时间驳回他的决定并非她擅长的事。莫非谢凭宁考虑的是只有他和邵佳荃先赶回去才算是一家人团聚?这倒也说得过去,但并不能改变现在气氛诡异的事实。

"那个……小姨夫,一路辛苦了。要不我们先到附近的茶座坐着等一会儿?"赵旬旬强忍别扭问道。

对方顿时失笑,"你叫我小姨夫,我全身汗毛都竖了起来。佳荃她装什么长辈,她爸也就是你老公外公的远房堂弟,早出了五服,只不过他们家亲戚少,所以走得勤。以后你别叫她小姨,看把她美成什么样了。"

"哦……"赵旬旬怔怔地答了一声。

"旬旬,让你留下来陪我真不好意思。"

他不让她叫小姨夫,可这声"旬旬"叫得还真是和蔼和亲。赵旬旬想说,其实我也不好意思,没敢说出口,干笑,"哪里哪里,一家人,客气什么?"

"其实我和佳荃还没结婚,只不过有这个打算罢了!"

赵旬旬一噎,又不知道该怎么接下去了。小姨夫啊小……不,年轻人啊年轻人,你告诉我这个干什么?

"……"赵旬旬不知道该叫他什么了,她苦着脸指着值班室。"我去看看办事的人回来没有。"

他欣然跟在她后面,仿佛看穿了她的想法。

"你为什么不叫我的名字?"

赵旬旬心想,我哪知道您老哪位?忽然记起初见的时候似乎邵佳荃是介绍过他名字的,只不过当时她和谢凭宁都沉浸在天下掉下个小姨夫的震惊中,所以后面的话基本上没听进去。好在给她制造了一个困境的人又主动给她解围。

他似笑非笑地绕到她面前,言简意赅地说:"池澄。"

"好名字。"赵旬旬为了表现诚意,还刻意做思索状片刻才回答。

让她扩大崩溃面积的回答出现了。

"怎么好?"他看似一脸认真地问。

"嗯……"赵旬旬快要咬破了嘴唇。"驰骋江山,很有气势。"

"可惜不是那两个字。"

"池城,有城有池,也挺好。"

"也不是那个城。"

她记起了多年前化学课上一时走神答不出老师提问的窘境。

难道要她说,我根本不在乎你是哪个池哪个城,除非我"吃撑"了。

可是她是赵旬旬,从小被教育要礼貌有加、循规蹈矩、对人礼让三分的好孩子赵旬旬。

"那请问是哪个'cheng'?"她好学而谦虚。

他不由分说地抓起她的手,摊开她的掌心,用手指在上面比画着。

"就是这个'cheng'!"

悲剧的是赵旬旬被他的惊人之举震撼得太深,只记得掌心痒痒的,至于他指尖的笔画,根本没有看清。

"三点水再加上一个登山的登。"他笑道。

早说这句话不就没前面一系列的口舌和比画了吗?

她悻悻地说:"哦,阳澄湖大闸蟹的澄。"

"你说清澄的澄我会更感激你。"

他把手插在裤兜里,歪着脑袋朝她笑,的确笑容清澄。年轻就是好,长得好也占便宜,赵旬旬看在那张脸的分上原谅了他,什么小姨夫,他看上去和邵佳荃年纪相仿,就是个小屁孩。当然,这原谅是在他继续开口说话之前。

"赵旬旬,你为什么叫赵旬旬?"

"因为顺口。"

"顺口吗?旬旬旬旬,到底什么意思,是寻找的寻,还是鲟龙鱼的鲟?"

"八旬老母的旬!"赵旬旬气若游丝。

"这个字用在名字里很少见,是不是……"

"其实是因为刚出生在医院的时候我爸妈差点儿把我弄丢了,费了好大的劲才寻回来,但是寻字用在名字里更奇怪,就随便取了个同音字,所以我就叫赵旬旬。"

她飞快地用事实结束了这个话题,虽然这件事她鲜少对人提起过。

幸运的是,这个时候酒足饭饱的值班人员终于回到了工作岗位,赵旬旬欣喜地扑向了他,以高涨的热情和喜悦的心情办好了行李挂失手续。

回去的路上赵旬旬坐在计程车的前排位置一路装睡,到达目的地的饭店,前往谢家所订的包间途中,一直也没有再开口的池澄对她说抱歉。

"不好意思,其实我只是觉得两个陌生人留在那里有些尴尬,所以就多说了几句,本来是想调节气氛,结果弄巧成拙,让你不耐烦了,是我的错。"

他低头看她,样子内疚且无辜。他说得很有道理,一瞬间,赵旬旬恍然觉得自己才是小肚鸡肠,不由觉得先前的言行实在有些过分,连忙补救。

"我没有不耐烦,只是累了。"她解释道。

池澄点头,"如果是我被另一半留下来应付莫名其妙的亲戚,还是个陌生异性,可能我也会觉得很累。"

说破一件尴尬的事实本来就比这个事实的本身还要尴尬。赵旬旬脸顿时红了。

"没有的事,不是因为你。"

"哦,那是因为你老公?"他挑眉问道。

这一次赵旬旬看了他一眼,没有说话。很快服务员当着他们的面推开包厢的门,看到满桌子的亲戚。

2. 欣赏

辛夷坞(1981— )原名蒋春玲,广西人。曾供职于一家电力国企,2006 年开始在网上写作,2008 年辞职成为职业写手。辛夷坞的作品总量并不多,只有《晨昏》《原来你还在这里》《致我们终将逝去的青春》《山月不知心底事》《许我看向你》《我在回忆里等你》《浮世浮城》《蚀心者》八部长篇。

作为网络写手,辛夷坞小说有自己鲜明的特点。

一是辛夷坞的爱情小说,并不像大多数网络言情小说那样在虚无缥缈的纯爱上纠缠。辛夷坞小说中的爱情故事,来得合情合理,爱情的产生和过程的波折,以及小说人物对爱情的执着,都源于人物的性格和环境的影响,有因有果。总之是一切顺其自然、水到渠成,很少有狗血雷人的情节,也没有莫名其妙的一见钟情、生离死别,不故弄玄虚、不天马行空。情节的吸引人之处,在于从叙述方式上形成悬念,而非故意制造悬疑效果。辛夷坞也写灰姑娘遇到白马王子的故事,却不是简单的相遇相爱,而是表达相爱的双方因门不当户不对而造成的种种困难。小说里也有对情欲的描写,却从不以引起人的好奇心或窥私欲为目标。总之,辛夷坞的言情小说是网络上少见的充满现实主义精神的优秀之作。

二是作为网络上崛起的当红作家,辛夷坞的写作并不以凑字数来挣超高点击率赢利,她的作品是网络上难得的文字简洁准确,情节紧凑、线索清晰,没有冗余的枝蔓,人物主次分明的好作品。网络上不少作品,为了增加点击率,在初期获得网友较多的关注后,会无限地拉长情节,增加字数,导致情节拖沓冗长,甚至荒诞离奇。辛夷坞的作品却绝无这种现象。

三是辛夷坞的小说在结构上有一个特点,就是除了《浮世浮城》外,其他小说人物在不同作品中交叉出现,导致所有小说形成一张网,这张网将都市生活的各个角落,各种男女兜住,让我们看到他们在这张网中过着各自的生活,各自悲喜,形成一种距离感。这种写作方法跟巴尔扎克的"人物再现法"相似,却又不同。巴尔扎克的"人物再现法",是同一人物在不同作品中出现时,人生阅历在增加,性格也在不断丰富、发展,而在辛夷坞的小说中,人物表现为在这部小说中是主角,在另一部小说中可能只是偶尔出现,作用很小。

此外,辛夷坞小说能看出受张爱玲的影响,在女性意识上表现出追求安稳、把握现在、少幻想、对男性少依赖等特点。女性的贞洁意识较为淡薄,更强调生活本身的顺其自然。辛夷坞笔下的女性形象貌似柔弱,实则坚韧,往往成为男性的依赖。

小说《浮世浮城》写赵旬旬与谢凭宁宁静而单调的生活忽然被打破,一场处心积虑、蓄谋已久的破坏发生。身世坎坷、看似柔弱实则有些偏执的池澄成为赵旬旬的命中煞星,因为爱与恨,死死纠缠赵旬旬,最终成功破坏了她的婚姻,把她变成自己的爱人。而赵旬旬也并不是处处被动,她看似忠厚,实则聪明,为自己的生活精打细算。尖锐的伤害与纠结取舍中,最终两人还是修成正果。而邵佳荃只成为一切的借口。曾毓还是曾毓,好像很丰富多彩,却始终是将头埋在沙里的那只鸵鸟。

这部小说可谓是当代版《倾城之恋》。语言精当,比喻生动,有张爱玲作品的简洁和描神刻骨的笔意。小说里,离婚女人费尽心机,再次得到钻石王老五,从模式到内核都极像《倾城之恋》。连赵旬旬的初嫁,也如流苏般阴差阳错地得逞。而艳丽姐的艳俗和生存的勇气,则似《连环套》中的霓喜。末尾旬旬与池澄在舞龙灯的人流中失散后又会合那一段,则像《第二炉香》里葛薇龙与乔奇乔去逛街时的情境:人群密集,然而他们跟你又有什么关系呢?唯有身边的这个人是抓得住的,他使你置身于人丛中的孤单灵魂有了个温暖的伴侣。

小说的结局当然没有一座城的倾塌,然而感情发展到应该瓜熟蒂落的时候,池澄报复性地将真相摆在赵旬旬面前,令赵旬旬的热恋之城瞬间倾塌。好在这座塌了的城还有机会再筑,赵旬旬对落崖受伤的池澄一顿痛扁,扁的还是他最伤不起的脸,两人的恨算是了结了,这也算是扯平了才会有后来的好结局吧,否则两人的恩怨怎么能一笔勾销呢。

(三)《搜神记》
1. 原文

## 第十八卷　似是故人来
## 第二章　不速之客

圆月当空,星辰寥落,碧虚明净澄澈。俯瞰万里冰雪,寒山重叠,雾霭苍茫缭绕,宛如大河迤逦奔流。林涛阵阵,隐隐地传来几声夜鸟苍凉的悲啼,若有若无,遥远得如同来自天际。

出了南渊,看万水千山,天遥地广,两人竟突然有些迷茫,不知何去何从。瑶池群仙宫的夜宴此刻当正值高潮,但他们却不想即刻回到那喧嚣的热闹中去。当下索性放飞青蚨虫,追寻阿斐踪迹。

冷风鼓舞,清寒扑面,拓拔野、雨师妾御风携手并舞,衣袖猎猎翻卷。想着今夜所历,心中百感交集。

在这苍茫寂寥的昆仑月夜,天地间仿佛只剩下他们两人了,前生、今世、蟠桃会、五族群雄、动荡的大荒……一切都变得那么虚无缥缈,就像山崖间随风弥散的夜雾,似乎触手可及,但真正抓着的却只有一掌潮湿与冰冷。

两人御风并舞,执手相随,穿过光怪陆离的琅玕森林、险壁嶙峋的昆仑壑谷,越过长草纷飞的山腰、冰雪皑皑的峰顶,又掠过突兀横斜的尖崖怪石、汹汹起伏的雪原林海,追随青蚨,往昆仑深处而去……

如此过了半个时辰,到了一个峡谷之中。雪岭拥簇,山崖傲岸,一条大河汹涌奔流,波光粼粼。两岸松杉绵延,芳草萋萋,野花绚烂开遍,极是幽静。河流折转处,两峰交错,地势凹凸,汇成一湾幽潭。

青蚨突然振翅嗡嗡,极是兴奋,闪电似的飞到那水潭上空,盘旋飞舞。拓拔野、雨师妾对望一眼,心下大凛,难道阿斐竟藏在这水潭之中?凝神戒备,悄声掠去。

凉风拂面,夹杂着一丝淡淡的腥臭之味。那水潭波光闪烁,暗影迷蒙,亦透着一股森森阴气。拓拔野火目凝神,隐隐瞧见潭底石隙之间,藏了模糊黑影,似是一人一兽。

两人正欲包抄上前,却听"澎"的一声激响,潭水喷涌,一道细长的水箭破空怒射,将那盘旋跌宕的青蚨虫陡然劈为粉末。

拓拔野心下一沉:"糟糕,还是让这奸贼发现了。"

"千里子母香"乃是取青蚨虫幼虫之血,揉以九种异草制成的药水,其味淡不可察;只要涂于某物,无论相隔多远,母虫均能循味追到。其效虽神奇,但一种子香只能与一只母虫相配,一旦该母虫亡殁,则纵有万千青蚨母虫,亦无法追寻其香。眼下这只青蚨既已被阿斐所杀,若不能及时将他降伏,想要再行追踪便极之困难了。

"轰!"水浪翻飞,一道人影笔直飞起。

拓拔野大喝道:"哪里走!"断剑翻转,剑气横空怒刺。"仆!"那人避也不避,登时被剑光贯穿,轰然倒撞在潭边巨石上,倏地一颤,缓缓委顿于地。

拓拔野二人微微一愕,想不到竟了结得如此简单。定睛望去,那人长眉入鬓,双目圆睁,果然是此前从南渊逃脱的白阿斐!只是他脸容扭曲变形,瞠目张口,呆滞的双眼中满是惊恐、愤怒、绝望、哀乞的神情,仿佛在死前的一刹那,见到了什么殊为可怖的事情。周身惨白浮肿,鲜血流尽,竟似早已死去多时。

雨师妾心下狐疑,蹙眉道:"他是真死还是装诈?"

拓拔野惊疑不定,飘然落在三丈之外,断剑隔空轻挑,将他翻转了数回;念力探扫,他气息、心跳尽止,殊无灵念反应,确已毙命。

再一细探,他浑身上下竟有六处致命伤口,除了拓拔野适才那一剑之外,心脏、肺腑还有五处重伤,伤口或烧灼,或齐整,或长出息肉……竟似由五属不同的强猛真气重创而成。难道他竟是遭五族高手夹击围杀吗?但最为怪异的,乃是他浑身不剩一滴血液,经脉中亦无一丝残存真气,仿佛被什么怪物将他连血带气吸纳一空,只余一具臭皮囊。

两人惊喜之余,又大感骇异,隐隐带着一丝说不出的不安和恐惧。不知是谁杀了这凶狡巨奸,令他死得这般惨烈难看?拓拔野心中一跳,蓦地想到:"倘若他早已殒命,又如何能杀死青蚨,从水潭中跃出?难道……"猛地转身,同时朝那水潭望去。

身形方动,只听水声轰隆迸射,又是一道人影冲天而起,朝着两峰壁隙飞掠而去。

拓拔野与雨师妾对望一眼,齐齐忖想:"定是他杀死阿斐!"刹那间心底涌起强烈的好奇,都想一睹庐山面目。

拓拔野喝道:"朋友留步!"腾空斜掠,碧光怒爆,剑芒纵横飞舞,将他生生挡住。那人轻咦一声,似是颇为惊讶,蓦地转头瞥了拓拔野一眼,嘿嘿冷笑,突然亮起一道炫目无匹的碧翠刀芒,如绿浪林涛,汹汹席卷。

"砰!"深翠浅绿,幻光流离飞舞,照得天地皆碧。两人齐齐一震,交错飞退。"苗刀!"拓拔野脑中如春雷炸响,惊喜欲爆,颤声叫道:"鱿鱼,是你吗?"此处光影昏暗,刹那间瞧不分明。但那人碧木真气雄浑无匹,所使铜刀极富灵气,锋芒所及,四周树木倾摇剧摆,当是长生刀无疑!

那人也不回答,趁着拓拔野愣神之机,如蛟龙出海,破空飞去。

林叶翻飞,月光闪烁,瞬息间将那人的脸容照得雪亮。黑发凌乱,脸色惨白,双眼血红呆滞,嘴角豁了一个大口,露出森森白牙与鲜红色的齿龈,与蚩尤迥然

# 第六章 "我的地盘我做主"

两异,倒像是一具僵尸。手中那青铜长刀弯弯曲曲,双面皆刃,铜锈斑驳,凹线纵横,交织如木叶纹理,正是木族第一神器苗刀。

拓拔野心下一沉,方甫涌起的狂喜登时消逝得无影无踪。此人究竟是谁?为何苗刀竟会落入他手?难道……难道蚩尤已经死了?一念及此,当胸如被重击,心跳几已停顿。惊疑恐惧,脑中一片空白。

雨师妾见他呆若木鸡,一拽他衣袖,低声道:"小野,此人必定知道蚩尤下落,莫让他逃了!"

拓拔野如梦初醒,大喝道:"站住!你逃不了!"同雨师妾交错飞舞,不顾一切地御风追去。那人冷笑一声,身形快如鬼魅,陡然折转,又朝峡谷中冲去。上蹿下伏,兔起鹘落,转瞬间已飞到百丈开外。

当是时,"轰隆"巨响,震耳欲聋,右侧万丈冰岭突然坍塌,群峰断裂,雪崩滚滚,巨石冰块迸飞怒射,遮天蔽月,瞬息之间将前方峡谷严严实实地堵住。那人身形疾顿,衣袖鼓舞,突如鹏鸟似的展翅高飞,迎着滚滚雪浪破空飞舞。

茫茫雪雾冰屑中,响起一声清脆悦耳的怒喝,一个淡淡的红色人影闪电穿飞,倏然冲到。人影过处,雪散石迸,"嗷——呜!"一条巨大的青龙凭空冲出,咆哮飞腾,张牙舞爪,朝着那僵尸似的神秘人物当头扑下。

拓拔野又惊又喜,大声叫道:"娘!"这条凶厉巨龙赫然便是龙神的"青龙印"!雨师妾芳心一颤,呼吸莫名地急促起来。两人今夜正为龙神的离奇失踪担心,想不到竟在此处邂逅。

那人发出一声嘶哑难听的长啸,竟丝毫不避让退缩,苗刀电舞,碧光冲天闪耀。"呼"的一声,狂风骤起,峡谷两侧的浩瀚林海绵绵起伏,绿浪滚滚,无数道翠绿色的木灵气光宛如流星密雨,纵横飞舞,滔滔不绝地划过苍茫雪雾,没入苗刀之中。

"轰!"那人周身绿光大作,宛如透明。经脉仿佛无数道绿线交错,闪闪发光,与汇集而来的万千木灵紧密连接,交相辉映,倒像是一株参天巨树,根深蒂固,枝繁叶茂。

天地皆碧,雪峰翠染,峡谷中幻光流离。那青龙在他头顶咆哮飞腾,如被无形气幕所阻,一时竟无法冲下。

拓拔野失声道:"万木争春,天下长生!"心下大骇,此人究竟是谁?竟能参透长生诀的至高之境,感应四周木灵,将碧木真气与苗刀发挥得如此淋漓尽致!生平所见的木族顶级高手之中,雷神、句芒、姑射仙子比之竟都有不如,仅有夸父差可相媲。突然想起当日游痕所说,蚩尤因修炼"摄神御鬼"妖法而魔化云云,心中大震:"莫非他当真就是鱿鱼吗?只因被九冥尸蛊控制,变得非人非鬼,连我也认不出来了?"越想越觉得吻合,冷汗涔涔而出。

正自惊惧担忧,却听那人嘶声啸吼,苗刀轰然飞卷,万千道绿光螺旋飞转,汇成一道巨大的光弧气浪,由下而上,雷霆万钧地破入青龙腹部!

"砰!"青龙一颤,发出狂怒、痛苦的悲吼,绿光波荡破碎,倏地化散开来,青烟薄雾似的缭绕收拢。龙神花容变色,娇躯剧震,嘴角沁出一线血丝,翩然飞退。

拓拔野大惊,叫道:"鱿鱼手下留情!"抄足飞掠,刹那冲挡在龙神面前,生怕蚩尤失心疯魔,误伤母王。

那人嘿嘿冷笑,看也不看他一眼,趁隙御风飞舞,冲入茫茫雪雾,转瞬消失无踪。

龙神柳眉倒竖,厉声怒叱道:"给我站住……"声音一颤,俏脸倏地雪白,突然坐倒在地,晕迷不醒。

拓拔野惊道:"娘!"急忙将她抱住。

山崩余势未衰,冰石飞滚,雪浪澎湃,朝他们席卷冲来。拓拔野不敢大意,背起龙神,牵着雨师妾转身乘风抄掠,一直冲到数百丈外,在那水潭边飘然停住。

峡谷中轰隆震响,雪雾弥漫,过了许久方才渐转寂静。水潭受那余震所扰,涟漪不绝,波光摇荡。潭边巨石上,拓拔野凝神为龙神把脉输气,皱眉不语。

雨师妾见状心中忐忑,低声道:"你娘怎样了?"

拓拔野摇头道:"她体内余毒未清,邪气盘结,真气虚弱。被鱿鱼这一刀劈震,已经伤到经脉,受伤颇重,必须静养一段时日才能恢复。"说到"鱿鱼"二字,不由得叹了口气,怔怔不语。

雨师妾蹙眉道:"小野,那人……那人当真是蚩尤吗?我总觉得不像是他呢!"

拓拔野苦笑道:"我也希望不是他。但普天之下,除了他,又有谁能将苗刀使得这般出神入化?又有谁能……"心中郁堵担忧,摇了摇头,说不下去。

龙神忽然低吟一声,喷出一口黑血,迷迷糊糊地蹙眉喝道:"……别走!"

拓拔野心中一跳,低声道:"娘,是我!"双掌真气轰然奔卷,在她体内滔滔流转。

龙神"啊"的一声,长睫轻颤,碧绿眼波徐徐睁开,迷迷蒙蒙地望着拓拔野,嘴角勾起一丝欢喜的微笑,喃喃道:"臭小子,是你。"

拓拔野见她神思无恙,心下大宽,笑道:"是我!臭小子给母王陛下请安。"

雨师妾立在一旁,心中乱跳,妙目眨也不眨地盯着龙神的脸庞,又是紧张又是期待。

龙神微微一笑,蚊吟似的啐道:"贫嘴!"秋波流转,蓦地瞥见雨师妾,双眼倏地眯起。雨师妾双颊飞红,急忙垂下头去。口干舌燥,脑中空白,不知该说些什么,想要摘下面罩,却又不敢。她这一生中竟从未有如此刻这般羞涩局促。

龙神眉梢轻扬,低声咯咯笑道:"拓拔磁石,这又是哪根海底针呢?"

拓拔野见雨师妾竟紧张得说不出话,大觉有趣,伸手勾住她的腰肢,哂然道:"娘,她就是你的太子妃雨师妾,也就是科汗淮科大侠的义妹。"

雨师妾听到"太子妃"三字登时大羞,耳根脖颈都滚烫起来,骑虎难下,只好盈盈行礼道:"雨师国龙女参见龙神陛下。"

龙神嫣然道:"原来是龙女,科大哥……"突然想起某事,花容大变,失声道:"科大哥!"奋力夺身而起,气息不继,又倏然摔倒,拓拔野、雨师妾急忙将她扶住。

龙神推开拓拔野,气喘吁吁,怒道:"快!别管娘,快抓住那人,救出科大哥……"情急之下,脸红如霞,身形微颤,险吐又再背气晕厥。拓拔野二人惊愕不明,忙为她输导真气,询问因果。

龙神顿足催促道:"傻小子,那人就是在南渊崖上掳走窦瀛的混蛋,快快将他截住,救出科大哥来!"

拓拔野吃了一惊,蓦地想起当日情景:不死树下,群雄毕集;一个神秘人趁着龙神与西王母相争之际,以迅雷不及掩耳之势抢走窦瀛,逃入南渊之中。脑中一亮,那人的碧木真气深不可测,在白帝等十余名超一流高手的围攻之下,竟仍能从容逃脱。其面貌与今日之人虽然稍有不同,但身形、修为颇为相似,当是同一人!

龙神又急又怒,连说带催,断断续续地将此事来龙去脉说了个大概。原来那日她冲入南渊之后,彻夜追寻,终于在一处山洞找到那人踪影,正欲与他对决,偏偏毒瘴邪气一齐发作,昏迷不醒。她被金族卫兵送与灵山十巫救治,今日方甫醒转,便趁十巫不备,闯入南渊继续查寻。奈何那人极是警觉,闻风而逃,洞中则空空如也,浑无窦瀛踪迹。所幸那夜晕厥之前,她已将"千里子母香"沾到那人身上。当下放飞青蚨,一路追寻,直到此处。

说到此处,龙神已是气息不接,眼波恍惚;强撑片刻,渐转昏迷。口中依旧含糊不清地催促拓拔野。

拓拔野从她手中接过青蚨,心下恍然,忖道:"灵山十巫突然失踪,想必是生怕我怪责,悄悄找娘去了。那人藏到潭中不是为了躲避我,而是因为娘亲。他杀死青蚨,多半以为那母虫是跟踪他的吧?"但那人究竟是不是蚩尤?倘若是蚩尤,晏紫苏为何不在其侧?倘若不是蚩尤,他这苗刀又从何得来?他为何躲在南渊之底?又为何要掳走窦瀛、杀死白阿斐呢……诸多疑问接二连三地涌上心头,让他越发觉得扑朔迷离。好奇心大盛,决意务必追到那人,查个水落石出。

当下稍一思量,拔剑解印两只太阳鸟,说道:"雨师姐姐,你带着我娘先回八合殿,请巫医为她排毒调理。我去找那人查个明白。"

那神秘人敌我难辨,修为深不可测,极是危险;而龙神重伤,雨师妾真气未

复,他携带二女一同追寻神秘人多有不便,难以保护她们安全。

雨师妾知他心意,虽然不舍担忧,也唯有点头应允。在他身上涂了"千里子母香",低声道:"你多加小心,不必与他逞强相斗,只需尾随其后。我送你娘到群仙宫后,自会带着大家前来找你,那时再拿他不迟。"

拓拔野微笑答应,吻了吻她的耳朵,低声道:"好姐姐,等救出科大侠,我就让他做咱们的主婚人。那时你可不能再耍赖不与我洞房了。"那两只太阳鸟急忙跳到一旁,扭头"啾啾"乱叫,似是在羞臊他一般。

雨师妾双颊滚烫,心中一阵甜蜜,轻啐道:"胡说八道,连鸟儿也瞧不起你啦。还不快走!"拓拔野哈哈一笑,匆匆骑乘一只太阳鸟,冲天追去。

望着他的身影越来越小,逐渐消失在崇山峻岭、蒙蒙雪雾之后,雨师妾突然感到一阵莫名的怅惘、孤单,蓦地想到:不知此次相别,会不会如同从前一样,要经历万千磨折才能重逢?一念及此,心中颤悸,泪水竟无由地迷蒙了眼睛。

太阳鸟"啾啾"怪叫,巨翅扑扇,笨拙地拍打她的背脊;尖喙则连珠似的轻啄她的手掌,麻痒难当。雨师妾忍不住"扑哧"一笑,拍了拍它的脑袋,笑道:"你在安慰我吗?"心情略好,强压住那不祥的预感,朝着昏迷的龙神低声道:"龙神陛下,得罪了。"将她小心翼翼地抱起,翻身骑乘太阳鸟,朝着瑶池方向翩然飞掠。

青蚨嗡嗡鸣振,忽东忽西,拓拔野骑鸟紧紧尾随,在昆仑重山中蜿蜒折转,始终没有瞧见那神秘人的踪影。心下正自犯疑,却听太阳鸟欢声长鸣,冲过雪岭隘口。云开雾散,险崖交错,一个浩瀚冰湖扑入眼帘。

冰湖如镜,雪山倒影,宫殿亭阁星罗棋布,飞檐流瓦错落高低,歌乐袅袅,喧哗隐隐。不知不觉间,他竟已回到了瑶池群仙宫!

眼见青蚨急速朝曲径长廊飞去,拓拔野心下凛然,忖想:"难道那人已经混入八合殿?或者他原本就是宾客伪装?"不及多想,驱鸟俯冲,到了曲廊之中。他翻身跃下,封印神鸟,随着青蚨朝八合殿奔去。

青蚨振鸣飞舞,突然顿住,在廊外冰面上盘旋缭绕,再不离开。拓拔野一震,探头俯望,猛吃一惊。廊外冰湖上歪歪扭扭地躺着那神秘人,双目圆瞪,目光呆滞,气息全无,显然业已毙命。

拓拔野又惊又奇,此人神功盖世,天底下又有谁能在这短短时间内取其性命?蓦地恍然大悟:"是了!金蝉脱壳!这尸身多半只是他的元神寄体。他发觉我在追踪,便舍弃此身,投寄他体。他奶奶的紫菜鱼皮,这一招厉害之极,茫茫人海,我到哪里找他真身元神?"狠狠一拍栏杆,沮丧无已。

正自恼恨,寒风鼓舞,檐铃大作,忽听夜空中传来一声淡淡的骨笛,缥缈恍惚,阴寒诡异。

拓拔野一凛,毛骨悚然,一股莫名的怖意如冷雾似的弥散开来,隐觉不妙,猛地扭头循声探望。却见雾霾弥合,六个黑笠人从远处冰山之巅徐徐御风飘来,脸色惨白,黑袍翻飞,宛如鬼魅。

拓拔野心念微动,觉得那当先飞来的黑笠人好生眼熟。凝神细望,蓦地想起,此人正是当日在方山一掌打退双头老怪,抢走三生石的水族怪客!正是有心栽花花不开,无心插柳柳成荫,找不到那神秘人,却和这黑笠客邂逅于此。想起蚩尤魔化与此人大有关系,心中愤怒,便欲腾空上前问个究竟。

六人越飞越快,当先那人哈哈笑道:"好热闹的蟠桃会!我们这些孤魂野鬼也来凑凑趣吧!"声音沙哑诡异,在群山之间轰然回荡,说不出的刺耳难听。话语方落,骨笛突转高越狞厉,森寒凄怖。

阴风怒吼,长廊檐铃叮当乱响,灯笼"仆仆"接连破灭,十八里璀璨瑶池宫瞬间陷入无边黑暗。八殿歌舞登时寂然,群雄愕然,有人大声骂道:"他奶奶的,什么妖孽,竟敢到此放肆!"

那人哑声长笑,笛声凄厉妖邪,汹汹高攀,如险峡怒浪,万鬼齐哭。

八合大殿惊呼四起,突然响起一声凄厉恐怖的狂呼,一道人影撞破屋顶,冲天飞起,在半空停顿了刹那,笔直坠落。

继而八殿爆炸似的轰然响起万千凄嚎狂叫,数十道人影从殿阁亭榭飞冲而出,似乎想要逃之夭夭,但在夜空中狂乱地手舞足蹈了片刻,便簌簌摔落于冰湖之上,"喀啦啦"冰裂脆响此起彼落。

一时间,八殿号哭惊吼,乱作一团。

眼看奇变陡生,拓拔野心下大惊,这黑笠人究竟是谁?竟凶狂若此!当日他一掌击溃双头老怪倒也罢了,今日这八殿英豪无不是当世顶尖高手,何以一听这骨笛,便仿佛胆裂魄散,毫无抗拒之力?

正自骇然不解,却听白帝沉声道:"大家不要慌乱,围坐一起,凝神御气,压住体内蛊虫,千万不可被笛声所控⋯⋯"声音清晰悠长,压过了那凶邪笛声,清晰地传入每个人的耳中。

拓拔野闻言恍然,敢情八殿群雄竟都已身中九冥尸蛊,难怪被他笛声所控!想来这妖孽不是在水中下毒,便是在酒菜里放蛊了。所幸自己早已百毒不侵,才能稀里糊涂地逃过一劫。但这蟠桃会上蛊毒高手众多,不知这厮是如何神不知鬼不觉地瞒过五族英豪,成功放蛊?

突地一凛,又想:"是了,定是水妖眼看驸马旁落,无望与金族联姻,索性撕下假面,施毒放蛊,与这妖孽内外夹击,妄想将各族英雄一网打尽!糟了!也不知雨师姐姐、娘亲到了殿中没有?"想到此处,心中更是大寒。不及多想,凝神聚气,朝着八合大殿狂奔而去。

拓拔野一面飞奔,一面竖耳聆听,八殿中传来的水妖惊呼声凄绝惨烈,不似作伪;而那些发狂欲死的五族群雄中亦有许多水族豪强,他不由得又疑惑起来:倘若水族当真与这黑笠人合谋,当趁势内外响应,全力歼灭四族群雄才是,何必装腔作势错失绝佳战机?蓦地想起黑笠人击溃北海真神、夺走三生石,杀死烛鼓之等事,心里倏然大震:难道这黑笠人和水妖竟不是一路的吗?

当是时,陶埙声起,悲怆苍凉,悠远高旷,凄诡阴邪的笛声登时稍稍一滞。显是白帝奋力以埙声真气扰其节奏,帮助群雄压制蛊虫。但他真元大损,意气虚弱,不过片刻,埙声复被骨笛逐渐压制。

拓拔野心道:"白帝真元虚弱,只怕不能持久,一旦被笛声彻底压过,形势便危险之极。"正欲拔笛相助,又听箫声清雅,寥落隽永,如汩汩清泉,朗朗明月,令人神智一清,浊念竟消,赫然是那首《天璇灵韵曲》。

拓拔野大喜:"有仙女姐姐相助,白帝当可无恙。"突想:"奇怪,为何仙女姐姐真气充沛,竟似丝毫未中毒?难道是因为当日在玉壶山服食了玄玉荣英?"却不知姑射仙子之所以未中蛊,实是因为她素来不用俗世膳食,仅以鲜花蜜冻果腹。

他一边思绪飞转,一边急速抄掠狂奔。

那黑笠人哑声笑道:"白帝陛下,通天河畔比试音律,你仗着那愣小子相助,侥幸胜了我半筹;今日又拉来这小姑娘帮手,嘿嘿,真是羞死人也!"笛声陡然急促,如暴雨妖风,山崩海啸。

只听"喀啦啦"脆响迭爆,冰湖四裂,无数惨白的头颅从冰层裂缝之间冒了出来,密密麻麻,宛如万千莲花在星夜盛开,诡异已极。

"乒砰"炸响,冰块四飞,水浪冲涌,万千僵鬼号哭怪吼,湿淋淋地冲天飞起,四面八方朝群仙宫围涌而入。

群魔乱舞,十里鬼哭,绚光气浪冲天交错,众人惊呼惨叫不绝于耳。片刻前歌舞升平的人间仙境竟变作妖怖鬼域。

拓拔野惊怒交集,反手抽拔珊瑚笛,还未及吹乐相助,无数尸鬼业已狂嚎着扑入长廊,挺矛挥刀,张牙舞爪朝他交叠猛攻。

"呛!"青光爆舞,无锋剑倏然出鞘。这一剑气势强猛已极,碧光流转,直冲霄汉,照得四周僵鬼须眉皆绿。"轰!"数十尸鬼惨呼声中碎断抛飞,乌血溅舞,万千尸蛊四射飞扬,在星光下斑斓鲜艳地密集蠕动,妖异可怖,被剑气所激,迅即粉碎尘扬。

大河奔流,邻光闪耀,雨师妾骑鸟穿越绵绵林海,沿着峡谷迤逦折转,低掠穿行,朝着河的下游急速飞去。两岸雪峰连绵,冰崖倒掠,月光在山隙之间穿梭闪烁。

突然狂风鼓舞,雪雾纷扬。太阳鸟凛然警觉,嗷嗷怪叫,忽然盘旋不前。雨师妾心下微惊,凝神四下察探。

# 第六章 "我的地盘我做主"

大河澎湃，林涛汹涌起伏，淡黑色的云层徐徐漫过雪岭冰峰，团团笼罩在峡谷上空，月光越来越加昏暗，四周弥漫着无形的妖氛魅气。

远远地，传来一声虚无缥缈的骨笛，似有若无，淡不可闻。雨师妾心中一跳，突地有一种奇异酥麻的感觉在自己体内突然迸爆，丝丝缕缕地蔓延开来，继而感到虫噬般地阵阵刺痛。低头下望，面色大变，险些叫出声来。

冰肌雪肤在月光下青白透明，突突乱跳，此起彼伏，仿佛有千百只虫豸在皮下爬动一般。她心下大骇，念力探及，发觉自己体内竟有万千只蛊虫齐齐孵化，随着那笛声节奏汹汹四窜，急速蔓延！

刹那之间，她的心中突然闪过一个念头："九冥尸蛊！"惊骇恐惧，脑中登时一片空白。

龙神突然低吟一声，周身僵硬，眼波迷乱，忽而恐惧，忽而凶厉，竟似被那笛声摄控，她的皮肤也开始不住地跳动起来。雨师妾骇异更盛，来不及细想究竟，急忙默念"凝冰诀"，奋起真气，将她瞬间冰化，冻结住所有蛊虫。

太阳鸟回头灼灼地凝望着她，大声怪叫，似乎在等她发号施令。雨师妾心中一凛，咬牙心道："现在再不逼出蛊虫，只怕赶到瑶池宫时，我们都已被尸蛊控制，失心疯魔，万劫不复了。"当下再不迟疑，驱鸟下冲，在草坡上盘旋停住。

雨师妾抱着龙神跃下鸟背，将她平放在草地上，四处眺望，寻找野兽骸骨。只有焚烧尸骨，才能以此气味逼出体内的尸蛊成虫，保得暂时平安。但极目搜寻，始终不见半具兽骸，心底越发焦急起来。蓦地想起白阿斐的尸体，心中一跳，当即便欲骑鸟返回。

当是时，忽听"轰隆"震响，大河巨浪滔天，漩涡水浪中蓦地涌出无数惨白浮肿的头颅，四下乱转，齐声号哭。万千黑洞洞的眼睛突然齐刷刷地凝聚在雨师妾的身上。

她心中大凛，冷汗涔涔，正想抱起龙神骑鸟飞离此地，忽地黑影飞闪，鬼哭狼嚎，万千僵鬼密密麻麻地跃出水面，四面八方朝她骤然扑至！

骨笛汹汹激烈，如黑云压顶，密雨倾盆。黑笠人飘飘忽忽地落在钟亭檐角，哑声笑道："白招拒，你身中'九冥尸蛊'与'五行阴阳散'，越是运气，发作越快。嘿嘿，乖乖束手就擒，或可保得一条老命。"

话音未落，"嘭"的一声闷响，白帝低喝一声，陶埙竟然炸裂开来。他大半真气已被拓拔野吸去，一日之间不过恢复少许，此时强撑片刻，终于抵受不住，被笛声震得一败涂地。

黑笠人哈哈怪笑道："咦？堂堂金族白帝怎的变得如此不济？莫非陛下日理万机，呕心沥血，拖垮了身体？"埙声既破，骨笛更加凶厉逼人，将姑射仙子的箫声强行压住。八殿中狂呼迭起，不少人蛊虫发作，形如疯魔，纷纷朝殿外飞奔，方甫出殿,立时被众尸鬼撕为碎片。

妖鬼怪吼,前赴后继,汹汹围涌。

电光石火之间,拓拔野蓦地想到:"只要全力将那黑笠人杀死,蛊虫便无主是从,这些僵鬼亦群魔无首。"当下纵声长啸,蓦地回身转向,断剑纵横飞舞,杀开一条血路,穿廊过亭,朝着那黑笠人急速掠去。

口中喝道:"妖孽,有胆子便别用妖法害人,过来与拓拔爷爷堂堂正正斗上三百回合!"

八殿内龙族群雄闻声又惊又喜,纷纷雷霆呐喊。

黑笠人斜睨笑道:"嘿嘿,这里还有一条漏网之鱼。"身旁那五个黑衣人闪电掠起,凌空交错,形成五角形状,朝拓拔野迎面冲来。

人影闪烁,赤、橙、青、白、黑绚光雷霆怒射,五股各相迥异的雄浑真气狂风暴雨似的陡然撞至!

拓拔野眼前一花,只觉气浪迫面,芒刺在背,那五人真气分属五族,真元之强猛,竟似均在"仙级"之上!心下大骇,念力电扫,飞快地探算出五道真气的力量与变化方向,蓦地急转定海珠,借势随形,朝斜后方急堕而下,断剑斜扬,一式"回风舞浪",气芒碧电似的刺撞飞舞。

轰隆震响,青光破空,那五道眩光真气离散飞射,气浪翻叠炸涌。五人凌空翻转,朝上方冲退。拓拔野则借着那冲撞之力,曲线抛飞,蓦地一沉,飞鱼似的滑翔冰面,继续朝着八殿冲去。

黑笠人"咦"了一声,极是惊讶,怪笑道:"好小子,果然有些能耐,难怪口吐狂言。可惜不管你有三头六臂,今日都要化作一堆白骨。"笛声狞厉,高扬破空,万千尸鬼裂冰破浪,重重叠叠地狙击拓拔野。

只听"当"的一声震响,清旷刚烈,群山回荡,骨笛登时喑哑了刹那。姬远玄高声喝道:"何方妖孽,竟敢如此猖狂,视天下英雄为无物!"一个青铜鼎飞悬半空,呼呼急转,不断地变大,橙黄色的光浪闪耀飞舞,激撞在鼎沿。嗡声激荡,如雷霆霹雳,震得众人双耳麻痹,心神清明。

姬远玄身怀土族神物"辟毒珠",亦是百毒不侵之身,此刻偌大的八合大殿,竟只有他与姑射仙子神智清明,安然无恙。

黑笠人怪笑道:"好一个炼神鼎!"骨笛倏然一变,阴柔绵软,似有若无,在激越的鼎声之中缭绕攀升。众人只觉耳根、心喉酥痹发麻,周身无处不瘙痒刺痛,仿佛有一柄尖刀不住地轻轻剐刮脊骨,难过已极。体内的蛊虫随着笛声节奏,或急或缓,或轻或重地爬动咬噬,令人直欲发狂。

阴风怒卷,僵鬼扑面,拓拔野断剑飞舞,碧光纵横,将四面围涌的尸兵杀得骨肉横飞;一路高跃低伏,滑翔飞冲。

骨笛绵绵妖异,逐渐又压过了箫声鼎鸣,八殿中群雄惨叫之声遥遥相应。

转瞬间拓拔野便已穿飞四百余丈,距离八殿已不过百丈之遥。正自斗志高昂,斩妖破阵,忽觉那五个黑衣人再度当空冲下,狂飙似的朝他飞冲夹击。

风声"呼呼"激响,五人移形换影,刹那攻至。五道绚光气浪耀目横空,如五条巨龙迤逦飞舞,怒吼急撞,瞬间将拓拔野周身要穴尽数罩住。这次攻势之猛,气浪之强,竟在前番三倍以上!

拓拔野心中蓦地闪过一个念头:"难道白阿斐竟是死在这五人手中?"呼吸一窒,待要提气反击,体内那五道狂猛真气却蓦地自行激撞一处,督脉剧痛。忽听"嘭"的一声,眼前昏黑,全身痹痛,仿佛瞬间爆炸开来。

刹那间,他忽地想起白帝所言:"只是从今日起,太子每日必须调气运息两次,每次至少半个时辰,否则五属真气必定要相冲相克,稍有不慎,只怕仍有性命之虞……"心下大凛,不迟不早,不偏不倚,五行真气偏偏在此时相冲撞击。

几在同时,那五名黑衣人的真气四面八方怒撞而至,轰然震响,剧痛欲死。拓拔野登时大叫一声,喷出一大口鲜血,蓦地朝下急速摔落。

"嘎啦!"脆响,冰块碎裂,水花飞溅,他倏地沉入冰冷的瑶池之中。

## 2. 欣赏

树下野狐,原名胡庚,福建人,毕业于北京大学。2001年7月开始创作的《搜神记》,开创了中国新神话主义的东方奇幻风格,被誉为"本土奇幻扛旗人""北大蒲松龄""当代新神话主义浪潮的领军人物"。已完成的作品有《搜神记》《蛮荒记》《云梦泽传说》《不周记》《画蛇》《仙楚》《光年》等。

20世纪末期"新神话主义"形成一股文化潮流,借助电子技术,"以技术发展(尤其以电影特技和电脑技术)为基础,以幻想为特征,以传统幻想作品为摹本,以商业利益和精神消费为最终目的,是多媒体(文学、影视、动漫、绘画、电脑和网络等等)共生的产物,也是大众文化的一个组成部分"。20世纪70年代,神话学者把西方现代主义小说称为"新神话主义"。21世纪初,文化学者把具有幻想性、虚拟性、通俗性以及包含古典神话因素的大众文化形式称为"新神话主义"。"新神话主义"在中国的表现最突出的就是网络时代的玄幻小说。

《搜神记》是树下野狐于2001年开始发表的玄幻类小说,以笔记体小说《搜神记》诸神为原形,以金木水火土五行为当时不同的社会群体,以幸运天才小子拓拔野为主角,叙述了他在神奇时代的神奇经历。小说讲述神农年老力竭,又伤心绝望驾崩,拓拔野偶然遭遇这一突变,得到神农秘籍,背负神农帝的使命平定天下,斩各路妖魔,与蚩尤等结交,与龙女雨师妾相知相恋,奔走于天地间,驰骋往来,恣情纵意。中间穿插三皇五帝,逐鹿中原。各种阴谋层出不穷,战争此消彼长,各路神仙妖魔次第登场,形象鲜明,各有特色,演绎了一个充满传奇与魔幻

色彩的大荒时代。小说想象奇异、笔意大开大合、词汇丰富多变、格调阳刚奇幻、受到众多网友的追捧，创下数百万的点击量。网络小说大多以情节取胜，在语言上大多比较粗陋，树下野狐的小说却语言丰富，用词准确生动，在网络小说中极为难得。

说到重新演绎古代神话传说，树下野狐在《搜神记·后记》中说："或许是我的个人偏见，虽然我也挺喜欢看西方奇幻小说与电影，但我不相信一个在中国土生土长的华人，能写出原汁原味的'西式奇幻'；模仿得再像，终究也只是模仿。除非这个作者是从小生活在国外，受西方文化熏陶长大的香蕉人，那则另当别论。"又说："在我看来，中国从古到今从来不缺乏瑰奇宏伟、激动人心的幻想作品，《西游记》《聊斋》《封神演义》……如银河星斗，熠熠生光，即便是七十年前的《蜀山剑侠传》，亦汪洋恣肆，雄奇万端，比起西方五十年前的《魔戒三部曲》、三十年前的《龙枪》，其想象力、语言、人物、情节无不远胜于彼。"这也许是大多数东方玄幻小说作者的心声。

(四)《商藏》

1. 原文

## 第一章　世界冠军的邀请

这个世界，没有什么是偶然。

尤其，对于一位商人来说。

叶山河坐在宽大的办公桌后，把玩着手中的签字笔，再一次想起了爷爷这句话。他进入商场多年后，看到JP摩根说，他在自己的一生当中，从未遇到过一位莫名其妙的富人。从某种意义上，两句话具有完全相同的意思。

窗外灿烂的阳光，被整幅的落地玻璃窗隔断，因为冷气充足，室内是一个清凉、静谧的世界，但是整整一个小时，叶山河思潮起伏翻腾，难以压抑。他放下手中的签字笔，两手用力地按在办公桌上，瞪向前方。对面的墙壁不像很多商人布置花开锦绣或者福寿图画，他挂的是一幅梅老的字，四尺立轴：九万狂花如梦寐，一片冰心在玉壶。梅老以画著名，向他求画的人多，求字的人少，七年前叶山河并购省城第一棉纺厂，通过一棉当时的办公室主任，梅老的二儿子梅本直专门请梅老写了这幅字。

这是一幅集句对联，上联"九万狂花如梦寐"原诗是"十万狂花如梦寐"，因为音律，改了一下，正好，他喜欢"九"这数字胜过"十"。他爷爷叶盛高总是说，人生的事，做到八九分就行了，满十分险。这跟月盈则亏，水满则溢的道理相差不多。

这些年，他的办公室里来来去去的人成百上千，除了晓可和段万年，没有人问过这幅字的意思，问他为什么要挂这样一幅字在办公室。即使是晓可和段万年，他对他们的解释也仅仅流于字面，而真实的原因，是当年叶家祠堂里一直挂着一副对联:安忍不动如大地,静虑深密如秘藏。

陆承轩说是当年爷爷用二十块大洋请一位书法名家写的,历经几十年变乱居然能够保存,也是一个奇迹。陆承轩是爷爷的养子,从小一直住在叶家,后来到城里打工,78年参加高考,现在是上海一所著名大学教授,全国著名的经济学家。

叶山河一直觉得,这两副对联,多少有些像他和爷爷两辈人对于商业经营认知的微妙区别。他现在看着这幅字,想象自己站在漫天狂风暴雪中,抱元守一,卓然而立,而爷爷,则像一头低伏的猛兽,身上压着厚实严密的伪装,一动不动,坚忍不拔地等待着。

他发了会呆,摇头失笑。

爷爷是对他这一生影响最大的人——排在第二位的是陆承轩。即使去世多年,依然没有消减。每当重大决策,他都会情不自禁地想起爷爷,想象爷爷这种时候会怎么考虑,怎么判断,最后做出怎样的选择。而现在,他就再次面临这样的时刻,跟他投身商海一路走来几次重大的转折一样,这一次,依然是"惊险的一跳"。

两周前,他前往北京参加一个晚辈的婚礼,在机场的贵宾候机室,感觉一位矮个,身体壮实的中年男人有些面熟,然后,他想起这个人可能是谁,但是他不动声色,什么表示也没有,不仅因为过了追星的年龄,也因为作为一个事业成功男人一贯的矜持。后来在飞机上,他们坐到了一起,飞机上升到一万米的高空,空姐做完例行的服务离开后,他微笑着问:"您好,您是李安?"

李安点点头:"您好。"

他脸上那种淡漠的表情有种拒人千里之外的味道,叶山河知道这不是专门针对他,而是因为作为名人的司空见惯和运动员培养出来的强大心理素质,叶山河微笑着递上自己的名片,简短地自我介绍,态度不卑不亢。

他不会对任何人都一见如故,也不会把任何人都拒之门外,作为一个商人,必须把自己变成社交动物,他需要做的是广泛地接触,同时保持自己冷静的判断和甄别,就像他那副集句对联表达的意思一样,无论外部世界如何绚烂疯狂,内心必须保持安宁镇定。

李安用了几秒钟来审视他,清澈的目光下有股刚强,明白,冷静的意志,毫不客气地在那里搜索他的内心。叶山河镇定地回看对方,既不畏缩,也不露出自己的锋芒。他理解他,虽是毫不客气,可是并无恶意,只是一个商业强人的习惯。很多时候,他也这样审视别人。

然后,他们开始聊天,开始的时候,更多是出于一种礼貌而应酬,但是十分钟后,他们意外地发现彼此非常投机,在一些问题的看法上惊人的一致,尤其是对于目前经济领域的一些问题,无论宏观还是微观,大方向还是细节,李安觉得小瞧了眼前这个"小商人",叶山河也改变了某种自以为是的看法:李安思维敏捷,见解深刻独特,说话简短但有力,能够击中人心,完全想象不到他以前会是一个运动员。

旅途进行到一半的时候,他们用了简单的飞机餐,然后各自要了一杯咖啡,出于某种古怪的心理,叶山河提到了不久前某篇中央媒体的报道,李安以他名字命名的体育用品公司遭遇巨大的危机,李安古板的脸上第一次有了表情,他微笑,承认是,公司战略、资金和管理都出了些问题。然后说既然是危机,也就是说从某种角度去看,是一种机遇,正好他可以借机调整公司战略和结构,似乎是在调侃,他说,他最近到处寻找融资和合作,欢迎叶总加盟李安,现在正是时机。

叶山河心中一跳,笑着说:"李总您说笑了。我这种级别,相比李安公司,就像蚂蚁与大象,砸锅卖铁拼凑全部身家,对您来说也不过杯水车薪。"李安看着他,说:"叶总您现在做房产,这个行业利润丰厚,但是,没有任何一个行业能够永远这样。李安公司前几年还是炙手可热的明星公司,我大部分时间都待在香港,高尔夫和游艇就是我生活的大部分,可是现在,突然间就面临巨大的库存压力,资金枯竭,用我们这个行业一位竞争对手的话来说,闭着眼也能挣钱的时代结束了。资本总是涌入利润高的行业,房产行业这几年将面临愈来愈激烈的竞争,而且,当那些恐龙级的资金流向这个行业后,会越来越讲究规模效应,在这些超级企业面前,小企业的生存空间会不断被压缩,首当其冲的就是你们这种规模的公司,上去很难,下去又不可能。还有一点,叶总您应该不是一个守住一亩三分地就心满意足的人,应该有更大的舞台。简单点来说,继续待在现在这个行业,可能是您所在城市人人敬重的大人物,但是现在加盟李安公司,将来可能成为全国知名的富豪,名字可能登上年度富豪榜。叶总,您看过那些模仿秀吧,该不会满足于做一个地区性的明星,比如西川李嘉诚,河南刘德华吧。"

这句俏皮话把他们都逗得笑了起来,叶山河再次惊奇李安的口才,也惊奇自己竟然非常动心。

飞机降落时,李安掏出名片双手递给叶山河,温和地微笑着对他说:"有时间约一下,一起吃个饭。北京我算半个地主。"李安的表情看得出不是普通的客套,这是弥补他刚才没有交换名片的失礼,叶山河心情大好地把名片慎重地收好,说电话联系,他一定给他打电话。

## 第二章　大生意

叶山河要参加的这个婚礼是生意上一个合作伙伴的女儿的婚礼。

这个合作伙伴是商务部一位副司长,山河集团下属纺织品公司的出口业务一直受他关照,他提前一周给叶山河打了电话,叶山河自然要提前把其他工作安

# 第六章 "我的地盘我做主"

排好,抽出时间飞去捧场。虽然,明知在那样的场合,他这个级别的商人肯定不会受到特别的重视,他出现的意义更多是把一笔不菲的礼金交到合作伙伴手中。

不到两点钟,他就离开了酒店,考虑是否去看望二伯。

叶盛高一共有三个儿子:叶中国、叶中强、叶中民,看样子叶盛高准备按照"国强民富"的顺序排下去,可是第二任妻子的去世打乱和中止了他的计划。大伯叶中国49年去了台湾,爷爷去世前几年才联系上,回来过两次,去年去世。二伯叶中强是政府官员,官至国家发改委政策司司长,位高权重,虽然退休多年,在京城各个机关还有一些人脉。

叶中国和叶中强是叶盛高第一任妻子所生,在那个风云变幻的大时代,都是年轻时就离家远行,投身自己选择的人生道路,叶山河的父亲叶中民是叶盛高第二任妻子所生,在叶山河七岁时自杀。二伯关心叶山河,有时会过问他的生意,向他提供一些帮助,但是叶山河不喜欢二伯的儿子,他的堂兄叶山红。

叶山红继续了他父亲的道路,在仕途稳步前进,刚刚外放南方某省任职副省长,前途无量,每次两位堂兄弟见面,他都能够感受到叶山红客气表情下的疏远和轻蔑,虽然,商务部那位副司长,就是叶山红介绍给他的。今天是周末,叶山红有可能在北京,他不想碰上,迟疑中鬼使神差地拨打了李安的电话。

李安说他马上有一个谈判,约在新天地,他可以去那里跟他见面,然后把具体地点发给了他。叶山河过去,他以为是一家豪华酒店,结果却是一家普通的中式茶馆,更加出乎意料的是,那天下午,李安在那里不是进行一场普通的商业谈判,而是一场关乎李安公司命运的重要谈判。

对方是一位跟叶山河差不多年龄的中年男人,身材矮胖,脸带微笑,李安介绍说是大商集团的王总王成,互相递了名片,叶山河远远地找了一个座位喝茶等候。

一个多小时后,王成跟李安握手告别,李安走过来,脸上有种抑制不住的兴奋,对他这种人来说,这是非常罕见的情况。

叶山河问:"谈成了?"李安点点头,说:"差不多。他们投入现金占股。"停了一停,加上一句,"还有公司的运营权。"叶山河努力控制自己的震惊表情,说:"恭喜。"

他刚才发了短信给他的秘书徐朵朵,让她按照王成的名片查了大商集团和王成,徐朵朵马上发了短信回来,大商集团(D&S)是一种意译,D和S分别代表最初的两位创始人,现在大商集团已经发展成为世界最大的私募股权投资机构之一,通过旗下一系列私募投资基金管理规模超过500亿美元的资金,王成是大商集团的合伙人及大中华区负责人,担任多个投资公司的董事职务,包括一个著名的汽车公司和一个著名的女鞋品牌,资历显赫。

李安说,还有一些细节需要完善,然后签订合约。今天是第一次跟他们正式面对面地接触。

叶山河更加震惊,无论如何,他都觉得有些无法想象,不可思议。像这样重要的谈判,而且双方以前没有见过面,仅仅第一次正式谈判,就谈成这样,相当于已经拍板,决策是不是有些太过草率?

他怔了一下,回过神来,想到自己现在跟人谈判,几百上千万的生意有时也是弹指转念间,几句话就定了下来,或者,这在普通人来说,无法理解,但是对于一个身家上亿的人来说,也不算什么。同样的道理,这种数量级的谈判对于自己来说肯定要慎之又慎,对李安这种级别的人物,虽然重要,却未必就会重要到如同指挥一场倾国之战。而且,大商集团和李安都是各自领域重量级的人物,可以互相信任,大商集团这些年在大陆的投资有例可鉴,都是精彩漂亮的成功案例——这也是李安选择大商集团的原因,他们以前,也肯定有过很多公文往来和试探性的报价,或者,正如爷爷说过,真正的大生意,基本上取决于合作双方的实力,不会像写文章那样需要一波三折,更多的时候来得平淡,波澜不惊,像机器般平庸,冰冷。

心中释然一些,另外一个疑问又涌了出来,可是李安为什么要对他说这些呢?

似乎知道他心中在疑惑什么,李安笑笑,说:"你知道我刚才如何对王成介绍你吗?"叶山河摇头,李安说:"我说你是我的合伙人。"

他伸手示意服务生,要了两听啤酒,说:"我这些年几乎不喝酒了,但是今天你陪我小小庆祝一下如何?"叶山河说:"乐意奉陪。不用香槟?"李安说:"正式签约时考虑。希望你到时也在。"

这是明明白白的邀请。

再加上刚才他说的向王成介绍他是公司的合作伙伴,叶山河不得不严肃起来,问:"李总,您真的需要我加入吗?"李安认真地点点头。叶山河说:"可是我对于您这个行业……"李安打断了他:"不需要你参与管理。刚才我不是说了吗,大商集团加盟的条件之一是拿走公司的运营权。就是王成和他的团队将入主李安公司,全权操盘。所以经营管理上你不需要费心。我不要你的人,只要你的钱。"

叶山河尴尬地笑笑,说:"我那点小钱。"李安说:"几个亿可不是小钱。叶总,大商集团只带来……几个亿现金,我们的规划中,陆续使用的资金需要40到50个亿。首先是赞助CBA,我跟篮管中心的主任谈过,以五年一期大约要投20个亿;然后准备签下NBA超级巨星德怀恩·韦德,合同金额预计10年1亿美元;还有马上开展的'渠道复兴计划',预计所需费用约14到18亿,所以我期望叶总您能够投入5到7个亿现金,如何?"

214

# 第六章 "我的地盘我做主"

叶山河忍不住笑了,因为李安报出的数字。

三个月前开盘的山河广场销售旺盛,资金回笼迅速,再加上山河集团另一支柱纺织品公司去年也开始盈利,利润丰厚,虽然他按照跟许蓉、段万年的协议,已经拨了一笔巨款到新成立的联合投资公司,现在摆在山河集团公司账上的现金,还有将近6个亿,从集团旗下各个公司凑一下,能够到7个亿,这几乎是看着叶山河的钱包说话,是不是表明李安已经对他进行过一些调查?想到这位世界闻名的大人物居然如此重视自己,这让他油然而生自豪。

当然,作为一种商业活动,这也很正常,李安再需要钱,也不会莽撞地向一位毫不了解的人抛出橄榄枝,自然要通过各种渠道了解他的一切:经历、实力、人品、商业道德等等。网络时代,这不是一件难事,他昨天不也通过他的渠道了解李安公司现在的真实情况和评估将来的发展性吗?

他有一些被李安随口报出的一系列计划和大手笔吓住了,现在体育用品公司全体收缩,不仅是国内的竞争同行,包括两大国际巨头耐克和阿迪达斯,李安公司却逆势扩张,不能不说是一种冒险,但是李安对他毫不隐瞒,这份坦诚、朴实,又说明这是一个值得合作的商业伙伴。诺贝尔经济学奖得主克鲁曼说过,好的道德等于好的生意(Good ethics is good business),跟一位值得信任的伙伴合作,至少可以减少很多不必要的隐性成本。他打开啤酒,递了一罐给李安,两人碰杯。

这天下午,叶山河跟李安进行了入股李安公司的细节探讨,实际上也没有什么复杂的问题,叶山河投入的现金以每股6.60港元购买李安持有的普通股,成为李安公司股东,李安隐约透露,这跟大商集团入股李安公司的价格差不多。同时,有权提名一位非执行董事进入集团的董事会,为集团的发展及成长提供策略及营运支持。董事并不重要,重要的是这些股份将来的价值,而这一切,将由李安公司未来的发展来决定。

李安笑着说:"需要我预先祝贺您吗?叶总。李安公司因为这段时间业绩下滑,股份从去年的20多港元一路下滑到现在,叶总算是抄了一个大底,只需要把李安公司跟大商集团合作的消息放出去,股价就可能是几个涨停,而且将来,公司重铸辉煌,股份也许还不仅仅是回到20多元。"叶山河苦笑,坦白地说:"也有可能所有的股份都沦为一堆废纸。"李安说:"从理论上说是这样。即使最优秀的运动员,都有失手的时候。"

第二天,叶山河飞回省城,他需要考虑、决策,还有一个前提,李安公司得先跟大商集团正式签约。然后,今天上午,李安把跟大商集团正式签约的合约传真过来,大商集团投入7.5亿现金,占李安公司13%的股份。

李安亲自给叶山河打电话说,他真诚希望叶山河加盟,如果叶山河拒绝他,

他会感到非常遗憾。他说，很长一段时间来，为了力挽狂澜，带领李安公司走出困境，解决问题，他都处于焦虑和不安中，他和叶山河在飞机上相遇，他们那两个小时的交流，是他这段时间最安宁平和的一段时间，他很珍惜。当然，如果叶山河拒绝他，他也不能强求，只能感到遗憾，另外寻求资金途径和合作伙伴。最后，他希望叶山河能够在两天内给他答复，大商集团那边希望尽快入主李安公司，他们正式签约的消息也捂不了多久。叶山河表示了感谢，感谢李安对他的信任和重视，最迟明天，他就会给他一个明确的答复。

## 第三章　艰难决策

接到传真和电话后这一个小时，叶山河一直在办公室发呆，似乎若有所思，实际上脑海中长时间一片空白。

这件事的利润和风险他这些天早就反复考虑过了，是互相匹配的。风险巨大，预期利润也很高，倘若理想，他投入的几个亿可能变成几十个亿，失败的话，也可能全军覆没，化为乌有。

当然，如果情况不利，他可以断然把这部分股权转手，但是肯定会损失惨重，伤筋动骨。以他的风格，这种高风险的投资一般是不予考虑的，而且要在这么短的时间内就做出决策，更不可能，但是，李安击中了他的软肋。

可以预见，房产行业会越来越艰难，房价是在不断上涨，可是地价、人工、材料、规费林林总总都涨得毫不落后，再加上那些房产巨头遍地开花，万科、保利、中海，个个财大气粗，竞地时似乎根本没有考虑成本，见地就拿，因为山河集团马上收尾，他去年春节前参加了一个拍地会，可是到了现场，一见那些人的气势，立刻就放弃了举牌，而且国家调控的政策一个接一个，个个都是套向他们这些开发商的紧箍咒，利润越来越低，风险越来越大，像山河广场那样成功的项目肯定是可遇而不可求了，正如李安那个竞争对手说的"不再是闭着眼也能够挣钱的时代了"。更重要的是，张卫华前几天明确告诉他，这次是真的定了，十八大后，他的老板、省委书记张红旗进京。这对叶山河的影响巨大，几乎算是致命的。

他早就预想过这一天，也做了很多工作未雨绸缪，包括暗中寻找其他权力盟友，寻找其他可以投资的行业，而现在，似乎幸运之神再次眷顾，把一个绝好的机会送到他的面前。

如果他投资李安公司，房产行业再怎么变幻摇摆，李安公司算是狡兔另外一窟，他也用不着担心投资李安公司会让他失去开发资金，凭他在这个城市的人脉资源，他拥有的李安公司股份，应该随时能够换成足够的贷款。

那么，唯一的担心就是李安公司的前景了。

他对于体育用品这个行业不熟悉，也无法在短时间内就对李安公司做出科学的评估，但是他有一个奇怪的直觉，他认为像李安这样的人，哪怕别除世界名人,奥运冠军的身份,也不应该成为失败者。还有大商集团,这是蜚声世界的超级投资集团,这些年在大陆打了一个又一个的精彩的战役,李安公司选择大商集团合作,毫无疑问是一着好棋。那个王成,资历上战果累累,那天在茶馆里,叶山河远远地看着他们谈判,王成目光炯炯,说话缓慢,有力,似乎每一句话都经过了深思熟虑,绝对可信,李安则温和而矜持,自始至终声音没有提高过,两个人的态度都很随和,就像两个老朋友在聊家常一样,可是就是在那样的气氛中敲定了一桩标底巨大的生意。

这两个人都让叶山河感到信服,让他倾向于这次冒险,但是这么多年养成的谨慎,又让他迟疑起来,举棋不定。

还有一点让他感到忐忑:这一个突然冒出来的投资机会,这一桩对自己影响巨大的生意,真的只是因为自己偶然跟李安同乘一个航班,真的只是一个"意外"?

他看过一些航班诈骗,比如一些年轻美貌的女人专门搭乘飞机的头等舱,以便接近那些事业成功的男人,甚至财经杂志的八卦中说世界传媒大亨也中了这一招,但是李安,显然不是这种人。哪怕他再怎么面临困境,也应该不会用这样拙劣的招数来寻找资金。他的公司并非山穷水尽,只是暂时困难,依然充满希望而且价值不菲。——当然,他为什么会出现在省城是一个疑点,自己忘记随口问他一下。后来他跟大商集团的谈判也是真实可信,虽然过程看起来有些简短,甚至轻率。考虑到大商集团的实力和李安公司的困境,这又合情合理,别无选择。而且,他们虽然是第一次面对面地正式谈判,但以前应该通过电传和电话交换过很多意见,彼此也做过周密的调查和研究,最重要的,现在他们已经正式签约,他看了发过来的传真,绝不像是伪造的文件。

倘若这是一个彻头彻尾的骗局,那么以李安的身份,再加上大商集团为他背书,这似乎像美国和俄罗斯联手对付摩洛哥一样可笑。李安会因此触犯法律,伪造文件罪就足以把他送进监狱去度过下半生,他不会这么傻,哪怕是破产,他也不会选择这样的行为。

经过反复思考和判断,叶山河终于确信,自己所有的疑心都是多余的,就凭李安这个名字,也不会来诈骗他这个二线城市的小商人。真实情况应该是,这真是一个"意外",一个偶然,不是他意外遇上了这么一个投资机会,而是李安偶然碰上了一个他认为比较投缘,感觉可以合作的商业伙伴,所以向他发出邀请,给了他这么一个机会,可是那么,他就该答应吗?

他按下了办公桌上的呼叫,不到十秒,办公室的门被轻轻敲了两下,然后推开,一位身材窈窕的漂亮女孩出现在门口,问询地看着他,是他的秘书徐朵朵。

这是一位土生土长的省城女孩,今年刚刚二十岁,有着省城女孩不常见的高挑身材,父亲以前在单位开货车,改制下岗后开出租,母亲替人看店,一家人过着平淡、清苦的日子,基本算是这座城市某类人群的代表,幸运的是,他们拥有一个不同寻常的女儿,很小就出落得惊人的美丽,成为他们沉闷生活中少有的暖色。

他们显然明白他们女儿的价值,这可能是他们一生中唯一改变目前这种生活状况的机会,为了不让这笔宝贵的财富因为某些无聊的原因贬值,当朵朵的身体开始发育时,他们就像防贼似的防着男人接近她,任何人,包括那些情窦初开的同学和饥渴兽性的老师,她在他们的严密套子中顺利读完初中、高中,因为没有足够的金钱支持她在初中、高中接受完整的教学,再加上她的父母那种可笑的警惕,她的学科成绩自然不会好,高考落榜。

朵朵进了本市职业学校,父母的保卫措施开始升级,她没有住校,无论有什么活动,私人的还是学校的,每晚十点以前必须回到家中,父亲如果方便的话,会绕路接她,她觉得自己像一只被捆绑住翅膀的小鸟,毫无自由,青春是一段令人窒息的时光,她不敢反抗也无从反抗,好不容易熬到毕业,她"意外"地进了一家纺织品公司下属的成衣公司,职位是总经理助理。

她的专业并不对口,但这个职位开出了鹤立鸡群的薪水,而且因为总经理是一位中年女士,亲自去校园招聘会替女儿把关的父母抱着撞大运的心理替她递了简历,结果她真就撞了大运,第二天就接到面试的通知,第三天正式到成衣公司上班。工作后,一次业务考核,一次礼仪大赛,朵朵"意外"地都取得了优异成绩,因此被调入集团公司总部工作,先是在公关部,然后是总经办,半年前,成为叶山河的私人秘书。

叶山河深深地陷在椅子里,仰着头看着屋顶,没有理她。朵朵迟疑一下,返身关上门,下了锁,轻轻走过来站在他的身边,看着他。叶山河伸手揽住她的大腿,轻轻一带,她就坐到他的身上。她的判断完全正确。从接到那份电传开始,她的董事长这一个小时内不仅关掉了手机,而且吩咐她除非特别重要的电话,不要接进来打扰他。

工作时间不开手机对于一位商人来说,已经特别,这样长时间的一个人沉思,表明他在做一个特别重大、难以抉择的决定,再加上这几天他安排财务部做的资金准备,她知道叶山河现在心情肯定不像他外表那样平静,而是波涛翻滚,而且应该,是需要某种安抚的时候。她轻轻地在他身上扭动身子,她的臀,她的股沟轻轻地摩擦着他的,感觉到他的慢慢膨胀,变得坚硬。

2. 欣赏

庹政,曾经被誉为"新武侠川派领军人物""新官场小说第一人",中国作家协会会员,咪咕阅读、春风文艺出版社、盛大文学签约写手,代表作《商藏》《百合心》《青铜市长》《秋寒江南》等。

《商藏》于 2018 年 5 月开始在咪咕阅读连载,至 2019 年结束,共计 150 万字。2019 年 5 月,在杭州举行的第二届中国网络文学周上,《商藏》跻身 2018 年中国网络小说排行榜年榜前十。2019 年 6 月,《商藏》在中国作协网络文学中心工作会议上被选为当代网络文学创作工程项目。2019 年 8 月,《商藏》又获第三届中国"网络文学+"大会"年度最风光文旅作品"荣誉。

《商藏》要写的是改革开放 40 年,这是一个典型环境,所以它的主人公一定是这 40 年里凸显出来的、带有改革开放时代特有气质的人物。《商藏》讲述了主人公叶山河从大学毕业分配到工厂后,工厂破产,他被推入社会摸爬滚打,历经商海浮沉,如何从小生意人一步步成为商业大佬的过程。小说以西川为背景(暗指四川),时间跨度近 30 年,勾连起中国改革开放以来的诸多重大历史事件,例如国企改革、汶川地震、反腐打黑等;主人公叶山河从初出大学的新手,到从事过校服厂、地产公司、广告公司、餐饮娱乐、装修公司、纺织公司等很多行业工作的商场干将,历尽沧桑。

《商藏》选择写实的方式,部分原因可能是小说本身就有较强的自传性,前半部尤其如此。作者自己也说过,前半部主人公的成长过程就是他以前的商海经历,后半部则是他对一个商人的期待。他强调自己有"一种记录时代的使命感",他要将《商藏》写成一部西川商业史诗,一部折射这个时代的浮世绘。读者从《商藏》的后半部也看得出来,作者选取的重大项目和人物一一对应现实生活中的真实事件和人物,正如作者所说,"如果要写这四十年商业活动,有一个行业是绕不过去的,那就是房地产行业;如果要写西川(四川)和蜀都(成都),有一个人是绕不过去的,那就是市委书记"。所以作者在连载的过程中,每每有读者参与讨论,一一挑明作者企图遮掩的真人真事、苦心布置的暗喻,预见整个事件的发展,同时也为主人公担忧。从这个意义上说,这是很成功的一种现实题材的现实主义写作。

《商藏》的成功还在于对于主人公,或者说对以主人公为代表的商人群体在这一特定历史时期思想的发掘。写实性的文学技术、自传性和现实主义目标,似乎都暗示了作为网络文学的《商藏》是一部有着现实主义欲求的作品;而现实主义的欲求呈现为文本的关键,在于能够为现实赋予可理解的总体形式。其表现在《商藏》中,在于作品对叶山河的商场生涯的描写,时刻处于"上升"状态。这在诸如官场、职场、玄幻、军事等题材的网络小说中,被归纳为"升级流"写作。

对于《商藏》这部小说,我们很难以一种简单的通俗小说的标准去分析,尽管作家是在写一个通俗的主角成长故事,但其中蕴藏着一种理想主义的激情;同时,作者又坚守着一份建立在历史考据基础上的文学化再现现实的理想,其希望小说最终能够展示远比现实更为"真实"的东西,带给读者超越一般经验的极致体验。

从小说结构看，《商藏》不是按照主人公从出场开始就一步步升级的编年体顺序来布局的。其采用的是双线法，先写一段主人公现阶段的大事件，再去回叙一段主人公成长时期的浮沉顿挫经历。类似的结构，我们可以从经典小说《教父》，从庹政的另外一部社会小说《大哥》中看到。在《商藏》中，作者为了避免主人公刚刚进入商场就陷入那种"块块钱""小摊摊"的奋斗场景，有意把这一部分经历只是作为主线的辅助和补充，作品一开头就直接把叶山河面临重大项目时的思想和行动作为第一叙事对象，一开篇就把读者带入一个宏大的商业项目场景中去，第一时间就抓住了读者。

总之，《商藏》在人物、情节、价值观等方面，相较于网络上其他类似的商业小说，有了很大的突破和提升。作品以近乎写实的手法，反映了时代的风云变化，塑造了主人公叶山河等性格鲜明的人物形象，展示出现实题材作品的独特魅力。

### 思考与练习

1. 简述网络文学的发展。
2. 谈谈网络文学的特点。
3. 网络文学的欣赏方法有哪些？
4. 以《镜·辟天》为例，谈谈沧月小说中的玄幻形象类型。
5. 试比较辛夷坞《浮世浮城》与张爱玲《倾城之恋》。
6. 以树下野狐《搜神记》为例，谈谈网络小说是如何重新演绎古代神话传说的。
7. 分析庹政《商藏》的"双线法"小说结构。

# 主要参考文献

[1] [美]乔安尼·科克里斯,多洛西·洛根. 文学欣赏入门[M]. 王维昌,译. 合肥:安徽文艺出版社,1986.
[2] 蔡田明. 文学欣赏[M]. 武汉:长江文艺出版社,1986.
[3] 刘江,陶建国. 文学欣赏[M]. 北京:中国铁道出版社,1999.
[4] 陈传万. 大学语文[M]. 北京:中国文联出版社,2005.
[5] 王首程. 文学欣赏[M]. 广州:华南理工大学出版社,2006.
[6] 胡学琦,张桂舟. 文学欣赏[M]. 广州:广东旅游出版社,2006.
[7] 古明惠,孙留欣. 文学欣赏[M]. 郑州:大象出版社,2007.
[8] 康小红. 文学欣赏[M]. 北京:教育科学出版社,2008.
[9] 袁勇麟,冯汝常. 文学欣赏与创作[M]. 成都:四川大学出版社,2011.
[10] 魏天无. 文学欣赏与文本解读[M]. 武汉:华中师范大学出版社,2011.
[11] 张无为,赵国山. 文学欣赏[M]. 北京:中国传媒大学出版社,2013.
[12] 净芳,杨文英,张妍. 文学欣赏[M]. 北京:中国时代经济出版社,2013.
[13] 耿国丽. 文学欣赏[M]. 武汉:武汉大学出版社,2015.
[14] 朱移山. 文学欣赏引论[M]. 合肥:合肥工业大学出版社,2016.
[15] 董君,许国英. 文学欣赏[M]. 济南:山东人民出版社,2016.
[16] 陈继华. 文学欣赏导引[M]. 北京:煤炭工业出版社,2018.
[17] 傅庚生. 中国文学欣赏举隅[M]. 北京:生活·读书·新知三联书店,2018.